Gena Showalter

LA RENDICIÓN MÁS OSCURA

Editado por Harlequin Ibérica.
Una división de HarperCollins Ibérica, S.A.
Núñez de Balboa, 56
28001 Madrid

I.S.B.N.: 978-84-687-0472-2
Depósito legal: M-16902-2012

Solo de la maravillosa mente creativa de Gena Showalter podía haber surgido una novela tan sorprendente como *La rendición más oscura*.

Un romance paranormal donde los acontecimientos se suceden vertiginosamente, y los escenarios cambian tan deprisa, que apenas dan respiro a nuestros protagonistas: un guerrero inmortal, que alberga en su mente a un demonio, y una arpía bella, fuerte y divertida.

Mientras ambos corren toda clase de aventuras y peligros, nuestra desinhibida arpía tratará de conquistar a este Señor del Inframundo incapaz de aceptar una derrota.

Estamos seguros de que esta historia cargada de emoción y humor mantendrá en vilo al lector desde la primera hasta la última página, por lo que no queremos dejar pasar la oportunidad de recomendarlo tanto a los fans de Gena Showalter como a todas aquellas personas que disfruten del género.

Los editores

A Donna Glass, una Bianka Skyhawk de la vida real. Tu apoyo y tu entusiasmo por mis Señores del Inframundo me emociona más de lo que puedo explicar. ¡Gracias, gracias, mil gracias! (¿He mencionado que estoy agradecida?). Y, de parte de todos los guerreros que están viviendo en este momento en la fortaleza de Budapest: sois bienvenidos, volved cuando queráis. Gideon añade: «¡Espero que no lo hagáis!». Y Lysander dice que hay una nube con tu nombre al lado de la suya.

Prólogo

Hace mil quinientos años...
o hace un millón de años
(depende de a quién le preguntes)

Por primera vez, los bicentenarios Juegos de las Arpías terminaron con más participantes muertas que vivas, y todas las supervivientes sabían que la culpable era Kaia Skyhawk, de catorce años.

El día comenzó inocentemente. Bajo el sol brillante de la mañana, Kaia caminaba por el campamento tomada de la mano con su hermana melliza, Bianka. Había tiendas por todas partes, y hogueras para defenderse del frío matinal. El aire olía a galletas y a miel, y a ella se le estaba haciendo la boca agua.

Las Arpías soportaban una maldición de los dioses, una maldición que las condenaba a no poder comer nada que no robaran o ganaran. Si comían alguna otra cosa, se ponían enfermas. Así pues, el desayuno de Kaia había sido escaso: un poco de torta de arroz y media botella de agua. Había sustraído ambas cosas de las alforjas de un humano.

Tal vez debiera apropiarse de alguna galleta de un clan rival, pensó. Sin embargo, negó con la cabeza. No, tendría que quedarse con algo de hambre. Su pueblo no tenía demasiadas reglas, pero las que tenía, las respetaba al pie de la letra. Y esas reglas eran no quedarse jamás dormido en un lugar en que los humanos pudieran encontrarlos, no revelar jamás una debilidad a nadie, y, la más importante, no robar jamás comida a los de su propia raza, aunque los odiaras.

–¿Kaia? –dijo su hermana en un tono de curiosidad.

–¿Sí?

–¿Soy la chica más guapa que hay aquí?

–Por supuesto.

Kaia no tuvo que mirar a su alrededor para confirmarlo. Bianka era la chica más guapa del mundo entero. Sin embargo, algunas veces lo olvidaba y había que recordárselo.

Mientras que Kaia tenía una horrible melena pelirroja y unos ojos color grises muy corrientes, Bianka tenía el pelo negro y espeso y los ojos brillantes, de color ámbar. Era la viva imagen de su madre, Tabitha la Cruel.

–Gracias –agradeció Bianka, sonriendo de satisfacción–. Yo creo que tú eres la más fuerte.

Kaia nunca se cansaba de escuchar las alabanzas de su hermana. Cuanto más poderosa era una Arpía, más respeto se ganaba. De todo el mundo. Y Kaia anhelaba el respeto por encima de todo.

–Más fuerte, incluso, que…

Observó a las Arpías que había por la zona en busca de alguien con quien compararse. Las que tenían edad suficiente para participar en aquellas pruebas tradicionales de poder y astucia estaban preparándose afanosamente para el último evento, *El Enfrentamiento Inmortal Definitivo*.

Por fin, Kaia divisó a una contrincante con la que podía compararse.

–¿Soy incluso más fuerte que ella? –preguntó, señalando a una mujer imponente y musculosa, que tenía los brazos llenos de cicatrices.

Las heridas que le habían causado aquellas marcas debían de haber sido muy graves, puesto que su raza era inmortal, y las Arpías se curaban rápidamente de sus lesiones; casi nunca les quedaban señales de alguna derrota.

–Sin duda –respondió Bianka lealmente–. Estoy segura de que echaría a correr si tú te le acercaras para desafiarla.

–Tienes razón.

¿Quién no huiría de ella? Kaia se entrenaba con más tesón que nadie, y había llegado a vencer a su instructor en dos ocasiones.

Tal vez algún día su madre se enorgulleciera de ella. Unas noches antes, Tabitha le había dado una palmadita en el hombro y le había dicho que casi había mejorado en el lanzamiento de dagas. Casi. Nunca había oído una alabanza más dulce de los labios de Tabitha.

–Vamos –dijo Bianka, tirando de ella–. Si no nos apresuramos, no tendremos tiempo de lavarnos en el río, y quiero tener muy buen aspecto cuando nuestro clan destroce la competición. Una vez más.

Solo con pensar en los premios que iba a acaparar su madre, Kaia se ahuecaba de orgullo. Los Juegos de las Arpías habían comenzado a celebrarse miles de años antes. Eran una forma de que los clanes pudieran despachar sus enfrentamientos sin causar más guerras y de que pudieran mostrar su superioridad. Los ancianos de cada una de las veinte tribus se reunían y decidían cuáles serían las competiciones y los premios.

En aquella ocasión, cada ganador de las cuatro batallas ganaba cien piezas de oro. Los Skyhawk ya habían ganado doscientas piezas. Los Eagleshield, cien.

Al pasar al lado de un grupo de Arpías, las dos hermanas llamaron su atención, y Kaia se aseguró de acariciarse el medallón que llevaba al cuello. Su madre se lo había regalado unos meses antes, como símbolo de fuerza, y la joya era un tesoro para ella.

Casi todo el mundo que cruzó la mirada con ella la saludó con deferencia, aunque pertenecieran a clanes rivales. Aquellas que no lo hicieron… Ninguna Arpía se atrevería a atacar a otra en terreno neutral, así que Kaia no se preocupó por un posible conflicto. En realidad, no se preocuparía de cualquier modo. Era tan valiente como fuerte.

Al borde del campamento, en un bosquecillo, notó algo extraño, y se detuvo.

–¿Qué hacen aquí? –preguntó, señalando a un grupo de hombres que llevaban el pecho desnudo. Algunos se movían con libertad, pero otros estaban atados a postes, e incluso había uno encadenado. Que ella supiera, los hombres nunca tenían permitido ver los juegos.

Bianka se detuvo.

–Son consortes. Y esclavos.

–Eso ya lo sé, pero, ¿qué están haciendo?

–Están haciendo las tareas, tonta.

Kaia frunció el ceño. Su madre siempre había señalado la importancia de cuidar de uno mismo en primer lugar, y después de la familia, y de los demás, nada.

–¿Qué tareas?

Bianka se encogió de hombros.

–Están lavando ropa, lavando pies, recogiendo armas. Ya sabes, tareas serviciales que nosotras no hacemos porque somos demasiado importantes.

¿Acaso si alguien tenía un consorte o un esclavo no tenía que lavarse más la ropa?

–Quiero uno –dijo Kaia, y sus pequeñas alitas temblaron a su espalda.

Como todas las Arpías, llevaba un top que le cubría el pecho pero que estaba abierto por la parte de atrás, para poder acomodar las alas, que eran la fuente de su fuerza superior.

–Ya sabes lo que siempre dice mamá.

–Oh, sí. Con una palabra amable te ganarás una sonrisa, pero, ¿para qué quiere alguien en su sano juicio una sonrisa?

–No, eso no.

–¿Qué, entonces?

–Si no tomas los tesoros y los hombres que deseas, nunca tendrás los tesoros ni los hombres que deseas.

–Ah –dijo, Bianka, y miró a los hombres con los ojos muy abiertos–. ¿Y a cuál quieres?

Kaia los observó. Todos llevaban un taparrabos, y tenían el cuerpo manchado de tierra y de sudor, pero ninguno tenía cortes ni heridas, como ella, y eso indicaba que no se habían medido con otro en el campo de batalla.

No, no era cierto, pensó. El que estaba encadenado tenía marcas de batalla, y la mirada de sus ojos oscuros era desafiante. Era un guerrero.

—A él —dijo Kaia, señalándolo con la barbilla—. ¿Quién es su propietaria?

Bianka lo miró y se echó a temblar.

—Juliette la Erradicadora.

Juliette Eagleshield, una aliada de su clan. Una Arpía cruel y bella a quien había adiestrado la propia Tabitha Sky-hawk.

Conquistar al hombre a quien ni siquiera la Erradicadora había podido domesticar sería…

—Mejor.

—No me parece buena idea, Kye. Nos han advertido que no hablemos con ninguno de los hombres.

—A mí no.

—Claro que sí. Tú estabas a mi lado cuando mamá nos lo dijo. Debías de estar soñando despierta otra vez.

Kaia se negó a desechar la idea que había concebido.

—Pues hay una nueva regla: si una hija no oye la adver-tencia de su madre, no tiene por qué seguirla.

Bianka no se dejó convencer.

—Es peligroso.

—A nosotras nos encanta el peligro.

—Y también nos encanta respirar. Creo que él preferiría cortarnos en pedazos antes que lavarnos los pies. Por no mencionar lo que nos hará Juliette si conseguimos domesti-car al hombre.

—Juliette no es tan fuerte como yo. Si lo fuera no habría tenido que encadenarlo.

Bianka lo pensó por un momento, y después asintió.

—Es verdad.

—Le explicaré el castigo que recibirá si me desobedece, y te prometo que no me desobedecerá.

—Pero, ¿cómo te vas a escabullir con él? ¿Y dónde lo vas a esconder?

Buena pregunta. Sin embargo, ¿por qué tenía que escabullirse? ¿Y por qué iba a tener que esconderlo? Si lo hacía, nadie se iba a enterar de lo que había conseguido. Nadie escribiría historias de admiración sobre su fuerza y su osadía.

Y ella deseaba aquellas historias más que al esclavo. Necesitaba aquellas historias. Como Bianka y ella eran mellizas, los demás les tomaban el pelo constantemente diciéndoles que compartían lo que debía ser para una sola. Belleza, fuerza, cualquier cosa. Todo. Como si cada una tuviera la mitad de lo que debía tener.

«¡Yo soy suficiente por mí misma, demonios! Y lo demostraré».

Se apropiaría del hombre allí mismo, delante de todo el mundo.

Kaia se volvió hacia su hermana. Bianka tenía cara de preocupación, pero eso no impidió que Kaia le dijera:

—No permitas que nadie pase de este punto. Solo tardaré un momento.

—Pero…

—Por favor. Hazlo por mí, por favor.

Su hermana suspiró.

—Oh, está bien.

—¡Gracias!

Kaia le dio un beso y se alejó antes de que Bianka cambiara de opinión. Tomó una de sus dagas. Los hombres fingieron que no la veían pasar, y nadie protestó ni lo más mínimo. Bien. Ya la temían.

Cuando llegó ante el objeto de su deseo, adoptó una pose que había visto adoptar a su madre mil veces. La cadera ladeada y el puño apoyado en ella, con la daga apuntando hacia afuera.

El hombre estaba sentado en un leño, con los codos apoyados en las rodillas despellejadas. Tenía la cabeza ligeramente inclinada, y el pelo negro le caía por la frente.

—Tú —le dijo en la lengua humana—. Mírame.

Él alzó la vista hacia ella, por entre los rizos enredados. Kaia pensó que era guapo. Tenía los rasgos marcados; una nariz afilada, los pómulos altos y los labios finos, aunque rojos. Su mentón era fuerte.

Kaia se dio cuenta de que solo llevaba las muñecas encadenadas, y de que no estaba atado a ningún poste. O Juliette no tenía ni idea de sujetar a un cautivo, o el hombre era más débil de lo que ella había pensado.

Se sintió decepcionada, pero no iba a cambiar de opinión.

—Eres mío —le dijo ella atrevidamente—. Si tu anterior propietaria intenta luchar conmigo por ti, la venceré.

—¿De veras? —preguntó él. Tenía una voz grave y ronca, como un trueno lejano. Ella tuvo que contener un escalofrío—. ¿Y cómo te llamas tú, niña?

Ella apretó los dientes y olvidó su aprensión. ¡No era ninguna niña?

—Me llamo Kaia la… Kaia la Fuerte.

Los títulos eran importantes para las Arpías. Los ancianos de las tribus los elegían, y aunque todavía no habían seleccionado ninguno para ella, Kaia estaba segura de que a su madre le parecería bien.

—¿Y qué es lo que tienes pensado hacer conmigo, Kaia la Fuerte?

—Voy a obligarte a que satisfagas mis necesidades, por supuesto.

Él arqueó una ceja.

—¿Como por ejemplo?

—Hacer mis tareas. Todas mis tareas. Y si no obedeces, te castigaré con mi daga.

Entonces le mostró la daga en cuestión. La hoja del arma resplandeció bajo la luz del sol.

—Y soy muy cruel, ¿sabes? He matado a humanos. Los he matado tanto que incluso les dolía después de morir.

Él no se inmutó.

—¿Cuándo empiezo?

—Ahora.

—Muy bien.

Ella esperaba una discusión, una sarta de protestas, pero él se limitó a levantarse del tronco. Vaya, era alto… muy, muy alto.

Kaia no se sintió intimidada. En los entrenamientos había luchado contra gente mucho más alta que aquel hombre, y les había ganado. Bueno, tal vez solo un poco más altos. No, en realidad, eran todos más bajos. No estaba segura de que pudiera haber alguien más alto que él. No era de extrañar que Juliette se lo hubiera quedado.

Kaia sonrió. Su primer saqueo en solitario, a plena luz del día, y se había llevado el mejor premio. Había elegido bien. Su madre no podría encontrarle ni una sola pega a aquel hombre, e incluso podía que lo quisiera para sí misma. Tal vez después de terminar con él, se lo regalara a Tabitha.

Tabitha le sonreiría, le daría las gracias y le diría que era una hija maravillosa. Por fin. A Kaia se le aceleró el corazón.

—No te quedes ahí parado —le dijo, y lo empujó—. Muévete.

Él se tambaleó hacia delante, pero rápidamente recuperó el equilibrio. Caminó con la cabeza alta, pero justo antes de llegar al borde del claro en el que se encontraban los hombres, se detuvo bruscamente.

—Sigue —le ordenó ella.

—No puedo. Este claro ha sido rodeado con sangre de Arpía, y las cadenas me impiden salir de él sin sufrir un dolor insoportable.

Ella lo miró con los ojos entrecerrados.

—No soy tonta. No te voy a quitar las cadenas.

—No es necesario que lo hagas. Solo tienes que añadir tu

sangre al círculo, y después manchar con una gota las cadenas, y podrás guiarme sin problemas.

Ah, sí. Ella ya había oído hablar de las cadenas de sangre. Atrapaban a quien las llevaba dentro de un círculo, por muy pequeño o grande que fuera, y aquella restricción solo podía anularse con la sangre de otra Arpía.

–Buena idea.

Miró hacia el campamento. Nadie se había fijado en ella, pero Bianka estaba moviéndose con algo de nerviosismo, mirando a su hermana y a los demás, a los demás y a su hermana, con una expresión suplicante.

Kaia se cortó la palma de la mano con la daga y dejó caer unas gotas de sangre al suelo. Después pasó la herida por la cadena que había entre las muñecas del hombre. Después, corrió hacia él y lo empujó de nuevo.

Él pasó el círculo tambaleándose. Después se detuvo, agitó la cabeza, estiró la espalda y giró los hombros. Kaia volvió a empujarlo, pero en aquella ocasión no consiguió moverlo. Entonces, él se dio la vuelta y sonrió. Antes de que ella pudiera darse cuenta de lo que estaba pasando, él la agarró por el cuello y la levantó del suelo.

Kaia abrió desorbitadamente los ojos mientras él le apretaba el cuello para asfixiarla. Tenía una fuerza que ningún humano podría poseer.

Pese a la falta de aire y al mareo, y al ardor que sentía en la garganta, Kaia se dio cuenta de la verdad: aquel hombre no era humano.

Irradiaba odio, y sus ojos giraban de una manera hipnótica.

–Arpía estúpida. Tal vez no pueda romper estas cadenas, pero el círculo era lo único que me impedía asolar este campamento. Y ahora, todas vais a morir por haberme insultado.

«¿Morir? ¡No! Tienes una daga, ¡úsala!».

Kaia intentó apuñalarlo, pero él le dio un manotazo en la mano y soltó una carcajada cruel. A su espalda, oyó un grito de Bianka. Oyó los pasos de su hermana, que se acercaba corriendo. «¡No! ¡No te acerques!», quiso gritar. Después, sus pensamientos se fragmentaron, porque el hombre siguió ahogándola con más y más fuerza.

Al final, Kaia perdió el conocimiento y se sumió en un oscuro vacío.

No, no un vacío. Había gritos... muchos gritos... gruñidos, rugidos, jadeos. Se oía el metal cortando carne, se oían chasquidos de huesos y la rasgadura de las alas de sus compañeras. Aquella sinfonía de pesadilla duró horas, tal vez días. Después se hizo el silencio.

—Kaia —dijo alguien, al tiempo que unas manos encallecidas la tomaban de los brazos y la agitaban—. Despierta.

Ella conocía aquella voz... Luchó por recobrar el sentido, y abrió los ojos con dificultad. Pasaron unos instantes antes de que se le aclarara la mente. Entonces vio a su madre, que tenía la cara manchada de sangre, y una expresión de ira.

—Mira lo que has hecho, hija —le dijo con dureza.

Aunque Kaia no quería obedecer, se incorporó y se sentó. Al hacerlo sintió una descarga de dolor en el cuello y en el resto del cuerpo. Observó el campamento, y entonces sintió también el sabor de la bilis en la boca. Había Arpías y... otras cosas por todas partes, entre ríos de sangre. Las armas estaban abandonadas en el suelo. Las tiendas estaban hechas jirones y algunos pedazos de lona blanca colgaban de las ramas de los árboles, meciéndose al viento.

—¿Bianka? —jadeó Kaia.

—Tu hermana está viva. Por poco.

Kaia se puso en pie, temblando, y miró a su madre a los ojos.

—Mamá, yo...

—¡Silencio! Tenías la orden de no entrar en esta zona, y la desobedeciste. Y has intentado robar el consorte de otra mujer sin pedirme permiso.

—Sí —dijo Kaia, con los ojos llenos de lágrimas—. Es cierto.

–¿Ves la destrucción que hay detrás de mí?

–Sí –repitió ella suavemente.

–Tú eres la responsable de este día trágico.

–Lo siento –dijo Kaia, agachando la cabeza hasta que la barbilla tocó con su pecho–. Lo siento muchísimo.

–Guárdate las lamentaciones. No sirven para deshacer la angustia que has causado.

Oh, Dios. En el tono de voz de su madre había odio.

–Has avergonzado a nuestro clan –prosiguió Tabitha, y le arrancó el medallón del cuello–. No te mereces llevar esto. Una guerrera de verdad salva a sus hermanas, no las pone en peligro. Y de este modo, con esta acción tan egoísta, te has ganado el título. De ahora en adelante serás conocida como Kaia la Decepción.

Tabitha se dio la vuelta y se alejó. Sus botas chapotearon en la sangre, y aquel sonido inundó los oídos de Kaia.

Cayó de rodillas y comenzó a sollozar como una niña por primera vez en su vida.

Capítulo 1

—Lo deseo.

—¿Cuándo he oído yo eso antes? Ah, sí. El día del Trágico Incidente. Me obligaste a prometer que no volvería a hablar de eso, ni bajo amenaza de muerte. Y no voy a hablar de eso, así que tranquila. Solo pensaba que te habías vuelto más cuidadosa con tus afectos desde entonces.

Kaia Skyhawk miró a su hermana, Bianka la Celestial, como la había bautizado recientemente. Un nombre que su preciosa hermana merecía. La chica se había emparejado con un ángel. Con un ángel de verdad. Claro que Bianka también había bautizado a Kaia: Calienta camas del Inframundo, por haberse acostado con Paris, el más promiscuo del mundo.

Aquel título no le molestaba tanto como el verdadero. Las Arpías tenían una memoria muy larga, y cada vez que ella se cruzaba con alguien de su raza, oía los comentarios: «Mira, la Decepción».

Bueno, de cualquier modo, Bianka estaba tan maravillosa como siempre, con su melena negra y sedosa cayéndole por la espalda y sus brillantes ojos de color ámbar. En aquel momento estaba revisando un perchero lleno de vestidos de firma con una mezcla de decisión y preocupación.

—Eso ocurrió hace un millón de años —dijo Kaia—. Y Strider es el único hombre al que he deseado. Al que he deseado de verdad desde entonces –añadió, antes de que Bianka pudiera hacer algún comentario sobre los muchos que había tenido durante su vida.

–¿Y qué pasa con Kane, el Guardián del Desastre? Creía que habías tenido algo con él. Algo como una conmoción sensual.

–No. Fue algo completamente pasajero.

Un resoplido.

–Vamos, inténtalo de nuevo.

–No lo sé. Tal vez su demonio sintió que yo era un alma gemela e intentó avivar las llamas de un romance. Eso no significa que Kane y yo estemos destinados el uno al otro. No me siento atraída por él.

–Muy bien. Kane está descartado. Tal vez necesites buscarte un novio en otra parte, como por ejemplo, el cielo. Puedo emparejarte con un ángel –le dijo Bianka. Descolgó un vestido azul bordado con lentejuelas y pequeños volantes en el bajo–. ¿Te gusta este?

Kaia ignoró el vestido y continuó:

–Nada de emparejamientos. Deseo a Strider.

–No te conviene.

–¿Por qué no? Para empezar, no le pertenece a ninguna Arpía. Para continuar no es un psicópata. Y para terminar, es mi… consorte. Lo sé.

Ya lo había dicho. Por fin. Había pronunciado las palabras en voz alta, para que pudiera oírlas otra persona, aparte de sí misma.

Era muy difícil encontrar un consorte, y por eso se les daba mucho valor. En realidad, eran necesarios. Las Arpías eran volátiles por naturaleza, peligrosas y, cuando se enfadaban, se volvían mortales para todos. Los consortes las calmaban. Los consortes las aplacaban.

Ojalá fuera posible elegirlos de un catálogo y acabar con los problemas. Sin embargo, era el instinto el que elegía, y el cuerpo seguía al instinto. No sería tan malo si a cada Arpía no le correspondiera solo un consorte de por vida. Solo uno.

Si lo perdía, sufriría eternamente. O se quitaría la vida directamente.

Kaia estaba avergonzada por el hecho de que Juliette hubiera tenido que estar sin su consorte durante tantos años, sin saber si seguía vivo o había muerto, odiándolo por lo que había hecho pero necesitándolo de todos modos. Juliette odiaba a Kaia y había prometido que iba a vengarse. Sí, todo aquello avergonzaba a Kaia, y no podía decir nada para defenderse.

Había desobedecido a su madre, y había liberado a un hombre. Había desencadenado su furia sobre toda su comunidad.

Todos los años, Kaia enviaba una cesta de fruta a Juliette con una tarjeta en la que le pedía perdón por lo que había ocurrido con su consorte, y todos los años, Juliette se la devolvía llena de corazones de manzana podridos, pieles de plátano ennegrecidas y una fotografía de sí misma haciéndole un gesto letal y con la frase: *Muere, zorra, muere*, escrito en con sangre en algún lado.

Si Juliette no la había atacado ya era solo por respeto a Tabitha, que seguía siendo alguien muy importante entre los aliados y los enemigos.

«No pienses en el pasado. Te meterás en una espiral».

Mejor, pensaría en su consorte. Strider, un bárbaro ligero de cascos y un poco tonto. Era un guerrero inmortal que, hacía mucho tiempo, había robado la caja de Pandora y la había abierto para «enseñarles a aquellos imbéciles de dioses una lección por atreverse a elegir a una mujer para custodiar una reliquia estúpida». A causa de esta falta de sentido común, sus amigos y él, los Señores del Inframundo, habían sido maldecidos, y tenían que llevar dentro para siempre los demonios a quienes habían liberado al abrir aquella caja.

Strider era el guardián del demonio de la Derrota. No podía perder un solo desafío, porque sentía un dolor inmenso. Por eso siempre estaba empeñado en ganarlo todo, aunque fuera una estupidez. Aquel empeño lo convertía en un estúpido y un egoísta. Sin embargo, no había un hombre más guapo que él, ni más fiero.

Ni ningún hombre que tuviera menos interés en ella.

¿Había mencionado ya que era un tonto?

—¿Y bien? —preguntó Bianka, sacudiendo un vestido delante de la cara de Kaia para llamar su atención—. Por favor, opina. Y que sea para hoy.

—Pues… no me gusta. Es demasiado raro.

Bianka se limitó a encogerse de hombros.

—Pues yo creo que me sentará muy bien.

—Como quieras. Adelante. Cómprate el vestido, y yo te compraré cien gatos para que te hagan compañía mientras tú te pasas el resto de la eternidad intentando averiguar por qué se estropeó tu relación con el ángel, sin darte cuenta de que vuestros problemas comenzaron esta misma noche.

—¿Pero es que no sabes que yo prefiero los perros? Bueno, como tú digas.

Bianka frunció los labios y dejó el vestido en el perchero. Después continuó con su búsqueda del vestido perfecto, un vestido que llevar mientras le daba una mala noticia a su consorte, Lysander.

Pobre Bianka. Se había emparejado con un ángel, y tenía que vivir en el Cielo, donde él vivía y trabajaba. En opinión de Kaia, aquello debía de ser muy aburrido.

—¿Kaia? —preguntó Bianka—. Vamos, concéntrate. Necesito ayuda desesperadamente.

—Sí, sí —respondió Kaia distraídamente.

Sin embargo, siguió pensando en que un hombre tan aburrido necesitaba un mote igualmente tedioso… Algo como el Papa Lysander I. Eso. Era un guerrero de elite con alas de oro y, sí, un asesino de demonios extraordinario, y, sí, también era muy sexy, pero además, se creía moralmente superior. Kaia se estremeció de desagrado. Aquel ángel estaba acabando con la faceta divertida de su deliciosa hermana.

Lysander odiaba que robaran en las tiendas, y por ese motivo, habían tenido que salir de Budapest, volver a Alaska y entrar con sigilo, a medianoche, en un centro comercial, en vez de llevarse lo que querían a plena luz del día. Como de costumbre. Demasiados ojos curiosos.

Para ser sincera, Kaia estaba avergonzada por haber hecho esa concesión, y lamentaba que no hubiera nada de emoción en aquello, pero quería a su hermana, y estaba en deuda con ella. Nunca podría olvidar la imagen de Bianka retorciéndose de dolor en un charco de sangre, con los ojos vidriosos, gimiendo de angustia, el día del Trágico Incidente.

Bianka suspiró.

—Está bien. Vamos a tratar de tus problemas para poder concentrarnos en mí. Dime por qué has elegido a Strider como compañero de tu corazón. Sé que te mueres por elogiar sus virtudes.

—¿Me estás tomando el pelo? ¿Acabas de decir «compañero de tu corazón»?

Bianka se echó a reír.

—Sí, y he estado a punto de vomitar. Influencia de Lysander, ¿sabes? Pero, bueno, Strider es una buena pieza. Y todo un desafío. Je, je, ¿lo pillas? Un desafío… no puede perder ninguno… pero los va buscando por ahí…

Kaia puso los ojos en blanco.

—Creo que últimamente te relacionas demasiado con los ángeles. Tu intelecto ha decaído.

—¿Qué? Eso ha sido gracioso. Y además, los ángeles no están tan mal.

—Lo que tú digas, mi amor.

—Lo único que digo es que Strider va a ser difícil de manejar. Además, ya le has dicho lo que sentías por él y te rechazó. Se sentirá molesto si insistes en ello, y un guerrero poseído por un demonio que se enfada es un desastre global en potencia.

—Ya lo sé.

Si se hubiera dado cuenta antes de lo importante que él era para ella, no se habría acostado con su amigo Paris, el guardián de la Promiscuidad. Entonces, Strider no la habría rechazado.

Tal vez.

O tal vez sí. Porque para su consternación, parecía que él deseaba a otra mujer; a Haidee, una belleza que le pertenecía a su amigo Amun, el guardián de los Secretos.

Por lo menos, Haidee estaba fuera de su alcance, y Kaia no tenía que preocuparse de que Strider intentara hacer algo con ella. Por el honor entre demonios, y todo eso.

Sin embargo, con solo pensar en que él mirara a otra mujer, a Kaia se le prolongaban las uñas y los colmillos, y la sangre le hervía por las venas. Todas las células de su cuerpo gritaban «¡Mío!». Mataría a cualquiera que se le insinuara, y a cualquiera a quien él se insinuara. No podría evitarlo. Su lado oscuro dominaría la situación y la empujaría a defender lo que era suyo.

—En serio, tiene suerte de seguir vivo, y no solo porque yo quiera hacerle pedazos y dárselos a los animales del zoológico —continuó Bianka—. Un hombre que no reconozca tu valía merece una buena tortura.

—Ya lo sé.

Y no porque ella pensara que fuera especial, aunque lo era, claro, sino porque nadie podía rechazar a una Arpía sin pagarlo bien caro.

En realidad, la mayoría de las Arpías habrían tomado a Strider incluso sin su consentimiento. Tal vez ella fuera tonta por dejar que él la rechazara. Sin embargo, quería que él estuviera dispuesto. Lo necesitaba. Obligarlo, pasar por encima de él, habría sido vencerlo, y eso habría sido hacerle daño.

Kaia no era capaz de hacerle daño a Strider, ni siquiera para proteger su propia cordura.

—De todos modos, eres demasiado buena para él —dijo Bianka, tan leal como siempre.

—Ya lo sé —respondió Kaia, aunque en aquella ocasión estaba mintiendo. Ella solo era una desgracia para su clan, y Strider se merecía a alguien mejor.

Su hermana suspiró.

—Pero de todos modos, lo deseas.

—Sí.

—Bueno, ¿y qué vas a hacer para conseguirlo?

—Nada. Ya lo he perseguido una vez, y no voy a hacerlo de nuevo.

—Puede que si…

—No. Hace unas semanas lo desafié a que matara a más Cazadores que yo.

Los Cazadores eran los enemigos que querían destruir a los demonios, y todo lo que tuviera que ver con ellos. Eran unos fanáticos a quienes les encantaba perseguir a los inocentes que osaran interponerse en su camino. Los humanos que iban a vérselas con sus garras si volvían a acercarse a Strider.

Bueno, eso si se atrevían a acercarse a él con un arma en la mano. Tal vez les permitiera que se arrastraran a sus pies para pedir perdón por todos los problemas que habían causado durante siglos. Torturar a los Señores, hacer volar edificios por los aires, decapitar al guardián de la Desconfianza… Todo aquello era un poco más que irritante.

Hablando del asesinato de Desconfianza, la propia Haidee había ayudado a llevarlo a cabo. Sí, esa Haidee. El objeto de deseo de Strider.

Kaia no lo entendía. Si Strider podía desear a Haidee pese a sus crímenes, ¿por qué no podía desearla a ella?

—Yo quería ayudarlo a matar a los hombres que lo perseguían. Quería que viera lo hábil que soy —añadió—. Quería que admirara mis habilidades. Pero, ¿lo hizo? Noooo. Se enfadó. Despotricó por todo el dolor que yo iba a causarle. Así que le dejé ganar. ¡Le dejé ganar! Ya sabes que yo nunca hago eso. ¿Y cómo me dio las gracias? Diciéndome que me perdiera —dijo, y sintió de nuevo toda la humillación que le causaba todo aquello—. Bueno, vamos a cambiar de tema —añadió. Era mejor hacerlo antes de que le diera un ataque de rabia y destrozara todo el centro comercial—. ¿Qué es exactamente lo que estás buscando? –le preguntó a su hermana, y comenzó a mirar los vestidos ella también.

–Quisiera ser provocativa, pero también sofisticada –dijo Bianka, que aceptó el cambio de tema sin comentario alguno.

–Bien pensado –respondió Kaia–. ¿Es que crees que arreglándote vas a tenerlo más fácil?

–Dios, eso espero. Voy a permitir que Lysander me arranque el vestido, me haga el amor apasionadamente y después, cuando todavía esté intentando recuperar el aliento, darle la noticia y salir corriendo.

–Pero, ¿qué es lo que tienes que decirle a Lysander, exactamente?

Bianka se encogió de hombros.

–Exactamente... no lo sé.

–Inténtalo. Imagínate que yo soy tu consorte, y confiesa.

–Está bien –respondió su hermana. Irguió la espalda y miró a Kaia con nerviosismo–. Bueno, allá va –dijo. Después hizo una pausa. Después tragó saliva–: Cariño... yo... eh... tengo que decirte una cosa.

–¿Y qué es? –preguntó Kaia, con la voz más grave que pudo–. Dímelo rápidamente porque tengo que espolvorear mi polvo mágico y mover mi varita mágica cuando...

–¡Él no utiliza polvos mágicos! ¡Es un asesino, demonios! Y en cuanto a su varita mágica... –Bianka sonrió–. Es muy grande. Seguro que es mucho más grande que la de Strider.

Kaia siguió mirándola sin pestañear.

Su hermana inhaló una bocanada de aire profundamente, y la exhaló despacio.

–De acuerdo. Continúo. Querido, por primera vez desde hace muchos siglos, mi familia ha recibido la invitación para participar en los Juegos de las Arpías. ¿Y por qué desde hace muchos siglos?, me preguntará él. Bueno, es una larga historia. Verás, mi hermana cometió una estupidez...

–Seguro que vas a exagerar con respecto a eso –dijo

Kaia, sin dejar de poner la voz grave con la que estaba imitando a Lysander–. Tu hermana es la mujer más fuerte e inteligente a la que he conocido. Vamos, ahora dime algo importante.

–Bueno –prosiguió Bianka suavemente–. No estoy segura de por qué no hemos sido invitadas, pero hace unos días nos llegó una tarjeta con membrete que exigía nuestra presencia. No podemos negarnos a acudir, porque eso sería una gran vergüenza para el clan. Nos tildarían de cobardes, y como bien sabes, yo no soy ninguna cobarde. Así que… me marcho dentro de una semana, y estaré fuera durante cuatro. Ah, y cada una de las cuatro pruebas que se celebran conllevan derramamiento de sangre, posibles mutilaciones y tortura. Nos vemos…

Para terminar, Bianka hizo un gracioso saludo con la mano, se quedó inmóvil y esperó la respuesta de su hermana.

Kaia asintió.

–Me gusta. Es firme e informativo. No le quedará más remedio que dejarte ir sin armar lío.

–¿De verdad lo crees?

–¡Pues claro que no! Se va a poner como una fiera. Tú ya conoces a tu consorte, ¿no? Es extremadamente protector. Bueno, ¿qué te parece este vestido? –le preguntó, mostrándole una prenda que tenía cadenitas plateadas muy finas para unir ambos lados.

–Me parece precioso. Es perfecto. Y también me parece que tú eres tonta.

Kaia sonrió.

–Pero me quieres de todos modos.

–Como tú misma has dicho, se me ha debilitado el intelecto –respondió Bianka, y se mordió el labio–. Bueno, esto es lo que creo que va a ocurrir después de la confesión: En primer lugar, él intentará detenerme.

–Eso es cierto.

–Después, cuando se dé cuenta de que no puede, se empeñará en ir conmigo.

–Cierto también. ¿Y eso te parece bien? –le preguntó Kaia.

Todo el mundo iba a reírse de Bianka por haberse unido a un bienhechor. Incluso su madre. Sobre todo, su madre. Tabitha odiaba a los ángeles, porque siempre había pensado que el padre de su hermanastra pequeña era un ángel, y le echaba la culpa a aquel hombre de la supuesta debilidad de Gwen.

–Sí –dijo Bianka con una sonrisa–. Me parece muy bien. No me gusta estar sin él, y estoy dispuesta a matar a cualquiera que hable mal de él, así que eso le añadirá emoción al tiempo que pasemos allí.

–Y además, cribará la competición, porque yo te ayudaré con las matanzas –dijo Bianka. Ojalá ella pudiera llevar a Strider.

En realidad, no, pensó después. Prefería que no fuera con ella. Kaia tenía el rechazo de todos los clanes de las Arpías, y se moriría de mortificación si Strider viera que todas las demás le daban la espalda, o si oía el sobrenombre despreciativo que le había puesto su madre.

Un soldado como Strider valoraba mucho la fuerza. Ella lo sabía porque era un soldado como Strider.

Por supuesto, su siguiente pensamiento fue que Haidee también era fuerte. Aunque era una humana, la chica se las había arreglado para vencer a la muerte una y otra vez, y siempre había vuelto para luchar contra los Señores. Hasta que se había enamorado de Amun.

«Si no quisiera tanto a Amun, enviaría a esa chica otra vez a la tumba, ¡definitivamente!». Nadie captaba la atención de Strider sin sufrir por ello.

–¿Me estás escuchando, o has vuelto a ensimismarte? –le preguntó Bianka con exasperación.

Ella agitó la cabeza.

–Sí, te estoy escuchando. Estabas hablando de algo... muy importante.

–¡Oh, estabas escuchando!–dijo su hermana, poniéndose

la mano sobre el corazón–. Bueno, de todos modos. Gracias por ofrecerte a ayudarme a castigar a cualquiera que insulte a Lysander. Eres mi guerrera favorita del mundo, Kye.

–Y tú la mía, Bee.

Las cosas le irían bien a Bianka. Lysander la apoyaría pasara lo que pasara. Las Arpías iban a ver lo intratable que podía llegar a ser el ángel y se echarían para atrás. Kaia, sin embargo… No, a ella no iban a salirle bien las cosas.

–Nuestra querida madre va a estar allí –dijo Bianka–. Y va a odiar a Lysander, ¿verdad?

–Seguro que sí. Pero debes pensar que ella siempre ha tenido un gusto deplorable en cuanto a los hombres. Mira nuestro padre, por ejemplo. Un cambiador de forma de Phoenix, o sea, un miembro de la peor raza del mundo inmortal. Siempre están saqueando y quemándolo todo. Hay que ser una loca para emparejarse con uno de esos individuos. ¿Y eso qué significa? Que nuestra madre es una verdadera loca. A mí me preocuparía que le cayera bien Lysander.

¿Y qué pensaría Tabitha de Strider?

Bianka se rió suavemente.

–Tienes razón.

–¿Y sabes otra cosa? A mí no me importa lo que piense –añadió Kaia. Sin embargo, aunque aquellas eran unas palabras valientes, por dentro se sentía como si fuera una niña pequeña que deseaba desesperadamente la aprobación de su madre–. Aunque quizá… tal vez entierre el hacha de guerra conmigo.

Bianka le dio unos golpecitos en el hombro.

–No me gusta decirte esto, hermanita, pero ella solo va a enterrar el hacha si te lo puede clavar en la espalda.

–Sí, es verdad –reconoció Kaia con consternación. Y a ella no debería importarle eso, no debería, pero, ¿por qué sus hermanas eran las únicas que la consideraban lo suficientemente buena?

Su madre la había repudiado por un error que había cometido cuando era niña. Por un error, Strider se negaba a entablar una relación con ella, como si le hubiera engañado, o algo así. Y no era cierto. Los dos llevaban muchos años solteros, y ni siquiera habían salido juntos, ni una sola vez. No se habían besado. No habían hablado de verdad. Y en cuanto a la noche que había pasado con Paris... Ella no sabía, entonces, que algún día desearía sexualmente a Strider.

Él era quien debería haber notado su atractivo desde el principio, y quien debería haber intentado seducirla. Así pues, pensándolo bien, la culpa era suya. O tal vez, de su demonio. Derrota todavía tenía que darse cuenta de que perderla a ella sería mucho peor que perder un desafío. De lo contrario, Strider iba a sufrir sin ella.

Kaia quería que él sufriera por no estar con ella.

El demonio estaba unido a Strider y era esencial para que él pudiera sobrevivir, así que... Quizá ella tuviera que hacer algo para ganarse el aprecio del demonio. Si acaso decidía hacer algún otro movimiento para conquistar a Strider. Cosa que no iba a hacer. Tal y como le había dicho a su hermana, él había perdido su oportunidad. Además, si volviera a insistirle, parecería que estaba desesperada. Lo cual era cierto.

Por los dioses, aquello era deprimente. ¡Y exasperante! Siempre había que aplastar cualquier oposición, pero, ¿cómo iba a luchar contra el mismo hombre a quien quería proteger?

—¿En qué estás pensando ahora? —le preguntó Bianka—. Tienes los ojos casi negros, así que tu Arpía está a punto de tomar el control de la situación y...

—¡Eh! ¡Eh, vosotras! ¿Qué estáis haciendo ahí? —gritó alguien.

Kaia respiró profundamente y miró hacia atrás. Magnífico. Acababa de llegar la seguridad del centro comercial.

—Estoy bien, de verdad. ¿Nos vemos en casa? —le preguntó a Bianka, mientras le lanzaba a las manos el vestido que habían elegido.

—Sí —afirmó Bianka, mientras se lo guardaba dentro de la camiseta—. Te quiero.

—Yo también te quiero.

Echaron a correr en direcciones opuestas.

—¡Alto o disparo!

La cabellera roja de Kaia brillaba en la oscuridad, y aquel fue el motivo por el que el guardia debió de elegirla a ella. No disparó, el muy mentiroso, sino que se puso a perseguirla después de haber pedido ayuda por radio.

La mayoría de las luces estaban apagadas, y en el resto del centro comercial había muy poca iluminación. Aunque eso no tenía importancia, porque las Arpías tenían un sentido de la vista muy superior al de los humanos. Ella atravesó de manera experta las sombras, y corrió hacia la salida. Por desgracia, el humano conocía la zona mejor que ella, y se las arregló para no perderla.

Era hora de llevar las cosas más allá.

Aleteó con fuerza... Se preparó... pero justo antes de que pudiera salir volando, el guardia hizo algo impensable: le dio una descarga con su pistola eléctrica. Después de todo, no era un mentiroso. Kaia cayó de bruces, y al instante, el oxígeno se convirtió en algo parecido a un rayo en sus pulmones. Estaba a pocos centímetros de la puerta, pero los espasmos de sus músculos le impidieron escaquearse.

Podría haber usado una de las muchas armas que llevaba escondidas en la ropa, por ejemplo, una daga, para terminar con aquella molestia. Para terminar con el humano. Sin embargo, aquella era su ciudad natal, y no le gustaba matar a sus habitantes. O, más bien, no le gustaba matar a más de uno al día, y ya había llegado a su límite.

Además, ¿para qué iba a matar al guardia cuando, en realidad, ella no quería escapar? Sabía que aquello le proporcionaba algo que anhelaba en secreto: un motivo para llamar a Strider.

Después de todo, alguien tendría que pagar su fianza para sacarla del calabozo.

Capítulo 2

Strider estaba esperando en el vestíbulo del Departamento de Policía de Anchorage junto a su amigo Paris. Ya habían pagado la fianza de Kaia y estaban esperando a que la dejaran en libertad. «Vamos, Pelirroja. Date prisa». En aquel momento, varios policías lo estaban mirando de reojo, y a Paris también.

Iban armados, sí. Strider no entraría sin varios cuchillos ocultos entre la ropa ni siquiera a una iglesia, y mucho menos a un edificio lleno de armas y custodiado por humanos que sabían usarlas. Pero, hasta el momento, nadie había hecho ningún comentario. Tampoco podían ver su arsenal, que iba oculto bajo la chaqueta, la camiseta y los pantalones vaqueros.

—¿Podrías explicarme otra vez por qué hemos tenido que venir nosotros a hacer esto? —preguntó Paris.

Su amigo, el guardián de la Promiscuidad, medía más de dos metros y tenía un cuerpo atlético. Era un tipo muy grande. Medía diez centímetros más que Strider, pero no era tan poderoso como él.

Teniendo en cuenta las muchas veces que se habían peleado, la comparación no era solo una opinión, sino un hecho.

—Le debía un favor —dijo, con cuidado de no revelar ninguna emoción.

Como por ejemplo, el hecho de que preferiría estar encerrado en el calabozo de su enemigo, sufriendo torturas diarias, que allí. Como por ejemplo, que no quería volver a ver a Kaia. Como por ejemplo, que no quería que Paris volviera a ver a Kaia. Nunca.

—Y ella me pidió que se lo devolviera —explicó.

—¿Qué favor?

—No es asunto tuyo —respondió con aspereza. A él no le gustaba pensar en ello, ni hablar de ello. Era demasiado vergonzoso.

—Bueno, pues yo no le debo ninguno —replicó Paris.

Estaba mirando a Strider con sus ojos azules y profundos, y muy brillantes. Irradiaba tensión. Por desgracia, eso no disminuía su belleza. Tenía una cabellera de todos los tonos castaños posibles, que todas las mujeres desearían tener, y una cara que todas las mujeres querían mirar.

Seguramente, Kaia había acariciado aquel pelo. Y seguramente, había cubierto aquella cara de besos.

Strider apretó la mandíbula.

—Tú te has acostado con ella. ¿Es que necesitas que te lo recuerde?

—No, no lo necesito. Pero, pensándolo bien, es ella la que está en deuda conmigo. Y ahora tú también, porque has interrumpido mi búsqueda pidiéndome que te ayudara.

Aquellas palabras resultaban amargas. Sienna, la mujer a la que Paris deseaba por encima de todas las demás, estaba atrapada en el cielo, convertida en esclava del rey de los dioses, y poseída por el demonio de la Ira. Paris esperaba encontrarla, salvarla y castigar a todos quienes le hubieran hecho daño.

Strider permaneció en silencio. Paris había encontrado a su pareja definitiva, tal y como repetía sin cesar, pero de todos modos se había acostado con Kaia. En opinión de Strider, alguien que había encontrado a su amor no debería ir por ahí acostándose con otras. Sí, era cierto que Paris no podía evitarlo. A causa de su demonio, tenía que acostarse con una persona distinta cada día o se debilitaba… y moría.

Una parte mezquina de Strider casi deseaba que su amigo hubiera elegido debilitarse a acariciar a la Arpía.

Claro que eso también hacía que se sintiera culpable. Kaia no era de él, y nunca podría serlo. Era demasiado competitiva, demasiado fuerte y demasiado astuta como para causarle algo que no fuera tristeza. Sí, comprendía lo irónico de la situación: él era así con todo el mundo. Sin embargo, sentía atracción hacia ella, y al ser tan posesivo, no soportaba pensar que se acostara con ningún otro.

Y más teniendo en cuenta que él tenía que ser el mejor en todo lo que hiciera. A causa de su demonio, tenía que ganar, incluso en la cama. Y como Paris tenía más experiencia que nadie a quien él conociera, no había manera de que pudiera competir con su amigo en aquel campo.

Tal vez hubiera podido ignorar sus otros motivos para rechazar las miradas insinuantes de Kaia, pero no podía pasar aquello por alto. Ni siquiera una vez. Porque una vez que un hombre había mordido la fruta prohibida, volvería por más. No podría evitarlo, porque habría perdido la cordura. Así que él continuaría volviendo a ella, y cada vez que la tocara, cada vez que la saboreara, después experimentaría la agonía en su forma más pura.

Ciertamente, él era muy bueno en la cama, pero cuando no estaba seguro de que pudiera ganar una batalla, no la libraba. No había nada que mereciera tanto la pena como para soportar el tormento físico y mental que le causaba una derrota, y Arpía seguramente era mucho mejor que él en aquel sentido.

Por otra parte, el placer que le producía una victoria... No había nada igual, ni siquiera el sexo. Strider era adicto a aquellas sensaciones, igual que Paris era adicto a la ambrosía, la droga de los inmortales.

—Bueno, de todos modos —dijo Paris, sacándolo de su ensimismamiento—, ¿cuál fue el favor que te hizo Kaia? Debió de ser algo muy importante, teniendo en cuenta que has estado dispuesto a trabajar para mí durante una buena temporada con tal de conseguir mi ayuda.

—Ya te he dicho que no es asunto tuyo.

—Sí, pero pensaba que si insistía, ibas a contármelo.

—Pues no. Soy un poco más obcecado que el resto. Y, a propósito, yo no he aceptado trabajar para ti durante una buena temporada. A cambio de tu ayuda, he accedido a acompañarte a Titania a buscar a Sienna.

Titania. Un nombre absurdo. Sin embargo, Cronus, el dios de los reyes, le había cambiado el nombre al Olimpo para molestar a los Griegos, que habían reinado antes que él, pero que en aquellos momentos estaban encarcelados.

—Amigo, te has sometido a mí por completo. También has accedido a secuestrar a ese idiota de William y a llevarlo con nosotros —replicó Paris.

—Sí, es cierto.

Y eso le molestaba. William era un inmortal adicto al sexo que quería acostarse con Kaia. Por desgracia, Willy era el único que podía ver a Sienna, porque Sienna estaba muerta, y él tenía el poder de ver a los muertos.

Además, también era ventajoso el hecho de que William pudiera trasladarse de un lado a otro en un instante. Fuera cual fuera el motivo, todos los poderes que los dioses le habían arrebatado en el pasado estaban volviendo a él.

De cualquier modo, Strider y sus cohortes habían descubierto recientemente que la palabra «muerto» no significaba «ausente para siempre». Ni para los humanos, ni para los inmortales, por supuesto. Se podía capturar a las almas, manipularlas... abusar de ellas. De Sienna estaban abusando, y Paris estaba desesperado por salvarla.

—Tú has accedido a ayudarme sabiendo que tendrías que encontrar a Sienna, por mucho que tardemos. Si no cumples tu palabra, sufrirás. Mucho.

Por lo que respectaba a Strider, cuanto más tardaran, mejor. Cuanta más distancia hubiera entre Kaia y él, mejor. Tenía que olvidarla.

Ya lo había hecho antes; el único problema era que ahora la conocía mejor, y su atracción por ella era más fuerte.

–Has estado durante semanas en los cielos y no has conseguido nada –dijo–. Me necesitabas.

–Sí, pero tú no me necesitabas a mí para una cosa tan sencilla como esta.

En realidad, sí necesitaba a Paris. Necesitaba ver a Paris y a Kaia juntos, y recordarse por qué debía dejar de pensar en la Arpía. Además, necesitaba salir de Budapest, donde estaba su hogar, y poner distancia de por medio con Amun y su nueva novia, Haidee. Strider había intentado seducirla, pero ella no se lo había permitido. Por otra parte, él la había insultado a cada paso que daban y la había amenazado con decapitarla, pero tenía buenas razones para hacerlo. En el pasado, Haidee era una Cazadora y había matado a su mejor amigo, Baden, el guardián de la Desconfianza.

Y, sin embargo, él todavía la deseaba. Y cada vez que la veía, recordaba su fracaso, su derrota. El dolor consiguiente. Con todo, no había tenido problemas para resistir la tentación. Había mantenido la boca, las manos y su apéndice favorito quietos sin dificultad.

Por el contrario, Kaia era otra cosa. Con solo pensar en ella, ya tenía la boca hecha agua, notaba un cosquilleo en las manos y su apéndice favorito estaba poniéndose en pie.

Oh, sí. Tenía que alejarse todo lo posible de aquella situación.

–Strider, ¿estás aquí conmigo, o no?

Él pestañeó. Paris. La comisaría. Humanos con armas. Estar así de distraído era una estupidez. Culpó a Kaia por su falta de concentración, y ese era otro motivo para alejarse de ella.

–No quiero hablar de eso –dijo.

Paris abrió la boca para responder, pero la cerró al oír el sonido de unos tacones que se acercaban por el pasillo. Entonces vieron a Kaia, con su melena rojiza por la espalda, los ojos grises muy brillantes y aquel cuerpo espléndido balanceándose con un ritmo seductor.

–No te metas en más problemas, ¿entendido? –le dijo el

oficial que la acompañaba, con un afecto evidente. Strider quiso matarlo por coquetear con ella de aquel modo tan descarado–. Te queremos, pero no queremos volver a verte por aquí.

«Cálmate. Tú no estás saliendo con ella, ni vas a hacerlo. Ni vas a besarla. El flirteo de ese policía no es cosa tuya».

–Como si fuera a dejar que me pillaran por cuarta vez –dijo ella con una sonrisa encantadora.

Strider notó una presión en el pecho al verla. Nadie debería tener unos labios tan rojos y tan carnosos, ni unos dientes tan perfectos y tan blancos. Además, llevaba unas botas de piel de serpiente de color rosa, una minifalda vaquera y una camiseta blanca de tirantes, que se transparentaba lo suficiente como para advertir que su sujetador también era blanco, y de encaje.

Milagro de los milagros, ese día llevaba sujetador.

Se detuvo al verlo, y la sonrisa se le borró de los labios. Él no estaba seguro de qué reacción esperaba, pero sí sabía que no era la reticencia.

Ella miró a Paris, y volvió a sonreír. Strider volvió a notar la opresión en el pecho.

–Eh, forastero. ¿Qué estás haciendo aquí?

–No estoy seguro –dijo Paris, frunciendo el ceño–. Aunque no es que no esté contento de verte, ¿sabes?

–Sí, lo mismo digo. Y gracias por venir a buscarme. Os lo agradezco.

–Cuando sea necesario. Aunque espero que no vuelva a ser necesario en un futuro cercano.

Ella se echó a reír.

–No puedo prometértelo.

Después miró a Strider, y su risa cesó, como había desaparecido su sonrisa.

–Bueno. Tú –dijo, como si hubiera visto una bacteria comedora de carne en el interior de su zapato.

«La antipatía no es un desafío», le dijo a su demonio, al notar que Derrota se espabilaba.

No hubo respuesta. Lo cierto era que Derrota se sentía intimidado por Kaia, y no quería llamar su atención.

Y en realidad, Derrota solo se dignaba a hablar con Strider cuando algo estimulaba su espíritu competitivo. Por supuesto, Strider prefería que permaneciera al fondo de su mente, como una presencia silenciosa que podía ignorar con facilidad.

—Esperaba que enviaras a alguien, no que vinieras en persona —dijo Kaia.

—¿Después del mensaje que me dejaste? —replicó él con un resoplido—. Ni hablar.

—¿Estás gimoteando? Porque oigo un gimoteo de colegial en tu tono de voz.

«Ella no me divierte».

—Yo nunca gimoteo.

Había escuchado el mensaje mil veces, y se lo sabía de memoria. «Strider, hola, soy Kaia, ya sabes, la chica que te salvó la vida hace unas pocas semanas. La misma chica a la que tú pisoteaste después. Bueno, pues es hora de que me devuelvas el favor. ¿Por qué no te levantas de la cama y vienes a pagar mi fianza para sacarme del calabozo antes de que yo decida escaparme y probar mis tacones de aguja en tu cara?».

La animosidad estaba muy bien, y él esperaba que ella siguiera tratándolo así, pese a que había tenido que mover cielo y tierra para llegar hasta allí. El cielo, telefoneando a Paris y convenciéndolo de que lo dejara todo, le pidiera a Lysander que lo llevara a casa y lo acompañara. La tierra, telefoneando a Lucien y convenciéndolo para que los llevara en un segundo desde Budapest a Alaska. Ninguna de las dos cosas había sido fácil.

Y sí, ahora Strider también le debía un favor al guardián de la Muerte. Cada vez debía más favores, y todo por aquella mujer impresionante que tenía enfrente, que además, quería ver su cabeza en una pica.

—Habría sido agradable que me dieras la dirección. Torin

tuvo que buscar en... –Strider se calló rápidamente, antes de admitir públicamente que Torin, el guardián de la Enfermedad, era capaz de entrar en cualquier base de datos conocida por el hombre. Era mejor mantener en secreto una habilidad como aquella–. Tuvo que buscarte, y nos costó un poco encontrarte.

–¿Y?

–¿Y? ¿Eso es todo lo que tienes que decir sobre tu horrible comportamiento? Podías haber llamado a Bianka. Estaba aquí en Anchorage, contigo. En vez de eso, me has hecho perder el tiempo a mí con esta tontería.

–¿Y?

Demonios, ¿tanto le costaba mostrar un poco de gratitud? Él podía haberse quedado en casa y haber dejado que ella se pudriera en el calabozo. En vez de eso, Kaia solo había tenido que pestañear y él lo había dejado todo para ir a buscarla. Era una mujer exasperante.

Él se había portado mal con ella, sí, y al contrario que Haidee, Kaia no se lo merecía. «Aunque no vas a pensar en eso», se dijo. Y, sin embargo, los recuerdos lo asaltaron.

Había un grupo de Cazadores que llevaba días siguiéndolo, pero él estaba demasiado concentrado compadeciéndose a sí mismo por haber perdido a Haidee y no se había dado cuenta. Kaia le había salvado el pescuezo cuando los Cazadores le habían tendido una emboscada. Y, por los dioses, era muy sexy cuando luchaba.

Él no había visto aquella lucha en particular, pero había visto varias peleas anteriores, e incluso había entrenado con ella. Se imaginaba muy bien cuál era la danza letal de Kaia aquella noche.

Después había habido otra batalla, porque lo había desafiado a matar más Cazadores que ella. Él se había enfadado mucho por dos motivos: Kaia podía matar más Cazadores, sin duda, y él tenía otras cosas que hacer. Como por ejemplo, irse de vacaciones por primera vez en muchos siglos. Sin embargo, en cuanto se había pronunciado el desafío, su demonio había aceptado, y Strider había tenido que dejar todo lo demás para no sufrir una derrota.

Y para su absoluta sorpresa, ella le había dejado ganar. Al ser una Arpía, podía acabar con un ejército entero en cuestión de segundos, sin derramar una gota de sudor, pero en vez de dar el golpe final, ella había apilado a sus contrincantes derrotados, que todavía respiraban, y se los había entregado a él. Después se había marchado.

Y Strider no había vuelto a tener noticias suyas hasta que había recibido aquel mensaje.

Sí. Tenía que disculparse.

—No es por señalar lo torpe que eres, ni nada por el estilo —le dijo Kaia—, pero una vez yo tuve que sacar a Bianka de la cárcel doce veces en el mismo día. Y no me quejé ni una sola vez.

«Nada de dejarse divertir», se recordó él.

—¿Te he dicho alguna vez lo mucho que odio que la gente exagere?

—¡Es verdad! —respondió ella, dando una patada en el suelo—. No me quejé ni una sola vez.

«No me divierte. No me voy a reír».

—No me refería a eso —dijo.

—Ah, bueno —respondió ella, y su indignación se desvaneció—. Yo nunca exagero. Nunca jamás.

Él tuvo que contener una carcajada.

—Ahora mismo estás exagerando.

—¡Y tú sigues gimoteando, niñato!

Dios, se ponía preciosa cuando se enfadaba. Le brillaban los ojos como el oro, y sus mejillas se teñían de un color rosa raro, exótico. Y aquella gloriosa cabellera rojiza se le elevaba de la cabeza, como si hubiera metido el dedo en un enchufe. La energía crepitaba a su alrededor.

—Vaya —dijo Paris, mirando a su alrededor—. Esto es muy divertido.

—¿Te he dicho alguna vez que odio el sarcasmo? —le preguntó Strider.

Kaia tomó aire sin apartar la mirada de él.

—Mira, aparte de tus gimoteos, no voy a devolverte el dinero, y no voy a aparecer en la vista —dijo, y alzó la barbilla—. Te fastidias.

Adiós a la diversión, y adiós a la disculpa. Derrota había empezado a canturrear, se estaba despabilando y preparando para una pelea, aunque ella lo intimidara. Strider apretó la mandíbula, pero no dijo nada. Se dio la vuelta y salió del edificio antes de que las cosas se pusieran feas, y obligó a Kaia y a Paris a que lo siguieran. Juntos. Tal vez le hicieran un favor y se tomaran de la mano.

Los oyó caminando detrás de él, charlando. Se sacó las gafas de sol del bolsillo de la chaqueta y se las puso. Pese a que el sol brillaba con fuerza, hacía frío. Bajó las escaleras y se dio la vuelta.

No se habían tomado de la mano, pero entre ellos saltaban chispas de «nos hemos visto desnudos». Tenían las cabezas juntas y estaban hablando en voz baja, con un tono íntimo. Seguramente, estaban recordando los diez mil orgasmos que habían compartido.

Aquello era exactamente lo que él quería y necesitaba: un recordatorio.

Un recordatorio de que, una vez, Paris le había quitado la ropa a Kaia, y la había tendido en su cama; le había separado las rodillas y había visto su cuerpo celestial, y lo había saboreado y lamido mientras escuchaba sus apasionados gemidos de rendición femenina, y entonces, cuando ya no podía soportar más el deseo, se había hundido en aquel sexo tan estrecho y tan exquisito que ya nunca volvería a ser el mismo.

Kaia había abrazado a aquel guerrero. Había gritado su nombre. Lo había arañado y mordido, y le había pedido más.

De repente, Strider vio su cara en vez de la de Paris, y era él quien estaba embistiendo aquel cuerpecillo, entrando y saliendo de él una y otra vez. Con fuerza, con dureza, mientras gruñía con desesperación por obtener más placer.

Apretó los puños. Malditos fueran Paris y Kaia. Porque, para ser sincero, sentía tanta furia hacia Paris como excitación por Kaia. Y aquella excitación era tan grande que tuvo que bajarse la camiseta desde la cintura de los pantalones para ocultar la prueba. Paris debería haber resistido a Kaia; él quería a otra mujer, y Kaia se merecía algo más que ser el premio de consolación.

¿Por qué ella no se había dado cuenta de eso?

En cualquier momento, él dejaría de querer separarlos, de aplastarle la cara a Paris contra el pavimento, y de besar a Kaia hasta que ella no tuviera aire en los pulmones. En cualquier momento, querría darle una palmada en la espalda a su amigo por haber hecho un buen trabajo y comenzaría a pensar en Kaia solo como una chica guapa y una buena amiga, pero no como una posible amante.

Sí. En cualquier momento.

Capítulo 3

—Piérdete, ¿quieres? —le susurró con ferocidad Kaia a Paris, mientras bajaban las escaleras que conducían a la libertad... y a Strider—. Eres como un sarpullido que no desaparece nunca.

Él se echó a reír con un sonido que todavía tenía trazas de dolor.

—En serio. Esta es la mayor cantidad de atención que Strider me ha prestado en toda su vida, y tú lo estás estropeando todo. Márchate antes de que te dé una paliza.

Paris se detuvo y la tomó del brazo para detenerla. Su diversión se había convertido en un sentimiento comprensivo, y los rayos dorados del sol lo estaban acariciando con el cuidado y la delicadeza de un amante. Qué hombre tan guapo. Hasta los elementos tenían dificultad para resistirse a él.

—Escucha con atención, cariño, porque estoy a punto de darte una información vital. Sé buena y no azuces al oso hoy. Ya está de mal humor.

Ella entornó los ojos.

—Creía que eras más listo. Algunas veces hay que azuzar a un oso, o nunca saldrá de la hibernación.

Paris sonrió.

—¿Tú crees? Pues piensa en esto: ¿Qué es lo primero que hace un oso cuando despierta de la hibernación?

Eh...

–Come. Y para ser sincera, estoy deseando que lo haga.

–Sí, sí. Ya lo sé. Eso puede ser muy divertido –respondió Paris, inclinándose hacia ella, y le susurró–: Pero, ¿sabes qué otra cosa hacen? Los osos torturan. A los osos les encanta torturar, Kye. Son malos. Cuando un humano se interpone en su camino, sobre todo después de una larga hibernación, el resultado nunca es bonito. Tienes que dejar que este oso se aclimate a tus… artimañas.

–Para empezar, yo no soy exactamente humana –repuso ella–. Y además, soy más fuerte que tú, y que él. Más fuerte que vosotros dos juntos. Puedo enfrentarme a cualquier cosa que él me sirva.

–Por el amor de Dios –rugió de repente Strider, que se había dado la vuelta y los estaba mirando–. Ya está bien. Tenemos que marcharnos, Paris, así que deja de flirtear con nuestra fugitiva.

Había dicho «nuestra». No «tu fugitiva». Qué progreso tan dulce. Kaia intentó no sonreír, se apartó de Paris y se giró lentamente hacia Strider. Al mirarlo, se le cortó la respiración. Paris era guapo, sí, pero Strider… Strider era magnífico.

Lo había visto por primera vez desde hacía semanas en el vestíbulo de la comisaría, entre paredes blancas, y había sentido que le flaqueaban las rodillas. Él tenía el pelo rubio pálido, y lo llevaba muy despeinado, en punta. La había observado con sus ojos azul oscuro, pasándole la mirada por el cuerpo y deteniéndose en los lugares adecuados, y a ella se le había encogido el estómago.

Y en aquel momento, con aquella segunda mirada… Era un hombre alto, y tenía un cuerpo musculoso y una cara… la cara inocente y perversa de un ángel caído.

Al principio, ella no había advertido la contradicción que había en aquel rostro. Solo había visto la inocencia, y había seguido buscando a alguien que tuviera las cualidades que siempre eran atractivas para ella: algo inquietante, peligroso y temporal.

Por eso le había llamado la atención Paris.

Él estaba sufriendo porque había perdido a una compañera humana. Era inquietante. También era un adicto a la ambrosía, que mataría sin dudarlo. Peligroso, por tanto. Y temporal, también. Sin embargo, después de salir de su cama, se había sentido vacía y superficial.

Por eso, había vuelto para tener una segunda relación con él después de unas semanas. Quería sentir lo que había sentido cuando estaban juntos. Plenitud. Satisfacción. Sin embargo, él la había rechazado; era físicamente incapaz de repetir con la misma mujer, así que la había echado de su habitación.

Pero ella había ido a su habitación vestida solo con una bata, y se había marchado de allí solo con aquella bata, y como iba distraída, se había chocado con Strider en el pasillo.

Aquella había sido la primera vez que había visto al demonio en sus ojos.

En aquel momento, se sintió como si alguien le hubiera apretado un interruptor por dentro. Había cometido un error al intentar perseguir a Paris. El hombre que tenía delante era todo lo que siempre había deseado, y más.

Tenía el pelo mojado y aplastado en la cabeza, y llevaba una toalla blanca alrededor del cuello. No llevaba camisa, y todos los músculos de su estómago quedaban a la vista, mostrando aquella fortaleza de bronce. Ella se había quedado mirándolo con fascinación.

Strider llevaba unos pantalones cortos que se le sujetaban en la parte baja de la cintura, y dejaban entrever en su cadera derecha los bordes del tatuaje de una mariposa en color azul zafiro. Claramente, venía de hacer ejercicio. De una sesión de ejercicio muy intensa. Todavía tenía la respiración acelerada. Al verla, sonrió irónicamente.

—Bonita bata —dijo, pasándole la mirada desde la cabellera despeinada hasta los dedos de los pies, deteniéndose en sus pezones erectos y en sus muslos temblorosos.

–Es lo único que encontré –respondió ella con inseguridad. Estaba avergonzada. «¿Cómo puedo arreglar esto?».

–Pues esa bata ha tenido suerte, entonces. Aunque creo que te quedaría mejor sin el cinturón.

«Bueno, tal vez no tenga que arreglar nada». Por primera vez desde que se conocían, ella había percibido el deseo en su tono de voz. Y aquel deseo la afectó más que ninguna otra cosa en su vida.

–¿De veras?

–Oh, sí. ¿Estabas buscando a alguien en particular?

–Eso depende –dijo ella seductoramente, y dio un paso hacia él–. ¿Qué puede estar pensando ese «alguien»?

Entonces se abrió la puerta de la habitación más cercana.

–¿Kaia? –dijo de repente Paris, y cuando ella se dio la vuelta, él le lanzó un par de zapatillas de color rosa–. Se te habían olvidado. Me las hubiera quedado yo, pero no son de mi número.

–Ah –dijo ella–. Gracias.

–De nada. Eh, hola, Strider –saludó Paris.

–Hola –respondió Strider con tirantez–. ¿Una noche interesante?

–No es asunto tuyo.

Mientras Paris desaparecía de nuevo en su habitación, Kaia se volvía hacia Strider. Entonces, vio que su expresión de había vuelto de cautela, de reserva.

–¿Una noche interesante? –le preguntó él.

Ella tragó saliva.

–Pues en realidad, no. No ha ocurrido nada. Esta vez –dijo ella con esfuerzo. Si Strider hacía algo con ella aquella noche, y averiguaba la verdad sobre Paris más tarde, después iba a odiarla. Así pues, era mejor contárselo todo. Salvo que...

–Bueno, nos vemos, Kaia –dijo él. La rodeó y se alejó por el pasillo sin bromear sobre la situación, y sin pedirle que le contara lo que había ocurrido de verdad. Y sin preocuparse en absoluto por nada.

—… hacerme caso de una vez! —estaba gruñendo Strider en aquel momento—. Y no porque yo quiera que me hagas caso, sino porque estás enfadando a mi demonio.

¿Enfadando a su demonio? Ella quería seducir a su demonio, ¿no? ¿O había renunciado a conseguirlo, tal y como le había recomendado Bianka?

Pestañeó y volvió a observar a Strider. La furia le había endurecido los rasgos, los había convertido en hojas afiladas, y a ella le fallaron las rodillas. Qué magnífico. Un salvaje, un bruto. Paris tuvo que agarrarla antes de que cayera al suelo.

Oh, por los dioses. ¿Debilidad? ¿Allí, en aquel momento? Se ruborizó de vergüenza.

Strider dio un paso amenazante hacia ella, y entonces se detuvo en seco.

—Paris, tío, suéltala —rugió, y Paris obedeció de inmediato. Entonces, miró a Kaia con intensidad—. ¿Hace cuánto tiempo que no comes, Kaia?

Gracias a todos los dioses. Él pensaba que ella se sentía débil por no haber comido, y no por haberlo visto tan irresistible. Se encogió de hombros, y consiguió mantenerse en pie.

—No lo sé.

Como había decidido no robar ni ganarse uno de los cuencos de comida que les daban a los prisioneros, y llevaba dos días en una celda… bueno, estaba muerta de hambre.

Bien. Podía haber comido. Bianka había acudido en su rescate, como siempre, con la intención de sacarla de allí y llevarla a comer algo. Ella había echado a su hermana con una severa advertencia: que no volviera por allí.

—Demonios, Kaia. Te tambaleas, y no eres capaz de concentrarte —dijo Strider, y miró a Paris—. Llama a Lucien para que venga a buscarte. Nos vemos en Budapest. Quiero que coma, y después nosotros…

Paris negó con la cabeza.

—Llamaré a Lucien para que venga a buscarme, pero no

voy a esperarte en Buda. Cuando termines tus asuntos, pídele a Lucien, o a Lysander, que te lleven a los cielos. Los dos sabrán dónde estoy.

Strider asintió.

Paris le revolvió el pelo a Kaia, echó a andar y torció una esquina, dejándola a solas con el guerrero de sus sueños. Exactamente, lo que Kaia había estado esperando desde que había echado a Bianka de la celda y había vuelto a encerrarse dentro.

Se miraron el uno al otro durante un largo rato, sin moverse ni hablar. Cada vez había más tensión, y al final, Kaia no pudo soportar más el silencio.

–¿Vas a ir a los cielos?

Él asintió. Las vibraciones de ferocidad cesaron, y se relajó. A ella también le gustaba aquella faceta suya.

–¿Por qué? –preguntó Kaia.

Sin embargo, en realidad, hubiera querido preguntarle cuánto tiempo iba a permanecer allí, si iba a reunirse con una mujer, con un ángel... Su amigo Aeron se había enamorado de una santita con alas, así que, ¿por qué no iba a ocurrirle a Strider lo mismo?

–¿Estás segura de que quieres saberlo? –le preguntó él–. Tiene que ver con Paris y con otra mujer. Una mujer a la que él desea.

Kaia sintió un gran alivio.

–¡Ah! ¡Un chismorreo! –exclamó ella, y se frotó las manos con una sonrisa–. Cuéntamelo.

Él se pasó la lengua por los dientes.

–Yo nunca repito los cotilleos, Kaia.

–Ah –dijo ella, y los hombros se le hundieron ligeramente a causa de la decepción.

–No me has dejado terminar. Nunca repito los cotilleos, así que escucha atentamente –le dijo Strider. Ella se dio cuenta de que él estaba conteniendo una sonrisa, y eso le encantó–. La mujer a la que ama Paris... o a la que odia... lo que sea. Él la desea, y ella está prisionera allí arriba.

Aaah. Entonces, Strider iba a la guerra para ayudar a su hermano, no a buscar a ninguna chica. Su alivio se multiplicó por tres.

—Yo podría… No sé… Ayudarte a que lo ayudes. Tengo contactos ahí arriba… Y yo…

—¡No! —gritó él, y después, con más calma, repitió—: Gracias, pero no. Sin embargo… ¿No te importa que el hombre al que deseas desee a otra mujer?

—Espera, ¿quién ha dicho que yo lo deseo?

—¿No es así?

—No.

Strider no varió de expresión, pero carraspeó.

—Bueno, no es que tenga importancia de ninguna de las dos formas. Pero, tal y como te iba diciendo, él ya ha hablado con Lysander para pedirle un poco de ayuda angelical, y ha obtenido un «no» por respuesta.

—Claro que Lysander no lo va a ayudar a él. Pero sí ayudaría a Bianka, y Bianka me ayudaría a mí.

—No. Lo siento.

Bruto obcecado. Estaba tan desesperado por librarse de ella que ni siquiera sopesaría la posibilidad de aceptar su ayuda. Otro rechazo. Qué bien.

Él le hizo un gesto rígido.

—Vamos. Tienes que comer.

«Lo único que quiero es mordisquearte a ti».

—No te preocupes por mí. Sé cuidarme sola.

—Ya lo sé, pero me quedaré contigo hasta que comas algo. Quiero asegurarme de que no vuelven a arrestarte.

Dentro de su cabeza, su Arpía le gritó la orden de que le demostrara a Strider lo eficaz que era, lo muchísimo que valía.

—Muy bien. Ah, y hay algo que quiero decirle al demonio que siempre quiere ganar: dudo que tú estés a la altura de lo que yo necesito.

Él soltó un resoplido, y ella pensó que debía de haberse enfadado mucho.

—Vamos, ve delante —dijo él, antes de que Kaia pudiera disculparse.

—Muy bien.

Sin embargo, no lo llevó de caza. Todavía no. Lo llevó a la cabaña que compartían Bianka y ella, a una buena distancia de la civilización. Afortunadamente, su hermana no estaba por allí.

—Puedes curiosear. Yo tengo que ducharme y cambiarme.

—Kaia —dijo él, mientras la seguía por el pasillo.

—Tengo poco tiempo, y por lo que has dicho, necesito estar a la altura de lo que tú necesitas y…

Ella le dio con la puerta en las narices, oyó su rugido y sonrió. La sonrisa, sin embargo, se le borró de la cara al darse cuenta de que había mucha comida robada en la cocina. Sí Strider se daba cuenta, no habría ningún motivo por el que ella debiera llevarlo de caza.

«Tengo que arriesgarme. Huelo mal».

Kaia se duchó rápidamente y se puso una camiseta rosa y unos pantalones vaqueros cortos. Al mirarse al espejo, se dio cuenta de que la ropa estaba muy bien, pero su pelo no. Tenía la melena muy mojada, así que se la secó con el secador. Pensó en ponerse una capa de maquillaje sobre la piel expuesta, porque quería que Strider la deseara por sí misma y no por ningún otro motivo, pero desechó la idea. Que la viera. Que la anhelara. En aquel momento aceptaría cualquier cosa que pudiera conseguir de él. Más tarde discutirían sobre el por qué.

Si ella decidía darle otra oportunidad.

Por fin, salió corriendo de la habitación. En un tiempo récord, unos veinte… o cuarenta minutos.

La siguió un rastro perfumado cuando recorrió el pasillo. Strider no estaba en el salón, donde ella tenía una lámpara a tamaño natural de una bailarina hawaiana y un castillo que había hecho ella misma con latas de cerveza vacías. Él debía de estar curioseando. Kaia se preguntó qué pensaría de su casa, de sus cosas, e intentó ver la habitación a través de sus ojos.

Además de la mesa de centro, que era de madera tallada y tenía la forma de un luchador de sumo agachado, sobre cuya espalda se apoyaba la hoja de cristal, y la silla con brazos que estaban pintados para que parecieran unas piernas humanas que se estiraban hacia el suelo, el mobiliario era muy bonito; eran piezas que Bianka y ella habían robado durante sus siglos de vida.

Cada uno de aquellos muebles tenía la pátina del tiempo y de la Historia. Bueno, tal vez no fuera así en el caso de la alfombra blanca con dos cojines amarillos cosidos en un extremo, de manera que parecían un par de huevos fritos en una sartén. O la silla en forma de hamburguesa, con lechuga, tomate y capas de mostaza.

Pero eso era todo.

Y bueno, tal vez los sofás habían sido elegidos por cuestiones de comodidad solamente. No tenían más de una década. Ella había ido una vez a la fiesta de una fraternidad universitaria, y le había gustado cómo acogían el cuerpo aquellos cojines de color tostado. Eran casi del mismo tono que los ojos de Bianka, así que ella se había marchado con ellos. Nadie había intentado detenerla, seguramente porque se los había llevado los dos por encima de la cabeza. Sin ayuda.

Sobre las mesas había jarrones de colores y algunas ardillas de peluche con trajecitos absurdos. Y de las paredes colgaban armas y algunos cuadros. También había fotografías de su familia y de ella. Bianka y su hermana pequeña Gwen, y su hermanastra mayor, Taliyah. Kaia aparecía en fiestas, Bianka aparecía ganando concursos de belleza, Gwen intentando esconderse de la cámara, y Taliyah mostrando con orgullo sus habilidades.

En la cocina, Kaia se detuvo en seco y con el corazón acelerado. Strider, guapísimo y sexy. Estaba sentado a la mesa de billar que ella había sacado de su fortaleza durante su primera visita allí, y que usaba de mesa de la cocina. Había comida por todas partes, desde bolsas de patatas, a lonchas de queso y dulces.

Él no la estaba mirando, pero se había puesto rígido cuando ella entró.

—Pensé que, como todas estas cosas estaban aquí, puedes comerlas. Así que he estado a tu nivel. Te he superado en inteligencia.

—Gracias —dijo ella secamente. Qué desilusión. La única vez que quería que su hombre se olvidara de que tenía cerebro, él lo recordaba.

Se apoyó contra el marco de la puerta y se cruzó de brazos. Aunque estaba a punto de empezar a rugirle el estómago, permaneció así, esperando. Solo se movería cuando él la mirara.

—Kaia, come algo.

—Dentro de un minuto. Estoy disfrutando de la vista. Y tú deberías intentarlo.

Él se puso tenso.

—Hay una nota de tu hermana en la puerta de la nevera. Dice que está con Lysander, y que os veréis dentro de cuatro días para los juegos.

—De acuerdo.

—¿Qué juegos? No, no importa. No me lo digas. No quiero saberlo. ¿Qué perfume llevas? No me gusta.

Idiota.

—No llevo perfume.

Y ella sabía que le encantaba. Strider tenía debilidad por la canela, algo de lo que se había dado cuenta mientras estaba por ahí con él.

A las pocas horas de saberlo, se había aprovisionado de jabón, champú y acondicionador con olor a canela.

—Deja de… disfrutar de las vistas y ven a comer —le dijo él en tono autoritario.

Y a Kaia le encantó aquel tono. No debería. Debería odiarlo. Los bárbaros no deberían resultarles atractivos a las mujeres modernas. Sin embargo, ella se estremeció.

—Oblígame.

Por favor.

Por fin, él la miró. Un segundo después estaba en pie, y la silla se había deslizado violentamente hacia atrás. Abrió y cerró la boca, con las pupilas dilatadas. Se humedeció los labios. Se agarró al borde de la mesa, con la respiración entrecortada.

—Tú…. eh… ¡Mierda!

Kaia sabía lo que estaba viendo. Había dardos de arcoíris danzando hipnóticamente en cada centímetro de su piel, el rubor de la salud y la vitalidad… la promesa de la seducción.

—¿Te gusta?

Él, como si estuviera en trance, rodeó la mesa y se acercó a ella. Se detuvo justo antes de alcanzarla, y soltó una maldición. Después se giró y le dio la espalda, y se pasó una mano por el pelo.

—Tengo que irme.

¿Qué? ¡No!

—Acabas de llegar.

—Le he prometido a Paris que iba a ayudarle. Tengo que hacerlo.

—Strider, yo…

—No. No. Ya te lo he dicho antes. Estoy superando una mala relación, y nunca he tenido una aventura con alguien que haya salido con alguno de mis amigos.

—Esa mala relación no será con Haidee, ¿verdad? ¿La mujer que no te deseaba? ¿La mujer que está saliendo con uno de tus amigos?

Silencio. Un silencio pesado, desagradable.

Strider no iba a defenderse. Ni siquiera iba a intentar explicar sus motivaciones absurdas. Le había perdonado a Haidee que matara a Baden. ¿Por qué no podía perdonarle a Kaia haberse acostado con Paris?

—Tú no eres ningún inocente, Strider. De hecho, la última vez que te vi acababas de lamer crema con olor a melocotón del cuerpo de una *stripper*.

—Yo nunca he dicho que sea un inocente. Solo he dicho que...

—Ya lo sé. No puedes salir con alguien con quien haya salido un amigo tuyo. Eres un mentiroso. Pero tal vez... No sé, tal vez tú pudieras acostarte con alguna de mis amigas y así estaríamos empatados.

Oh, por los dioses. ¿Hasta qué punto sonaba desesperada aquella sugerencia? Era horrible. Además, con solo pensar en que otra mujer pudiera estar con él, su Arpía comenzaba a gritar. Si no tenía cuidado, la dominaría y controlaría sus acciones. Su visión se volvería negra, y la necesidad de tomar sangre la consumiría. Le haría daño a todo aquel que se interpusiera en su camino.

El único que podría calmarla sería Strider, pero él no lo sabía. Y, aunque lo supiera, estaba claro que no quería tener aquella responsabilidad. Estaba haciendo todo lo posible por alejarse de ella.

—No voy a acostarme con ninguna de tus amigas —dijo él—. Kaia, no hay nada que puedas hacer para que cambie de opinión. Eres muy guapa, inteligente y divertida, y además, eres fuerte y valerosa, pero entre nosotros nunca va a ocurrir nada. Lo siento, de veras. No quiero ser un imbécil, solo quiero ser sincero. No somos buenos el uno para el otro. No hacemos buena pareja. Lo siento —repitió.

¿Que no eran buenos el uno para el otro? Lo que realmente quería decir era que ella no era lo suficientemente buena para él. Después de haberlo seguido para protegerlo, después de haber perdido una batalla contra él deliberadamente, después de haberse puesto a su disposición una y otra vez... no era lo suficientemente buena para él. Y él... lo sentía.

De repente tuvo ganas de clavarle las uñas en la cara. De beberse su sangre.

«No olvides los juegos». Si le hacía daño, se haría daño a sí misma, y necesitaba estar en forma.

Tomó aire y lo contuvo hasta que le dolieron los pulmones. Después lo dejó escapar lentamente. Tal vez hubiera pensado que Strider se merecía algo mejor, pero era ella quien se merecía algo mejor que eso. ¿No?

Él terminó su discurso con torpeza.

—Espero que lo entiendas —dijo, sin darse cuenta de los estragos que había causado. O tal vez no le importara nada.

Ella debería enseñarle cuál era la etiqueta adecuada para tratar con aquella Arpía. Debería caminar hacia él y apretarle las curvas contra el cuerpo para excitarlo, y cuando él le rogara algo más, dejarlo allí plantado. Sin embargo, Kaia no dio un solo paso. Cabía la posibilidad de que Strider volviera a rechazarla. Y, en realidad, durante los próximos días ya iba a sufrir los suficientes rechazos.

—Lo entiendo —susurró—. Que te diviertas durante tu viaje —dijo—. Yo pienso divertirme mucho en el mío.

Era una mentira. Aunque pensaba mantener la cabeza alta y patear tantos traseros como le fuera posible. Tantos, que su clan tendría que cambiarle el sobrenombre.

Ya no sería Kaia la Decepción. Tal vez se convirtiera en Kaia la Apisonadora. O en Kaia la Aniquiladora.

—Entonces, ¿te vas de viaje? —preguntó él, en un tono de alivio.

«No reacciones».

—Sí, claro.

—¿Adónde? ¿Cuándo?

«No reacciones».

—Dentro de cuatro días me marcho a… Bueno, en realidad tú no quieres saberlo, ¿no?

—Sí, es cierto. Pero… cuídate, ¿eh? Nos vemos… Cuídate.

Él no le había dicho que se verían pronto, ni que se verían después. Porque no tenía planes de volver a verla. Nunca.

—Sí, eso haré —respondió ella, mientras hacía un esfuerzo por contener las lágrimas, por segunda vez en su vida.

Supuso que se merecía todo aquello, como castigo por El Trágico Incidente, por Paris, por todas las veces que ella había rechazado a alguien durante aquellos siglos.

–Tú también –dijo. Por mucho que lo despreciara en aquel momento, quería que estuviera sano y salvo.
–Sí.
Strider salió de su cocina, de su casa, de su vida, y la puerta principal resonó lúgubremente al cerrarse.

Capítulo 4

Al día siguiente, Strider se pasó la mañana recorriendo la fortaleza de Budapest, poniéndose al día de las vidas de sus amigos. Cualquier cosa para distraerse y no pensar en Kaia, y en lo triste que se había quedado cuando él se marchó. Por no mencionar lo mucho que él había deseado abrazarla y consolarla. Y devorarla.

«No. No pienses en eso».

Legion, un pequeño demonio caprichoso que se había convertido en una humana caprichosa con el cuerpo de una estrella del porno, y que había sido prisionera de Lucifer, rodó y se tumbó de costado, dándole la espalda cuando él entró en su habitación.

Físicamente, se había recuperado de sus días de cautividad en el infierno. Mentalmente… tal vez nunca se recuperara. Había sufrido durante varias semanas, pasando de manos de un Señor del Infierno a manos de otro, violada, golpeada y quién sabía cuántas cosas más. Nadie lo sabía porque Legion se negaba a hablar de ello.

—Hola, princesa —le dijo Strider con suavidad. Se acercó a su cama y le dio una palmadita en el hombro. Ella se estremeció y se alejó. Él suspiró y apartó la mano.

No le gustaba visitarla. Legion le caía bien como persona, y él lamentaba todo el sufrimiento que había tenido que soportar, pero él temía que Derrota considerara que su distancia emocional era un reto, y le obligara a él a presionar a Legion para que fuera menos distante. Ella no estaba preparada para tal cosa.

Necesitaba ayuda, y su mejor amigo, Aeron, y la pareja de Aeron, el ángel Olivia, estaban intentando ayudarla. Sin embargo, hasta el momento, Legion no había respondido a nadie positivamente. Apenas comía, y se estaba dejando morir lentamente. Strider sabía que había un ángel de la guardia vigilándola, aunque él nunca había conseguido ver al tipo en cuestión. Lo que sí sabía era que aquel idiota invisible no estaba haciendo bien su trabajo.

—Lo que te ha pasado a ti les ha pasado a algunos de mis amigos, ¿lo sabías? A Kane le ha sucedido varias veces, de hecho. Como está poseído por Desastre, es un imán para ese tipo de cosas. Y no te estoy dando información privada, ni cotilleando. Cuando vivíamos en Nueva York, él llevaba un grupo de apoyo para ayudar a otras personas. Tal vez deberías… No sé… hablar con él, o algo así.

Silencio.

Ella tenía el pelo enredado y mate, y la piel grisácea. Bajo la gruesa tela de su camisón, sus hombros eran frágiles.

—Una vez, Paris y yo incluso… bueno, espera. Esto sí es un cotilleo. No importa. Tendrás que preguntarle a Paris si quiere que sepas eso.

Silencio. De ella, y de su demonio. Claramente, Legion era un reto, y sin embargo, Derrota seguía indiferente.

Él la tapó hasta la barbilla con la manta, y vio que a ella se le caía una lágrima por la mejilla.

—Solo quería ver qué tal estabas, pero me doy cuenta de que no estás cómoda conmigo, así que me voy —dijo Strider suavemente. Legion no podía relajarse si él estaba allí, y él no quería empeorar las cosas para ella.

Más silencio. Strider suspiró y se puso en pie.

—Llámame si necesitas algo, ¿de acuerdo? Cualquier cosa. Te ayudaré encantado.

Después de otro silencio, salió de la habitación de Legion y fue hacia la de Amun.

Pese a que Amun y él seguían llevándose bien, él había evitado verlo durante una semana. Solo ver a Haidee le provocaba pinchazos de dolor en el pecho. No porque la deseara, sino porque la había perdido, y nunca podría tenerla, y su demonio no era capaz de olvidar lo que habían sufrido a causa de su rechazo.

Haidee abrió la puerta, y él la observó. Era de estatura media y tenía el pelo rubio, con algunos mechones teñidos de rosa. Tenía un piercing en una ceja, y un brazo cubierto de tatuajes. Llevaba una camiseta y unos vaqueros, y podría haber estado en cualquier bar.

Cuando ella lo vio, frunció el ceño y se apartó de la puerta para dejar que entrara. Pese al gesto ceñudo, parecía que ella estaba iluminada por dentro, como si… Estaba radiante, y Strider hubiera jurado que el amor, en su forma más pura, le salía por los poros de la piel.

Mierda.

—¿Estás embarazada?

—No —dijo ella, y sonrió de manera enigmática—. ¿Qué pasa?

Strider se pasó la mano por el corazón, porque esperaba más punzadas de dolor, pero no sintió nada. Bien. Podía seguir.

Paseó la mirada por la habitación, y se dio cuenta de que la decoración había cambiado por completo. Las paredes ya no estaban pintadas de color vainilla, ni vacías. Parecía que a Haidee le gustaba el estilo contemporáneo con un toque japonés, y la habitación era marrón y naranja. Había lámparas en forma de farol colgando del techo, bonsais por todos los rincones, y una alfombra blanca. También el edredón era blanco, con cojines naranjas de abalorios.

Si hubiera intentado hacer aquello en su habitación, habrían tenido una discusión grave. Un hombre tenía que sentirse cómodo en su espacio, o no podía relajarse. Y aquello no era cómodo.

Pensó en la casa de Kaia, y en su estilo de decoración. Eso sí era una mujer que sabía cómo hacer que un lugar resultara cómodo y divertido.

Haidee carraspeó.

—¿Strider?

Él se giró a mirarla.

—¿Qué? Eh… sí. ¿Dónde está Amun?

—Cronus lo ha llamado, y está en los cielos.

—¿Por qué?

Otra sonrisa secreta.

—Todavía no lo sé.

—¿Cuánto tiempo lleva fuera?

—Tres horas, nueve minutos y cuarenta y ocho segundos. No es que esté mirando el reloj, ni nada por el estilo. ¿Puedo ayudarte en algo?

—No —dijo él. Solo quería ver a su amigo. Después de todo lo que le había hecho, al intentar que Haidee y él se mantuvieran separados… se sentía culpable—. Yo… vendré a verlo más tarde.

Ella se quedó desconcertada. ¿Y preocupada? Sí. Eso era preocupación.

—¿Seguro?

No debería sentirse tan sorprendido, pero… ella había matado a Baden, el guardián de la Desconfianza. Y había intentado matarlo a él mismo. Además, tenía un buen motivo para ambas cosas. Mucho tiempo antes, ellos habían participado en el asesinato de su familia y habían destruido su vida. Por causa de un demonio, además, ella había sido asesinada una y otra vez.

Y en cada una de las ocasiones había vuelto, pero solo recordaba el odio que sentía y las muertes de aquellos a quienes había querido. Solo ansiaba vengarse. Y todo tenía sentido, puesto que en ella habitaba un fragmento del demonio del Odio. Y tal vez ese fuera otro motivo por el que Strider la había deseado. Esa parte de Odio había conseguido que otras personas se desagradaran a sí mismas, y que sintieran desagrado por ellas. Strider había superado aquello rápidamente, había vencido a aquello, y sospechaba que ese era el motivo por el que estar con Haidee había sido tan excitante para su demonio y para él.

El hecho de que ella adorara a Amun y hubiera comenzado a apoyar a los Señores y a su causa, bueno, era un milagro que Strider tenía que dejar de cuestionar.

—Sí, estoy seguro —dijo. Se inclinó hacia ella y le dio un beso en la mejilla. Nunca había hecho un gesto hacia Haidee que no incluyera cuchillos—. Hasta otro momento.

Ella se quedó boquiabierta y respondió tartamudeando:

—Sí, nos vemos.

Era lógico; Strider sabía que nunca había sido tan agradable con ella. Debía de estar ablandándose con la edad.

Después se encontró en la puerta del dormitorio de Sabin, comiendo puñados de gominolas. Tenía una reserva de sus dulces favoritos escondidas en los rincones de la fortaleza. Vio a su amigo, que estaba metiendo cosas en una maleta. Su esposa, Gwen, le ayudaba, intentando doblar la montaña de ropa que Sabin había arrugado, apilar ordenadamente las armas que él había enfundado solo en parte y quitar el megáfono de la maleta por tercera vez.

En el pasado, las Arpías la llamaban Gwendolyn la Tímida. Strider no sabía lo que le llamaban ahora, pero ciertamente, el sobrenombre anterior no encajaba con ella. Se había vuelto como la dinamita; se había encontrado a sí misma y había puesto en su sitio incluso a Kaia. Había encerrado a su hermana en una celda del sótano de la fortaleza para impedirle que despellejara a Sabin.

Kaia.

A Strider se le aceleró el corazón, y tuvo que hacer un esfuerzo por concentrarse en lo que le rodeaba. Sin embargo, mientras continuaba observando a Gwen, se dio cuenta de lo mucho que se parecía a su hermana mayor.

Kaia.

«Otra vez», pensó.

Gwen tenía la misma cabellera rojiza, y los mismos ojos grises y dorados, como Kaia. También tenían la misma nariz pequeña, la misma barbilla con carácter... Pero mientras que Kaia era la encarnación del pecado, Gwen era la encarnación de la inocencia. No tenía sentido. No obstante, aquel parecido le afectó, y se sintió excitado.

Forzó a su cuerpo a relajarse. Sabin se enfadaría si experimentaba una erección delante de su preciosa mujercita. Y enfadarse en el caso de Sabin significaba que Strider tendría los intestinos alrededor del cuello en un segundo, y que dejaría de respirar.

«Habría que verlo», pensó.

Derrota se rió, y Strider se inquietó.

Esperó a que Derrota hiciera un desafío, pero no sucedió, y él se dio cuenta de que tenía que ser más cuidadoso. Ni un riesgo más.

De todos modos, ¿qué estaba haciendo allí? Debería estar en el Cielo, con Paris. Debería estar en Nebraska con William, torturando a la familia que había maltratado a Gilly, su amiga humana. Debería estar por ahí, matando Cazadores. Debería estar en Roma, negociando con los Innombrables, que eran unos monstruos que permanecían encadenados dentro de un templo antiguo y que estaban desesperados por conseguir la libertad.

Él les había dado uno de los artefactos que los Señores del Inframundo necesitaban para encontrar y destruir la caja de Pandora. Una reliquia que también buscaban los Cazadores.

Unos Innombrables tenían la Capa de la Invisibilidad y la Vara Cortadora. Los Señores tenían la Jaula de la Coacción y el Ojo que Todo lo Ve. Así pues, Señores uno, Cazadores cero.

Los Innombrables no estaban interesados en los artefactos. Estaban interesados en lo que podían conseguir a cambio de los artefactos. Quien les llevara la cabeza del actual rey de los dioses, sin el cuerpo, ganaría la Vara Cortadora.

Entonces solo quedaría en su poder la Capa de la Invisibilidad. Strider había tenido en su poder aquella capa, pero la había intercambiado por Haidee.

En aquel momento no le había importado hacer aquel intercambio porque confiaba en que los Innombrables conservarían el artefacto para negociar con él más tarde. Tendría que pagar un precio muy alto para recuperar la Capa, pero era mejor que permitir que Haidee se le escapara y les contara a sus amigos los Cazadores todos sus secretos.

Se había jurado que recuperaría la Capa, y lo conseguiría muy pronto. Porque quien encontrara primero la caja de Pandora ganaría la guerra, y él quería ganar la guerra contra los Cazadores. Aquella victoria le proporcionaría un placer muy grande. Un placer mejor que el sexo o las drogas. Debía irse a cumplir con sus obligaciones, ahora que ya había visitado a todo el mundo.

—¿Qué haces ahí plantado? —le preguntó Sabin de repente—. Di lo que tengas que decir y márchate, Strider. Estás volviendo loca a Gwen.

—¡Tú eres el que me está volviendo loco! —gruñó ella, y volvió a sacar el megáfono de la maleta—. No necesitamos todas estas cosas.

—¿Y cómo lo sabes? —le preguntó Sabin. Se pasó una mano por el pelo oscuro. Tenía los ojos más brillantes de lo normal—. Nunca has tomado parte en los Juegos de las Arpías. ¡Y tampoco tendrías por qué participar ahora, maldita sea!

—Ya has oído lo que ha dicho Bianka. Todas las hijas de Tabitha Skyhawk han sido convocadas. Y, aunque no fuera así, aunque solo hubieran llamado a algunos miembros del clan, yo iría de todos modos. Son mi familia.

—Bueno, pero tú ahora también eres parte de mi familia.

—En realidad, tú eres parte de mi familia, y como yo soy la generala, la capitana y la comandante, irás adonde yo vaya. ¡Y yo voy a ir!

—Mierda —dijo Sabin. Se sentó al borde de la cama y apoyó la frente en las rodillas.

—Las cosas van mal, ¿eh? —preguntó Strider, intentando que no se le notara la curiosidad.

Kaia había intentado disimular el miedo el día anterior, pero no lo había conseguido del todo. Cuando él había mencionado su viaje, ella se había echado a temblar y había palidecido. Él no debería de haberse dado cuenta, porque estaba de espaldas a ella, pero había visto su reflejo en el cristal de la ventana.

Kaia brillaba como un diamante, y había captado su mirada inmediatamente. Y él había sentido fuego en el cuerpo.

La piel de una Arpía… No había nada más bello. Nada. Aunque era raro que él nunca hubiera querido acariciar a Gwen, a Bianka ni a Taliyah como quería acariciar a Kaia.

Aunque tenía que dejar de pensar en ella.

Derrota volvió a reírse, y Strider se puso tenso. Al notar que el pequeño demonio no respondía, no aceptaba ningún reto, volvió a relajarse. ¿Qué estaba ocurriendo con su demonio?

Gwen se mordió el labio.

—Bianka me dijo que los juegos son tan violentos que la mitad de las participantes terminan muertas, o rezando para que les llegue la muerte. Y una vez, hace mil quinientos años, murieron muchas más de la mitad. Casi todas.

A Strider se le heló la sangre en las venas.

—¿Cómo? ¿Por qué?

—No me ha contado nada más, así que no me mires con esa cara. Lo único que sé es que Bianka no estaba exagerando —continuó Gwen—. Bueno, en realidad me contó algo más. Creo que a las Skyhawk no les han permitido participar durante siglos, por algo que hizo Kaia, aunque nadie quiere explicarme qué fue. En nuestro clan nadie habla de ello, y yo nunca he estado con Arpías de otros clanes. Siempre nos han dado la espalda. Y ahora, de repente, nos acogen con los brazos abiertos. Es raro, y no me gusta, pero no voy a dejar que mis hermanas vayan solas a un terreno hostil.

Strider se concentró en uno de aquellos detalles: era Kaia la que había provocado los problemas. ¿Qué habría hecho?

—Hay una cosa más. Bianka cree que esto es una trampa —dijo Gwen. Hizo que Sabin irguiera la cabeza y se sentó en su regazo. El guerrero la abrazó con fuerza—. Mi hermana cree que las Skyhawk, sobre todo Kaia, vamos a ser objetivo de todas las demás, como venganza.

Kaia… objetivo de todas las Arpías… A Strider le hirvió la sangre de rabia.

—¿Los hombres pueden ir?

—Los consortes y los esclavos sí. De hecho, todo el mundo prefiere que vayan. La sangre es una medicina para las Arpías, y los consortes y los esclavos ayudan a curar a las participantes heridas.

—¿Y Kaia tiene algún… esclavo? —preguntó Strider con la voz quebrada. Por un lado, quería que lo tuviera, para que estuviera a salvo. Por otro, ya quería asesinarlo.

Derrota rugió, y en aquella ocasión no hubo ni el menor asomo de diversión en su rugido.

«Esto no es un desafío, amigo». ¿O acaso su demonio se sentía furioso al pensar que otro que no fuera Strider podía hacerle daño a Kaia?

Era tan retorcido que tenía sentido. Tenía un sentido de la posesión muy desarrollado, especialmente con sus enemigos, pero también con sus amigos. Kaia era un poco de las dos cosas.

Afortunadamente, Derrota no respondió. Strider no necesitaba la complicación de tener que luchar contra Kaia, ni contra nadie que la retara. Ella no era responsabilidad suya. No era su problema.

—No —dijo Gwen por fin, en un tono triste—. Kaia no tiene esclavo.

Strider sintió un alivio abrumador.

—Pues entonces, le encontraremos uno —dijo.

Y sintió furia.

—No. Ella piensa que tú eres su consorte.

Sí, una vez, Kaia le había dicho algo parecido. Sin embargo, Strider pensaba que estaba equivocada, que estaba permitiendo, sencillamente, que la atracción que había entre ellos la confundiera. Sin embargo, no había nada sencillo en la atracción que ella sentía por él. Kaia quería lo mejor de lo mejor para sí misma, y él no podía culparla por el hecho de haberlo elegido...

Un momento. Tenía que contener su ego. Se frotó la nuca y reformuló la frase: Kaia quería a alguien fuerte, capacitado y guapo. Vaya. Tenía que contener su ego. Ella quería a alguien guapo.

No. Eso no tenía sentido. Ella quería a alguien muy guapo, sí, y él tenía ese requisito. Sin embargo...

Paris era mucho más guapo.

«Mucho más guapo» no servía para describirlo. Paris era el hombre más guapo de todos los hombres, probablemente.

—¿Y qué? —preguntó, con más fuerza de la que quería.

—Pues que no va a aceptar a ningún otro —le dijo Sabin—. Las Arpías son territoriales, posesivas y tercas como una mula. Eso significa que son igual que tú, y son incapaces de comprometerse con ningún otro.

Gwen frunció el ceño.

—¡Eh!

—Lo siento, nena, pero es cierto —le dijo él. Después miró a Strider—. Kaia se quedará contigo, o con ningún otro. Así son las cosas.

—Y ese es el motivo por el que... —Gwen tomó aire y exhaló lentamente mientras miraba amenazadoramente a Strider—. Sabes que te quiero, ¿no?

Strider asintió con rigidez. Él, o nadie. Aquello era una bendición y una maldición. No tenía tiempo para eso. No quería eso. No podía pasar más tiempo con ella. Ya le había dicho adiós.

—Pues entonces, entérate de que solo tienes dos días para ocuparte de tus asuntos más importantes. Porque, aunque te quiero, voy a asegurarme de que vayas a los juegos. Kaia te necesita, y tú estarás allí para ayudarla.

Él fulminó a Gwen con la mirada.

—Ni se te ocurra desafiarme —le dijo—. No voy a dudar en vengarme.

Por supuesto, con un solo rasguño que le hiciera a la mujer de Sabin, su amigo lo atacaría. Tendría que vencer también a su jefe, pero, ¿dos victorias por el precio de una? Magnífico.

—Como si yo fuera a usar a tu demonio en tu contra —respondió ella, y eso le sorprendió—. Dios, no puedo creer que me tengas en tan poca estima —añadió Gwen, en un tono verdaderamente dolido. Justo cuando él estaba abriendo la boca para disculparse, ella dijo—: ¡Solo pensaba darte una buena paliza, atarte y pedirle a Lucien que te llevara al lugar donde se va a producir la primera reunión!

«Solo pensaba darte una paliza…». Strider frunció los labios.

—¿Te das cuenta de que darme una paliza y atarme sería usar a mi demonio en mi contra? La derrota me destruiría.

—Oh. Eso no lo había pensado —dijo ella. Sin embargo, después alzó la barbilla con un gesto que a Strider le recordó mucho a Kaia—. Pero de todos modos, lo haré. Por favor, facilítame las cosas y ve con Kaia. Por favor.

Strider apretó los dientes.

—¿Cuánto tiempo?

—Cuatro semanas —respondió ella, más esperanzadamente.

Cuatro malditas semanas con Kaia. Consiguiéndole comida, protegiéndola, resguardándola con su propio cuerpo si surgía la oportunidad.

Notó que se excitaba. «No, esto no es algo que tengas que desear, idiota», se dijo. La resguardaría con su cuerpo si las circunstancias lo exigían. Sin embargo, incluso reformulando aquella frase, él solo podía pensar en los problemas. Su modus operandi con las mujeres era tener relaciones cortas, tan cortas que ninguna tenía tiempo de conocer sus particularidades y usarlas contra él.

Kaia, sin embargo, ya las conocía, y nunca titubeaba a la hora de desafiarlo. En parte, a él le producía emociones aquello, sí. No se podía ganar sin jugar, y ella era todo juego. En la otra cara de la moneda tampoco se podía perder.

—¿Y qué pasa con la guerra contra los Cazadores? —le preguntó a Sabin. Si había alguien a quien le gustaba ganar tanto como a él, era a Sabin.

—Ya he hablado con Cronus —respondió Sabin—. Galen está intentando recuperarse. Está demasiado grave como para causar problemas. Y Rhea está desaparecida.

Galen era un guerrero inmortal que estaba poseído por el demonio de la Esperanza. Y también, irónicamente, era el líder de los Cazadores. Rhea era una diosa reina, y tenía el control de la mitad del Cielo. Ambos eran sus más grandes enemigos.

—¿Todavía está desaparecida? —preguntó Strider. Él ya lo sabía, pero se había imaginado que la diosa se había escondido, ya que su marido había querido castigarla porque había descubierto su última traición: convencer a su hermana de que actuara como su amante y lo espiara—. ¿Ha sido juego sucio?

—Seguramente sí, aunque Cronus no ha dado información al respecto.

Tal vez porque no tenía ninguna. Eso podría explicar por qué había llamado Cronus a Amun. Amun era el guardián del demonio de los Secretos, y no había nadie a quien se le diera mejor obtener respuestas.

—Entonces, este es el momento perfecto para golpear a los Cazadores —dijo. Tuvo que obligarse a hacerlo.

—No. No lo es. ¿Te acuerdas de la chica a la que vimos, la que aceptó al demonio de la Desconfianza en su cuerpo?

—No, Sabin, se me ha olvidado —ironizó Strider.

Los dos estaban en el Templo de los Innombrables, que con su magia, les había mostrado algo que estaba ocurriendo en otro continente.

Galen se las había arreglado para encontrar lo imposible: al demonio perdido de la Desconfianza. Lo había encerrado en una habitación y había convencido a la bestia para que poseyera a otra persona. A una mujer, una Cazadora.

Aunque ellos habían investigado, no habían vuelto a saber nada más de la chica. Ni dónde estaba, ni cómo estaba.

—Cronos ha decidido que la quiere. Le ha pedido a Amun que la encuentre —le explicó Sabin.

Ah. Así que ese era el motivo por el que habían convocado a Amun en el cielo. Si Sabin lo sabía, entonces Haidee también. Así que ella no había querido compartir aquella información con él. Un pequeño castigo, seguro, y él no podía culparla.

—¿Qué tiene que ver esa chica con nuestra guerra?

—Los Cazadores están intentando mantenerla oculta, y están demasiado ocupados como para atacarnos.

—Eso es lo que tú te crees. Pero bueno, si ese fuera el caso, sigue siendo la mejor ocasión para atacar.

—Si es que somos capaces de encontrarlos. Sin Amun, solo podemos valernos de nuestras lamentables aptitudes detectivescas.

—Tenemos a Ashlyn —replicó Strider.

Maddox, el guardián de la Violencia, se había casado con una mujer que tenía la capacidad de situarse en un lugar y escuchar todas las conversaciones que se habían producido en aquel lugar durante todos los tiempos. Nadie podía esconderse de ella.

—¿Es que no te has enterado? Está en cama. Sus gemelos han crecido tanto, y ella tiene el vientre tan grande, que necesita ayuda hasta para ir al servicio. Maddox piensa que va a dar a luz muy pronto.

Seguramente, su amigo estaba muerto de preocupación. Ashlyn era humana, y por lo tanto, muy delicada. Al contrario que Kaia, que podría… «No lo pienses».

—No sé tú, pero yo soy muy buen detective.

Sabin se encogió de hombros.

—Bueno, te lo explicaré de otra manera. Yo tenía que elegir entre aprovechar nuestra ventaja, o cuidar a mi mujer. ¿Y sabes lo que he elegido?

¿Cuándo se había vuelto Sabin un calzonazos?

—Por lo menos, no tenemos que preocuparnos de que nuestros chicos resulten heridos porque los hayamos dejado solos.

Como si tuvieran que preocuparse de eso. Los chicos eran tan competentes como Strider. Por no mencionar el hecho de que estaban poseídos por demonios como Dolor, Enfermedad y Tristeza. No necesitaban niñeras, hubiera batalla o no.

—Bueno, de todos modos no puedo ir —dijo Strider—. Le prometí a Paris que le ayudaría en los cielos.

—Ayúdale después —dijo Gwen—. Kaia te necesita.

Al oír aquellas palabras y pensar en que Kaia pudiera necesitar algo de él, todas las células de su cuerpo despertaron de excitación.

—Lo pensaré —dijo con la respiración entrecortada.

Después salió de la habitación y se dirigió a su dormitorio, antes de que Gwen pudiera amenazarlo por segunda vez. Cuando estuvo allí, se colocó en el centro de la estancia y observó las paredes mientras pensaba febrilmente.

Kaia y él tenían los mismos gustos en cuanto a la decoración. Las paredes de la casa de la Arpía estaban cubiertas de armas, igual que las de su dormitorio. Se preguntó si, como las suyas, todas las piezas de su colección eran de los humanos e inmortales a quienes ella había defendido a lo largo de los siglos.

Kaia. Derrota. Dos palabras que se habían convertido en sinónimos para él.

Las Arpías eran partidarias de la supervivencia de la más fuerte, y Strider podía entenderlo. Por Gwen, él sabía que les estaba prohibido dormir delante de los humanos, o delante de cualquiera que no fuera su consorte. Sabía que no podían revelarle ni una sola de sus debilidades a nadie, ni siquiera a sus consortes. Y tenían terminantemente vetado robarles algo a sus hermanas. Si quebrantaban alguna de aquellas normas, recibían un castigo.

Demonios, ¿qué iba a hacer con ella?

Kaia podía cuidarse a sí misma contra cualquiera, salvo contra otra Arpía. Además, iba a necesitar todas las ventajas de las que pudiera disponer. Una de ellas era el descanso. Tendría que descansar entre las pruebas, fueran cuales fueran esas pruebas. Ella pensaba que Strider era su consorte, así que solo descansaría si él estaba a su lado.

En segundo lugar, necesitaría que alguien la ayudara a comer adecuadamente. Solo había que pensar en cómo había dejado de alimentarse cuando estaba en la cárcel.

En tercer lugar, necesitaría que alguien le cubriera las espaldas si robaba algo, y conociéndola, iba a robar muchas cosas.

Por otro lado, Gwen había dicho que en aquellos juegos morían la mitad de las participantes. La mitad. Las Arpías no tenían piedad, no tomaban prisioneros. Y, por el motivo que fuera, Kaia iba a tener una diana en la espalda.

Si hacía aquello, si iba con ella... tendría que encontrar el modo de resistirse a su atractivo. Porque pese a todo, no podía acostarse con ella. No solo por Paris, sino porque ella consideraría que cualquier contacto íntimo era un compromiso, algo como un vínculo entre Arpía y consorte. Algo como un vínculo eterno. Y no había manera de que él aceptara una condena de por vida.

Sin embargo, ¿iba a ser capaz de resistirse a ella?

Y, una pregunta todavía mejor: ¿Iba a ser capaz de protegerla? Si sus enemigos averiguaban quién era él, podrían usar a Derrota en contra de Kaia. Lo desafiarían para que hiriera a Kaia, para que la destruyera.

«¿Ganar?», gimoteó Derrota en la cabeza de Strider.

«Yo he hecho un esfuerzo por no pensar en eso, así que haz tú lo mismo. Por favor».

«Ganar», repitió el demonio, pero en aquella ocasión, lo

hizo como una exigencia. Una exigencia que tenía un ligero tono de miedo.

Demasiado tarde, pensó. Derrota había pensando en ello, y ya no había manera de retroceder.

«¿Ganar contra las Arpías que intenten hacerle daño a Kaia?».

«Ganar».

Sí. Contra las Arpías que intentaran hacerle daño a Kaia.

«¿Por qué? Ella no es tu preferida. ¿Por qué quieres que yo la proteja?».

«Ganar, ganar, ganar».

Strider no sabía por qué había esperado que Derrota le diera una respuesta. Al contrario que otros demonios, el suyo tenía un vocabulario muy limitado. Sin embargo… tal vez Derrota hubiera recordado lo buena que era una victoria contra Kaia, y quisiera más. Si ella moría, no podrían disfrutar de más victorias contra ella. O tal vez, como su demonio era tan posesivo, Kaia se hubiera convertido en su campo de batalla personal, y los demás no tenían permiso para luchar allí. Nunca.

¿Qué sabía él? Iba a ir a los Juegos de las Arpías.

Capítulo 5

A Kaia le encantaba ir al cine, pero en aquel momento se sentía como si tuviera el papel protagonista en una película de terror llamada *La masacre de la fiesta del pijama*. Solo que, en vez de llevar un saco de dormir y un osito, llevaba un hacha y un cuchillo de sierra.

Junto a sus hermanas, recorrió un pasillo oscuro, largo y vacío. Todas llevaban un arma en la mano. También las llevaban colgadas de la cintura y a la espalda, en bandolera. Si el malo de la película hubiera estado observándolas desde las sombras, esperando para atacarlas, seguramente las habría visto moviéndose a cámara lenta, con el pelo agitado por una brisa suave. Además, habría sonado una música inquietante de fondo.

Era una pena que no estuvieran en Hollywood.

Taliyah estaba en el medio. Era la mayor de las hermanas, además de ser la más fuerte y la más mortal. Era alta, esbelta, pálida de la cabeza a los pies, y parecía una elegante reina de hielo, con una personalidad parecida. Taliyah no se permitía experimentar emociones. Mientras que Kaia siempre había intentado ser como su madre, Taliyah había optado por lo contrario. Era lógica y sensata, y siempre planificaba sus movimientos.

Bianka y Kaia iban flanqueando a su hermana, y Gwen, a la izquierda de Kaia. A un lado de aquella brigada iba Sabin, y al otro, Lysander. Normalmente, en eventos como aquel, se suponía que los consortes caminaban detrás de las Arpías, pero aquellos hombres no eran arquetípicos. Eran iguales a ellas. Eran amados por ellas, y estaban completamente decididos a protegerlas.

Todas las mujeres irradiaban tensión, sobre todo Kaia. Y eso, gracias al muy estúpido de Strider. Él no iba a apoyarla. Aquel mismo día, algo que había dicho Gwen había hecho que ella creyera… que tuviera esperanzas… Bah. Strider no había aparecido, aunque lo habían esperado durante media hora. Por ese motivo, llegaban tarde a la reunión.

Finalmente, ella había tenido que resignarse y admitir que estaba mejor sin él. Él solo significaba rechazos, humillaciones y dolor, aunque todo aquello estuviera dentro de un envoltorio muy bonito. Ella encontraría otro bonito envoltorio sin todos los extras.

Por lo menos, Bianka y Gwen estarían bien protegidas, y eso calmaba su nerviosismo. Sin embargo, si alguien se atrevía a amenazarlas por lo que había hecho ella en el pasado, *La masacre de la fiesta del pijama* se convertiría en *Derramamiento de sangre total*, un documental obra de Kaia Skyhawk.

Y, si alguien le tomaba el pelo a Bianka por salir con un ángel, ese alguien también tendría un papel destacado en el documental. Por desgracia, Kaia tenía la sensación de que iba a haber muchos protagonistas.

A primera vista, Lysander parecía un buen chico. Le brillaba el pelo como si los mechones fueran de oro. Tenía la piel blanca y levemente sonrosada. Llevaba una túnica blanca que le cubría las alas doradas, y no llevaba armas invisibles. No las necesitaba. Podía crear una espada de fuego tan solo con el aire. Al segundo vistazo, las Arpías se darían cuenta de que era un guerrero de pies a cabeza, musculoso y fuerte, con la implacable determinación de proteger lo suyo.

Pero ya sería demasiado tarde.

En cuanto a Sabin, bueno, todo el mundo sabría lo que era al primer vistazo: un malo de película sin compasión. Tenía el pelo castaño y los ojos de color ocre, y los rasgos afilados. Llevaba muchas armas ocultas en el cuerpo, más de las que podría acarrear un ejército humano, y tenía un megáfono en la mano.

Kaia no iba a tomarle el pelo a Gwen diciéndoselo, pero seguramente, su hermana pequeña tendría que apartar a manotazos a las demás mujeres de su marido. Sabin era todo lo que admiraban las Arpías, porque no respetaba las reglas sociales y era muy peligroso.

Por fin, el grupo llegó a las puertas del auditorio de la escuela primaria. Sí, una escuela de primaria de Wisconsin. Las organizadoras habían informado aquella misma mañana del lugar del evento, y la elección había asombrado a Kaia. Un millón de años antes, la reunión previa a los Juegos se celebraba en un campo al aire libre que estuviera muy alejado de la civilización. Estaba claro que los tiempos habían cambiado, pero, ¿una escuela primaria? ¿De veras?

Lucien, el guardián de la Muerte, también había expresado su sorpresa, pero después había llevado a Gwen y a Kaia hasta las puertas de la escuela. Lysander había llevado a Bianka, y Taliyah se había materializado allí en medio de una niebla espesa y oscura. Parecía que había adquirido una nueva habilidad, pero no había querido dar ninguna explicación al respecto. Taliyah tenía una capacidad asombrosa, aparte de aquella otra: podía adquirir diferentes formas. No lo hacía nunca, cierto; sin embargo, ahora también podía teletransportarse, y ella seguía sin poder hacer nada sorprendente.

Kaia se obligó a dejar la compasión por sí misma a un lado cuando llegaron a las puertas del auditorio. Estaban cerradas, pero se oían voces en el interior. Ella se echó a temblar.

Taliyah también se detuvo. Enfundó las armas y le puso una mano en el hombro.

—Sabes que estoy a tu lado, pase lo que pase. ¿De acuerdo?

Ella sintió un profundo amor por su hermana. Enfundó el hacha y respondió:

—Sí, lo sé.

—Bien. Entonces, vamos allá.

Taliyah empujó las puertas y las bisagras chirriaron. Sin aquella barrera, los murmullos se convirtieron en conversaciones. Conversaciones que cesaron al instante al entrar las recién llegadas.

Kaia miró el mar de caras que no veía desde hacía siglos, pero no encontró la de su madre. Ni tampoco la de ningún otro miembro del clan Skyhawk. Sin embargo, había más de cien mujeres con los ojos clavados en ella. Kaia alzó la barbilla. Algunas de las Arpías echaron mano a la empuñadura de su espada o de sus dagas, pero nadie se atrevió a dar un paso hacia ella.

Kaia supuso que tanta atención llena de odio debería haberla intimidado, pero sin embargo, se alegró. Era fuerte, más fuerte que nunca, y podría demostrar su valía. Por fin.

Por fin, ellas iban a saber que era valiosa.

—Vaya, vaya, mirad quiénes han decidido unirse por fin a nosotras. Kaia la Decepción y compañía —dijo Juliette la Erradicadora—. Qué sorpresa. Pensábamos que habíais decidido no entrar, lo cual habría sido algo muy inteligente por vuestra parte. Aunque, claro, solo tenéis medio cerebro cada una, ¿no?

La primera bromita de las mellizas que compartían cerebro.

Juliette continuó:

—Me siento obligada a advertiros que vais a perder, y que no será divertido. Aunque yo no sé nada de eso, claro, porque he ganado la medalla de oro en los últimos ocho juegos. Pero claro, vosotras no lo habéis visto, porque no habéis sido invitadas.

Bianka gruñó, Taliyah se puso tensa y Kaia apretó los dientes como si estuviera mirando a su bestia negra.

Juliette estaba en el centro del escenario. Era alta y muy bella. Tenía el pelo negro y largo, y los ojos de color azul lavanda. Llevaba una camiseta de tirantes y una falda corta, y tenía las piernas llenas de tatuajes. Eran signos antiguos que simbolizaban la venganza. Todos ellos significaban lo mismo: «La pelirroja debe sufrir». Qué bonito.

–Pronto tendrás que despedirte del oro –replicó Kaia–. Esta vez será mío.

Juliette sonrió lentamente, con petulancia.

–En realidad, no. No voy a hacerlo. Por si no lo sabías, yo no voy a participar este año. Voy a dirigir las cosas. Fue algo que decidieron las ancianas en su reunión.

Eso no era un buen augurio para la victoria de Kaia. Si Juliette era la directora, sería ella la que decidiera quién transgredía las normas y quién no, y al final, escribiría y presentaría la tabla de resultados. No era prometedor para Kaia.

¿Cuántas veces le había pedido perdón a Juliette durante aquellos siglos? Innumerables veces. ¿Cuántas cestas de fruta le había enviado? Cientos de cestas. ¿Qué más podía hacer? Nada. Y estaba harta de intentarlo, cuando el resultado era aquel.

–Vuestros hombres deben sentarse con los demás –dijo Juliette con tirantez, y señaló hacia el fondo del auditorio, donde había un grupo de hombres en una grada. No eran más que meros espectadores.

–En realidad, nuestros hombres se quedan con nosotras. Y eso no es discutible –dijo Taliyah, dando un paso al frente–. Ahora podéis continuar con la reunión –añadió con un tono de autoridad.

–Lo haré –replicó Juliette–. No te preocupes por eso.

Después comenzó a darles un discurso sobre el buen comportamiento antes, durante y después de los juegos.

Kaia «y compañía» la ignoraron y siguieron a su hermana mayor. Se detuvieron a un lado del escenario, junto a otro clan. Los Eagleshield. La familia de Juliette. Kaia alzó la barbilla. Todos los miembros del otro clan se alejaron de ella, como si tuviera una enfermedad contagiosa, y ella se ruborizó.

No, no todas las Arpías se habían alejado. Neeka la No Deseada dio un paso hacia delante y se acercó a las Skyhawk. Estaba sonriendo.

—Taliyah —dijo, e inclinó la cabeza respetuosamente.

Era sorda, porque le habían apuñalado los oídos durante un ataque. Como aquello había sucedido cuando era niña, no había sanado de sus heridas, y más tarde, su propia madre había intentado asesinarla por atreverse a sobrevivir con esa enfermedad.

Aquella mujer debía de haber aprendido a ser madre en la Escuela de Maternidad de Tabitha Skyhawk.

Las dos Arpías se abrazaron y se dieron unos golpecitos en la espalda. Al separarse de Taliyah, Neeka miró a Kaia, y sorprendentemente, no dejó de sonreír. Tenía el pelo negro y los ojos marrones, y unas cuantas pecas en la nariz. Su rostro era perfecto.

—Ya nos hemos hecho adultas —dijo Neeka, en un tono de voz perfectamente modulado, muy suave.

—Sí —dijo Kaia, y esperó a que comenzaran los insultos.

Eso no ocurrió.

—Espero que seas tan mortal como se dice por ahí.

Un momento, ¿cómo?

—Seguramente, más —dijo modestamente.

La sonrisa se hizo más amplia. Claramente, Neeka sabía leer los labios.

—Bien. Así, las próximas semanas me resultarán más soportables. Bueno, dime una cosa. Hace cosa de un año, alguien me dijo que colgaste a un humano del piso número sesenta de un edificio. Por el pelo. ¿Es eso cierto?

—Bueno, sí. Gwennie había desaparecido, y él era el último que la había visto —explicó ella—. Quería respuestas.

—¡Vaya! ¿Y...?

—Ya es suficiente —les espetó Juliette—. Estáis perdiendo

el tiempo con vuestras exageraciones, cuando deberíais estar escuchándome a mí.

Exageraciones. Por favor. En vez de defenderse, Kaia repitió lo que le habían dicho. Juliette estaba detrás de Neeka, así que la pobre chica no tenía ni idea de que todo el mundo las estaba mirando, esperando su colaboración. Sin embargo, Neeka no volvió con su clan. Volvió junto a Taliyah. Qué raro. ¿Por qué…?

De repente, se abrieron unas puertas al otro lado de la espaciosa habitación, y Kaia vio entrar a su madre, Tabitha la Cruel. Todo el mundo se quedó en silencio.

Acababa de llegar una leyenda.

A Kaia se le hizo un nudo en el estómago. Tragó saliva. Sabía que aquel momento tenía que llegar, y creía que estaba preparada, pero… Oh, por todos los dioses. Comenzaron a temblarle las rodillas, y se puso muy nerviosa.

Había pasado un año desde la última vez que había hablado con su madre, y aquella última conversación no había sido agradable.

«No sé por qué he permanecido a tu lado tanto tiempo», le había dicho Tabitha. «Lo he intentado, lo he intentado una y otra vez, pero tú no has hecho nada por redimirte. Te quedas en Alaska, luchando contra los humanos, robándoles a los humanos, jugando con los humanos».

Kaia se quedó boquiabierta.

«No sabía que tuviera que demostrarte lo que valgo. Soy tu hija. ¿No deberías quererme pese a todo?

«Me has confundido con tus hermanas. Y mira dónde te ha llevado su indulgencia. A ningún sitio. Los demás clanes siguen odiándote. Te he protegido durante todo este tiempo, nunca les he permitido que levantaran la mano contra ti, pero eso termina hoy mismo. Mi indulgencia tampoco te ha llevado a ninguna parte».

Su definición de «indulgencia» era muy distinta. Y, para ser sincera, aquella diferencia le hizo tanto daño que pensó que nunca iba a superarlo.

«Mamá…».

«No. No digas nada más. Hemos terminado».

Su madre se alejó de ella para siempre. No hubo más llamadas de teléfono, ni cartas, ni correos electrónicos, ni mensajes de teléfono. Había dejado de existir para Tabitha. Juliette todavía no la había atacado, así que ella pensaba que su madre había seguido protegiéndola pese a todo.

Tal vez se hubiera equivocado.

Tal vez aquel era el motivo por el que ahora se encontraba en aquel lugar.

Y, sin embargo, incluso pensando que quizá su madre quería que resultara herida, Kaia se empapó la vista con su imagen. Era la primera vez que la veía desde hacía meses, y por todos los dioses, Tabitha era bellísima. Aunque había nacido miles de años antes, y había tenido cuatro hijas, no aparentaba más de veinticinco años. Tenía la piel bronceada y el pelo negro, y los ojos de un color castaño y ámbar, y los rasgos tan delicados como una muñeca de porcelana.

—Tabitha Skyhawk —dijo Juliette, en tono de reverencia, e inclinó la cabeza a modo de salutación—. Bienvenida.

—¿Esa es tu madre? —le preguntó Sabin a Gwen de repente—. Quiero decir que… tú me dijiste que te odiaba, y que por eso no se acercaba a ti, pero parece que esa mujer solo odia las uñas rotas y las carreras en las medias.

—Solo es mi madre por nacimiento, así que no me lo eches en cara —replicó Gwen—. Y te aseguro que te rompería la cara sin preocuparse por sus uñas.

Gwen siempre había sido la más sensible de las hermanas, la que más necesitaba protección. Y, sin embargo, el día en que Tabitha había declarado que era una inútil, no había derramado una sola lágrima. Se había encogido de hombros y había continuado con su vida. No había mirado atrás ni una sola vez.

—No puede ser tan mala —dijo Sabin—. Con esas piernas no.

Hombres.

—Tiene un corazón de niña, ¿sabes? Sí, lo tiene guardado en una caja, junto a la cama.

Después del Trágico Incidente, Kaia había perseguido a Tabitha durante siglos, intentando hacer cualquier cosa con la que pudiera ganarse el respeto y el amor de su madre. Había fracasado una y otra vez. Por fin, se había dado cuenta de que sus esfuerzos no servían de nada, y había concentrado su atención en los humanos. Algo con lo que, una vez más, se había ganado el castigo de Tabitha.

«Te quedas en Alaska, luchando contra los humanos, robándoles a los humanos, jugando con los humanos». Kaia pensó de nuevo en aquellas palabras. Entre los humanos, ella era como un trofeo. Todos pensaban que era guapísima, valiente y divertida. Claro que había jugado con ellos.

«Ya has superado el rechazo, ¿no te acuerdas? Ya no te importa».

Su madre entró en el auditorio acompañada por otras nueve Arpías. Cuando las puertas se cerraron, todas ellas observaron a la multitud. Las diez miradas pasaron por encima de ella sin la más mínima pausa, como si fuera invisible.

«Mírame», pensó Kaia frenéticamente. «Mírame, mamá, por favor».

Durante aquellos pocos segundos, se sintió como una niña otra vez. Claro que los ojos dorados de Tabitha no volvieron hacia ella. Peor todavía, se fijaron en Juliette con un brillo de orgullo. Orgullo. ¿Por qué?

¿Tenía importancia? A Kaia se le formó una carcajada de amargura en la garganta. Entonces, se dio cuenta de que Juliette y su madre llevaban el mismo medallón, y la carcajada se convirtió en un jadeo. Eran unos círculos de madera que tenían tallados unas intrincadas alas en el centro: el preciado símbolo de la fuerza de los Skyhawk. A Kaia nunca le había importado el hecho de que su madre entrenara a Juliette, ni a los miembros de otros clanes aliados. Sin embargo, ¿darle aquella medalla a alguien que no fuera del clan de los Skyhawk? ¡Oh, eso sí le dolía!

Entonces recordó algo más. Su madre le había arrancado un medallón como aquel del cuello. De repente, sintió la raspadura del cuello contra la nuca.

—Nuestro vuelo se ha retrasado —dijo Tabitha. Su voz áspera resonó en la cúpula del auditorio—. Pedimos disculpas.

Aunque lo hubiera hecho con tanta tirantez… ¿Su madre, disculpándose? Era la primera vez que ocurría algo así. ¿Era un sueño? ¿Acaso había entrado en un universo paralelo sin darse cuenta? No, no era posible. De ser así, Tabitha le habría sonreído, y no lo había hecho.

Así pues, esa disculpa sí había tenido lugar.

A Kaia comenzaron a temblarle las rodillas otra vez.

—Siento llegar tarde —dijo una voz masculina, grave, a sus espaldas.

Y vuelta a la teoría del sueño. No era posible que Strider estuviera allí, y además, disculpándose también. Kaia se dio la vuelta con la certeza de que nada había cambiado en su entorno. Y, para su completo asombro, sus ojos confirmaron a sus oídos.

Strider estaba allí, con toda su gloria de guerrero.

Verdaderamente, había entrado en un universo paralelo. No había otra explicación posible.

—¿Qué estás haciendo aquí? —le preguntó suavemente.

Olía a canela, y al percibir aquel olor, a Kaia se le aceleró el corazón incontrolablemente.

—Gracias a Dios —intervino Sabin—. Gwen estuvo a punto de matarme cuando se enteró de que te había dejado marchar de la fortaleza esta mañana.

Mientras él hablaba, Lysander se colocó entre los dos inmortales y ella. Tal vez hubiera aceptado una tregua con los Señores del Inframundo, pero eso no significaba que le cayeran bien. No se fiaba de ellos, y no quería que Bianka corriera el más mínimo peligro. Sin embargo, no tenía ningún motivo de preocupación: los Señores trataban a las Skyhawk como si fueran de su familia, como si fueran primas exasperantes que se habían quedado demasiado tiempo en la casa de uno, pero que seguían siendo de su familia.

De repente, hubo otra ronda de exclamaciones y jadeos de admiración entre todas las Arpías. Por fin, se habían dado cuenta de que aquellos hombres eran algo más que donantes de sangre y ponis de carnaval, y comenzaron a sonar murmullos de «ángel» e «inmortales». Los primeros llenos de diversión, tal y como había temido Kaia, y los segundos de celos.

Celos. Hacia ella. Intentó no hincharse como un pavo.

Pero no lo consiguió.

—¿Qué estás haciendo aquí? —volvió a preguntarle a Strider en voz baja.

—Pregúntamelo mañana. Tal vez tenga alguna respuesta —dijo él con ironía.

De nuevo, a Kaia se le infló el corazón. En aquella ocasión no fue de amor, sino de deseo, alegría y alivio. Estaba más sexy que nunca, con una camiseta blanca manchada de sangre, y unos pantalones vaqueros rasgados. Tenía la cara manchada de tierra, y el pelo rubio aplastado contra la cabeza, empapado de sudor.

—Debería haber llegado antes —añadió—, pero al hacer una última ronda de vigilancia por el perímetro de la fortaleza encontré cosas interesantes.

—¿Cazadores?

—Sí. Los muy desgraciados, como siempre, estaban intentando un truco sucio.

—¿Los has matado?

A él le brillaron los ojos de un modo que revelaba la euforia del demonio victorioso al que albergaba.

—A todos.

—Buena chica —dijo ella.

Sí, acababa de llamarlo «chica». Y él estaba allí de verdad. Kaia no podía creer algo tan asombroso. ¿Significaba eso que Strider se había dado cuenta de que eran el uno para el otro? ¿Había olvidado que ella se había acostado con Paris? Tuvo que contener el impulso de lanzarse a sus brazos, de abrazarlo con fuerza y no soltarlo nunca.

Él debió de leer todas aquellas preguntas en sus ojos.

—No te hagas una idea equivocada —dijo, estropeándolo todo—. Necesitabas un botiquín, así que aquí estoy. En cuanto terminen los juegos, me voy. No te lo digo para ser grosero, sino para que sepas la verdad —añadió. Qué tierno era—. ¿De acuerdo?

—Sí, claro. Gra-gracias.

Como no quería que él estropeara su alegría, se dio la vuelta.

«No voy a llorar», pensó Kaia. Su madre no había conseguido destruirla, y él tampoco iba a conseguirlo.

Una vez más, se había convertido en el centro de atención. Todas las miradas estaban clavadas en ella. Alzó la barbilla, exactamente como la primera vez, para disimular su disgusto.

—Bueno, ¿me he perdido algo? —preguntó Strider.

—¿Ves a esa morena tan impresionante de allí? —le dijo Sabin, señalando a Tabitha—. Es su madre.

—¿Esa es su madre?

Kaia apretó los puños, y sus uñas, que se habían alargado repentinamente, le cortaron la piel. Algunas gotas de sangre cayeron por entre sus nudillos—. Si no tienes cuidado, voy a... —no encontró una amenaza lo suficientemente mala—. Procura no hacerle ningún cumplido.

—No me desafíes, Pelirroja. No te gustaría el resultado.

Pelirroja. En boca de cualquier otra persona habría sido una expresión cariñosa, pero por parte de Strider era como una maldición.

—¿Por qué? ¿Es que piensas darme una paliza?

—No. Me marcharé.

Ella apretó los labios. Su ausencia era lo único a lo que no estaba dispuesta a arriesgarse. Tal vez Strider fuera muy molesto, terco y a veces, odioso, pero era la mejor ayuda con la que contaba para ganar aquellos juegos. Si Juliette estaba a cargo del evento, necesitaba a alguien que le guardara la espalda las veinticuatro horas del día.

—Mi madre no es la persona que mejor me cae del mundo, ¿sabes? —dijo, sin girarse a mirarlo. Después, susurró—: Y ahora, por favor, ¿podrías actuar como si yo te gustara de verdad, aunque solo sea durante un rato?

Por lo menos, Tabitha se dignó a mirarlos. Observó a los hombres, y solo a los hombres, y frunció los labios con desagrado mientras acariciaba la empuñadura de la espada que llevaba al cinto.

—En primer lugar, no le he hecho ningún cumplido. En segundo lugar, parece como si se desayunara los sueños y las esperanzas de otra gente, y eso no es atractivo. Y tercero, parece que tú has brotado de los sueños y las esperanzas de otra gente. Yo no podía... no puedo creer que tengáis parentesco.

Qué... dulce. Kaia se quedó anonadada. ¡Maldito fuera! Primero asestaba un golpe y después le hacía un cumplido. ¿Cómo iba a mantener la distancia emocional con él, si le decía aquellas cosas?

—Espera. ¿Cómo? ¿Quién ha dicho eso? —gruñó Strider, antes de que ella pudiera responder.

—Tú —dijo Kaia—. Y ya sé lo que vas a decir ahora: que parecías un idiota.

No le gustaba nada disparar contra él, pero su cordura estaba en juego.

Strider mordió el aire mientras la miraba.

—Está bien. ¿Quién ha dicho qué? —preguntó ella entonces, con un suspiro.

Él pasó la mirada por su pequeño grupo y después volvió a mirar a su madre, mientras le vibraba un músculo de la mandíbula.

—No importa.

De acuerdo. Consortes. No se podía vivir sin ellos, pero tampoco podía cortárseles la lengua sin ganarse una vida entera llena de miradas de odio.

–Ahora que todo el mundo está aquí, vamos a seguir con los juegos –anunció Juliette–. Estos juegos siempre han sido una parte importante de nuestra vida, y nos han permitido castigar justamente a aquellas que nos han hecho algún mal –por supuesto, al decir aquello miró a Kaia–, además de demostrarles a aquellas a quienes queremos lo fuertes que hemos llegado a ser. Así pues, estamos aquí para hacer lo que mejor hacemos. ¡Luchar!

Se oyeron vítores.

–Si miráis los mensajes de vuestros teléfonos, encontraréis la lista de turnos de los grupos –prosiguió Juliette con satisfacción. Entonces, se fijó momentáneamente en Strider.

Y fue cuando Kaia se dio cuenta de la cruda verdad, y sintió tal rabia que estuvo a punto de lanzarse hacia el escenario. «Cálmate. Eso es lo que quiere Juliette», se dijo. ¿Qué otra cosa podía querer? A Strider.

Claramente, había estado esperando hasta que ella encontrara a su consorte, seguramente con la intención de quitárselo, tal y como ella le había quitado el suyo en el pasado.

Fantástico. ¿Cuándo se había corrido la voz de que Strider y ella eran pareja? Y, demonios, un Strider sin compromiso sería una presa fácil. De repente, la rabia se convirtió en miedo, y sintió el sabor de la bilis en la garganta.

Strider y Juliette… Juliette, que no se había acostado con Paris... Entrelazados, desnudos, gimiendo…

Oh, por todos los dioses. «Concéntrate en este momento». Todo lo demás podría resolverlo después. Tal vez. Si continuaba por aquel camino iba a atacar a alguien, seguramente a Juliette y a Strider, o a desmoronarse. Y ninguna de las dos cosas era aceptable.

Temblando, Kaia se sacó el teléfono del bolsillo y encontró el mensaje de texto. Entonces supo que ni sus hermanas ni ella estaban alineadas en el Equipo Skyhawk.

–No lo entiendo.

–Nuestra madre dice que ya no tiene hijas –le explicó

Taliyah–. Eso significa que no podemos competir como Skyhawk. Tuve que hacerle una petición al consejo para que nos permitiera establecer un nuevo clan. Cuando me ocupé de eso, nos dieron permiso para acudir a los juegos.

No iba a reaccionar. Kaia no quiso reaccionar. No se estaba muriendo. No.

—Entonces, ¿cuál es el nombre de nuestro nuevo equipo?

La respuesta apareció en la pantalla de su móvil al instante. *Equipo Kaia*. Sus hermanas, además de Neeka y otras cuantas, iban a competir en el Equipo Kaia.

Durante un momento, su dolor cesó, y sintió una gran felicidad por el apoyo incondicional de sus hermanas. La querían. Pese a todo, ellas la querían. La aceptaban. Pensaban que era lo suficientemente buena tal y como era. Entonces, volvió a concentrarse en lo que las rodeaba, y tuvo que pestañear para que no se le derramaran las lágrimas.

Demonios, ¿cuántas veces iba a tener que aguantarse las ganas de sollozar aquel día?

—La primera competición comienza mañana temprano —dijo Juliette—. Después, todo el mundo recibirá una notificación de dónde va a celebrarse la siguiente prueba. Como sabéis, ya no celebramos los juegos en una sola localidad, puesto que antiguos participantes hicieron trampas y los sabotearon con antelación.

Aunque Kaia no había sido la responsable de eso, porque ni siquiera participaba en aquellos juegos, Juliette le lanzó las palabras con desprecio.

Ella irguió la espalda. De repente, notó que Strider le posaba la mano en la cintura, una mano cálida y reconfortante. Chispeante. Dios Santo, perdió de nuevo la noción del entorno, como si solo existieran ellos dos. Se imaginó su boca reemplazando la palma de la mano, lamiéndola, y soltó un jadeo.

«Contrólate», se dijo. Si se hacía una idea equivocada sobre algo tan inocente como una caricia en la espalda, él se marcharía, tal y como le había prometido. Y no podía echarle la culpa. Si ella hubiera estado en su lugar, habría hecho lo mismo.

En el fondo eran muy parecidos. Eran guerreros que se habían curtido en el campo de batalla, letales como un cuchillo, cínicos, y dispuestos a hacer cualquier cosa por sus amigos. Y, en cierta forma, ellos eran amigos. Había sido así desde el principio. Tal vez él no quisiera estar allí, pero tampoco quería que ella sufriera ningún daño. Así pues, había ido para ayudarla. Sin embargo, no iba a dejar que intentara ir más allá; solo se quedaría si ella mantenía la distancia. Solo sería su «botiquín».

Por muy enfadada y dolida que estuviera, también se sentía agradecida.

—Este año hay otra novedad —continuó Juliette, y Kaia salió de su enfrascamiento—. El premio. En esta ocasión, las ganadoras no recibirán oro y plata después de las competiciones.

—¿Qué premio hay? —gritó alguien.

—¡Por eso es por lo que hemos venido! —gritó otra.

Juliette alzó las manos para pedir silencio, y su orden fue obedecida al instante.

—Este año tenemos algo mejor.

Entre murmullos de la multitud, se abrió una cortina que había en un lateral del escenario. Y entonces, Kaia se quedó boquiabierta. No era posible. El esclavo que ella había intentado robar hacía tantos siglos, el que había hecho estragos entre los clanes de Arpías, se acercó a Juliette. Tenía las muñecas encadenadas, como antes. Ahora era más musculoso, y tenía el pelo más oscuro, pero sus rasgos seguían siendo afilados y su expresión obstinada.

—Dios Santo, ¿es él? —preguntó Bianka.

—Sí —susurró Kaia. Nadie le había dicho que Juliette había vuelto a encontrarlo. ¿Cuándo? ¿Dónde?—. Es él.

—¿Quién? —preguntó Strider, y a ella le pareció que detectaba un matiz de celos en su tono de voz. Sin embargo, se dijo nuevamente que no debía hacerse ilusiones.

–No es necesario que te preocupes –le dijo ella.

–Kaia –le espetó él.

–Shh, cállate. Estás dejándome mal delante de mi equipo.

–Kaia.

–Está bien. Te lo explicaré luego –mintió ella.

Hubo una pausa llena de tensión. Después, Strider dijo:

–Mejor será.

–¿O?

–Sí, eso.

Su bestia negra, el hombre a quien ella había buscado durante años con la determinación de castigarlo, tenía una lanza fina y larga en las manos. Sus extremos eran más gruesos y estaban hechos de cristal. Dentro de ellos había algo que giraba y brillaba.

El objeto emitía ondas de poder.

Juliette tomó el arma sin una palabra de agradecimiento. Kaia había averiguado que su consorte se llamaba Lazarus. En aquel momento, él buscó con la mirada por entre la multitud, hasta que vio a Kaia. Entonces se quedó inmóvil.

A ella se le escapó el oxígeno de los pulmones. Se prohibió a sí misma mostrar algún tipo de reacción en aquel momento. Después. Más tarde lo buscaría y le haría tanto daño como siempre había soñado.

Él sonrió lentamente. Era muy guapo, de una manera fría y malvada. A ella se le escapó un silbido. Notó que se le prolongaban los colmillos. «Eres hombre muerto, vaquero». Le pertenecía a Juliette, sí, y estaba claro que todo el mundo culpaba a Kaia en vez de a él, por lo que les había hecho a sus seres queridos. Sin embargo, era él quien había perpetrado la matanza con sus dientes y sus garras. Él era quien había asestado todos aquellos golpes mortales.

E iba a pagarlo caro. Nadie hacía daño a sus hermanas. Nadie.

–Quiero que me lo expliques ahora –insistió Strider–. ¿Quién es?

Antes de que ella pudiera pensar en una respuesta, Lazarus salió del escenario. Inteligente por su parte. Ella no estaba segura de cuánto tiempo habría podido resistirse a la tentación de salir volando hacia él.

Cuando lo atacara, sería en privado. No habría nadie presente para salvarlo.

—Más tarde —repitió ella.

—Esto —prosiguió Juliette—, es algo muy, muy valioso. Es algo más precioso que el oro o que la plata. Seguro que habéis sentido su poder. Sin embargo, lo que no sabéis es que ese poder puede transferirse a vosotras. Podéis poseerlo y controlarlo. Seréis más fuertes de lo que nunca imaginasteis. Invencibles.

Hubo murmullos, y Juliette sonrió con indulgencia.

—A lo largo de los siglos, los dioses han llamado a esta poderosa arma la Vara Cortadora. Yo, sin embargo, tengo un nombre mejor: el primer premio.

Strider se puso muy rígido.

Sabin soltó una maldición.

Ambos hubieran subido de un salto al escenario si Taliyah y Neeka no los hubieran sujetado. Sin embargo, no habría sido necesario: el arma desapareció en un abrir y cerrar de ojos de manos de Juliette.

—¿Qué es eso? —preguntaron Kaia, Gwen y Bianka al unísono.

Kaia apartó a su hermana de Strider y le preguntó:

—¿Qué ocurre?

—El primer premio —dijo él— es el cuarto artefacto. Uno de los que necesitamos para encontrar y destruir la caja de Pandora.

—Lo cual significa que el primer premio —añadió Sabin— tiene el poder de borrarnos de la faz de la Tierra. Para siempre.

Capítulo 6

¿Cómo había sucedido aquello?

Strider se paseaba por la habitación del motel. El hielo que tenía en las venas ralentizaba sus movimientos. Sus botas se hundían en la lana enmarañada de la alfombra y abrían un camino cada vez más marcado.

Kaia estaba sentada sobre la televisión, observándolo con preocupación, balanceando las piernas cruzadas y dando suaves golpecitos con los talones en la pantalla.

Sabin y Gwen estaban sentados al borde de una de las camas dobles, y Bianka y Lysander al borde de la otra. Taliyah se había marchado con una muchacha y ninguna de las dos había dicho ni una palabra de adónde iban, ni de cuánto iban a tardar en volver.

—Los Innombrables dijeron que tenían la Vara Cortadora en su poder —dijo Strider. Alguien tenía que comenzar aquella conversación.

—Pues está claro que mintieron —repuso Sabin.

—Sí, está claro. Esto es muy malo. Muy, muy malo para nosotros.

Debería haber sospechado algo. Strider había visitado el templo de los Innombrables hacía unas semanas, y no le había importado entregarles la Capa a aquellos seres monstruosos, porque pensaba que ya tenían el otro artefacto. ¿Qué importaba que tuvieran uno más? Él había pensado que custodiarían ambas reliquias hasta que ellos pudieran volver y negociar la compra de ambos artefactos.

Se había equivocado.

Si los Innombrables hubieran tenido la Vara en su poder, no se la habrían dado a Juliette sin que ella hiciera un buen pago, y ese pago no podía consistir en joyas o en dinero. Ellos querían la cabeza de Cronus.

Y, como el rey de los dioses seguía vivo, no se había producido ese intercambio. Eso significaba que los Innombrables no tenían palabra, y era imposible saber lo que podían hacer con la Capa si Strider no les entregaba esa cabeza.

«Ganar», gimoteó Derrota. No era una pregunta, solo la aceptación del desafío.

Y él no iba a discutírselo, aunque sabía que ahora tenían dos frentes abiertos. La Capa y Kaia.

«Lo sé. Lo haré».

En primer lugar, tenía que robar la Vara Cortadora. Sabin no había mentido. Si el artefacto terminaba en manos equivocadas, si no acababa en manos de los Señores del Inframundo, cualquiera podría hallar la caja de Pandora y destruirlos. Sus demonios serían absorbidos de sus cuerpos, y succionados al interior de la Caja.

Aunque eso podía parecer estupendo, en teoría, hombre y bestia estaban conectados de tal modo, que el hombre no podía vivir sin su demonio.

Strider sintió un ataque de angustia. Se detuvo en el centro de la habitación y miró a Kaia.

—Tenemos que robarlo.

Ella se quedó boquiabierta.

—¿Eh?

—Olvídate de los juegos y ayúdame a robar la Vara Cortadora —le dijo él—. Por favor.

Algunas veces, un hombre necesitaba un ayudante, y aquella era una de esas ocasiones. Él no sabía cómo funcionaba la mente de una Arpía, ni dónde tendría Juliette escondida la Vara. Kaia era su infiltrada.

A ella se le dilataron las pupilas. De ira. Magnífico; eso era, justamente, lo que menos necesitaba él. Kaia enfadada y sin miedo a demostrarlo. Entonces, ella se pasó la lengua por los dientes, y él sintió una punzada de deseo que derritió todo el hielo y creó un infierno en su cuerpo.

¿En un momento como aquel? ¿De veras?

«Cualquier momento es bueno», pensó. «Tal vez ella te ataque, pero por lo menos así tendrás sus manos encima».

Strider maldijo su libido.

—No, no, y no —dijo entonces Kaia—. Y tú tampoco vas a robarla.

Ya.

—¿Vas a intentar castigarme, Pelirroja? Porque si es así…

—Oh, por todos los dioses. ¿Cómo puedes ser tan egocéntrico? No todo gira en torno a ti, Strider.

—Eso ya lo sé. Dime, ¿cuál es el problema? Recuerdo a cierta Arpía pelirroja, que una vez me dijo que haría cualquier cosa siempre que fuera inmoral y el precio fuera adecuado. Así que hazlo. Dime cuál es tu precio, y hazlo.

—No hay precio. Para eso no hay precio.

—¿Es que tienes miedo?

Ella bajó de la televisión de un salto, enseñándole unos colmillos que se habían convertido en dagas afiladas. Además, tenía los ojos oscurecidos.

—Ahora te la vas a ganar —canturreó Bianka, y Lysander le tapó la boca con la mano para impedir que dijera algo más.

—Idiota —le dijo Sabin—. Yo ni siquiera te voy a ayudar. Te mereces lo que está a punto de ocurrir.

—No tengo miedo de nada —dijo Kaia, hablando con dos voces a la vez. Y ambas voces eran ásperas y amenazantes—. Tienes mucha suerte de que mi Arpía se niegue a hacerte daño, o ahora estarías hecho trozos. Y si intentas robar la Vara tú solo, después de que yo te haya dicho que no lo hagas, te haré desafíos que no podrás ganar. Para siempre.

Él tuvo ganas de zarandearla. Quería besarla, aunque

solo para que se callara, claro. Demonios, estaba bordeando el desafío al hablar así. Derrota se paseó con inquietud de un lado a otro de su cabeza, echando espumarajos por la boca de ganas de aceptar el reto. Si no lo hizo, fue únicamente por el miedo que sentía.

«Tú eres el que me pidió que viniéramos. Tú eres el que decidió destruir a cualquiera que la atacara». Sí, Strider también se había inclinado en aquella dirección. Tenía ganas de destripar y decapitar a sus oponentes antes de que pudieran asestarle un solo golpe. Sin embargo, entendía que era a causa de la atracción que sentía por ella, y de un sentido de la posesión desarrollado en exceso. ¿Cuál era la motivación de Derrota? «¿Por qué estás haciendo esto?».

«Ganar», dijo la bestia. Como siempre.

—¿Lo entiendes? —preguntó Kaia, al ver que él no respondía.

Él sintió una enorme decepción. Ella estaba intentando castigarlo, y él no se lo esperaba. Tal vez se ladraran y se lanzaran pullas el uno al otro, y tal vez se sintieran fascinados el uno por el otro, pero también eran amigos. O eso había pensado él. Los amigos ayudaban a los amigos.

Ejemplo: él estaba en Wisconsin, cuando debería estar en otros muchos sitios.

Se dio la vuelta y miró a Bianka. A él no le importaba robar solo, normalmente. Sin embargo, las Arpías eran distintas a todos los seres vivos con los que había tenido que tratar antes; se movían más rápido que el ojo, y eran capaces de destruir la tráquea de un hombre con los dientes. Demonios, podían destruir a un ejército entero en segundos.

No había límite que no estuvieran dispuestas a cruzar, ni fechoría demasiado vil. Si él fuera en busca de la Vara, y ellas lo atraparan, lo matarían. Pero sin la Vara estaba muerto, de todos modos. Así que no había nada que sopesar. Iba a ir a buscarla.

—¿Y tú? —le preguntó a Bianka.

—Ese tono, guerrero —dijo Lysander, con una voz tan suave, que Strider casi no pudo detectar el poder que se escondía en su tono. Casi.

«Eso no es un desafío», le dijo a su demonio, negándose a repetirle la pregunta a la hermana de Kaia. Afortunadamente, Derrota estaba demasiado concentrado en Kaia, en la Capa y en la Vara. Si Strider no conseguía obtener las dos últimas, y pronto, perdería la batalla. Sufriría. Sin embargo, tampoco podía dejar a Kaia sin sufrir.

Bianka se apartó la mano de Lysander de la boca.

—Lo siento, pero no puedo ayudarte.

—¿Por qué?

Ella se encogió de hombros, toda inocencia.

—Si quieres que te dé una lista de razones, te la daré. Pero no puedo garantizarte que todas sean reales.

Entonces, él miró a Gwen.

—¿Y tú?

—¿Có-cómo? —preguntó ella con desconcierto. Entonces miró a Kaia, que negó con la cabeza—. No, no puedo —dijo finalmente, con más seguridad.

Bien; allí estaba pasando algo. Kaia no tenía miedo. Aquella chica era demasiado valiente para su propio bien. Aunque estuviera en una habitación llena de Arpías que la miraran como si ella fuera unas costillas a la barbacoa y ellas fueran vegetarianas estrictas, mantendría la cabeza alta y las retaría a que probaran un bocado.

La única vez que la había visto perder el control, temblar, era cuando había mirado a su madre. Su madre, guapísima y claramente, una asesina. Strider tenía la sensación de que Tabitha la Cruel le había hablado telepáticamente. Todavía no estaba seguro.

Cuando aquella mujer lo había mirado de pies a cabeza, evaluándolo, él había oído un susurro frío y muy femenino: «Kaia morirá antes de que comience el último juego».

Y un cuerno. Strider no había oído nada más, y pensaba que tal vez solo hubieran sido imaginaciones suyas. De todos modos, no le preocupaba. Estaba allí, y haría lo que había prometido, pero demonios, Kaia tenía que ceder un poco en aquel asunto.

—Perdeos —les dijo a las otras parejas.

Conociendo a Strider como lo conocía, Sabin tomó a Gwen y se la llevó de la habitación a pesar de sus protestas. Los dos amigos se miraron hasta que Sabin salió. Moverían montañas para conseguir aquella vara, con o sin la aprobación de las Skyhawk. No obstante, primero harían todo lo posible por obtener respuestas, aunque eso significara que tenían que separarse y quedar sin apoyo.

Kaia les aseguró a sus hermanas que iba a estar perfectamente, y, al final, los dejaron a solas.

—¿Por qué? —le preguntó él sin rodeos.

—Porque dirán que yo no tengo confianza en mis capacidades. Dirán que soy una cobarde.

—¿Y qué? —¿acaso Kaia estaba dispuesta a arriesgar su vida por el ego?—. Un poco de ridículo nunca ha matado a nadie.

—Mira, ya estás aquí, y por mucho que a mí me moleste, sé que al final te vas a enterar, así que prefiero decírtelo yo.

—Continúa.

Ella tragó saliva.

—Hace mucho tiempo, en unos juegos, yo intenté robarle… algo… a otro clan.

Ah, ¿de veras?

—¿Y por qué titubeas?

—No importa —dijo ella, y se ruborizó—. Mis actos causaron una masacre. La mitad de la población de las Arpías fue aniquilada, y eso no me lo han perdonado nunca.

Él sabía lo que significaba eso: que la habían apartado de los demás clanes. Y si alguien entendía lo que era el dolor que causaba el rechazo, era él mismo.

Cuando los dioses habían elegido a Pandora para que custodiara la caja que contenía todos los males del mundo, él había permitido que el orgullo lo dominara. ¿Cómo se habían atrevido a elegir a una mujer para ese cometido, cuando él nunca había perdido una batalla? Strider había eliminado a todos aquellos a quienes Zeus quería ver eliminados.

Quería demostrar su valía, y por eso había ayudado a robar y a abrir aquella caja. Por supuesto, él tenía la intención de ayudar a capturar de nuevo a los demonios, después de que hubieran causado unos cuantos estragos. Era una cuestión de demostrar que ellos podían hacer las cosas mejor que Pandora. Sin embargo, la caja desapareció, y los estragos habían sido muchos más que «unos cuantos».

Como castigo, los Griegos habían hecho que el demonio de la derrota lo poseyera, y después lo habían expulsado del único hogar que había conocido.

Así pues, el rechazo, el no ser perdonado... Sí, él conocía aquellas sensaciones por experiencia propia. Sin embargo, no podía permitir que nada le impidiera conseguir aquella vara. Había demasiadas cosas en juego.

—Si robo algo más... me matarán, Strider. Después de asegurarse de que he sufrido todo el dolor que han sentido ellas.

Kaia creía lo que había dicho. La verdad brillaba en sus ojos, que se le habían empañado.

—Yo te protegeré.

—No me hagas decir que no podrías protegerme, por favor —respondió ella con una carcajada de amargura—. Yo podría huir, sí, pero, ¿qué clase de vida es esa? Además, ¿y si toman represalias con mis hermanas, al ver que no pueden castigarme a mí?

Buena observación. Strider intentó tomar otro camino.

—Nadie tiene por qué saber que la robaste tú. Entraremos y saldremos sin que nadie nos vea. No habrá problemas.

Ella negó con la cabeza.

—No importaría que yo dejara pruebas o no. Si desaparece la Vara, me culparán a mí de todos modos.

—¿Y qué? —preguntó él de nuevo.

—Tú no sabes nada de la justicia de las Arpías, Strider.

No hay juicio. Si me consideran sospechosa, me darán caza, me torturarán y me matarán.

—Yo te protegeré —repitió Strider.

Kaia arqueó una ceja.

—No puedes.

—Sí, sí puedo.

—¿Podrás protegerme de un ejército de Arpías que no dudarán en hacer daño a todos los que tú quieras con tal de llegar a mí? Estarían dispuestas, incluso, a ayudar a los Cazadores.

Mierda.

—Entonces, ¿qué puedo hacer? Dímelo.

—Lo que ibas a hacer desde el principio: el papel de mi consorte. Yo lucharé, y ganaré la Vara. Honorablemente.

—Creía que tú no actuabas honorablemente.

Ella entrecerró los ojos con indignación.

—En esto, y solo en esto, sí. Hay demasiadas cosas en juego, no solo para mí, sino también para mis hermanas.

«Ganar».

¿La Vara?

«Tío, lo estoy intentando. Déjame un poco de espacio».

«¡Ganar!».

«¡Ya lo sé, maldita sea!».

—Y si yo… Mierda.

Se pasó una mano por la cara. Por muchas batallas que hubiera ganado, sabía distinguir lo que era un callejón sin salida antes de torcer la esquina y ver el muro de ladrillos. Estaban en punto muerto, y Strider lo sabía. Ella no iba a ceder a menos que él cambiara de táctica.

—Si haces esto por mí, me acostaré contigo, ¿de acuerdo?

Por un momento, ella no reaccionó. Entonces soltó un grito y le dio una palmadita en el brazo para que se alejara. Una palmadita que fue tan fuerte que él giró sobre sí mismo sin poder evitarlo.

—¡Qué magnánimo por tu parte!

Al instante, Kaia estaba frente a él otra vez. Lo empujó, y él se balanceó hacia atrás hasta que la parte de atrás de sus rodillas tocó el borde de la cama.

—Ofrecerme tu cuerpo, cuando claramente no me deseas. Renunciar a tus principios y prostituirte. Usarme, por mucho que yo vaya a sufrir al final.

Sus palabras eran como flechas certeras, y él se estremeció, pero no respondió. Todavía no. Mientras se caía de espaldas sobre el colchón y rebotaba, se concentró en su demonio.

«Esto no es ningún desafío para que la domine sexualmente, ¿entendido?».

«¡Ganar!».

Strider apretó los dientes. Pensaba que su demonio estaba concentrado en la Vara, pero no podía estar completamente seguro. Así pues, cuando Kaia saltó sobre él y se sentó a horcajadas sobre su cintura, él se giró bruscamente y la tiró al colchón, y se tendió sobre ella para sujetarla con su peso. Y, por todos los dioses, se sintió bien. Notó sus senos contra el pecho, y el vértice de sus muslos ofreciéndole un nido exquisito para el grosor de su miembro.

Ella olía a canela, y aquel perfume lo envolvió y le aturdió. Su cuerpo suave y exuberante emitía tanto calor que lo marcó a fuego.

«Ganar».

Desgraciado.

—Esto es una cuestión de vida o muerte, Kaia.

Ella estaba jadeando. Escondió las manos entre su pelo y le clavó las uñas en el cuero cabelludo.

—Para mí también.

—¿Lo harías por... Paris? —le preguntó él sin poder evitarlo.

—No.

Ella ni siquiera vaciló un instante al responder, y Strider sintió una presión en el pecho. Una presión que no había advertido hasta aquel momento.

—Kaia.

—Strider.

—Yo… yo… nunca he dicho que no te deseara —susurró él. No estaba seguro de lo que había querido decir, pero sabía que no era eso. Aquellas palabras se le habían escapado sin querer—. Sí te deseo. ¿Cómo no iba a desearte?

Ella se mordió el labio.

—¿Quieres decir que estás de acuerdo en ser mi consorte?

—No —respondió Strider. No podía mentirle. A Kaia no podía mentirle en aquello, y no solo por el hecho de que ella le haría pedazos cuando averiguara la verdad—. No puedo estar contigo para siempre.

—¿Porque no hacemos buena pareja?

—Sí.

—Entonces, ¿qué es lo que puedes darme?

—Puedo darte este momento, aquí —dijo él. Algo que su cuerpo deseaba más y más a cada segundo que pasaba.

—A cambio de mi ayuda para robar la Vara Cortadora.

—Sí.

Tal vez, incluso, sin esa ayuda. Strider deseaba a Kaia con todas sus fuerzas.

Ella se pasó la punta de la lengua por los dientes.

—Vas a tener que convencerme —susurró Kaia, mientras atraía su cara hacia ella, lentamente, hasta que sus labios estuvieron a un centímetro de distancia—. Dame una muestra de lo que me estás ofreciendo.

«Ganar, ganar, ganar».

Un desafío, fuera intencionado o no. Y, en aquella ocasión, a Strider no le costó ningún esfuerzo discernir qué era lo que quería su demonio. Strider tenía que besarla, y tenía que convencerla, o sufriría.

Esperó a que la furia lo dominara, pero al mirarla, al inhalar su perfume, lo único que quiso fue darle aquella muestra.

Se quitó sus uñas del cuero cabelludo y le agarró las manos por encima de la cabeza, obligándola a arquearse, y a que deslizara el cuerpo contra el de él. Tenía los pezones erectos, esperando solo sus labios.

—No digas ni una palabra más —le ordenó Strider, y por fin, por fin, la besó.

Capítulo 7

Kaia se sentía como si llevara toda la vida esperando aquel momento. Y en cierto modo, era así. Por fin estaba en brazos de su consorte, y él iba a satisfacer sus necesidades más salvajes, las más sensuales. Strider la besó y le deslizó la lengua en la boca, y su sabor la llenó y la consumió. A ella nunca le había gustado tanto la canela.

El peso de su cuerpo musculoso la aplastó contra el colchón, y las armas que él llevaba prendidas al cuerpo le apretaron hasta los huesos. Seguramente, iban a causarle magulladuras. Sin embargo, a ella no le importaba. ¿Qué eran unos cuantos moretones cuando Strider estaba ladeándole la cabeza para intensificar el contacto que había entre los dos?

¿Qué eran unos cuantos moretones cuando sus senos se rozaban con su pecho cada vez que respiraban, y el deseo crecía por segundos?

Separó las piernas y permitió que sus cuerpos se acoplaran más. La erección de Strider, tan grande, la tocó en el punto exacto, y ella jadeó. Era ardiente, ardiente, muy ardiente.

—Strider —gimió.

—Kaia…

Oír su nombre en labios de Strider… era a la vez un tormento y algo muy dulce. Un canto de sirena.

—Más.

—¿Cómo te gusta?

—Como tú quieras.

Sus uñas ya se habían transformado en garras, y ella se las clavó en la espalda y, accidentalmente, le cortó la camisa y la piel. Él gruñó, y sus dientes se rasparon. Él le sujetó con fuerza la barbilla.

—Lo siento —jadeó Kaia. Le apretó las caderas con las rodillas, por si él pensaba dejarla.

—No lo sientas —dijo él—. Hazlo otra vez.

Le succionó el labio inferior con fuerza, y ella sintió un escalofrío.

Nunca había oído unas palabras más eróticas y más liberadoras. Ella era una Arpía, por lo tanto tenía más fuerza y más ferocidad que la mayoría de los inmortales. Siempre había tenido que contener sus pasiones. Incluso con Paris.

No creía que tuviera que contener nada con Strider, y no iba a hacerlo. Él aceptaría lo que ella le diera y disfrutaría de ello. Era demasiado fuerte, demasiado decidido como para lo contrario. Y tal vez pareciera un ángel, pero era mucho más fiero que cualquier otro Señor. No era precisamente suave y gentil.

Un hombre como aquel nunca le pediría que dejara de robar, e incluso, tal vez, la acompañara. Él conocía el triunfo y la derrota mejor que ningún otro, y se deleitaría con sus logros, fueran buenos, malos o feos. Él sería el primero en avisarla cuando estropeara las cosas, pero no la rechazaría por ello.

O tal vez el hombre que se había imaginado era pura fantasía. El que estaba sobre ella quería negociar, quería ofrecerle su cuerpo a cambio de su cooperación. Eso enfadaba mucho a Kaia, pero no lo suficiente como para detener aquello.

Estaba claro que Strider se había convertido en una droga para ella, y ya era adicta a él.

—¡Kaia! Pon atención en lo que está pasando aquí —le dijo él.

Ella salió de su enfrascamiento y lo miró con desconcierto. Strider estaba sudando, jadeando, tal vez más de lo que debiera, y tenía la cara tensa. Debía de llevar un rato llamándola. Y ella había dejado de besarlo para pensar. Algo que tenía que corregir inmediatamente.

—Estoy aquí —dijo. Lo rodeó con las piernas y se arqueó hacia arriba. Más contacto entre sus cuerpos, más jadeos por su parte. Era delicioso, perfecto.

—Buena chica —respondió él, y volvió a besarla. Sus lenguas lucharon para conseguir dominarse.

Ella le dejó ganar, se sometió y permitió que él llevara las riendas y la condujera hacia la satisfacción absoluta. O tal vez, hacia la locura. Su mente se nubló de deseo, su sangre hirvió, y su Arpía canturreó, demostrando su aprobación.

Aquello era todo lo que ella había soñado y había deseado. Su hombre, devorándola, frotándose contra ella. Nunca obtendría lo suficiente de él, siempre querría más. Ya necesitaba más. Sus terminaciones nerviosas se incendiaron y el dolor que tenía entre las piernas se hizo feroz.

Tenía que cerrar pronto aquel trato. Tenía que amarlo con todas sus fuerzas, unirlos, y no permitir nunca que él se separara de ella. No podía permitir que las otras Arpías se le acercaran. Él era suyo. Siempre sería suyo.

—Maldita sea, Kaia, ¿qué es lo que tienes en la cabeza? —le preguntó él, mientras comenzaba a acariciarle el pecho, apretándoselo.

—Tú. Yo. Juntos. Sí... —gimió ella—. Más.

—Sí, está bien. ¿Más fuerte?

—Sí, más fuerte, por favor —alzó las caderas del colchón y se movió contra él—. Más. Todo.

—Demonios, tu boca es como una llamarada. Y sí, nena, te voy a... —tomó aire y se puso tenso. Entonces soltó una maldición tan violenta que a Kaia le sorprendió que no le sangraran los oídos—. Está bien, sí. Haremos esto. Te lo voy a dar todo.

Su voz se había vuelto extraña. Ya no tenía un tono de

excitación, sino una tirantez igual a la de su cuerpo. Era casi como robótica. ¿Por qué? ¿Qué era lo que había cambiado?

Él volvió a besarla y ella siguió presionándolo con su cuerpo, incapaz de detenerse, sin soltarle la cintura. Mientras se besaban, él siguió acariciándole el pecho y al mismo tiempo comenzó a girar las caderas, frotándose con su clítoris. Era una danza, y cada uno de los movimientos se correspondía a la perfección con el siguiente. Su técnica era perfecta. Pronto conseguiría llevarla al clímax.

Técnica, pensó ella. Sí, eso era aquello, exactamente. Él tenía los músculos petrificados y no estaba gimiendo de placer. Cada uno de los roces de su lengua era algo calculado, como si estuviera pensando en lo que tenía que hacer, en vez de dejarse guiar por el instinto. Como si tuviera el control absoluto de la situación y no fuera a perderlo.

Lo cual significaba que él no estaba disfrutando de lo que hacía. Solo estaba llevando a cabo una tarea para multiplicar su deseo. La estaba manipulando. Le estaba dando lo que ella quería, pero no estaba tomando lo que él necesitaba.

Había conseguido distanciarse, de alguna manera.

—¿Qué es lo que te gusta? —le preguntó él—. Dímelo y lo haré.

Ella podría ser cualquier mujer, y a él no le hubiera importado. Y cuando todo terminara, él la habría tomado, pero ella no habría sido distinta a las demás. Habría sido una conquista fácil. El medio para conseguir algo.

¡No! Ella no iba a ser Kaia la Decepción con él. No se contentaría con los restos de su afecto. Lo tendría todo o no tendría nada.

Ella no era débil.

Sin embargo, aunque sabía lo que estaba haciendo él, aunque se sentía dolida, y aunque estaba desesperada por obtener la satisfacción, no podía hacerle daño físico. Ni con sus propias manos, ni usando a su demonio. Strider tenía que ganar aquel concurso de voluntades sin herir su orgullo más de lo que ya lo había herido.

Kaia tuvo que contener una carcajada de amargura. De nuevo iba a retarlo a una lucha. Sin embargo, aquella vez el premio era mucho más importante. Su cuerpo, ¿y su corazón? No, su corazón no. Strider nunca se lo ofrecería a ella. La misma determinación que lo había convertido en un guerrero y en un amante fiero lo había convertido en un recluso emocional.

Kaia se fue enfriando… enfriando…

—¿Strider?

Él giró la lengua, le apretó el pecho…

—Dime —respondió él, ignorándola—. Tu boca. El calor ha cesado.

—Lo siento.

—No lo sientas. Me gusta de todos modos. ¿Pero por qué ha cambiado?

—Yo no… No creo que puedas parar.

Dios, decir aquellas palabras... la dejó temblando de frustración.

Él se quedó inmóvil sobre ella. Tenía gotas de sudor en la frente. De hecho, su camisa estaba húmeda de sudor. La tenía pegada al pecho.

—¿Qué has dicho?

—No creo que puedas dejar de besarme y de acariciarme.

Él soltó algunas maldiciones más y se apartó de ella. Saltó de la cama y se puso en pie. Permaneció junto al colchón, fulminándola con la mirada mientras ella se sentaba. Kaia tuvo que luchar para recuperar la respiración y calmarse.

—Maldita sea, Kaia.

Ella le mostró los colmillos.

—Yo no me llamo así.

—¿Cómo? ¿Que no te llamas Kaia?

—No. No me llamo «Maldita sea, Kaia».

Él entrecerró los ojos, aunque sonrió sin querer.

—Como tú digas.

¿Eso era todo lo que tenía que decirle, después de lo que acababan de hacer?

—¿Vas a robar la Vara Cortadora para mí, o no? —le preguntó Strider.

No, parecía que no tenía más que decirle.

¿Acaso no sentía nada por ella? ¿No sentía verdadera pasión? Kaia se humedeció los labios, y se animó al ver que él seguía el movimiento de su lengua.

—No. Pero… —añadió, antes de que su demonio pudiera castigarlo por no haber conseguido convencerla. Y sí, sabía que aquel era uno de los motivos por los que él la estaba presionando tanto. Eso esperaba, al menos, porque así le resultaba más fácil perdonarlo por reducir aquellos besos eléctricos a un trato, un intercambio—. Pero llegaremos a un acuerdo.

Él negó con la cabeza.

—No.

—Sí.

—No.

—Sí. Un compromiso no te causará dolor físico.

Él entornó los ojos.

—Tampoco me va a ayudar.

—¿Quieres oír mi propuesta, o no? Si no quieres, allí está la puerta.

—Por todos los dioses, eres tozuda. Está bien, hablemos.

—Voy a competir en los juegos. Si me descalifican en algún momento, o me parece que mi equipo no podrá ganar el primer premio, arriesgaré mi vida y mi futuro para robar la Vara Cortadora para ti.

Él se cruzó de brazos en silencio.

Ella sabía, exactamente, lo que estaba pensando.

—Además, tú no puedes hacer nada para que descalifiquen a los otros equipos. Ni tampoco ayudarme a mí, ni a ninguna otra integrante de mi equipo.

Oh, sí. Eso era lo que estaba pensando. De repente, la furia se reflejó en su mirada. Sus ojos se iluminaron con un brillo rojo y una máscara de esqueleto se proyectó sobre sus rasgos.

—¿Y si la roban otros mientras tú estás participando en los juegos?

Su demonio lo estaba presionando, y ella se solidarizó con él. Detestaba que su Arpía la dominara.

—No es posible. Nadie podría encontrarla, y mucho menos tomarla. Y no es un desafío, sino la verdad. Las Arpías son una raza desconfiada y posesiva, y toman medidas extremas para proteger lo suyo. Créeme, Juliette no permitirá que nadie se acerque a la Vara.

Pasaron varios minutos antes de que él se relajara. No podía luchar solo contra todas las Arpías, y debía de saberlo.

—Muy bien. Trato hecho. Pero escúchame, pequeña —añadió con una expresión oscura—. Has dicho que soy tu consorte, y que los consortes son algo muy valioso. También has dicho que harás cualquier cosa para proteger lo que es tuyo.

—No. Yo nunca he dicho eso.

Al menos, en voz alta no.

—De acuerdo. Tal vez me lo dijera Gwen. Pero es cierto.

—Muy bien, listillo. Enhorabuena. Ya sabes que no puedo hacerte daño. ¿Pero qué importa eso? Siempre puedo contratar a alguien para que me haga el trabajo sucio.

A él le vibró un músculo debajo del ojo.

—Estás dispuesta a dejar en manos de tu enemiga un artefacto que puede matarme —dijo—. Esa mujer, Juliette, la que tiene el novio del que tú todavía no me has hablado, no te va a dar la Vara. La ganes o no, te odia demasiado como para recompensarte.

—¿Y cómo sabes que me odia?

—Tengo ojos, Kaia. Cada vez que te mira, es como si quisiera cortarte la cara con una daga. ¿Qué es lo que le hiciste, a propósito? Y no me digas que no te ha perdonado lo que les hiciste a los clanes. Lo que tiene contigo es personal. Nadie te mira como te mira ella.

—¿Por qué piensas que le hice algo?

—Vamos. Debes de pensar que soy tonto para responder a mi pregunta con otra pregunta y suponer que no me voy a dar cuenta y que voy a dejar el tema.

—Bueno, ahora que lo dices…

–Qué graciosa –dijo él. Le tendió la mano y agitó los dedos en dirección a Kaia–. Ven aquí.

Ella no pudo resistirse y se agarró a su mano para poder tocarlo. Él tiró de ella y la levantó, y quedaron a un centímetro de distancia. Strider la miró, y ella se sintió envuelta en su calor. Si él era tan magnífico excitado, ¿cómo sería cuando estuviera saciado?

«Deja de pensar en eso», se dijo. Claramente, aquel era otro intento de distraerla y ganársela. Tenía que permanecer fuerte.

–¿Y bien?

–¿Te insinuaste a su hombre? –le preguntó él.

Ella se ruborizó al instante, y aquella fue toda la respuesta que él necesitaba.

Strider le soltó la mano y se la pasó por la cara.

–Demonios, Kaia.

Sin su contacto, a ella se le enfrió la piel. No quería admitir su propia estupidez, ni aunque la hubiera cometido hacía tanto tiempo. No iba a admitir que había querido demostrarle a su madre lo que valía, a una madre que nunca iba a quererla, y que había fracasado estrepitosamente.

–Lo vi, lo quise y lo tomé. Fin de la historia.

–¿Y ella lo averiguó?

–Sí.

–¿Cómo?

¿Acaso él no podía dejarlo así?

–¿Disculpa?

–Que cómo lo averiguó.

–Ella… Eh… Nos pilló. Estábamos en mitad de… Todo era muy apasionado.

Strider se quedó callado un instante. Después preguntó suavemente:

–¿De veras?

Tal vez él no se lo estuviera creyendo. ¿En qué lo habría notado? Bueno, en realidad no importaba. Él podía sospechar la verdad, pero nunca la conocería con seguridad. Y, demonios, tendría que haber otro modo de convencerlo de lo que ella quería.

—Sí, de veras. Él estaba tendido boca arriba, en una manta de piel —dijo. Se imaginó a Strider en tal posición, y su deseo se prendió de nuevo y le entrecortó la voz—. Él estaba desnudo… Yo estaba desnuda. Yo estaba a horcajadas sobre su cintura, y, por todos los dioses, él era magnífico, guapísimo, y se había abandonado a la pasión. A mí.

Strider se dio la vuelta, como si no pudiera soportar mirarla más. Muy bien. Lo había conseguido. Él estaba completamente convencido de que su naturaleza era lujuriosa. Y mejor así. Él ya la consideraba una promiscua. Si también pensaba que era débil y tonta, a ella le resultaría mucho más difícil progresar con él en el futuro.

Aunque aquel día no había progresado demasiado.

Strider pensó que Kaia estaba mintiendo, y, de repente, tuvo que hacer un enorme esfuerzo para no sonreír. Verdaderamente, era diez veces más sexy cuando estaba enredándose en una telaraña de mentiras. Tal vez porque casi lo había engañado. Le habría engañado de no ser porque se había mirado los pies. Aquella mirada había sido delatora. Cuando creía algo de verdad, su confianza era como una estrella brillante. No emitía ni una sola señal de inseguridad.

A Derrota le gustó que hubieran visto su juego, y le lanzó chispas de placer por las venas. Aquella era una victoria que no se esperaba, pero tan deliciosa como el vino con ambrosía. Casi tan deliciosa como los besos de Kaia.

«No pienses ahora en eso».

No podía remediarlo. Por los dioses, aquel beso… Kaia era la pasión personificada, tan generosamente sensual que él podría haber seguido devorándola durante toda la eternidad y, de todos modos, quedar hambriento.

Ella… encajaba con él. Sus cuerpos se adaptaban a la perfección. Eran como las piezas de un rompecabezas. ¡Y ni siquiera se habían quitado la ropa! Si alguna vez la desnudaba, él... No. No, no, no. No podía pensar en aquello otra vez. El beso había sido un error. Un error exquisito, pero un error que podría haber perjudicado mucho a su causa.

Ya tenía la mente enredada por ella.

Y, por desgracia, no podía echarle la culpa a su piel en aquella ocasión. Lo que estaba desnudo, Kaia lo había cubierto de maquillaje para parecerse a cualquier humana. No, no era cierto. Ella nunca parecería una humana, hiciera lo que hiciera. Sus rasgos eran demasiado perfectos.

Tampoco besaría nunca como una humana. Era demasiado atrevida, demasiado exuberante, demasiado ansiosa.

«Demasiado mía», pensó él, y quiso dárselo todo, tal y como había dicho ella. Solo que, cuando se había dado cuenta de lo perdido que estaba, simplemente disfrutando de ella, ni siquiera tratando de agradarla, se había dado cuenta de lo peligroso que era aquello para él. Tenía que satisfacerla más de lo que la había satisfecho Paris, o sufriría.

Controlar su deseo había sido la batalla más difícil de su vida, pero lo había conseguido. Había ganado. Y Derrota lo había amado por ello, y le había concedido la misma sensación de placer que estaba sintiendo en aquel momento. Eso le había puesto más difícil contenerse, medir cada una de sus caricias.

Sin embargo, en un momento, ella se lo había pedido todo, y él estaba dispuesto a dárselo, y al momento siguiente, le había pedido que parara. Strider reconocía un desafío cuando lo oía, y «No creo que puedas parar» era un desafío bien claro.

Lo que no sabía era por qué lo había hecho.

No importaba. Ya estaba hecho y no había forma de deshacerlo. Tenía que olvidar sus besos y concentrarse en el viaje que tenían por delante, en los juegos, en la victoria y en la Vara Cortadora. Tenía que olvidar el color del que se teñían las mejillas de Kaia, su respiración entrecortada y el brillo de sus ojos. Tenía que olvidar el hecho de que ella era magnífica cuando sus emociones se inflamaban, y que se encendía como el fuego, y que él deseaba quemarse con desesperación.

Kaia carraspeó.

—Strider —dijo.

Él alzó una mano para silenciarla.

—Mira, las cosas van a ser así. Tú no confías en mí, y yo no confío en ti, pero vamos a trabajar juntos. Así que vas a contarme cómo será la prueba de mañana, y después vamos a hacer un reconocimiento de la competición.

O, más bien, ella haría ese reconocimiento. Él buscaría la Vara Cortadora. Por mucho que entendiera la situación de Kaia, y su dolor, esa comprensión no cambiaba los hechos. Sin Vara Cortadora no había caja de Pandora.

Así pues, él encontraría la Vara y la robaría, aunque hiriera el orgullo de Kaia. Después de hacerlo no iba a sentirse muy satisfecho consigo mismo, porque la victoria pasaba por traicionar su confianza, pero no podía apartarse de su objetivo.

—¿Entendido? —le preguntó, con una punzada de culpabilidad.

Una pausa de inseguridad.

—Sí —susurró ella—. Está bien. Trabajaremos juntos.

—Bien —dijo Strider—. Ahora, comienza a hablar.

Capítulo 8

William, Señor del Submundo honorario, y un hombre tan perfecto que una vez había ganado el concurso del Inmortal Más Bello de Todos los Tiempos, aunque él hubiera sido el único juez de aquella competición, estaba en el salón de una residencia humana.

Strider el Renegado debería estar allí con él. Se lo había prometido, pero en vez de cumplir su promesa, aquel idiota afortunado estaba con la misma Arpía a la que él había querido seducir.

William había estado con mujeres vampiro, humanas, brujas, cambiadoras de forma y diosas, pero nunca había estado con una Arpía.

Tal vez cuando terminara su tarea retara a Strider para ver quién se ganaba el afecto de Kaia. Después de todo, al guerrero le gustaba competir, y William era muy generoso. Siempre pensaba en los demás antes que en sí mismo.

Aquella naturaleza generosa era el motivo por el que estaba allí.

Era una casa corriente, con estancias corrientes, que necesitaba urgentemente los servicios de un decorador. Mobiliario de color beige, paredes de color beige, alfombra de color beige… Parecía que a los dueños les daba miedo el color. Además, había botellas de vodka medio vacías escondidas entre los libros, dentro de los colchones, y en los respiraderos.

Aquel paraíso alcohólico era el lugar donde se había criado Gilly.

Gilly Shaw. Una muchacha humana, de ojos castaños, demasiado sensual para su propio bien. Tenía diecisiete años, pero ya conocía más horror y más terror que el que habían experimentado muchos inmortales durante toda la eternidad. Y todo por culpa de los propietarios de aquella casa de Nebraska.

William no tenía muchos amigos, así que cuidaba de los que tenía. Le caían muy bien los Señores del Inframundo. Era divertido torturarlos, y ver como iban enamorándose uno a uno, como moscas que quedaban atrapadas en la miel. Por ejemplo, Strider. Hasta que interviniera él, claro. Kaia sucumbiría a sus encantos y se olvidaría del guardián de la Derrota.

Solo aquel entretenimiento compensaba el precio que tenía que pagar por el billete a la fortaleza de Budapest donde vivían los Señores: permitir a la diosa de la Anarquía que retuviera la posesión más preciada de William como rescate. Pasaba las noches en vela pensando en cómo podía recuperar aquella posesión. Se trataba de un libro escrito en un código que explicaba la forma de liberarlo de todas las maldiciones que le habían echado los dioses. Sin embargo, no iba a pensar en eso en aquel momento.

Solo iba a pensar en su Gilly. La había conocido hacía unos meses, cuando la mujer del guardián del Dolor la llevó a la fortaleza, y se había enamorado de ella a primera vista. No de una manera sexual, por supuesto; ella era demasiado joven para eso, sino al estilo de un caballero andante.

Ella lo había mirado y había visto a aquel impresionante guerrero inmortal, que podía darle a su cuerpo un placer indescriptible. Por supuesto; a todo el mundo le ocurría lo mismo. Además, ella había visto a un impresionante guerrero inmortal que podía matar a sus dragones.

Él quería matar a sus dragones. Lo haría.

Durante aquellos últimos meses, había vuelto varias veces herido a la fortaleza, a causa de una batalla. Gilly se había ocupado de él, siempre con dulzura. Se había asegurado de que comiera y estuviera cómodo en la cama. Él no la intimidaba. Se reía con él, bromeaba con él, y cuando él la enfadaba, permanecía a su lado y se enfrentaba a él, en vez de ir a esconderse.

Ella sabía que él nunca le haría daño. Incluso aunque, a veces, ni él mismo estaba seguro. Por dentro tenía una oscuridad, una oscuridad que había surgido de los pozos más inmundos del averno. Una oscuridad que nunca había amado más que en aquel momento.

Casi nadie percibía su lado perverso. Solo veían la imagen de irreverencia que proyectaba. Y no, aquella imagen no era mentira: él era irreverente hasta la médula, pero tenía otra parte, y de algún modo, Gilly veía esa parte.

Y de todos modos, lo aceptaba. Nunca le había pedido que cambiara. Solo pensaba en disfrutar de su compañía, en protegerlo. Nadie había querido protegerlo nunca.

Y ahora, él la protegería a ella. Su familia la había hecho daño de las peores formas posibles, así que ellos iban a morir de la peor forma posible. Llevaba tiempo queriendo vengarse en su nombre, y eso no había cambiado. De hecho, la necesidad era cada vez más fuerte.

William se paseó por el salón, tomando adornos, dejándolos caer y sonriendo cuando se hacían pedazos contra el suelo. La madre y el padrastro de Gilly estaban en el trabajo, y sus hermanastros ya no vivían allí, así que no tenía que preocuparse por el ruido. Cuando terminó aquel pequeño ejercicio, observó las fotografías que había sobre la repisa de la chimenea.

No había ninguna de Gilly. Era evidente que la habían borrado de sus vidas, sin preocuparse por lo que había sido de ella cuando se había marchado.

Lo que vio fue una rubia teñida de treinta y tantos años, con el pecho operado, y un tipo de aspecto corriente, de la misma edad.

William le dio un puñetazo a la fotografía. Aquel desgraciado iba a pagar bien caro cada uno de los toques ilícitos, cada punzada de vergüenza que había causado. La madre pagaría por haber permitido que ocurriera. Los hermanos pagarían por no haberla salvado.

Su familia no le había dejado otra opción que huir a la edad de quince años. Había tenido que sobrevivir en la calle, por sí misma, hasta que Danika la había encontrado y la había llevado a Budapest. Sin embargo, a causa de todo lo que le habían hecho, a causa de lo que ella había tenido que hacer para comer, Gilly ya no se valoraba a sí misma. Se consideraba algo usado, sucio, sin valor. No lo había dicho nunca, pero él lo sabía. Cuando se quedaba en la fortaleza de los Señores, ella dormía en la habitación contigua a la de él, y él la había oído llorar por las noches. Sabía que tenía pesadillas.

Su familia también iba a pagar caro todos y cada uno de aquellos malos sueños.

De repente oyó la puerta del garaje, que se abría. Sonrió. Oh, bien. La primera de sus víctimas acababa de llegar.

William había dejado su bolsa de juguetes en el suelo, y se agachó a recogerla. Aquello iba a ser muy divertido.

Kane, el guardián del demonio del Desastre, recorrió un corredor largo y serpenteante del palacio celestial donde se encontraba. Las paredes eran verdaderamente raras. Eran miles y miles de fibras trenzadas y cosidas entre ellas.

Con otras hebras más gruesas se habían creado imágenes de gente. Eran unas imágenes tan reales que parecía que esa gente respiraba y vivía frente a él, y que solo tenía que alargar la mano para tocarlos. Era la imagen más impresionante que había visto en su vida, ¿y no eran Strider y Kaia, ascendiendo por la ladera de una colina, a la luz de la luna, perseguidos por mujeres que les apuntaban con armas a la cabeza?

Se detuvo a observar aquella escena y apretó los puños. Un dolor explosivo le atravesó las sienes, y solo se mitigó cuando él miró hacia delante y se apartó de la mente la imagen que acababa de ver.

Respiró profundamente. Se le nubló el pensamiento y después se le aclaró de nuevo. Entonces, ya no pudo recordar qué era lo que le había molestado. Oh, bien. Dentro, fuera. Dentro, fuera. Cada vez más claro. Se dio cuenta de que el aire estaba perfumado de ambrosía. ¿Era para mantener dóciles a los visitantes?

Ojalá aquel tipo de cosas funcionaran con él. Sin embargo, las diosas que vivían allí podrían haberle inyectado gasolina en las venas, y no le habría afectado en absoluto. Su demonio amaba las artimañas y las acciones clandestinas que podían suponer una amenaza para la vida. Y tal vez, solo tal vez, ese amor impidiera que el demonio abriera en dos el suelo por el que caminaba Kane, o que derrumbara el techo que había sobre su cabeza, para saciar su necesidad de calamidades durante un rato.

Ojalá.

Kane volvió a ponerse en marcha. Tenía un propósito, ¿no? Ah, sí. Las Moirai lo habían llamado. ¿Por qué?

Fuera cual fuera el motivo, él había sonreído como un niño. No quería enfurecer a las Moirai, y debía tener cuidado, porque no sabía lo que estaba ocurriendo. Ellas no pertenecían al grupo de los Griegos ni al de los Titanes, y sin embargo, ninguno de aquellos dioses había levantado jamás una mano contra las tres mujeres que vivían allí. Y nunca lo harían, porque las Moirai eran las Tejedoras del Destino. Hilaban y tejían, y las escenas que creaban sucedían siempre.

Nadie se acercaba a ellas sin ser llamado, ni siquiera Cronos, el dios rey. Y durante todos sus siglos de vida, Kane no había conocido a nadie que hubiera recibido una convocatoria. Él, Desastre, era el primer afortunado.

Acababa de volver de la ciudad después de pasar la noche entera buscando Cazadores. No había encontrado a ninguno, porque Strider debía de haberlos matado a todos antes de irse, el muy avaricioso. Había caído directamente en la cama sin quitarse las armas, ni siquiera las botas. Antes de que pudiera apagar la lámpara de la mesilla de noche, del techo había bajado, desenrollándose, un papel amarillento.

Había leído el mensaje y se había quedado confundido. Era una mezcla entre invitación de boda y receta médica. Estaba escrito en griego antiguo.

Estás cordialmente invitado al Templo del Destino. Si no acudes a la llamada, tal vez sufras la decapitación o la muerte.

¿La decapitación o la muerte? ¿De veras? Entonces, un momento después, lo que le rodeaba había desaparecido, y él se había visto en el interior de aquel templo, rodeado por las paredes de tapiz. Y se había puesto en marcha rápidamente, pensando que cualquier titubeo por su parte podría terminar en su decapitación. Y en su muerte.

Así que, aunque sabía dónde estaba, no sabía por qué estaba allí. ¿Por qué él? ¿Y por qué en aquel momento?

Seguramente, iba a averiguarlo muy pronto.

Parecía que los tapices continuaban para siempre. Pero por fin llegó al final de aquel pasillo interminable y entró en una sala. En aquella sala había tres mujeres ancianas, sentadas en taburetes de madera, encorvadas, con el pelo largo y blanco, vestidas con túnicas blancas, prístinas, sin una sola arruga.

La que tenía las manos llenas de manchas de la edad era Cloto, que hilaba las hebras. La que tenía los dedos retorcidos era Láquesis, que tejía los hilos, y la que tenía los ojos sin pupilas era Átropos, que cortaba los finales.

Kane apretó los labios y permaneció en silencio. Esperó a que ellas lo saludaran, porque sentía un inmenso respeto por el poder de aquellas tres mujeres, que era mucho mayor que el suyo. Y tal vez aquel era el motivo por el que lo habían elegido, pensó. Ninguno de los otros Señores las habría tratado con la deferencia que merecían, y tendrían que haberlos castigado.

Ojalá ellas supieran la verdad. Tal vez fuera respetuoso, pero era el más torpe de todo el grupo. El que no podía hacer nada bien. El que siempre tenía que quedarse atrás, porque tenía tendencia a causar más perjuicios que ventajas. Sin embargo, nunca perdía la sonrisa. Ni allí, ni delante de sus amigos. No quería que supieran la verdad. No quería que supieran que, por dentro, era un desastre.

Durante la mayor parte del tiempo funcionaba con el piloto automático. Cuando no podía controlar a su demonio, cuando la necesidad de arrasar lo dominaba, él... hacía cosas. Destruía cosas.

Sabin, el guardián de la Duda, y el guerrero a quien Kane habría seguido hasta el infierno, era el único que lo sabía. Y, sorprendentemente, aprobaba su violencia y le ayudaba a canalizarla. Antes de marcharse con su esposa, Sabin le había dejado un pequeño regalo. En parte, estaba deseando volver, hacer lo que tenía que hacer. La otra parte estaba conforme con permanecer allí, esperando. Después de todo, había ignorado aquel regalo para irse a la ciudad, porque pensaba en resistir la tentación. Incluso había pensado en dormir hasta su regreso. Cualquier cosa, con tal de salvar su alma de más estragos.

Permaneció allí durante una hora, quizá dos. Normalmente, la inactividad provocaba a su demonio, y la bestia creaba algún desastre que otro. Tal vez fuera la ambrosía, o tal vez fuera porque su demonio temía a las ancianas, pero Desastre se comportó bien, y ni siquiera canturreó en la mente de Kane, cuando aquel era un sonido que rara vez cesaba.

—¿Por qué estás aquí, chico? —le preguntó por fin Cloto, sin levantar la vista de su tarea.

—Yo... eh... recibí vuestra llamada, milady —respondió él.

–¿Que te hemos llamado? Pero si eso fue hace miles de años –dijo Láquesis–. Estoy segura.

–Sí, seguro –intervino Átropos–. Pero tú no viniste.

Él se quedó boquiabierto. ¿Que lo habían llamado hacía miles de años? Entonces, ¿por qué no lo habían decapitado, si aquel era el castigo por no acudir a esa llamada?

–No quisiera ser irrespetuoso, pero acabo de recibir vuestra amable invitación.

–Eso no es culpa nuestra.

–Seguramente no estabas prestando atención.

–Tal vez debas aprender a prestar atención.

–Puedes marcharte por donde has venido.

Por mucha reverencia que les tuviera a aquellas ancianas, Kane no podía marcharse de allí sin haber satisfecho su curiosidad. Además, si ellas lo habían llevado allí para decirle cosas que pudieran salvarlo a él, o a sus amigos, o para hacerle una advertencia, quería saberlo. Por lo tanto, no iba a marcharse.

–¿Puedo compraros la información? –inquirió.

–¿Qué información?

–¿Quién ha dicho algo de información?

–Estás un poco chiflado, ¿no?

–Puedes marcharte por donde has venido.

Él se pasó la lengua por uno de los incisivos.

–Si no deseabais informarme de nada hace miles de años, ¿por qué me llamasteis?

–Cloto, ¿te acuerdas de lo que ocurrió la última vez que alguien intentó hablar en círculos con nosotras?

–Oh, sí. La tejimos dentro de lo eterno.

–Tal vez haya aprendido la lección.

–O tal vez todavía no haya aprendido la lección.

–Ella no se marchó por donde había venido.

–¿Quién es ella? –preguntó Kane. Tal vez fuera una estupidez por su parte, pero no podía marcharse por donde había venido, así que, ¿qué otra cosa podía hacer?

–¿Ella? Es tu mujer, por supuesto –dijo Átropos.

Él pestañeó.

—¿Qué mujer?

—La que está en lo eterno.

—No, no —dijo Cloto—. No es suya. Es la otra. ¿O es al revés?

—Tal vez las dos sean suyas —replicó Láquesis.

—¿Es mía? ¿Las dos son mías? —preguntó él con un jadeo. ¿Sus qué? ¿Sus amantes? No, gracias. Ya había tenido amantes, y había causado demasiados destrozos por su causa. Sus mujeres siempre sufrían. Desastre se aseguraba de que sufrieran. Kane estaba mejor solo.

—Por supuesto que es tuya, aunque no es la que está en lo eterno. Ella no le pertenece a nadie. A menos que te pertenezca a ti.

Las tres ancianas se echaron a reír.

—Muy bueno, hermana mía. Tendré que acordarme de eso para las próximas convocatorias del guerrero.

—¿Quién me pertenece o no me pertenece? —preguntó Kane, mirándolas a las tres. Y, ¿siguientes convocatorias?

—Irresponsabilidad, por supuesto.

—Irresponsabilidad —repitió él. ¿La guardiana de la Irresponsabilidad?

Kane sabía que había otros inmortales en el mundo. En la caja de Pandora había muchos más demonios que guerreros, así que los dioses, que estaban desesperados por contener a los que no habían podido colocar en ningún sitio, se los dieron a los prisioneros del Tártaro. La Irresponsabilidad era uno de aquellos a los que no habían podido colocar en ningún sitio.

Él lo había buscado, incluso, pero siempre había pensado que el guardián era un hombre. Eso había sido un error que no volvería a cometer. Sus amigos y él querían que todos los inmortales poseídos estuvieran de su lado. Y eso significaba que tenían que encontrarlos antes de que lo hicieran los Cazadores.

Después de todo, Galen, el guardián de la Esperanza y líder de los Cazadores, podía convencer a cualquiera de cualquier cosa. Y lo que menos necesitaban los Señores era que convencieran a los suyos de que había que destruirlos.

—¿No acabo de decirlo? —preguntó una de las ancianas.

—Acabas de decirlo.

—No eres muy listo, ¿verdad, chico?

—¿Y cómo voy a sacarla de lo eterno? —preguntó él, ignorando la pregunta—. ¿Qué es lo eterno?

—¿Y cómo es que él no sabe las respuestas a estas preguntas?

—¿No le dimos ya esas respuestas?

—Tal vez hayamos perdido otra vez la noción del tiempo —sugirió Cloto.

¿Otra vez? ¿Cuántas veces sucedía aquello? ¿Y cuáles eran las consecuencias cuando ocurría?

—¿Deberíamos volver atrás?

—¿Deberíamos saltar hacia delante?

Ninguna de aquellas opciones le parecía sabia.

—Sí —dijeron al unísono, y sacudieron el tapiz en el que estaban trabajando. Pasó un momento en silencio, y después otro.

Entonces, hubo una pregunta.

—¿Qué estás haciendo aquí, chico?

Kane pestañeó. No había cambiado nada. Ni la sala, ni las mujeres. Todo era igual que cuando había entrado allí... ¿y ellas ya se habían olvidado de él?

—Me habéis llamado —respondió con la voz entrecortada.

—Sí, sí. Te hemos llamado.

—Esta misma mañana. Has sido muy amable por venir tan rápidamente.

—Impresionante.

Debían de haber vuelto mil años atrás. Cuando saliera de aquel templo, ¿volvería a la antigua Grecia? Kane notó un nudo en el estómago.

—Eres un gran guerrero.

¿También podían leerle el pensamiento, además de manipular el tiempo? Debería haber seguido su consejo y haberse marchado por donde había llegado. Aquello era… un caos.

–Como si nosotras fuéramos a alterar el tiempo por ti.

–Volverás por el camino por el que has venido.

Gracias a todos los dioses.

–Habéis mencionado a una mujer.

–Yo no he mencionado a ninguna mujer. ¿He mencionado yo a alguna mujer?

–No, yo no. Yo no le he mencionado ninguna mujer al guardián del Desastre durante más de mil año.

–Tal vez hayamos perdido otra vez la noción del tiempo.

Las ancianas volvieron a agitar el tapiz que tenían entre las manos. Él esperó durante varios segundos, en silencio, con la boca seca, con las rodillas temblorosas.

–Yo… creo que me voy a ir por donde he venido –murmuró Kane, y comenzó a retroceder lentamente. No podía soportarlo más. Aquellas mujeres no eran capaces de darle una respuesta, porque no eran capaces de distinguir entre el pasado y el futuro–. Les doy las gracias por haberme invitado, y por su hospitalidad. Si pudieran decirme cuál es la salida…

Átropos, con los ojos tan blancos que parecían un manto de nieve, alzó la cabeza y dirigió su mirada hacia él.

–Por fin te has presentado ante nosotras. Después de todo este tiempo, habíamos perdido la esperanza.

Él se frotó la nuca. ¿A todo el que llamaban le hacían pasar por eso?

–Sí, por fin –dijo, y dio dos pasos hacia atrás–. Me disculpo por hacerlas esperar, y de nuevo les doy las gracias por el tiempo que me han dedicado, pero de veras debo marcharme…

–Cállate –le ordenó Láquesis, aunque sus dedos retorcidos no se detuvieron–. Siempre hemos sabido lo que ocurre, pero no por qué ocurre. Tú siempre has hecho que nos lo preguntáramos, y nos gustaría conocer la respuesta.

–¿La respuesta a qué? –preguntó él.

La tercera anciana, Cloto, no lo miró, sino que se limitó a decir:

–Queremos saber por qué comenzaste el Apocalipsis –dijo, y continuó hilando sin preocuparse de nada más.

Capítulo 9

—Vamos a ver si lo entiendo bien —susurró Kaia con ferocidad—. Cuando dijiste que hiciéramos un reconocimiento de la competición, ¿de verdad te referías a eso?

Strider la miró de reojo mientras ambos se arrastraban con los brazos por el suelo, que estaba lleno de ramitas y polvo. Había luna llena, y aunque brillaba con fuerza en lo más alto del cielo, las ramas de los árboles les privaban de la luz. Sin embargo, eso no era ningún problema, porque Strider veía bien en la oscuridad, y podía concentrarse en los detalles más importantes.

Salvo aquella noche, en la que se estaba concentrando en detalles que no importaban. Como por ejemplo, el hecho de que Kaia estuviera más sexy que nunca. Se había pintado la cara de negro y verde para camuflarse mejor en la noche, y llevaba un pañuelo negro sobre el cabello rojizo. Llevaba unos pantalones cortos de entrenamiento militar, y Strider no podía dejar de imaginarse la severidad de semejante entrenamiento. La instrucción manual. El tipo de disciplina que se les impondría a los voluntarios que no cumplieran las órdenes.

El monstruo de Strider se despertó.

Justo lo que necesitaba, sentirse excitado en aquel momento. Aquel maldito beso lo había echado todo a perder. Si él no hubiera abierto la boca, seguiría viendo a Kaia como amiga, y solo como amiga. Sin embargo, en aquel momento solo quería convencerla de que el sexo era una parte obligatoria de su acuerdo.

«No te atrevas a decir una palabra», le ordenó a su demonio.

Silencio.

Vaya.

—Pues claro que me refería a hacer un reconocimiento —dijo por fin Strider—. ¿Qué te creías?

—Bueno, eh… Pensaba que te referías a debilitar a mis contrincantes.

Un momento.

—Entonces, está permitido romperle una rodilla a una contrincante antes de las pruebas, pero no está permitido robar el precio por tu… tu… consorte… —Strider casi no pudo decir la palabra.

Ella se quedó quieta y lo miró con absoluto asombro.

—No puedo creer que me hayas preguntado eso. Las rodillas rotas son algo que se espera entre las de mi raza. Incluso se nos anima a hacerlo.

—Creía que tú nunca habías participado en unos Juegos de las Arpías.

—Eso es cierto, pero veía a mi madre cuando ella participaba.

—Muy bien —refunfuñó él—. Puedes dañar un poco a tus oponentes.

Mientras, él se dedicaría a llevar a cabo su plan. Mientras ella disminuía el número de competidoras, él estudiaría el campamento de las Arpías. Su organización, la situación de los centinelas, las horas de cambio de turno…

—Pero hazlo con las manos —le dijo a Kaia—, porque atacarlas con un cuchillo parece un poco excesivo —añadió.

En realidad, no quería dejar un rastro accidental de sangre dentro de las tiendas, porque eso sería delatar sus intenciones.

—No digas nada más. He venido preparada para actuar sin

cuchillos —respondió Kaia, y se pasó una de sus manos elegantes por... Sí, por las braguitas. Justo por el centro, donde seguramente ya estaba cálida, húmeda, preparada—. Tengo algo que creo que te va a gustar.

Sí, claro que lo tenía, pensó Strider.

Entonces, Kaia lo dejó asombrado, porque volvió la palma de la mano hacia arriba y le mostró una varilla de plata.

Él se sintió decepcionado y frunció el ceño.

—¿Qué es eso?

—Mira —dijo Kaia. Agarró la varilla por un extremo y movió la muñeca. La vara creció varios centímetros. Con otro movimiento, se prolongó unos centímetros más, hasta que se asemejó a la porra de un policía.

—Quiero una como esa —dijo él.

—Es normal. Pero no la toques. Esta es mía. Y ahora, vamos —le respondió Kaia, y se puso en marcha.

—Eh. Soy tu consorte. Lo que es tuyo es mío.

Se arrastró tras ella, y por fin llegaron al límite del campamento. Había una hoguera encendida en el centro de las tiendas, pero no se oía nada más.

—Aquí no hay nadie —susurró él.

—Ya lo sé —respondió Kaia, y suspiró.

Los ocupantes se habían marchado de allí a toda prisa. Había huellas de botas en la tierra, pisadas arrastradas, como si se hubieran movido demasiado rápido. El ave que se estaba asando al fuego estaba calcinada, y había una botella de agua tirada en el suelo. El líquido se iba derramando poco a poco.

—Las he oído abandonar el barco —dijo Kaia—, pero esperaba que hubiera algunas rezagadas. ¿Es que ya no defienden su terreno?

¿Que ella las había oído, cuando él, un soldado entrenado para la guerra, no había oído absolutamente nada? Vaya. Era un inútil.

—Haré una inspección del lugar. Tú quédate aquí y vigila.

—Ni hablar. Yo haré la inspección. Tú quédate aquí.

–Maldita sea, Kaia. Será mejor que…

Algo le agarró fuertemente por los tobillos y tiró de él hacia atrás. Él se giró a medio camino y se sentó pese al impulso, y empujó.

Se oyó un gruñido femenino de dolor. Su atacante cayó y él consiguió liberarse.

«Ganar», dijo Derrota de repente. Era la primera vez que hablaba desde que habían salido del motel.

«Ya lo he hecho», respondió Strider. Por el momento, al menos. Estaba rodeado por guerreras que lo fulminaban con la mirada. Cada una tenía un tipo de arma, desde machetes hasta hachas.

Vaya, vaya. Strider se levantó lentamente, con las manos alzadas en señal de rendición, todo inocencia, todo mentira.

–Buenas noches, señoras. ¿Puedo hacer algo por ustedes?

Kaia se agachó y soltó un graznido. Su Arpía la había dominado. ¿Solo por pensar que él pudiera resultar herido o por el hecho de que otra mujer le hubiera puesto las manos encima? De cualquier modo, ella veía el mundo a través de una neblina roja y negra, y la necesidad de sangre le hinchaba la lengua.

–Mío –dijo con una voz dual. Aquella fue la única advertencia que dio antes de atacar.

Mientras hacía girar aquella vara con una velocidad y una elegancia que lo dejó anonadado, Derrota gimoteó, en vez de pedir la victoria otra vez. Kaia se movía como una bailarina. Como una bailarina mortal y psicótica que quería pasar el resto de la vida en la cárcel. «Mi tipo de mujer», pensó Strider. El metal chocó con el metal, y se oyeron más gruñidos.

Y entonces, la batalla comenzó de verdad.

Vio la expresión de Kaia mientras giraba. Era fría y despiadada. Sus ojos eran como llamas, y él podía sentir su calor. Su piel emitía un brillo azul. No era el brillo de la Arpía, con aquellos maravillosos dardos de colores atrapados bajo la superficie, sino la llamarada más ardiente del fuego.

Él recordó su beso, cómo lo había quemado, lo caliente que estaba ella. Era como un horno viviente. Le había excitado muchísimo, había conseguido que se sintiera en la cima del mundo. Y en aquel momento, se preguntaba si...

¿Estaba exhibiendo Kaia algún tipo de poder?

Sus garras desgarraban y sus dientes cortaban. Los cuerpos se movían tan rápidamente a su alrededor que él no podía verlos, pero cada pocos segundos, Kaia salía impulsada hacia atrás, como si algo la hubiera embestido. Un segundo después otra mujer aullaba de dolor, ¿porque la habían quemado?

«Ganar», gruñó Derrota, que olvidó temporalmente su miedo.

Estupendo.

«Dame un minuto». Strider tenía que dilucidar unas cuantas cosas. Por ejemplo, cómo entrar en aquella lucha sin encontrarse con los puños de Kaia. «¡Ganar!».

De repente supo la respuesta. Se sacó la pistola de la cintura de los pantalones y pegó un tiro al aire. Hubo jadeos, pisadas. Después, el silencio.

—Retiraos —gruñó él, y bajó el cañón del arma para apuntarlas—. Ahora mismo. Os aseguro que tengo el valor suficiente para volaros la tapa de los sesos.

Kaia se quedó inmóvil. Estaba jadeando, cubierta de sangre. Las mujeres se apartaron de ella rápidamente. Podrían haberlo atacado, porque se movían tan veloces como un rayo, pero no lo hicieron. Tal vez temieran a su demonio.

Derrota canturreó de satisfacción, y Strider sintió un pequeño cosquilleo de placer en el pecho.

—Tú —le dijo a Kaia—. Acércate.

Ella también obedeció. Él le acarició el brazo con la mano libre, para reconfortarla, para calmarla. ¡Vaya! Al tocarla, se dio cuenta de que era como tocar metal al rojo vivo. Se le formaron ampollas en las yemas de los dedos inmediatamente. Pero eso no le importó. ¿Qué era un poco de dolor cuando el bienestar de Kaia estaba en juego?

Por fin, a Kaia se le calmó la respiración, y el negro desapareció de sus ojos. Las llamas se apagaron. Su piel se enfrió.

—Buen trabajo, nena —le dijo él.

—Gracias, cariño —respondió ella.

Entonces, Strider miró a las guerreras. Kaia y él estaban rodeados, pero ahora, el círculo se había agrandado, y él se fijó en que todas las Arpías lo estaban fulminando con la mirada. Él se colocó delante de Kaia; seguramente aquel gesto de protección fue molesto para ella, pero Strider no estaba dispuesto a dejar que ella se expusiera a más riesgos. Aquella era su gente, y tal y como había demostrado una vez su hermana Gwen, a la familia le resultaba duro matar a la familia.

A Strider nunca le había resultado duro matar a nadie. Tal vez fuera un don.

Kaia se puso a su lado y arrojó aquella vara a los pies de... su madre. Él tuvo ganas de soltar una maldición.

—Hola, Tabitha —dijo con calma.

La mujer dio un paso hacia delante. No estaba mirando a su hija, sino a él.

—Baja el arma, demonio. Por mucho que cacarees, sabemos que no vas a usarla.

Kaia gimió.

—No deberías haber dicho eso.

Strider sonrió agradablemente, desvió la pistola y apretó el gatillo. Se oyó un grito agudo de incredulidad. Le había dado a la Arpía que estaba junto a Tabitha, y le había atravesado el muslo. La sangre comenzó a brotar de la herida, y la mujer se desplomó al suelo sin fuerzas.

«¡Ganar!». Derrota se echó a reír como si fuera un colegial.

Strider notó más cosquilleos de placer en el pecho.

—¿Qué estabas diciendo?

Tabitha miró a Kaia y soltó una maldición. Después se giró hacia su compañera y se encogió de hombros.

—Solo le has hecho un rasguño. No le has dañado ningún órgano importante.

—¿De veras? Bueno, pues permíteme que lo intente de nuevo.

Volvió a apretar el gatillo y, en aquella ocasión, le atravesó el muslo a Tabitha. Ella llevaba unos pantalones negros y la tela ocultó la herida. Sin embargo, no hubo nada que pudiera disimular el olor de la sangre en el aire.

La única indicación de que el tiro la había alcanzado fue que la Arpía enseñó sus colmillos blancos.

—Oh, vaya —dijo Strider—. He vuelto a fallar. No he dañado ningún órgano importante. Tal vez deba seguir practicando. ¿Quién es la siguiente?

Se oyeron jadeos de indignación.

Tabitha alzó una mano para imponer silencio.

—Por supuesto, tenías que ser tú la que cayeras en la vieja trampa del campamento —le dijo a Kaia—. No me sorprende.

—Pues ya somos dos. Tú has caído en la vieja trampa de que tu enemigo ha caído en la trampa del campamento —replicó su hija. Después se metió los dedos en la boca y silbó.

De repente, las hojas comenzaron a moverse por encima de ellos, y Strider vio con perplejidad que Sabin, Lysander, Taliyah, Bianka, Neeka y otras mujeres a quienes él no conocía, bajaban de los árboles, donde habían estado escondidos. Llevaban arcos preparados para disparar.

Derrota comenzó a canturrear otra vez.

«¿Por qué estás tan contento?», le preguntó Strider a Derrota. Ellos habían estado allí durante todo el tiempo, y él no sabía nada. Podrían haberlo matado antes de que se diera cuenta de que estaba siendo atacado. Y él, sintiéndose tan capaz, tan invencible. Bueno, parecía que era un completo inútil.

Sin embargo, no tenía por qué culparse. Kaia y su aspecto sexy habían dado al traste con su concentración.

—Qué novedad —dijo Tabitha con los dientes apretados. A su alrededor hubo exclamaciones de admiración, mezcladas con resoplidos de incredulidad y varios jadeos de furia—. Ahora sí que estoy sorprendida.

—¿Cómo lo has hecho? —le susurró Strider a Kaia.

—Les envié un mensaje de texto antes de salir del motel —respondió ella.

—¿Y no podías habérmelo dicho?

—No —respondió ella, y se volvió hacia Tabitha—: Querida madre, ¿no te arrepientes de haber tomado la decisión de expulsar a tus hijas de tu equipo?

—No —dijo Tabitha, en el mismo tono categórico de su hija.

Strider no se atrevió a mirar a Kaia. Sabía que aquello debía de haberle dolido, pero no le ofreció ningún consuelo. Aquel no era el momento apropiado. Sin embargo, más tarde... Sí, más tarde la consolaría. Eso entraba dentro de las tareas de un consorte, y durante las cuatro semanas siguientes, él iba a ser su consorte.

Sin embargo, después de aquellas cuatro semanas tendría que superar su enamoramiento, aunque hubiera probado la dulzura de Kaia, aunque hubiera sentido sus curvas apretadas contra sí, y supiera que ninguna otra mujer podía comparársele...

—¿De veras crees que puedes ganar los juegos? —le preguntó Tabitha a Kaia.

—Sí.

—¿Contra mí?

—No me gusta repetirme, pero sí.

«Esa es mi chica», pensó Strider. Bueno, su chica por el momento.

—Puede que Juliette haya ganado las ocho últimas veces, pero eso es porque a mí no se me permitía participar. Como sabes, nunca he perdido —dijo Tabitha, acariciándose el medallón que colgaba de su cuello.

Strider se preguntó si aquel colgante tendría algún significado. Tendría que preguntárselo a Gwen, porque seguramente, Kaia no iba a darle una respuesta clara. Nunca lo hacía.

—Hay un motivo por el que nunca has perdido —replicó Kaia con altivez—. Porque no has luchado nunca contra mí.

«Va a morir».

Aquella voz femenina resonó por la mente de Strider. Era la voz de Tabitha, y era la misma que él había oído durante el día de presentación de los juegos. Ella no le había transferido su atención, pero él lo sabía.

—Y un cuerno —murmuró.

Kaia lo miró con una expresión ofendida.

—Es cierto.

—Sí, cariño, eso ya lo sé. No estaba hablando contigo.

—Ah. Bueno. De acuerdo.

«Ella va a morir, y no podrás ayudarla de ningún modo».

—Ya basta —ordenó él, y clavó la mirada en la mujer responsable de aquellos comentarios.

Tabitha pestañeó inocentemente.

—¿Por qué me habla tu consorte sin que yo me haya dirigido primero a él? —le preguntó a Kaia—. ¿Es que no le has enseñado el orden adecuado de las cosas?

—Limítate a salir de mi cabeza, Arpía, o lo lamentarás. A propósito, ¿qué tal esa pierna?

Ella le lanzó un silbido de furia.

«¡Ganar!».

«Ya lo sé», le dijo Strider al demonio. «Te he dicho que no voy a permitir que le ocurra nada a Kaia».

Kaia pestañeó también, pero de sorpresa. Sin embargo, no le preguntó nada a su madre, y él se preguntó si ella permanecía en silencio porque sabía que su madre no iba a responder, o porque el hecho de preguntarle algo a Tabitha revelaría ignorancia por su parte, y la ignorancia podía ser percibida como una debilidad.

Arpías. Parecía que la vida era una partida de ajedrez para ellas. Para él era algo ridículo. Y, sí, captaba la ironía de todo aquello. Sin embargo, él tenía que convertir todo lo que hacía en un concurso de inteligencia y fuerza de voluntad. Ellas no lo hacían, ni tampoco sufrían si perdían un reto. Para ellas era solo una cuestión de diversión.

—No te preocupes por mi hombre —dijo finalmente Kaia, alzando la barbilla.

«Mi hombre». A Strider le gustó cómo sonaba aquello.

Apretó los dientes. Aquello era una mentira, y no podía confundir la mentira con la realidad.

—Me sorprende que hayas conseguido a un temible Señor del Inframundo como consorte —dijo Tabitha.

—A mí no —repuso Kaia, encogiéndose de hombros—. Yo también soy formidable.

Tabitha no mostró ni el menor atisbo de emoción. Ni orgullo, ni decepción.

—Supongo que mañana averiguaremos exactamente lo que eres, cuando de verdad den comienzo los juegos.

Capítulo 10

Paris, el guardián de la Promiscuidad, o Sexo, como él llamaba a su demonio, llevaba una daga en cada mano y estaba recorriendo callejones oscuros. Las dagas eran estándar, y no le servían de mucho. Por supuesto, cortaban y pinchaban perfectamente, pero allí, en un mundo lleno de dioses, diosas, vampiros y ángeles caídos, pinchar y cortar no era suficiente.

Sin embargo, tenía que continuar.

Siempre se sentía asombrado al comprobar lo parecido que era el mundo de los inmortales al mundo de los humanos. En aquella metrópolis celestial había bares, tiendas, restaurantes y hoteles. Por no mencionar drogas y traficantes de drogas, claro. Uno podía conseguir lo que quisiera.

«Hablando de todo un poco, yo voy a necesitar ambrosía. Y pronto». Ya estaba temblando a causa de la abstinencia.

Era hora de beber algo. No podía llegar tarde.

Ni siquiera podía permitirse el lujo de hablar con nadie. Con solo mirarlo, con solo percibir su olor, los seres vivos, sin importar su especie ni su género, se lanzaban a él.

Tal vez debiera permitírselo. El sexo obtenía fuerza de cualquier cosa que fuera erótica, y Paris todavía no había tenido su dosis diaria. Sin embargo, odiaba acostarse con gente a la que no deseara de verdad, e intentaba ponerse límites. Y aquel día iba a conseguir su dosis de fuerza en cuanto se encontrara con la diosa del armamento.

Aquella mujer poseía las dagas de cristal que podían transformarse en cualquier arma que deseara su propietario. Y él podría conseguirlas a cambio de pagar un precio, según le había dicho ella. Nadie quería dinero de él, nunca, así que Paris había accedido a darle lo que quería: a él. Se había prostituido muchas veces, y al final, siempre superaba la culpabilidad y la humillación.

Necesitaba aquellas dagas de cristal para rescatar a la mujer a la que deseaba de verdad: Sienna.

Su Sienna. Ella había muerto por su culpa, por sus acciones. Sin embargo, había regresado en forma de alma, aunque él no pudiera verla ni oírla. Todavía.

Cronus, el rey de los dioses, la había esclavizado y la había emparejado con el demonio de la Ira. Después, para mantener a Paris alejado de ella, Cronus la había encerrado en otro reino. El dios iba a pagar bien caro todo aquello, después de que él la hubiera salvado.

Para salvarla, Paris tenía un plan de tres pasos. El primero era obtener las dagas de cristal. El segundo, encontrar a Arca, la antigua diosa mensajera. Se rumoreaba que ella sabía dónde escondía Cronus sus mayores tesoros. El tercer y último paso era encontrar a Viola, la diosa menor de la otra vida. Decían que podía enseñar a cualquiera a ver a los muertos.

Todo parecía muy fácil, sí. Pero para él, lo único fácil era seducir.

No obstante, haría todo lo que tuviera que hacer. Paris había soñado, durante siglos, poder estar con la misma mujer más de una vez. A causa de su demonio, su cuerpo no respondía con el mismo amante en más de una ocasión, y por ese motivo, sus relaciones solo duraban una noche. Salvo con Sienna. La había tomado, e inmediatamente, había vuelto a sentirse excitado por ella. Y en ese momento había sabido que eran el uno para el otro, pese a los obstáculos que había entre ellos.

Ella era una Cazadora, una enemiga. Lo había engañado,

lo había drogado y había ayudado a los demás Cazadores a encarcelarlo. Después le había ayudado a escapar, y en ese momento, había muerto al recibir un disparo de su propia gente, mientras estaba en brazos de Paris.

Él revivía aquella pesadilla una y otra vez, y pensaba en las cosas que debería haber hecho de un modo distinto. Las últimas palabras de Sienna habían sido de odio hacia él. Le había dicho que deseaba que fuera él quien hubiera muerto. Ella lo había culpado por lo que había sucedido, y con razón.

Sin embargo, su alma había vuelto a buscarlo. Había escapado de su prisión celestial y lo había encontrado. ¿Lo había hecho para pedirle ayuda, o para vengarse? Paris no lo sabía, y no le importaba. Lo único que sabía era que Cronus se la había llevado de nuevo antes de que él hubiera podido hablar con ella. Sienna tenía que estar aterrada, confusa y desesperada.

Él podía calmarla. Solo tenía que encontrarla.

«Deseo», dijo su demonio.

Él sintió miedo. Aquella orden solo podía significar una cosa.

Paris se concentró y vio que, al final del callejón en el que se encontraba, había tres feos matones. Seguramente eran ángeles caídos, seres que por algún motivo se habían entregado a su lado oscuro. No podían ser dioses, porque no irradiaban ningún poder.

Él solo tenía que pasar aquella barrera y girar a la derecha, y llegaría a la calle de la diosa.

Al verlo, los matones sonrieron.

«Deseo», repitió su demonio.

«Tendrás lo tuyo dentro de muy poco».

Sexo lo ignoró, y expulsó su fragancia especial por los poros de Paris. Al instante, el olor a chocolate y a champán impregnó el aire. Paris sabía por experiencia que, cada vez que los hombres lo percibían, el deseo se apoderaba de ellos. Deseaban a Paris, y solo a Paris, aunque él no tuviera aquellas preferencias.

«¡Maldito seas!», le rugió a su demonio.

«¡Deseo!».

Él sintió un miedo cada vez más intenso al ver que las sonrisas de los matones desaparecían. Los tipos comenzaron a relamerse.

—Si quieres pasar, ponte de rodillas.

—Iremos por turnos.

—Y yo seré el primero —dijo el más grande de todos.

Paris ralentizó su marcha, pero no se detuvo ni cambió de dirección. Los ángeles caídos eran poco más que humanos. Podía pasar entre ellos sin problema.

Ellos dijeron, al unísono:

—Ponte de rodillas ahora mismo.

—En realidad —respondió Paris—, los únicos que os vais a poner de rodillas vais a ser vosotros.

Lanzó las dos dagas rápidamente. La primera se hundió en la yugular del de la derecha, y la otra se clavó en una pared, sin dar en el blanco.

Sexo gimoteó y corrió a esconderse en un rincón de su mente. Su demonio era un amante, no un luchador.

Los dos hombres que quedaban vieron con los ojos muy abiertos que su amigo se desplomaba y se retorcía. Se estaba muriendo.

«Herir. Matar», dijo su demonio.

Entonces, Paris arremetió contra ellos, con los brazos extendidos, y los derribó a los dos. Ellos salieron de su estupor sexual y comenzaron a pegarle puñetazos.

Uno de los golpes le reventó los vasos sanguíneos de un ojo, y limitó su línea de visión. La nariz se le desvió. La mandíbula se le separó. El dolor se intensificaba a cada golpe, pero él siguió luchando. Y luchó de una manera sucia, intentando acertarles en las ingles, en la garganta y en los riñones.

«Herir, matar...».

Las compulsiones oscuras de su demonio estaban empezando a consumirlo. Con un rugido, alzó las piernas y dio una poderosa patada. Los dos hombres salieron disparados hacia atrás. Él saltó hacia el más cercano, y le aplastó los hombros contra el cemento del suelo, apoyándose en él con las rodillas. Un puñetazo, dos, tres. La sangre le salpicó.

Golpeó, golpeó y golpeó, hasta que la cabeza del tipo cayó hacia un lado, y en sus ojos hinchados solo hubo una mirada vidriosa. Y entonces se dio cuenta de que el otro matón había saltado a su espalda y le había estado golpeando la cabeza todo aquel tiempo.

Paris extendió los brazos hacia atrás, agarró un puñado de su camisa y tiró hacia delante. El tipo saltó por encima de sus hombros y aterrizó sobre su amigo, y perdió el aliento. Mientras Paris intentaba sacar el cuchillo que llevaba en una pistolera de tobillo, su oponente reaccionó y le dio tal puñetazo que lo lanzó hacia la pared que había detrás. Su sien impactó contra el ladrillo, y Paris perdió. Se quedó aturdido, y alguien le quitó el cuchillo de la mano de una fuerte palmada.

Entonces, sintió una bota sobre la tráquea. La presión fue incrementándose mientras el tipo sacaba su propio cuchillo y apuñalaba a Paris en el estómago. Él sintió un dolor agonizante, y dejó escapar un silbido.

—Así estarás más dócil —dijo el tipo, y con la respiración jadeante, se bajó la cremallera de los pantalones.

—Eso no ha sido inteligente por tu parte —masculló Paris. Aunque el instinto le decía que agarrara por el tobillo al matón y tirara con fuerza, fue moviendo la mano hacia atrás, hacia la empuñadura del único cuchillo que le quedaba—. Quieres conservar eso, ¿no?

—Cállate. Si hubieras sido agradable, te habría dejado marchar después de terminar contigo. Pero ahora…

Por fin, el tipo levantó la bota del cuello de Paris, y se agachó entre sus rodillas para bajarle a él la cremallera. Se distrajo, y Paris aprovechó sus últimas fuerzas para clavarle el cuchillo en la yugular.

El tipo empezó a sangrar a borbotones por la boca, con

una mirada de asombro y de dolor. Paris sacó el cuchillo, pero eso no sirvió de nada; la sangre continuó brotando, y el tipo se desmoronó sin vida sobre Paris.

Paris estaba muy débil, pero consiguió ponerse en pie con las piernas temblorosas. Se miró. Tenía la ropa hecha jirones y manchada de sangre, y la piel raspada y amoratada. Tal vez la diosa lo echara de su casa en cuanto lo viera.

Seguramente, no era mala idea. Ella esperaba placer, y en aquel momento él tenía un aspecto patético. Por un lado, necesitaba el sexo para curarse. Sin embargo, si la usaba para curarse, procurándose placer a sí mismo sin preocuparse del de ella, no podría acostarse con ella una segunda vez para conseguir las dagas de cristal.

Bien, tenía que cambiar el plan. Seduciría a la siguiente mujer que viera y desataría a su demonio para que no se privara de nada. Aquella idea le ponía enfermo, pero no podía hacer otra cosa. Después, se pondría en camino hacia la casa de la diosa. Llegaría tarde, sí, pero sería capaz de engatusarla y acabar con el enfado que hubiera podido provocar su tardanza. Otro pensamiento repugnante.

Sin embargo, él mismo había elegido aquel camino. Tendría que vivir con las secuelas emocionales.

Con resolución, salió de aquel callejón.

Sienna Blackstone se acurrucó en un rincón, envuelta en unas sombras que la atormentaban. Sus alas, aquellas alas negras que no dejaban de crecer, y que le pertenecían al demonio que la había poseído, tiraban de tendones y de huesos que no sabía que poseía, y le causaban dolor en todo el cuerpo.

Cronus era quien la había llevado allí, fuera cual fuera aquel lugar. Se trataba de un castillo en ruinas, custodiado por unas gárgolas que cobraban vida. Aquellas gárgolas podían verla y oírla, al contrario que Paris, el guerrero a quien ella había querido encontrar, y se aseguraban de que se quedara exactamente donde estaba. Y, cuando había conseguido pasar a través de sus colmillos, sus cuernos, sus garras y sus colas, una especie de escudo invisible le había impedido salir al mundo exterior.

Al principio había sentido terror. Alguien debería haberle explicado que la muerte podía ser mil veces más horrible que la vida. Durante las semanas siguientes, había tenido que aprender a adaptarse a todas aquellas criaturas sobrenaturales. Aunque sabía que existían los demonios, y había sentido odio por ellos, todo lo demás era nuevo para ella. Y lo único que quería ya era salir de allí para poder encontrar a uno de aquellos demonios. Abrazarlo. Ayudarlo. Pero...

Solo podía marcharse cuando hubiera prometido que obedecería en todo a Cronus. Y esa era una condición que ella no entendía.

¿Por qué quería contar con su obediencia tan desesperadamente? ¿Y con su ayuda? ¿Qué era lo que esperaba que hiciera por él? Nunca se lo había dicho. Sin embargo, en su desesperado intento de controlarla, incluso la había obligado a espiar a sus antiguos compañeros, los Cazadores. Dios, las cosas que les había visto hacer...

Estaba disgustada, y estaba enfadada. Una vez, él le había hecho daño a un hombre inocente por ellos. Había golpeado a Paris cuando estaba más débil, por ellos. Y los habría ayudado a matar al guerrero si él no hubiera escapado con ella. Le había echado la culpa de su propia muerte, porque había pensado que él había usado su cuerpo de escudo. Lo había odiado por ello. Ahora solo se odiaba a sí misma.

No, eso no era cierto. Odiaba a los Cazadores, y todo lo que representaban.

Antes de morir, una vez más, estaba luchando contra ellos. En realidad, estaba dispuesta a ayudar a Paris a vencerlos. Y tenía que salir de aquel castillo para encontrarlo de nuevo. Le contaría todo lo que sabía sobre su enemigo. Le diría dónde estaban sus escondites, cuáles eran sus planes de batalla y sus estrategias, y todo lo que había averiguado. Y si él seguía sin poder verla ni oírla, se lo diría a otro que sí pudiera, como su amigo de pelo oscuro. Y después… después le daría al otro amigo de Paris, Aeron, al demonio de la Ira.

Y al hacerlo, su vida terminaría para siempre.

Con eso no podría compensar todo el mal que había hecho, pero al menos era un comienzo.

«Solo tienes que encontrar la manera de salir de aquí…».

Suspiró. No estaba encadenada, y sabía que Cronus tenía allí a otros prisioneros. Gritaban, despotricaban y rabiaban constantemente. Además, al contrario que ella, no podían recorrer el castillo entero. Su espacio estaba limitado a los dormitorios de uno de los pisos superiores. Las pocas veces que Sienna había subido por las escaleras, el demonio que albergaba en su interior había enloquecido y le había proyectado todo tipo de imágenes odiosas en la mente. Imágenes de sangre, de tortura y de muerte.

La gente que estaba en el piso de arriba… eran guerreros que estaban poseídos por un demonio, como ella. No los odiaba, y no quería hacerles daño. Ella quería ayudarlos, pero su demonio quería castigarlos. Siempre quería castigar.

«No puedes ayudarlos desde aquí abajo».

«Tampoco puedo hacerles daño».

Discutiendo consigo misma. Se echó a reír. Ella siempre se había obligado a ser recatada, incluso sombría. Siempre había contenido con mano de hierro la más mínima muestra de mal humor, o de sarcasmo. Siempre había tenido miedo de herir los sentimientos de los demás, y vergüenza de decepcionar a sus seres queridos. Después del secuestro de su hermana pequeña, había tenido que convertirse en una roca. El hecho de haber causado más caos emocional la habría destruido.

Pero las cosas ya no eran así. Se había vuelto fuerte y capaz. Y la necesitaban.

Podía dominar a su demonio y ayudar a los seres que estaban arriba. Podía hacerlo.

Por Paris.

Capítulo 11

Al día siguiente amaneció demasiado temprano, y con demasiada luz. Kaia no había pegado ojo en toda la noche. Su mente estaba demasiado inquieta como para dormir. Así pues, al ver el enorme globo naranja del sol, entrecerró los ojos.

–¡Lárgate, idiota!

Strider estaba en su cama, observándola con cara de diversión. Él sí había dormido, ocupando hasta el último centímetro libre de la cama. Ella se había paseado de un lado a otro.

–¿Con quién estás hablando? –le preguntó él, con la voz ronca del sueño. Maldito fuera; todo lo suyo la excitaba.

–Tal vez estuviera hablando contigo –replicó ella de mala manera.

Se acercó a la cama, tomó la almohada y comenzó a golpearle el pecho.

Él ni siquiera se molestó en levantar los brazos para protegerse.

–¿Te han dicho alguna vez que eres un cielo por las mañanas?

–No.

–¿Quieres tranquilizarte un segundo? –le pidió Strider. Entonces, le quitó la almohada de las manos y la arrojó al suelo–. Caramba, necesito… Quiero decir que tú necesitas olvidarte un poco de tus preocupaciones.

–Yo no tengo preocupaciones –respondió Kaia, y se dejó caer a su lado.

Lysander se los había llevado a todos al Cielo y les había dado a cada uno una habitación en su nube, para que ninguna Arpía pudiera llegar a ellos. Strider y ella habían compartido dormitorio, y nadie, ni siquiera Lysander, podía atravesar el perímetro de seguridad si no tenía permiso.

Ella no había visto nunca un sistema de seguridad tan bueno. Y mejor todavía, había paredes neblinosas de color azul claro que servían de pantallas de televisión, y que le mostraban todo aquello que quisiera ver. ¿Su madre? Dicho y hecho. ¿Juliette? Puaj.

¿Lo mejor de todo? Kaia solo había tenido que decir «Quiero una daga», y había aparecido por arte de magia en la palma de su mano.

No era de extrañar que Bianka hubiera decidido irse a vivir con aquel ángel. Y en realidad, Bianka tendría que convencer a Lysander de que le comprara a Kaia una de aquellas casas. Solo para que las dos hermanas pudieran pasar tiempo juntas. Después de todo, eran mellizas, y Bianka la necesitaba.

–Empezaste a estresarte en cuanto recibiste ese mensaje –le dijo Strider–. ¡Cinco minutos después de que llegáramos aquí!

El mensaje. Al recordarlo, se le formó un nudo de preocupación en el estómago, aunque no quisiera admitirlo. La primera de las pruebas de los Juegos de las Arpías comenzaría dentro de dos horas.

Las capitanas de los equipos eran demasiado valiosas como para ser derrotadas en un momento tan temprano de los juegos, por lo que no competían en el primer evento. Se elegía a las cuatro integrantes más fuertes y violentas del equipo, y la capitana se limitaba a rezar para que sobrevivieran.

Pero, aunque ella era la capitana, tenía que competir.

La noche anterior, gracias a los muros de nube, había estado vigilando su habitación del motel. Habían aparecido Arpías de todos los equipos y se habían colado en la habitación, con intención de maltratarla brutalmente. ¡Como si ella fuera a quedarse en una habitación que había reservado con su propio nombre! Por favor. Sin embargo, así de estúpida pensaban que era. Y peor aún, continuarían yendo en su busca a menos que las enseñara a temerla.

Eso lo había aprendido de su madre.

Por lo tanto, aquel día enseñaría a la propia Tabitha a que tuviera temor a su hija.

Además de ella, iban a competir Taliyah, Neeka, a quien Kaia no había visto competir nunca, pero que tenía la recomendación de Taliyah, y Gwen. Bianka todavía estaba un poco enfadada, pero Kaia pensaba que era demasiado dulce y buena para aquella primera competición.

—Si no te sientas, por lo menos dime qué te pasa —le pidió Strider.

Aquella voz grave de nuevo, acariciándola, traspasándole la piel y convirtiéndose en parte de ella.

—Estaba pensando que solo se aplicarán las leyes carcelarias.

A Strider se le escapó una carcajada.

—¿Qué significa eso? ¿Que no debes dejar caer el jabón? ¿Que el primer asalto incluye varias duchas?

—¿Te importaría tomártelo en serio?

Él soltó un resoplido.

—Tú, diciéndole a alguien que se tome las cosas en serio. Raro. Pero… —Strider se sentó en la cama, con una expresión de interés. La sábana cayó hasta su cintura y reveló fila de músculos tras fila de músculos—. Dime que el primer asalto incluye varias duchas.

Ella frunció los labios, aunque estaba deseando probar su boca.

—No, pervertido. Nada de duchas. Tengo que matar a mi peor contrincante el primer día, a la más grande y la más fuerte. Así, las demás me dejarán en paz.

—Muy inteligente por tu parte. ¿Cómo puedo ayudarte?

—Sentándote en las gradas y estando muy guapo.

—Eso está hecho. ¿Pero qué puedo hacer para ayudarte a ganar? Para eso estoy aquí, ¿no?

Como si a ella se le fuera a olvidar. Él no estaba allí porque la quisiera y la necesitara, ni porque quisiera que las cosas funcionaran entre ellos. Estaba allí para ayudarla a ganar aquella maldita Vara Cortadora.

«No sabía nada de la Vara Cortadora cuando llegó. Le gustas, y lo sabes». Sí, sabía que le gustaba, pero no lo suficiente. Suspiró.

—Solo tienes que… no sé, animarme.

—Eso puedo hacerlo de sobra. Es muy divertido mirarte.

A ella se le aceleró el corazón.

—¿De veras?

—Oh, sí.

Su voz se había vuelto más ronca que antes, más baja, y tenía un tono insinuante. Se le endurecieron los pezones, y tuvo que ponerse en pie de un salto para evitar que él viera la prueba de su excitación.

Él la había visto la noche anterior, cuando su Arpía había reaccionado ante la menor amenaza hacia Strider, y se había propuesto defenderlo a toda costa. Y también la había visto cuando… Kaia se estremeció al recordarlo.

Mientras luchaba contra el equipo de su madre, le había ocurrido algo que no le había ocurrido nunca. Ardía. Ardía de rabia, sí, pero también ardía con llamas literales. La habían quemado por dentro, habían quemado sus células y sus órganos, y la habían dejado reducida a ceniza. O eso había pensado ella. Sin embargo, cuando se calmó, se dio cuenta de que no tenía ni una mancha de hollín en la piel.

Y eso le provocaba inquietud, que se sumaba a la que ya sentía a causa de los juegos.

Ella tenía sangre de Fénix en las venas, de su rama paterna. Bianka y ella habían conocido una vez a su padre, porque él las había secuestrado y las había llevado a la Tierra de las Cenizas. Su padre, y toda su raza, en realidad, no tenían corazón. No sentían emociones. Parecía que cualquier faceta suave ardía debido a sus constantes llamas. Ni siquiera su madre podía comparársele a su padre, y eso era decir mucho.

Además, no solo eran insensibles, sino también físicamente formidables. Los colmillos y las garras de los Fénix segregaban veneno. Sus alas, que parecían tan suaves y tan delicadas como las nubes que estaban a su alrededor, eran en realidad lenguas de fuego azul. Con un solo roce de aquellas alas podían incendiar un edificio entero.

Sin embargo, había un lado bueno en todo aquello. Cuando un Fénix quemaba algo, o a alguien, las cenizas resultantes eran lo suficientemente poderosas como para devolverles la vida a los muertos.

Su padre tenía la esperanza de que sus hijas fueran más Fénix que Arpía, pero al comprobar que no era así, las había liberado. Después de torturarlas con su veneno, claro. Les había arañado los brazos. Tan solo les había hecho un diminuto rasguño a cada una, pero se habían sentido como si les inyectaran una mezcla de ácido, cristales rotos y Napalm. Habían estado días retorciéndose y gritando de dolor.

Un verdadero Fénix no habría sufrido de aquella manera, porque habría sido inmune a la toxina, y por ese motivo, Kaia siempre había pensado que no había heredado nada de su padre. Sin embargo, la manera en que había ardido el día anterior… ¿Era posible que hubiera desarrollado la inmunidad, y que hubiera adquirido las habilidades de los Fénix?

—Eh, Kaia. Tenemos que darnos prisa —dijo Bianka de repente, desde el otro lado de la puerta.

Kaia pestañeó. Se dio cuenta de que todavía estaba en la cama, y de que Strider se había puesto en pie y estaba a su lado. Ella ni siquiera le había oído moverse, pero allí estaba, envolviéndola con su calor y su olor fuerte y dulce.

Él la tomó de los antebrazos y ladeó la cabeza con una expresión pensativa.

–¿Dónde estabas ahora?

–En ningún sitio –respondió ella automáticamente. Su respuesta estándar cuando alguien, aparte de sus hermanas, le hacía una pregunta como aquella.

¿Acaso se enfrascaba tan a menudo en sus pensamientos? «Si no fuera tan distraída, tal vez no…».

–¡Kaia! –exclamó Strider, poniendo los ojos en blanco. La soltó, y comenzó a acariciarle los brazos con las yemas de los dedos–. Vamos a tener que solucionar lo de tus mentiras, nena.

¿Acaso él… podía… desearla?

–Tengo una idea –le dijo–. Si quieres que te diga la verdad, tendrás que comprármela.

Con besos. O con orgasmos. Con cualquier cosa. Sí, él ya se había ofrecido a pagarle con sexo si robaba el artefacto, pero entonces, Kaia se había enfadado mucho, porque sabía que en aquel momento él no la deseaba de verdad. Tal vez ahora sí la deseara, y eso cambiaba completamente las cosas.

Entonces, Strider sonrió.

–¿Quién ha dicho que quiero la verdad? –dijo él–. Eres muy mona cuando mientes.

–Yo miento asombrosamente bien –replicó ella–. ¡Pregúntale a cualquiera de mis conocidos! Ellos nunca son capaces de distinguir mis mentiras.

–En realidad, seguramente soy el único que es capaz de saber que eres una mentirosa. Soy muy observador.

–Y también muy humilde. Mientras, vas a tener que solucionar lo de tu promiscuidad –le dijo Kaia. Giró los hombros, y el movimiento hizo que alzara los antebrazos, y por lo tanto, también las manos de Strider, cuyos nudillos le rozaron los pechos. Por los dioses, aquella era una sensación maravillosa.

Él mostró sus blanquísimos dientes, como si acabara de experimentar una punzada de dolor, y las ventanas de la nariz se le abrieron por la fuerza de su respiración.

—¿Y cómo vamos a solucionar esa promiscuidad? ¿En la cama?

La deseaba de verdad, pensó Kaia con asombro. De lo contrario, ¿por qué iba a decir que se acostaran juntos cuando ella le había insinuado que era demasiado promiscuo?

—Me gusta cómo funciona tu mente. Deberíamos…

—¿Kye? —dijo Bianka, interrumpiéndola—. ¿Estás ahí? Sé que estás ahí. Vamos, sal de una vez.

—Sí, Bee. Estoy aquí, pero necesito un minuto —gritó ella, sin apartar la vista de Strider—. Continuaremos con esto más tarde, ¿de acuerdo?

—Eh… no, no lo haremos —dijo él. Dio un paso atrás y después otro, y se alejó de ella. Bajó los brazos y dejó de tocarla—. Vamos a mantener una relación platónica.

Kaia entrecerró los ojos.

—¿Platónica? ¿Después de que me hayas metido la lengua hasta la garganta?

Él también entrecerró los ojos.

—Está bien. Continuaremos con esto más tarde.

—¿De verdad? ¿Y tengo que creerme que has cambiado de opinión tan fácilmente? ¿Qué estás tramando?

—No estoy tramando nada. Tu argumento es muy sólido.

Kaia sintió esperanzas, y de repente, el sol le pareció maravilloso, tan grande y tan brillante por encima de su nube.

—Muy bien. Entonces, hablaremos más tarde.

Intentó no sonreír mientras saltaba hacia la puerta para saludar a su hermana.

Strider no sabía qué esperar de aquella primera competición, y después de ver lo que había visto, estaba preparado para cualquier cosa. O eso era lo que había pensado. En aquel preciso instante estaba horrorizado, y su demonio no dejaba de canturrear de excitación. Aquella bestia nunca había estado en un ambiente tan fervorosamente competitivo, y estaba botando por su cabeza como un niño que hubiera tomado un exceso de cafeína.

Strider estaba sentado en las gradas de la cancha de baloncesto de un instituto, rodeado por otro centenar de tipos. Todos ellos eran extraños para él, excepto Sabin, que estaba a su izquierda, y Lysander, que estaba a su derecha. La mayor parte de los presentes eran humanos, aunque había algunos que claramente, eran inmortales. Strider vio la piel pálida de un vampiro y el aura oscura de un cambiador de forma reptil. Por desgracia, no vio al tipo con el que supuestamente se había acostado Kaia.

Por otro lado, estaban las Arpías. Mientras que los hombres estaban apagados y callados, las mujeres eran muy ruidosas. Saltaban por los escalones, lanzaban palomitas e incluso latas de refrescos. Llevaban camisetas pequeñas y ajustadas con grandes escotes. Y pantalones cortos, tan cortos que él pudo ver su lugar favorito de una mujer, la curva sensual donde el trasero se encontraba con la pierna, en más de una ocasión.

—¡Las Falconway van a perder! —gritó alguien.

—Ya te gustaría, Eagleshield. Pero claro, siempre os han gustado las mujeres de rodillas.

—¡Por favor! No serías capaz de satisfacer a una ninfa ni aunque tomaras Viagra.

—Tú y las de tu clan tenéis bigote, ¿por qué no ibais a tener también pene?

Hubo risotadas, abucheos y silbidos.

—Y yo que pensaba que mi Bianka era... entusiasta —comentó Lysander—. Nunca hubiera pensado que resultaría tranquila entre las de su raza.

Sabin soltó un resoplido.

—Vamos. Si no se te acelera el pulso con las bromas de lesbianas, es que eres gay.

Lysander clavó su mirada oscura en Strider.

—¿A ti te gustan estas cosas?

Ángeles.

—He estado ardiendo a fuego lento desde que entré por la puerta. De hecho, ni siquiera me hacen falta esas bromas —contestó él. Sin embargo, no añadió que todo era culpa de Kaia.

Su charla con ella iba a ocurrir más pronto de lo que tenía planeado.

Él había permanecido frente a ella, inhalando su perfume, absorbiendo el calor de su cuerpo, mirando su preciosa cara, y había sentido el deseo irrefrenable de besarla una vez más. Entonces, había tenido que contenerse y volver a la zona de amistad.

—¡Lysander! —dijo una voz femenina desde el otro lado de la cancha—. ¡Lysander! ¡Aquí!

Strider buscó a Bianka con la mirada. La encontró en la parte más alta de las gradas, sonriendo como una loca y moviendo por el aire una piruleta. Llevaba una camisa blanca abierta hasta el pecho, y una pequeña corbata que colgaba entre sus senos, y una falda de cuadros escoceses muy corta, y unas medias que le llegaban por las rodillas.

Ojalá Kaia hubiera optado por animar así a su equipo, en vez de luchar. Con aquel disfraz de colegiala, podría haberle causado un ataque al corazón. Lo habría matado allí mismo.

En realidad, era mejor que hubiera elegido la lucha. Strider había pensado que, durante aquel tiempo, él iría a espiar a los Eagleshield, y tal vez, registrar sus pertenencias. De hecho, en cuanto comenzara la competición, saldría de la pista de baloncesto. Y no iba a sentirse culpable por ello, pensó.

«¿Y si Kaia resultaba herida?». Ella misma había admitido que iba a regirse por las reglas carcelarias.

Hubo un flash de color rojo en su mirada, y se clavó las uñas en las piernas. Tuvo que recordarse que Kaia era muy buena luchadora, y que iba a ganar.

—¡Lysander! —volvió a decir Bianka—. ¡Mira hacia arriba, cariño! ¡Estoy aquí!

–Hay demasiada gente. No la veo… ¿Bianka? –dijo Lysander, y se quedó boquiabierto.

Era de suponer que no la había visto desde que habían bajado del Cielo, y en aquel momento, ella llevaba un vestido rojo.

–Lysander, ¿habías visto esto? –le preguntó Bianka.

Entonces se subió la falda, y le enseñó a él, y a todo el mundo, las braguitas que se había puesto. En el trasero llevaba escrito *Propiedad de Lysander*.

Lysander se puso en pie, como si fuera a echar a volar hacia ella, pero después se controló y volvió a sentarse.

–Dios Santo.

–Tu mujer lleva ropa interior en público –le dijo Sabin–. Debe de ser agradable. ¿Cómo has conseguido ese pequeño milagro?

–Ni siquiera yo lo sé.

Estupendo. Ahora, Strider no podía dejar de preguntarse qué tipo de braguitas llevaba o no llevaba Kaia.

La chica que estaba junto a Bianka debió de quejarse sobre sus gritos, porque la sonrisa de Bianka se transformó en un gesto ceñudo. Se produjo una discusión. Entonces, por supuesto, las dos comenzaron a pegarse.

–Es magnífica, ¿verdad? –preguntó Lysander, a nadie en particular.

–Claro –dijo Sabin, que se había distraído. Estaba acariciando el megáfono que tenía junto a los pies–. Bueno, ¿y dónde están nuestras chicas?

«Nuestras chicas». A Strider le gustó cómo sonaba aquello, y no debería gustarle.

–No lo sé.

«¿De verdad piensas que Kaia puede conseguir la victoria?».

Aquella voz insidiosa le llenó la mente a Strider. Era de un hombre. Y le resultaba familiar.

«Tal vez la maten…».

No, demonios, no.

—Sabin —gruñó. En aquella ocasión no tuvo que preguntarse quién le estaba hablando. Sabin era el guardián de la Duda, y trasladaba sus inseguridades a quienes estaban a su alrededor.

—Lo siento —dijo su líder.

—Controla a tu demonio.

—Créeme, lo estoy intentando. No quiero que ataque a nadie del equipo de Kaia.

«Ganar. Ella debe ganar».

Y allí estaba el demonio de Strider, que… Un momento. ¿Que ella debía ganar? A Derrota nunca le había importado la victoria de otra persona. ¿Por qué le importaba la de Kaia? ¿Y por qué en aquel momento? ¿Podía ser porque su victoria estaba relacionada con la consecución de la Vara Cortadora? ¿Porque su demonio conocía, y temía, las consecuencias de que ella fracasara? ¿Porque ella era… suya? Strider se lo había preguntado más veces…

«No puedo pensar en eso». Había cosas que tenía que hacer.

Entonces, le dijo a Derrota:

«En primer lugar, pienso conseguir la Vara Cortadora antes de que terminen los juegos. En segundo lugar, ella va a ganar». Si no ganaba… Strider pensó en el sufrimiento que podía infligirle su demonio, aunque la derrota no fuera suya. Sin embargo, aquella derrota de Kaia se debería en parte a que Strider no la había protegido bien, tal y como exigía el desafío que él ya había aceptado. Así pues…

Había una alta probabilidad. Debería haberla convencido de que no hicieran aquello. Lo que pudiera ocurrir solo sería culpa suya.

Y, por una vez, la perspectiva de su sufrimiento no tuvo tanta importancia. Simplemente, Strider no podía soportar el pensamiento de que Kaia resultara herida.

—¡Lysander! —dijo Bianka, y de nuevo llamó la atención de Strider. Después de la pelea, la otra mujer había quedado inconsciente en las gradas—. ¿Te han gustado, o no?

–Claro que sí, mi amor. Me han gustado. Me gusta todo lo que llevas tú –respondió el ángel.

Para Strider, aquello fue patético. Solo porque estuviera enamorado, un tipo no tenía por qué ablandarse de aquella manera.

¡Oh, allí estaba Kaia! Strider se puso en pie y la saludó para captar su atención. Quería decirle que tuviera cuidado, pero ella estaba demasiado concentrada en lo que estaba sucediendo a su alrededor mientras caminaba hacia el centro de la cancha desde las puertas del gimnasio. Iba flanqueada por sus compañeras de equipo. Llevaban uniformes de cuero rojo, con una espalda de tirantes que dejaba libres sus alas.

Kaia se había recogido el pelo en una cola de caballo que bailaba de un lado a otro. No llevaba coderas, ni rodilleras. Demonios, debería llevar protecciones. Si las chicas luchaban sobre aquel suelo de parquet, iban a perder algo de piel, y a él le gustaba la piel de Kaia tal y como estaba.

«¡Ganar!».

«Ya lo sé. Ya te he oído, idiota».

Las Arpías de las gradas vieron al equipo de Kaia, y comenzaron a abuchearlas. Kaia frunció los labios, pero no hizo ningún otro gesto que dejara entrever su irritación. Les lanzaron tantas palomitas de maíz que algunas les dieron en los ojos.

–Eh, Millicent –le gritó Bianka a una de las que lanzaban las palomitas–. Veo que te has propuesto humillarte públicamente. ¡Tienes una puntería patética!

Una chica rubia, muy guapa, se giró hacia ella con los puños apretados.

–Eh, melliza número dos. ¿O eres la número uno? Nunca me acuerdo. Vosotras dos sois demasiado insignificantes. Si tiro un palo, ¿vas a ir por él?

–Yo no soy un perro, imbécil –respondió Bianka, poniéndose en jarras–. Por lo menos, tu padre no piensa eso. Esta mañana me ha dicho que estoy buenísima. ¡Me lo ha dicho cuando me levantaba de su cama!

Hubo un jadeo entre la multitud, y Strider pestañeó. ¿Aquel comentario sobre el padre de la chica era tan espantoso?

—¡Mi padre está muerto, desgraciada! —gritó Millicent.

—Oh —dijo Bianka, y se le hundieron un poco los hombros. Después volvió a alegrarse—. Entonces, ¡es tu madre la que piensa que estoy buenísima! Me lo ha dicho esta mañana, cuando me levantaba de su cama.

Los jadeos se convirtieron en risitas maliciosas. Millicent voló hacia Bianka, y comenzó otra pelea.

Strider sonrió.

—¿Crees que sabe lo que acaba de insinuar?

—Sí —respondió Lysander con un suspiro.

—Crucemos los dedos para que dejen de pegarse y empiecen a besarse —dijo Sabin—. Sería muy interesante.

Lysander se irguió. Tenía una expresión de intriga.

—Creo que ya entiendo lo de acelerársele el pulso a uno con las bromas sobre lesbianas.

De repente, las Arpías comenzaron a vitorear a alguien de una manera ensordecedora, y Strider volvió la cabeza para averiguar quién había entrado en el gimnasio. Apretó la mandíbula. Se trataba de Tabitha y de su equipo.

Llevaban el mismo uniforme que el equipo de Kaia, pero en color azul. Tras ellas entró otro equipo que vestía de morado, y tras ellas, otro equipo vestido de rosa. Otro, de amarillo. Demonios, ¿cuántos equipos había? Otro, en verde. Y otro, en negro.

Strider se quedó sin respiración al darse cuenta de que algunas de las mujeres eran más grandes que él. Tenían más musculatura y eran más altas, y seguramente tenían testículos. Aunque algunas otras participantes eran tan menudas y delicadas como Kaia.

Las mujeres formaron un círculo en la cancha. El centro quedó libre. La Arpía llamada Juliette se colocó en mitad del círculo y alzó las manos. Por fin, la multitud quedó en silencio.

—Si os parecéis a mí, lleváis mucho tiempo esperando este momento —dijo en voz alta, y hubo más vítores. Cuando se acallaron, añadió con una sonrisa—: Así pues, no perdamos un momento más. Las reglas de la prueba son las siguientes: solo se permite a un miembro de cada equipo estar en la pista. Cuando esa participante quiera salir, solo tiene que alcanzar a una de sus compañeras de equipo. Si es que puede. Y si alguien está demasiado herida como para continuar, debe retirarse definitivamente. Pero pensadlo bien antes de tomar esa decisión, porque aunque os curéis, no podréis volver a la lucha.

—Yo no he pagado para ver a cobardes —gritó alguien.

Juliette asintió.

—Para las que nunca hayan jugado a este tipo de juego, deberíais saber que la competición no termina hasta que solo quede un equipo. Y os aconsejo que juguéis sucio —dijo. Entonces, su sonrisa adquirió un matiz de malevolencia, y miró a Kaia—. Buena suerte a todo el mundo. Vais a necesitarla.

Y con eso, se marchó y desapareció mientras las participantes se ponían en movimiento.

Kaia le lanzó a Strider una mirada rápida. Él asintió para darle ánimos, aunque tenía un nudo en el estómago. Las mujeres que la rodeaban la estaban mirando como si fuera un filete jugoso. Él debería estar allí abajo, protegiéndola, y no sentado allí arriba, sin hacer nada.

—No te preocupes —le dijo Sabin, dándole una palmadita en la espalda—. Gwen no permitirá que le ocurra nada.

—No estoy preocupado. Kaia protegerá a Gwen.

Su jefe lo miró con incredulidad.

—¿De verdad quieres discutir por eso?

Sí, demonios, sí quería.

«Ganar».

«Siempre».

—Vamos, cállate y mira el juego —le dijo Strider—. Te avisaré antes de marcharme a espiar.

Capítulo 12

«No voy a fallar. No voy a fallar. No voy a fallar».

Kaia se repitió aquel mantra mientras se colocaba en posición.

Neeka era la primera en participar en nombre del Equipo Kaia. La chica caminó hacia el centro de la pista con los hombros erguidos y la cabeza alta, junto a las primeras de los otros equipos. Pronto hubo doce Arpías esperando a que sonara el silbato. El resto de las combatientes esperaba en los laterales, como Kaia, agachadas y con una mano extendida.

—Vamos a ganar —murmuró Gwen, que estaba a su lado.

—Ya lo sé —respondió ella, y se alegró de que no le temblara la voz.

Strider estaba en las gradas, guapísimo, con una camisa, una corbata y unos pantalones vaqueros desgastados. Solo se había permitido mirarlo una vez, pero había sido un error. Él era una distracción que no podía permitirse, pero ella tenía que cerciorarse de que él estaba allí arriba, de que no la había abandonado. Ojalá fuera testigo de su victoria, y no de su derrota.

«No voy a fallar», se dijo de nuevo. Había demasiadas cosas en juego. Su reputación. El respeto de Strider. Su vida, demonios.

Aunque él no había aceptado sus condiciones. No le había dicho que fuera a esperar a que ella ganara la Vara Cortadora, ni que no fuera a robarla. Kaia se había dado cuenta de eso una hora antes, mientras se estaba preparando para la prueba. Necesitaba distraerse del pánico que sentía por el hecho de que todo su mundo estuviera en juego, y había revivido sus conversaciones con Strider.

¿Acaso tenía pensado ir en busca de la Vara durante la prueba?

Seguramente sí. Kaia se preguntó si él no confiaba en que ella ganara la medalla de oro, o si solo era demasiado impaciente como para esperar.

«No pienses en eso ahora. Concéntrate».

«No voy a fallar».

—Espera a ver cómo lucha Neeka —dijo Taliyah. Y casi... sonreía. No, no era posible. Taliyah no sonreía jamás. Ni fruncía el ceño. Ni gritaba.

—Si es tan buena, ¿por qué la ha dejado marchar su clan? —preguntó Kaia.

—Porque ella es sorda, y las demás son idiotas. Además, ganó la votación de «La que más posibilidades tiene de llegar más lejos y matar a todas las que estén a su alrededor».

¿Y ahora estaba de su lado?

—¡Maravilloso!

Sonó el silbato. El pitido fue tan fuerte y tan agudo que reverberó por todas las paredes y atravesó los oídos de Kaia.

Había empezado el juego.

Inmediatamente, las chicas que había en el centro de la pista comenzaron a moverse. Kaia se puso muy tensa mientras observaba la acción. Se atacaban las unas a las otras con garras y colmillos, y en pocos segundos los cuerpos estaban volando y chocando contra las barreras de las que esperaban. Hubo salpicaduras de sangre caliente y rica. Su Arpía percibió aquel olor metálico y graznó de excitación.

Calma. Tenía que mantener la calma. Las únicas personas que podían hacerle daño eran las que estaban en la pista. Si alguien atacaba a los que estaban fuera de la cancha era descalificado. Y si su Arpía la dominaba, ella le haría daño a todo el mundo.

Oyó un grito agudo, y se concentró en Neeka. Aquella muchacha bella y de aspecto dulce... Por todos los dioses. Saltaba y flotaba por encima de las demás muchachas al estilo de Matrix, a cámara lenta, con los brazos estirados y las rodillas flexionadas, mirando con atención a sus contrincantes, hasta que eligió una presa y se lanzó hacia ella. Aterrizó sobre sus hombros, la agarró del cuello y se lo retorció. Se oyó el chasquido de un hueso, y la pobre chica cayó al suelo.

¡Ay! Las heridas del cuello eran las peores.

Neeka sonrió con satisfacción, pero en aquel momento una muchacha morena arremetió contra ella y la derribó. Neeka se golpeó la cabeza contra el suelo y comenzó a sangrar. Se quedó aturdida y no pudo levantarse, y su oponente aprovechó aquella debilidad y comenzó a golpearla con fuerza con el puño cerrado.

Si dejaba inconsciente a Neeka, ninguna otra integrante del Equipo Kaia podría entrar en la pista, puesto que Neeka debía tocar a alguna de ellas para cederle el turno.

Otras se dieron cuenta de que Neeka estaba en el suelo. La rodearon y la golpearon con saña.

—¡Vamos, Neeka! —gritó Bianka desde las gradas—. ¡Enséñales tus testículos de titanio!

—¡Matadla! —gritó otra—. ¡Y arrancadle esos testículos!

—¿Y si yo te mato a ti, idiota? —preguntó Bianka. Entonces se oyeron unas pisadas furiosas y un gemido de dolor.

Kaia no se giró para mirar a su hermana melliza, aunque sabía que acababa de atacar a quien había hablado.

Por fin, Neeka reaccionó. Los cuerpos comenzaron a volar en todas las direcciones y, de nuevo, ella voló al estilo Matrix sobre sus contrincantes. En aquella ocasión no atacó, sino que corrió hacia Gwen y le tocó la mano.

Gwen salió rápidamente a la pista, y Kaia exhaló un suspiro de alivio.

–Buen trabajo –le dijo a Neeka. Le hubiera dado una palmada en la espalda, pero temía que la muchacha se desplomara.

–¡Me han roto un diente! –dijo Neeka, arrastrando las palabras.

–Tendrás ocasión de vengarte –le aseguró Taliyah.

Lo que Juliette no le había explicado al público era que cada participante de un equipo tenía que entrar en la lucha como mínimo tres veces. Si alguna no podía hacerlo porque hubiera muerto, por ejemplo, ese equipo quedaba descalificado. Y, para que un equipo fuera declarado vencedor, todas sus integrantes debían estar conscientes en la ronda final.

Aquel juego llevaba varios siglos celebrándose, y se rumoreaba que podía durar días enteros. Sin embargo, los descansos no estaban permitidos, ni siquiera para beber, ni para ir al servicio.

Se rumoreaba también que algunas veces había que esperar para determinar quién era la ganadora, y esa ganadora era la participante que recobraba antes el conocimiento.

Mientras la lucha continuaba, las jugadoras entraban y salían de la cancha, cediéndose el turno mediante una palmada. Tal y como había hecho el primer grupo con Neeka, las nuevas atacaron en masa a Gwen. Sin embargo, ella era muy rápida y las esquivó a todas con la rapidez de una bala.

–¡Tú puedes, nena!

La voz llena de orgullo de Sabin resonó por todo el gimnasio, más alta que la de ningún otro.

«El megáfono», pensó Kaia.

La participante del Equipo Skyhawk consiguió agarrar a Gwen del brazo mientras ella pasaba corriendo, y la impulsó hacia la dirección contraria. Gwen aprovechó aquella acción y derribó a varias participantes como si fueran bolos. Las que habían caído se levantaron, ardiendo en deseos de vengarse, y se abalanzaron contra ella. Por un momento, Kaia solo pudo ver las piernas de su hermana, que no dejaba de patalear.

Kaia se enfureció. La participante del Equipo Skyhawk que había agarrado a Gwen hizo su juego sucio, riéndose mientras arañaba las alas de Gwen. Kaia estaba cada vez más furiosa...

—¡Soltadla! —gritó Sabin—. ¡O, por todos los dioses, voy a...! ¡Sí! ¡Así se hace, nena!

Gwen rugió de rabia y de dolor y comenzó a dar patadas con tanta fuerza que se zafó de varias de las chicas.

—¡Así, muy bien! —gritó Sabin con arrogancia.

Por supuesto, las chicas volvieron a la lucha.

Kaia nunca se había sentido tan impotente.

Hubo otro rugido y, entonces, Gwen se abrió paso con las garras entre sus atacantes. Tenía la cara pálida de tensión y las salpicaduras de sangre que tenía en la piel resaltaban de una manera exagerada. Consiguió llegar al lateral del campo y le dio una palmada en la mano a Taliyah, que saltó al campo con furia.

La primera persona a la que atacó fue a la participante del equipo de su madre. Arrojó a la chica al suelo y le aplastó la cara contra el parquet de la pista.

—¿Estás bien? —le preguntó Kaia a Gwen.

—Me han roto... el ala... —respondió su hermana entre jadeos.

Oh, mierda. Kaia perdió las esperanzas. Las alas de una Arpía eran la fuente de su fuerza, y si esas alas quedaban deshabilitadas, la Arpía se debilitaba mucho. Gwen tendría que luchar en otras dos ocasiones, pero no iba a ser muy efectiva con la misma fuerza que un humano.

Kaia comenzó a formar una estrategia. Eran guerreras. Podrían arreglárselas. Gwen saldría por segunda vez al final de la prueba, y permanecería en la pista pocos segundos. Y al final, cuando todos los demás equipos estuvieran mermados, Gwen saldría por tercera y última vez. Así de fácil.

«Ganar».

Kaia pestañeó de asombro. Aquella no había sido su voz interior, sino la de un hombre. Le resultaba familiar, pero al mismo tiempo, no la conocía. Solo había otra persona, o criatura, que anhelara la victoria tanto como ella. Automáticamente miró hacia arriba. Strider ya no estaba sentado entre Sabin y Lysander. No estaba en las gradas.

Con ira, volvió a concentrarse en la batalla. Las lobas habían atrapado a Taliyah y la habían sujetado en el suelo para darle puñetazos y patadas. Sin embargo, no pudieron inmovilizarla. Estaba allí, en el centro de aquella furia, y al momento siguiente, había una nube de humo negro en su lugar.

Las combatientes miraron a su alrededor con confusión. Apareció otra nube de humo detrás de ellas, y Taliyah salió de entre el humo, hizo un giro y, con un impulso imparable, atacó. Hizo chocar cabezas, y los cuerpos cayeron al suelo.

Entonces, las que habían quedado en pie se dieron cuenta de lo que había sucedido y de nuevo atacaron al unísono a Taliyah. Y una vez más, Kaia vio desaparecer a su hermana en una nube de humo y aparecer en otro lugar.

Aquella escena se repitió una y otra vez. Taliyah no tuvo piedad. Arañaba y mordía antes de desvanecerse. Sin embargo, las Arpías que caían cedían el turno a sus compañeras, que entraban descansadas en la pista.

Al igual que Kaia, las otras participantes que estaban en los laterales de la cancha habían aprendido a prever los movimientos de Taliyah, así que, la próxima vez que apareció, la estaban esperando. Alguien le dio un puñetazo en la mandíbula y la hizo tambalearse hacia atrás. Nadie se acercó a ella, porque sabían que iba a desaparecer.

Y, cuando volvió a materializarse, alguien le dio otro puñetazo y la mandó disparada hacia atrás.

Ella agitó la cabeza para aclarársela. Seguramente, estaba viendo las estrellas. Las Arpías no saltaron sobre ella. Simplemente, esperaron.

Taliyah clavó sus ojos azules como el hielo en Kaia.

«Me toca», pensó ella, mientras extendía la mano con urgencia. «Vamos, vamos».

Taliyah corrió hacia delante, soportando una lluvia de golpes y patadas, hasta que pudo cederle el turno a Neeka.

Kaia se quedó helada y, al instante, rugió de indignación.

—¡Qué haces, Tal!

—Es mejor así —respondió su hermana entre jadeos.

¿Acaso su hermana dudaba de su capacidad? Eso le hizo daño.

—Sabes que tengo que entrar tres veces.

—Sí, pero es mejor que entres al final.

Cuando todo el mundo estuviera golpeado, debilitado. Oh, aquello le hizo más daño todavía.

—Gwen tiene las alas dañadas. Ella es la que necesita entrar al final, no yo.

—Y también entrará al final. Justo antes que tú.

En aquella ocasión, Kaia se quedó destrozada. Sus hermanas la querían, sí, pero al igual que su madre, y que Strider, no tenían confianza en ella.

—Tú no eres la líder de este equipo. Me has concedido a mí ese privilegio.

—¿Es que no ves lo que nos están haciendo, Kaia? Los demás equipos se han aliado para destruirnos. Cuando entres tú, van a masacrarte.

—Ya lo sé —dijo Kaia, y alzó la barbilla—. Estoy preparada.

«Ganar».

Aquella voz grave y ronca otra vez. No era la de Strider, no era su demonio, tal y como ella esperaba. ¿Cómo iba a ser él, si no estaba en la pista? Entonces, ¿quién podía ser?

Taliyah suspiró.

—Muy bien. Si quieres entrar la siguiente, hazlo. Pero la derrota caerá sobre tus hombros.

La derrota. Taliyah la daba por supuesta.

A Kaia se le llenaron los ojos de lágrimas mientras se concentraba nuevamente en la lucha. A Neeka se le había bajado la hinchazón de la cara, y ya no tenía la visión oscurecida. Sin embargo, todas sus oponentes sabían que era sorda, y optaron por usar su enfermedad contra ella. Se gritaron instrucciones las unas a las otras para llevar a cabo su destrucción sin que ella pudiera defenderse.

—¡Tú ve por la derecha y yo atacaré por su izquierda!

—Yo por el medio.

—Yo por la parte de atrás.

Neeka se elevó por el aire.

—¡Agárrala del tobillo!

La chica que estaba en el medio hizo lo que le habían indicado y tiró de Neeka hacia el lado contrario a donde estaba su equipo, para asegurarse de que no pudiera ceder su turno y salir de la pista. Cuando aterrizó contra el suelo, se le partieron los labios y comenzó a sangrar. Alguien la estaba esperando, y le dio una patada en el estómago. Ella se acurrucó, intentando respirar.

Kaia, que ya tenía un velo rojo en la mirada, comenzó a verlo todo negro. Que ella supiera, los equipos contrincantes nunca se habían unido de aquella manera. Y el hecho de que trabajaran juntos y de que su propia muerte fuera el objetivo que los había reunido… Que siguieran odiándola tanto… Se sintió desgarrada por dentro.

Cuando había destruido a sus familias, sin saberlo, solo era una niña, por el amor de Dios.

Pero ya no era una niña, y había llegado el momento de que aquellas mujeres aprendieran que no iba a doblegarse y aceptar su maltrato. A medida que aquella convicción se fortalecía, su mirada se ennegreció por completo y el calor de su cuerpo aumentó de una forma alarmante.

«Cálmate antes de que se te olvide dónde estás y lo que puedes hacer y no puedes hacer».

Inhaló y exhaló varias veces, lentamente, el aire de los pulmones, para relajarse. Sin embargo, no lo consiguió. Se imaginó a Strider, con su pelo rubio y sus ojos azules, y aquella sonrisa llena de picardía. Por fin, el negro de sus ojos desapareció y recuperó la visión normal. Vio que Neeka conseguía escapar de aquella violencia y se arrastraba hacia Taliyah.

Tal y como le había prometido, su hermana apartó la mano y fue Kaia quien tocó suavemente los dedos de Neeka, que, obviamente, estaban rotos. La muchacha se desplomó fuera de la pista mientras Kaia entraba en la cancha. Entonces, todas las participantes le clavaron una mirada de odio. Estaban ensangrentadas, sudorosas y jadeantes. Y era obvio que la habían estado esperando.

—Mi hermana murió por tu culpa.

—Yo perdí a una hija.

—Nunca hemos intentado vengarnos de ti por respeto a tu madre, pero, por fin, ella te ha repudiado.

Kaia no reaccionó. El fuego se encendió de nuevo en su pecho, pero ella lo controló. No iba a permitir que su Arpía tomara las riendas.

—Bien. Veamos lo que puedo hacer por vosotras.

—Creo que te vas a llevar una decepción en cuanto a tus habilidades.

Todas se echaron a reír y ella se ruborizó. Al unísono, ellas se dieron la vuelta y le cedieron el turno a otra de las integrantes de sus equipos. Reconoció a la mujer del equipo de su madre. Se había entrenado una vez con ella.

Aquellas mujeres, como Kaia, todavía no habían luchado. Tenían sus fuerzas intactas, y toda la determinación de usarlas contra su cara, sin duda.

«Eres fuerte. Puedes enfrentarte a ellas».

«¡Ganar!».

Sí. Lo conseguiría.

Aquel fue su último pensamiento mientras sus oponentes se abalanzaban contra ella. Kaia se agachó y giró lanzando golpes como latigazos. Alguien consiguió golpearle la sien con los nudillos, pero eso no impidió que sus garras cortaran algunos tendones de Aquiles. Resonaron gruñidos de dolor, y los golpes de las rodillas que caían al suelo.

—¡Así se hace! —gritó Strider.

Estaba allí. Todavía estaba allí. Kaia sintió un placer abrumador, pero no tuvo tiempo de pararse a pensar en ello.

Las Arpías la rodearon y ella se lo permitió. Arqueó la espalda mientras ellas intentaban darle puñetazos, moviendo los codos de delante hacia atrás, dando patadas, engarzando un movimiento con otro de una manera fluida.

«¡Ganar!».

—¡Sácales los ojos! —gritó Bianka.

La danza no cesó nunca, aunque ella no se libró de los golpes. Recibió puñetazos y patadas por todas partes. Pronto, tenía los músculos contraídos y llenos de hematomas, y los miembros temblorosos. Strider estaba allí arriba, observándolo todo, y eso le dio fuerzas. En unas cuantas ocasiones, su fuego intentó liberarse, pero ella lo mantuvo doblegado.

Por fin consiguió incapacitar a una de sus contrincantes dándole un codazo en la tráquea. Eso significaba que solo quedaban otras diez. Entonces, Kaia imitó los movimientos de Neeka y le rompió el cuello a otra.

Eso enfureció a las nueve restantes y la atacaron con una gran fiereza.

Kaia salió como un rayo del centro de aquella horda, con intención de echar a correr y ganar impulso para poder saltar y romperle los dientes a alguien de una patada. Sin embargo, alguien consiguió agarrarla del pelo y tiró hacia atrás. Kaia cayó al suelo y todas comenzaron a apalearla.

—¡Vamos! —rugió Strider—. ¡Tú eres la mejor! ¡Lucha!

—¡Cómete sus lenguas para cenar! —gritó Bianka.

Aunque ella luchó con todas sus fuerzas, todas las demás consiguieron inmovilizarla con una facilidad vergonzosa, sujetándole los brazos y las piernas contra el suelo. Quienes no la estaban agarrando se elevaron y comenzaron a golpearla de una forma aplastante. Kaia notó que se le rompían los huesos y los órganos.

Ellas se reían. Entonces, afortunadamente, dejó de ver sus caras de petulancia, porque todo empezó a volverse oscuro a su alrededor. Y no por la clase de color negro que hubiera podido salvarla. Antes de que su Arpía pudiera salir de entre las sombras, antes de que el fuego pudiera salir de su jaula, la tumbaron boca abajo y comenzaron a destruir sus alas.

Sintió un dolor insoportable… una agonía… una derrota…

—¡Vamos, Kaia! —gritó Strider.

—¡No! ¡Nooo! —gritó Bianka.

—¡Sal de ahí! —gritó Taliyah.

—¡Muévete, Kye! ¡Ven a darme el turno! —gritó Gwen.

«¡Ganar! ¡Ganar!».

Ella sintió un fluido cálido en la garganta, un líquido que le llenó la garganta. Tal vez la sangre también le llenara los oídos, porque dejó de oír lo que la rodeaba, hasta que se hizo el silencio. Entonces, alguien le dio un puñetazo en la sien, y otro, y otro, y ya ni siquiera fue consciente del silencio.

Solo del olvido, del dulce olvido.

Capítulo 13

Strider estuvo a punto de cometer asesinatos a sangre fría, empezando por Sabin y Lysander, que tuvieron que sujetarlo para que permaneciera en su asiento. Tal vez no se dieran cuenta, pero con sus acciones azuzaban a su demonio, y Strider golpeó sus caras una contra la otra. Entonces, ellos lo soltaron, pero en vez de saltar hacia la pista de baloncesto, consiguió quedarse allí. Con un esfuerzo ímprobo.

Había intentado marcharse una vez antes de que ocurriera aquello, para llegar a las Eagleshield por el otro lado. Entonces, le habían cedido el turno a Kaia para que entrara en la pista, y él había vuelto corriendo a su asiento.

Si se permitía actuar, mataría a todas aquellas mujeres, y los juegos terminarían. No habría primer premio, y si él no encontraba la Vara Cortadora por sí mismo, iba a necesitar que la ganara Kaia. Pero en aquel momento no le importaba en absoluto aquel primer premio, ni la humillación.

Solo le preocupaba que Kaia estuviera bien.

Se había quedado inconsciente, y las otras Arpías siguieron golpeándola durante una eternidad. Afortunadamente, perdieron pronto el interés en ella y se volvieron las unas contra las otras. Al verla, Strider estuvo a punto de saltar otra vez desde su asiento a la pista. Kaia estaba cubierta de sangre, tenía la ropa destrozada, las manos hinchadas, el pecho inmóvil.

Sabin se irguió y se sacudió las palomitas de los hombros.

—No te preocupes, ella se recuperará —le dijo a Strider—. Mira a Bianka. Está solo furiosa, pero no asustada por su hermana.

Era irónico que el propio guardián de la Duda estuviera intentando reconfortarlo y darle seguridad, pero Strider obedeció. Miró a Bianka y la vio paseándose por las gradas. Todas las demás espectadoras se habían alejado de ella. Daba unos pasos tan fuertes que seguramente, la madera de los asientos se estaba agrietando bajo ella.

Strider se pasó una mano temblorosa por la cara y volvió a fijarse a Kaia. Ella permaneció allí, sin conocimiento, durante otra eternidad. Necesitaba beber sangre de él. Él quería que ella bebiera su sangre. Tenía que moverse, tenía que terminar aquello.

«Vamos, nena. Puedes hacerlo».

Su equipo todavía podía reaccionar y ganar. Y, aunque no lo hicieran… No. No podía pensar en eso. Lo que más le importaba, sorprendentemente, era Kaia. Ella lo había hecho muy bien, había luchado con una habilidad que le había excitado. Sí. La había estado mirando con una erección. Pero entonces, todas las demás habían formado un grupo contra ella y la habían aplastado.

¿Qué demonios habría hecho para suscitar tal odio?

La próxima vez que estuvieran a solas, conseguiría que se lo contara. No aceptaría más mentiras, por muy sexy que ella se pusiera cuando mentía.

Por fin, Kaia se movió, y Strider se puso muy tenso. Nadie se dio cuenta de que ella abría los ojos. Él percibió el momento exacto en que ella recuperaba la claridad mental, porque la vio fruncir el labio superior con un gesto de desprecio. Sin embargo, estaba muy malherida y no podía hacer nada por castigar a las que le habían hecho aquello. Así que hizo lo más inteligente: arrastrarse hacia Taliyah.

—Vamos, nena —susurró él—. Puedes conseguirlo.

«Ganar».

Derrota había estado gritando por la victoria mucho antes de que Kaia entrara en liza.

«Sí, va a ganar», pensó Strider.

Por todos los dioses, él nunca se había sentido orgulloso de ningún otro ser vivo. Ni siquiera de sus amigos, que habían luchado contra los Cazadores a su lado, y que le habían guardado las espaldas. Porque, cuando ellos habían caído, habían dejado de luchar. Sin embargo, Kaia no. Kaia había continuado.

Kaia consiguió alzar la mano. Tenía la cara contorsionada de dolor. Alguien gritó y salió corriendo hacia ella para impedir que pudiera ceder el turno, pero por fin, su mano contactó con la de su hermana, y la Arpía saltó a la pista hecha una furia.

Segundos después comenzaron a resonar gritos de dolor por todo el recinto. Los cuerpos salieron volando, y después no se levantaron del suelo. Eso sucedió hasta que la única que quedó en pie, jadeante y ensangrentada, fue Taliyah. Ella le cedió el turno a Gwen, que solo tuvo que pasearse por la pista dando patadas a todas las que estaban en el suelo. Gwen le cedió el turno a Neeka, que hizo lo mismo. Neeka volvió a cederle el turno a Gwen, que entró por tercera vez.

Cuando terminó, le cedió el turno a Kaia, que consiguió arrastrarse hacia la participante más cercana y darle una patada en el estómago. Sin embargo, aquel movimiento debió de agravar alguna de sus lesiones internas, porque perdió el conocimiento durante unos segundos.

—¡Vamos, Kaia! —gritó Strider.

—¡Puedes hacerlo! —bramó Sabin por el megáfono, y Strider lamentó no tener otro.

Las otras Arpías comenzaron a despertar. La que había pateado Kaia recuperó el conocimiento de un tirón, y Kaia se despertó al notar el movimiento.

—¡Maldita sea, Kaia! ¡Eres la mejor, demuéstraselo!

Strider sintió ganas de vomitar al ver que la atacaban de nuevo. Sin embargo, de algún modo, ella consiguió arrastrarse hacia Taliyah y volvió a cederle el turno.

Él pensaba que iban a conseguirlo, que iban a ganar. Sin embargo, al final, cuando Kaia entró en la pista por tercera vez, la sujetaron y la golpearon con tanta violencia que perdió el conocimiento definitivamente, y su equipo quedó fuera de competición. Y, peor todavía, en primer lugar quedó el Equipo Skyhawk y en segundo lugar el equipo Eagleshield.

Kaia notó algo cálido y delicioso bajándole por la garganta. Ella tragó débilmente. Necesitaba más, pero no tenía fuerzas para tragar por segunda vez. Hasta que aquella calidez llegó a su estómago. Entonces, comenzó a extendérsele rápidamente por el resto del cuerpo, terminó con la fría pesadez de sus miembros y le proporcionó energía.

Abrió los ojos. Vio a Strider con la muñeca sobre su boca. La sangre caía sobre sus labios cerrados y se le deslizaba por las mejillas. Él le abrió los labios con la mano libre, y al darse cuenta de que ella se había despertado, se quedó inmóvil.

Su boca se abrió por voluntad propia, y Kaia tomó otro trago de sangre que la fortaleció.

—Así —dijo él y le puso la muñeca en los labios—. Buena chica.

Sus colmillos se alargaron, y ella mordió. Succionó sin parar y asimiló las propiedades curativas de la sangre de Strider. Él tenía el sabor de un vino añejo mezclado con chocolate negro y con miel. Kaia nunca había probado nada tan delicioso.

Mientras saboreaba, lo observó. Él estaba sentado a su lado, con la cadera junto a la suya. Tenía arrugas de tensión alrededor de los ojos y de la boca, y estaba pálido. Ella no sabía cuánta sangre podía perder, así que se obligó a dejar de beberla.

Él arqueó una ceja.

—¿Ya es suficiente?

No, pero tendría que serlo. Kaia asintió. Con el movimiento, sintió una oleada de mareo, e hizo un gesto de dolor. Tomó aire lentamente y lo exhaló. Por fin, su mente se calmó y pudo pensar.

Recordó que había entrado en la pista dando golpes, pero que después, todos los golpes se los habían dado a ella. Y después de eso… maldición.

Se dio cuenta de que estaba en una cama que no le resultaba familiar, en una habitación que no le resultaba familiar. Eso significaba que… maldición.

—¿Dónde están mis hermanas?

Vaya. Hablar le causó un dolor tremendo. Alguien debía de haberle machacado la tráquea.

—Bianka ha vuelto al Cielo con Lysander, porque yo estaba a punto de ahogarla. Estaba aquí contigo, sin dejar de moverse alrededor de tu cama. Y Gwen está en algún sitio con Sabin, bebiendo su sangre, seguro, y curándose —dijo Strider con una voz fría y distante—. Respecto a Taliyah y a las demás, no sé dónde están.

—¿Pero todas las chicas estaban vivas después de la competición?

—Sí. Todas.

—¿Y ninguna estaba moribunda?

—No.

Kaia sintió un enorme alivio. Bien. Todas estaban vivas, recuperándose. Ella podría superar todo lo demás. Tal vez.

—¿Quién… quién ganó?

—Tu madre. Vosotras no conseguisteis terminar la prueba.

«Por mi culpa», pensó ella, y sintió un vacío en el pecho. Porque ella se había desmayado, lo cual era casi tan malo como una descalificación.

Le ardían los ojos, así que los cerró. Necesitaba estar un momento a solas para recuperar la compostura. O para sollozar. Strider acababa de verla en su peor momento. No podía desmoronarse, o la opinión que él pudiera tener de ella empeoraría aún más.

—Sé un buen consorte y ve a buscar una botella de agua para que yo pueda robártela. Tengo mucha sed.

—Bébete las lágrimas llorona.

Kaia abrió los ojos y lo miró con la boca abierta. Las ganas de llorar desaparecieron por completo.

—¿Cómo puedes tratarme así? ¿Es que no tienes compasión? ¡Es evidente que me estoy muriendo!

—Por favor. Solo tienes unas míseras heridas.

¿Míseras? ¡Había dicho «míseras»! Kaia se miró. Le habían cortado la ropa, y estaba desnuda. Sin embargo, parecía que todavía estaba vestida. Tenía la piel rasgada, y hematomas negros y azules en toda la extensión de su cuerpo.

—Estas son las peores heridas que has visto, desgraciado, y lo sabes.

Él sonrió ligeramente.

—No. Una vez me corté con un papel entre el dedo índice y el pulgar. No sabes lo que es el dolor hasta que has experimentado algo así.

Así que aquello le divertía.

—Estás a cinco segundos de recibir una puñalada en el corazón —gruñó ella y, resoplando, se tapó con la manta hasta el cuello. Cada pequeño movimiento le provocaba un dolor de agonía. Sin embargo, merecía la pena. No tenía problemas por estar desnuda delante de Strider, pero desnuda y herida, ¡no, demonios!

—Ten cuidado con tu tono de voz, ¿quieres? Mi demonio se está inquietando —dijo él y, mientras hablaba, la envolvió con cuidado en la manta.

Ella se calmó un poco.

—¿Qué quieres decir con eso de que «se está inquietando»?

—Está ansioso por luchar.

—¿Por qué?

—Él te estaba animando. Te vio perder. Eso le molestó

mucho. No me hizo daño, pero ahora necesita ganar algo, ¿entiendes?

—Sí —dijo Kaia. ¿Su demonio la había estado animando durante la lucha? ¿Y era aquella la voz que había oído, tal y como sospechaba?—. Gracias.

—Eso no es nada que deba hacerte sonreír.

¿Estaba sonriendo? Oh, sí. Estaba sonriendo. Intentó ponerse seria.

—De acuerdo, me portaré bien. ¿Te sientes mejor?

Pasó un momento hasta que él se relajó. Había ganado. Era una pequeña discusión, sí, pero de todos modos había ganado, y su demonio había obtenido una victoria.

—Lo has hecho a propósito —dijo él pensativamente.

—¿Y qué?

—Eres muy dulce —le dijo Strider, y con ternura, le apartó el pelo de la frente—. Vamos a hablar. Si te sientes con fuerzas para hacerlo, claro.

El calor de su cuerpo la envolvió con más fuerza que las mantas.

—¿Y por qué no iba a tener fuerzas? No son más que unas míseras heridas, ¿no te acuerdas?

Al oír la ironía de su propia voz, ella entendió algo sobre Strider. Él no le había demostrado compasión porque sabía que estaba a punto de desmoronarse. Si le hubiera ofrecido su ternura, ella se habría echado a llorar.

Después, le habría echado la culpa por aquel momento embarazoso, y se habría preocupado por las consecuencias. Sin embargo, ahora no tenía que hacerlo. Podía disfrutar de él, simplemente.

—¿Estás bien? —le preguntó Strider con suavidad—. Di la verdad.

—Estoy bien.

—¿Necesitas algo más?

—Un buen masaje, desnuda.

A él se le dilataron las pupilas. Tanto, que el iris estuvo a punto de desaparecer de sus ojos.

–Aparte de eso.

–Aparte de eso, aparte de eso –repitió ella burlonamente–. Mira, me doy cuenta de que estás preocupado por mi bienestar físico, pero si no me traes un poco de agua, tal y como te he pedido, iré personalmente…

–Está claro que te sientes lo suficientemente bien como para hablar –dijo él, y sonrió ampliamente en aquella ocasión–. Por lo tanto… –le mostró una botella de agua y la agitó delante de su cara. Kaia notó unas cuantas gotas frías en el pecho, de la condensación del plástico, y jadeó–. Puedo admitir que tengo lo que quieres, y explotarte.

De repente, ella tuvo tanta sed que notó dolor en las encías. Antes había mentido al decir que estaba sedienta, pero en aquel momento, al ver el agua, la quería. Se moriría si no bebía un poco.

–Dame.

–Um, um. Si la quieres –dijo él, canturreando–, tendrás que ganártela. Yo voy a hacerte algunas preguntas, y tú tendrás que responderme. Y, para que lo sepas, tengo una hamburguesa y un batido de chocolate para pagarte.

Ella se relamió mientras sentía, a la vez, odio y amor por él. Aquella era la causa de que nunca contara sus secretos de Arpía: cualquiera podría usarlos en su contra. Sin embargo, Strider sabía por Gwen que las Arpías tenían que ganarse la comida. Si él le hacía una pregunta, y ella aceptaba el pago por su respuesta, no podía mentirle. Si mentía, se pondría enferma, igual que si comía algo que hubiera preparado para sí misma.

Él volvió a agitar la botella.

–¿Trato hecho?

–Trato hecho –dijo ella con rabia. Seguro que Strider quería saber algo acerca de la siguiente competición.

–Dime por qué te odian tanto las Arpías.

Se había equivocado. Kaia miró al techo de la habitación. Había varias humedades en la escayola. Entonces, estaban en otro motel barato. Seguramente, continuaban en Wisconsin.

—Estoy esperando, nena.

—La respuesta no tiene importancia.

—Yo seré quien juzgue eso.

Kaia suspiró.

—El hombre… El hombre de Juliette, el que viste el día de la presentación de los juegos… Cuando yo tenía catorce años, quise que él fuera mi esclavo, que me lavara la ropa, ese tipo de cosas, e intenté robárselo a Juliette y demostrar lo que valía y lo fuerte que era —le explicó, y comenzó a temblar. Pensaba que, si le contaba el resto de la historia, él la dejaría, igual que el resto de su clan le había dado la espalda.

¿Cómo no iba a dejarla? Acababa de verla perder. Cuando se enterara de que siempre había sido una fracasada, y de que seguramente nunca sería nada más…

—¿Y? —insistió él.

Lo mejor sería perderlo ya, pensó. De todos modos, Strider solo permanecía allí por la Vara Cortadora, y si se marchaba, ella ya no tendría que preocuparse de si perdía frente a él en la siguiente competición.

—En vez de eso —prosiguió—, lo liberé sin saberlo, y estuvo a punto de matarme. Me habría matado, de no ser por Bianka. Ella me defendió, y él se ensañó con ella. Después, se ensañó con todas las demás. Aquel día murieron más Arpías que en el resto de toda nuestra Historia.

Strider frunció el ceño.

—Si mató a tantas Arpías, ¿por qué no le echan la culpa a él por lo que ocurrió? No he visto que nadie lo mire con odio. Nadie se lanzó a su cuello.

¿Aquella era su reacción? ¿No iba a salir corriendo?

—Juliette lo tenía dominado. Yo lo desaté. Si yo no me hubiera entrometido, él no habría podido hacer nada.

—De acuerdo. Entonces, contéstame a esto: si es tan peligroso, ¿por qué lo sigue teniendo Juliette?

—Una Arpía le perdonará casi todo a su consorte —dijo ella de mala gana.

Hubo un momento de silencio.

—¿Y qué es el consorte de Juliette, a propósito? No es humano, eso está claro.

—No sé lo que es. Nunca he conocido a nadie como él.

Él frunció los labios.

—Entonces, ¿no te acostaste con él? —le preguntó.

—¡Tenía catorce años! ¿Qué te piensas? —inquirió ella y, al ver su mirada, puso un gesto ceñudo—. No, no hace falta que me contestes a eso.

—Vaya, sí que estás refunfuñona. Ya sé que no te acostaste con él. Solo quería oírtelo decir —respondió Strider, y con ternura le pasó un dedo por la mandíbula, suavemente—. Y gracias por decirme la verdad esta vez.

«No te derritas», pensó ella. Strider no se le había declarado, precisamente.

—¿Gracias? ¿Eso es todo lo que tienes que decirme?

—Sí. ¿Qué pasa? ¿Es que te esperabas un poema?

No. Se esperaba un buen sermón y una despedida.

—A causa de lo que hice, me pusieron el apodo de Kaia la Decepción.

Ya lo había dicho, y él ya lo sabía todo. Ahora sabía cómo era la persona en la que había confiado, más o menos.

—¿Qué les pasa a las Arpías con lo de los apodos? —preguntó él y, de nuevo, sorprendió a Kaia.

Cada vez que alguien la llamaba así, ella se moría de pena, pero Strider se comportaba como si no tuviera la menor importancia. Ella no supo si echarse a llorar o a reír.

—Yo no me preocuparía mucho por nuestra afición a los sobrenombres. A ti todavía no te hemos puesto ninguno.

En sus ojos brilló algo peligroso que desapareció rápidamente.

—Como si a mí me importara lo que tú me llames —replicó él, con una voz neutra y vacía, que no reflejaba lo que ella había visto en su mirada.

Algunas veces era un idiota.

«Bueno, pues vamos a ver si te importa esto», pensó ella, y le dijo:

—Para que lo sepas, a Paris le llamamos Paris el Sexorcista.

A Strider se le contrajeron las ventanas de la nariz al tomar aire bruscamente. Hubo un silencio tan largo, que ella empezó a sentirse culpable. Entonces, él dijo, con tirantez:

—Te has ganado tu primer pago.

Abrió la botella, le pasó la mano cálida por la nuca y la ayudó a levantar un poco la cabeza. Entonces, le puso la botella en los labios, y ella bebió una cascada fresca de agua que le hizo olvidar la culpabilidad.

Tragó como una loca, y cada gota le supo mejor que la anterior. Cuando terminó, Strider estrujó el plástico y lo lanzó por encima de su hombro. Después la depositó con cuidado sobre la almohada. Ella tuvo que contenerse para pedirle que no la soltara.

Él se inclinó hacia la mesilla de noche y tomó una parte de la hamburguesa, que ya había partido en cuatro pedazos. A ella le rugió el estómago.

—Supongo que no tengo que preguntarte si tienes hambre —le dijo él con una sonrisa.

Era un poco embarazoso, pero por lo menos, él seguía queriendo hablar con ella. Milagro de los milagros. Ella no iba a volver a quejarse.

—Si quieres esto, tendrás que decirme si crees sinceramente que puedes ganar la siguiente competición. Y la siguiente, y la siguiente. Porque, después de la primera, cada vez me gusta más la idea de robar la Vara Cortadora.

No había ni rastro de remordimiento en su voz, y ella se dio cuenta de que él pensaba robar la Vara pese a lo que le respondiera. Si podía hacerlo. Lo que ella no sabía, sin embargo, era por qué le interesaba a Strider su opinión sobre las siguientes pruebas de los juegos.

Él debió de leer aquella pregunta en sus ojos, porque dijo con la voz ronca:

—No quiero volver a verte sufrir así.

Ella sintió un dolor en el pecho. Le respondería, y no por la hamburguesa, sino por su preocupación.

—Yo...

¿Sinceramente? Ella había creído que podría ganar la primera prueba, que el hecho de saber que el resto de los equipos irían por ella le daba ventaja. Sin embargo, cuando todas se habían lanzado contra ella, se había visto impotente.

La próxima vez harían lo mismo. Todas las integrantes de los equipos se aliarían e irían por ella. Sin embargo, no podía quejarse de la injusticia porque, de haber sido al contrario, ella habría hecho lo mismo con quien le hubiera causado un daño así a su familia.

Familia. Aquella palabra le llenó la mente, y recordó las dudas de Taliyah. Durante toda su vida, ella solo había querido ser admirada, amada y respetada, pero no había conseguido otra cosa que decepcionar a todo el mundo. Ella era Kaia la Decepción.

—Siento haber perdido —susurró.

Él le acarició la frente.

—No me has decepcionado. Nadie podría haber conseguido la victoria con ese tipo de oposición.

Era reconfortante, pero en el fondo, Kaia sabía que él habría encontrado el modo de ganar. Siempre lo hacía.

—Sin embargo, me preocupaste mucho —continuó Strider—. No voy a mentir sobre eso.

Había hablado como un verdadero consorte, y Kaia sintió un gran anhelo por él. Quería eso. Lo quería a él. En aquel momento, y para siempre. Así pues, por él, encontraría la forma de ganar.

—Sí —respondió por fin—. Creo que puedo ganar la siguiente competición.

Tendría que ser fría, dura y despiadada. Y lo sería. Iba a demostrar lo que valía, como siempre había querido hacer. Nadie iba a impedírselo.

Todos aquellos pensamientos asesinos se vieron devaluados por un gran bostezo.

Strider le dio la hamburguesa, después le hizo preguntas sin importancia para que ella pudiera responder y ganarse el batido de chocolate. Cuando Kaia terminó de comer, él le dijo:

–Ahora tienes que descansar. Tengo grandes planes para ti, cuando despiertes.

Ella le miró las ingles, porque él estaba excitado.

A Strider se le escapó una risotada.

–Eres una Arpía muy viciosa.

–Has dicho «grandes planes». He pensado que…

–Duérmete –dijo él, sonriendo.

–Bueno, ¿te referías a eso, o no? –preguntó ella, mientras se le cerraban los ojos.

–Tendrás que esperar para averiguarlo.

Capítulo 14

Había una posibilidad de que William se hubiera excedido un poco. Era el primero en admitir que tal vez hubiera cometido un pequeñísimo error. Pero, fuera un error o no, él no era el responsable, pensó mientras se abría paso a patadas entre lo que quedaba de los padres de Gilly.

Ellos mismos se lo habían pedido. Se lo habían pedido literalmente. Mientras trabajaba, les había puesto a sus víctimas inyecciones de adrenalina para impedir que se desmayaran. También les había hecho torniquetes para impedir que se desangraran. La muerte por hemorragia siempre estropeaba la mejor de las torturas.

Casi al final, cuando se habían dado cuenta de que no tenían ninguna posibilidad de sobrevivir, habían empezado a rogarle. Cuando habían confesado todos sus pecados, cosa que le había enfurecido todavía más, porque había sabido que el maltrato que le habían infligido a Gilly era mucho peor del que él pensaba, solo entonces los había matado. Ojalá no lo hubiera hecho. Hubiera estado bien prolongar la sesión durante unos días más. Bueno.

Ahora tenía que limpiar.

William giró sobre sí mismo, observando la carnicería, y se preguntó por dónde empezar. Tal debería marcharse sin más. Tenía muchas cosas que hacer. Entonces, recordó que a los humanos les encantaba aterrorizarse, y que los medios de comunicación enseguida empezaban a hablar de asesinos en serie y psicópatas, y pensó que Gilly acabaría enterándose. Aunque él no iba a ocultarle lo que había hecho; se lo contaría, sí, algún día. En un futuro lejano. Cuando ella fuera mayor. Cuando tuviera... cincuenta años, por ejemplo.

Después de todo lo que le habían hecho aquellos monstruos, ella no se disgustaría. Le habían hecho daño de las peores formas posibles cuando era pequeña y no podía protegerse a sí misma. Él les había devuelto el favor.

—¿Qué demonios has hecho? —le preguntó un hombre de repente, a sus espaldas.

William se giró, y se encontró con Kane, que se había quedado muy pálido.

—¿Qué haces aquí? ¿Cómo has llegado?

Kane no podía apartar los ojos de la carnicería.

—Les he pedido a las Tejedoras del Destino que me enviaran contigo —respondió distraídamente—. ¿A cuántas personas has matado aquí? ¿A cien?

—¿Y qué estabas haciendo tú con las Tejedoras del Destino? Nadie consigue verlas nunca. ¿Y por qué me has buscado a mí?

—Me llamaron. Ya te lo explicaré todo —dijo Kane, y señaló algo que había en el suelo—. ¿Qué es eso?

William no se molestó en mirar.

—¿Y qué importa? Toma una bolsa de basura y empieza a recoger —le dijo William—. Tenemos mucho que hacer, y poco tiempo.

Él no habría elegido reclutar al guardián del Desastre; no salían juntos a menudo. Además, Kane atraía todos los problemas que uno evitaba siempre. Sin embargo, no iba a quejarse.

—¿Quién era esta gente?

—Lo de los nombres está pasado de moda, ¿no crees? Lo único que tienes que saber es que me ofendieron.

—Te ofendieron.

—Sí.

–Por casualidad, no serán los padres de Gilly, ¿verdad? –preguntó Kane. Su tono de voz no era de condena, sino de aceptación.

La ausencia de condena no tenía importancia. El lema de William siempre había sido no confirmar ni negar algo que había hecho, sino amenazar siempre a los que preguntaran.

–Si le cuentas esto a alguien, me aseguraré de que tu páncreas reciba el mismo tratamiento.

Kane no se murió de miedo, precisamente. Se limitó a mirar a William con curiosidad. Después se marchó a la cocina y salió con dos bolsas grandes de basura. Trabajaron codo con codo durante media hora. Finalmente, Kane suspiro y dijo:

–Me has preguntado por las Tejedoras del Destino.

–También te he preguntado por qué has venido a verme a mí, en concreto. Pero ya he perdido el interés.

–Bueno, pues lo encontraremos de nuevo. Tienes que oír esto, porque a ti también te afecta.

–Pues habla –le dijo William.

–Ellas me han dicho... me han dicho que... –Kane se pasó la mano por la cara, que reflejaba un profundo cansancio–. Que yo empecé el Apocalipsis.

–¿Qué?

–Ya me has oído. No voy a repetirlo.

–Bueno, eres Desastre, así que eso tiene lógica, pero no hay forma de que tú pudieras... –de repente, William se puso muy tenso al pensar en algo–: Oh, demonios, no. No te vas a acostar con ella, ¿entendido?

Kane frunció el ceño con desconcierto.

–¿Con quién?

William no necesitaba aquello.

–¿Por qué les has pedido a esas tres viejas que te manden conmigo? –preguntó en un tono seco.

–Porque he oído decir que tienes relación con Lucifer. Que vosotros creasteis a los Cuatro Jinetes. Y como esos jinetes tienen mucho que ver con el fin del mundo, he pensado que… ¿Qué te pasa? ¿Por qué tienes esa cara, como si fueras a vomitar?

Aquello era muy malo. Muy, muy malo. Si las Tejedoras del Destino le habían dicho a Kane que era él quien había empezado el Apocalipsis, era él quien lo había empezado. Pero el hecho de que Kane hubiera pensado entonces en visitarlo a él… Eso significaba que el Apocalipsis podía empezar mucho antes de lo que nadie se imaginaba.

—Yo no tengo amistad con Lucifer. ¿Acaso un colega del barrio me habría retorcido el brazo la última vez que fui a visitar su spa subterráneo? ¿Eh? ¡No!

—No, pero un hermano sí. Por eso de la rivalidad filial.

—¡Él no es mi hermano!

La mentira brotó con facilidad de sus labios, automáticamente, como había surgido siempre, durante la mayor parte de su existencia. Sin embargo, estaba hablando con un Señor del Inframundo. Él no tenía mucha autoridad para juzgarlo.

—Está bien. Sí, es mi hermano —dijo. Y admitirlo le molestaba terriblemente. La rivalidad filial no servía para describir el odio que existía entre Lucifer y él—. ¿Y qué pasa por eso?

—Nada. Solo tenía curiosidad. ¿Son buenos o malos los jinetes? ¿Están de nuestro lado, o del lado de otros?

—No lo sé —dijo. Aunque sí lo sabía.

—Muy bien. Voy a intentarlo de otro modo. Has mencionado algo acerca de que yo me acueste con una mujer…

William no reaccionó.

—¿Y qué?

—¿Con quién se supone que no tengo que acostarme, oh, Príncipe de la Oscuridad?

—Con la única mujer jinete de los cuatro —respondió él de mala gana, con una opresión en el pecho.

—Bueno, estoy confundido.

William caminó hacia la única butaca limpia que había en toda la habitación y se dejó caer en ella. ¿Sería muy blando si apoyara la cabeza entre las rodillas? Claro que sería mucho peor si hiperventilara.

—Te lo explicaré claramente: Lucifer y yo tenemos madres diferentes, pero somos hermanos de padre. Nuestro padre es Hades.

—Espera… Creía que Hades y Lucifer eran hermanos.

—Mucha gente piensa eso, porque a ellos dos les encanta extender ese rumor. Pero son unos mentirosos. De todos modos, ¿quieres seguir escuchando el resto de la historia, o contarme todo lo que no sabes?

Kane entrecerró los ojos, pero finalmente agitó una mano para indicarle a William que continuara.

—A mí no me gustaba vivir ahí abajo. Encontré el modo de purgar algo de la oscuridad de mi interior, y por eso se crearon los Cuatro Jinetes.

—¿Y por qué yo no sabía nada de esto? Mi demonio también vivía ahí abajo.

—Pero Desastre existía en el territorio de Lucifer. A nosotros nos costaba un poco compartir las cosas, y tuvimos que dividir el espacio en reinos distintos. Lucifer se quedó con el fuego y los demonios, y yo me quedé con el purgatorio y las almas. Aunque sus sirvientes venían a menudo a robarme, ya le he perdonado por eso.

Le había dado su perdón en forma de maldición, pensó con una sonrisa. Una maldición que Lucifer no podría romper nunca.

—¿Y qué tiene que ver todo esto conmigo? —preguntó Kane.

—Ya llego a eso —dijo William.

Sin embargo, no sabía exactamente qué debía contar. Hades se había ido a vivir al reino de Lucifer. Consideraba que William era una vergüenza para él, puesto que no tenía un alma verdaderamente maligna.

Tonterías. No había nadie más maligno que él. Solo había que ver lo que les había hecho a aquellos humanos. ¡Y no lo sentía! Además, el hecho de romper con las tradiciones familiares y ser uno mismo no tenía nada de bueno.

«Te estás yendo por las ramas», pensó.

Cuando los Griegos se hicieron con el control de los cielos, habían encarcelado a los Titanes, y Hades, que había ayudado a Zeus a conseguir el trono, fue declarado incontrolable y encarcelado también. William había aprovechado toda aquella confusión celestial y había podido escapar.

Y como Lucifer no quería luchar por el trono infernal, y quería ocuparlo él solo, había ayudado a su hermano.

William había pasado muchos gloriosos siglos acostándose con cualquier cosa que se moviera. Incluso con Hera, la amada esposa de Zeus. Por supuesto, Zeus había terminado por pillarlo con los pantalones bajados, y antes de que él pudiera saltar por la ventana, le había echado una maldición y lo había encerrado en otra prisión.

Ahora era libre, y podía viajar de nuevo, en un segundo, a diferentes lugares. ¡La vida era maravillosa!

—¿William?

Él pestañeó.

—¿Qué?

—Me estabas diciendo por qué piensas que voy a acostarme con uno de tus descendientes —dijo Kane, y se estremeció—. Porque eso es repugnante. Estoy a punto de vomitar.

William apoyó los codos en las rodillas y le lanzó una mirada de odio. Respiró profundamente.

—Para que tú empieces el Apocalipsis, tendrías que ayudar a liberar a uno de los jinetes. Y el único motivo que se me ocurre para que ayudaras a liberar a uno de esos bastardos es que te enamoraras. Como no te gustan los hombres, solo queda la chica. Y el único motivo por el que podrías enamorarte de ella sería que te hubieras acostado con ella.

William respiró profundamente.

Kane soltó un resoplido.

—¿Por qué? ¿Es que tiene el cuerpo cubierto de *crack*?

—Pues básicamente, sí —dijo William.

Por fin, Kane dejó a un lado su actitud de incredulidad.

—Muy bien, me doy por avisado. No voy a ir de visita al infierno, así que problema resuelto.

—No seas estúpido.

—Eh...

—Escucha. Las Tejedoras no son bondadosas. No te trajeron aquí por tener un corazón de oro. No tienen corazón. Vieron que comenzaste el Apocalipsis y empezaron a colocar las fichas del dominó en fila. Ahora tú tendrás que enfrentarte a todo tipo de tentaciones, y finalmente te llevarán al infierno.

Antes de que Kane pudiera responder, algo entró por la ventana, rompiendo el cristal, y rodó hasta que quedó entre ellos. Ellos lo miraron, y después se miraron el uno al otro. Era una granada.

—Oh, mierda —dijo William, poniéndose en pie de un salto.

—¡Va a explotar! —gritó Kane, agarrándolo.

Era demasiado tarde.

Todo estalló a su alrededor, y se vieron envueltos en fuego y en un millón de fragmentos de madera y piedra. La intensa presión les hizo volar por los aires. William cayó al suelo y se golpeó la cabeza. Kane cayó sobre él y lo aplastó. El guerrero no se levantó.

Maldito Desastre. William sabía a quién le tenía que echar la culpa de aquello.

—¿Estás bien... tío? —le preguntó con la voz entrecortada.

Algo muy duro le cayó en la sien, y la oscuridad se lo tragó. Perdió el conocimiento.

William... flotaba. Un segundo después de que se le hubiera formado aquel pensamiento en la mente, sintió la presión de algo frío y duro en la espalda. Comenzaron a chirriar unas ruedas, y se dio cuenta de que lo habían colocado en una camilla, y de que alguien lo estaba trasladando.

«No gruñas. No te muevas».

—Parece que este está muerto —dijo un hombre. No le resultaba familiar. Tendría unos cincuenta años, y la voz ronca de un fumador.

—No, señor, todavía no —respondió alguien. Era otro hombre, pero más joven, seguramente de unos veinte años–. Pero si le parece que está mal, tendría que ver al otro. Al demonio.

–No deben morir. Los necesito vivos a los dos.

–Pero, señor…

–No me cuestiones, hijo. Haz lo que sea necesario, pero mantén con vida a estas dos criaturas.

Hubo una pausa. El chico tragó saliva.

–Pero este no es un demonio, señor. Deberíamos…

–No me importa lo que sea. Estaba con el otro dentro de esta carnicería. Se merece lo que le ha pasado.

–Sí, señor. Estoy de acuerdo, señor.

La camilla pasó por encima de una piedra, y el bache hizo que William se golpeara la cabeza por segunda vez. Y como antes, no hubo manera de detener la oscuridad.

El sonido lento y rítmico de un pitido se mezcló con el de unos pasos acelerados y una respiración frenética. William abrió los ojos. Cuando por fin pudo enfocar la mirada, frunció el ceño.

La habitación y la gente que lo rodeaba estaban cubiertos de una gruesa película. Todos se movían apresuradamente, pero él no distinguía los rasgos de nadie.

–¡Lo estamos perdiendo! –gritó alguien.

–Su demonio…

–¡Ya lo sé! Estoy haciendo lo que puedo, pero tal vez no sirva de nada.

Estaban hablando de Kane. Acerca de perder… William intentó alzar los brazos. Él les ayudaría a salvar al guerrero. Sin embargo, tenía las muñecas atadas a la cama, y no tenía fuerzas suficientes para liberarse.

¿Qué demonios estaba ocurriendo?

–Doctor, este se ha despertado.

–Maldita sea… No puedo encargarme también de él. Póngale otra dosis de sedativo para que duerma hasta que saque a este otro de peligro.

Alguien le clavó una aguja en el hombro, y volvió a perder el control de su mente.

—¿Qué tal se encuentra?

William intentó salir de la oscuridad, y lo lamentó al instante. ¡El dolor! Sentía dolor por todo el cuerpo. Tenía la piel quemada, y los huesos tan blandos como un flan.

—Así. Solo un poco más.

Él abrió los ojos. Por un momento, el mundo giró a su alrededor. Sin embargo, pronto consiguió enfocar la mirada, y vio a una mujer guapa que se inclinaba hacia él. Llevaba una bata blanca y un estetoscopio al cuello. Tenía el pelo rubio, recogido en una coleta, y gafas.

—Seguramente se está preguntando quién soy yo, y por qué está usted aquí.

La respuesta podría ser afirmativa. Sin embargo, William ya sabía la respuesta. Los Cazadores los habían atrapado. Recordó el odio que había percibido en sus voces, y cómo habían hablado de los demonios.

William se miró las muñecas y los tobillos. Los tenía encadenados a la cama. Después evaluó sus heridas, y se dio cuenta de que estaba entero de milagro. Tenía la carne y los músculos rasgados.

—¿Y bien? —insistió la mujer.

—No me importa —musitó él—. El hombre…

—Está vivo —dijo ella, que había entendido cuál era su pregunta.

Gracias a los dioses. Sintió un gran alivio. A partir de ese momento, podía asimilar cualquier cosa que ella le dijera.

—No quería ser yo quien se lo contara, pero tiene derecho a saberlo. Su amigo… En este momento, lo están transportando a lo más profundo del infierno.

Salvo aquello.

Capítulo 15

Kaia sabía que Strider tenía una vena brutal, y creía que eso le gustaba de él. Sin embargo, en aquel momento estaba segura de que esa vena iba a ser su muerte. ¡Porque ella misma iba a matarlo! Con dolor. Después de haberle chupado toda la sangre, claro.

¿Cuáles eran sus «grandes planes» para ella? Tomar más sangre, claro. O eso era lo que ella había creído. Había pasado más de un día desde que se había despertado de su siesta, pero aquello era lo único que le había permitido hacer él.

Por supuesto, ella tenía que asegurarse de que Strider se arrepintiera. Tenía que enseñarle cuáles eran las consecuencias de que él le hiciera creer que iban a besarse y a acariciarse, y que iban a hacer el amor hasta que les explotara el corazón.

Ella ya no necesitaba más sangre. Sus huesos se habían soldado y los cortes de su piel se habían cerrado. Estaba completamente curada, pero cada poco tiempo, él cortaba la muñeca y le ponía la herida en la boca. En aquel momento, Kaia estaba succionando y tragando su deliciosa sangre, que sabía a especias dulces.

—Solo un poco más —dijo él, con la voz ronca.

Ella cerró los ojos mientras pensaba que tal vez nunca se saciara de él. Le había causado adicción, no solo a sus besos y a su sangre, sino también a su presencia. A su sonrisa de picardía y a su sentido del humor retorcido.

¿Qué iba a hacer si él la dejaba después de los juegos, tal y como había planeado?

En circunstancias normales, ella encontraría la manera de quedarse con él, y disfrutaría sabiendo que era fuerte y astuta, y que podía conseguir lo que deseara. Sin embargo, después de haber sobrevivido a duras penas a la peor paliza de su vida, no se sentía tan optimista. Además, la esperanza que tuviera debía dirigirla al resto de las pruebas de los juegos.

Así que se dedicaría a atesorar miles de recuerdos de Strider, por si acaso. Esos recuerdos le harían compañía durante los largos inviernos que iba a pasar sola. No importaba dónde estuviera él, ni con quién; ella no estaría nunca sin sus recuerdos.

Y para reunir aquellos recuerdos, tenía que seducirlo. Y pronto. En aquel momento, su cuerpo estaba vibrando por él, estaba desesperado por tener un contacto más cercano. Ojalá él le permitiera beber de su yugular…

Kaia se lo había pedido, pero él se había negado repetidamente. ¿Acaso no confiaba en ella, o en sí mismo? Se imaginó llevándolo hasta la cama y tendiéndose sobre él. Sus senos le rozarían el pecho, y su sexo se posaría sobre su erección. Y sí, él tendría una erección. Ella se aseguraría de que sucediera.

Entonces, se frotaría contra él mientras bebía de su cuello. Él gemiría y posaría las manos en su trasero, y la movería más rápidamente, con más fuerza, contra su cuerpo. Y en pocos minutos, aquello no sería suficiente para ninguno de los dos, y él le quitaría la ropa, y ella se la quitaría a él. Estarían desnudos y…

Antes de que ella pudiera succionar otro trago de sangre, Strider apartó la muñeca y cortó el contacto entre ellos.

—Ya es suficiente —dijo entre jadeos—. Ya has tomado suficiente medicina.

Kaia se dio cuenta de que había estado retorciéndose en

la cama, y de que también estaba jadeando. Había estado acercándose a él, con las piernas separadas, con desesperación por él. Estaba húmeda y sentía dolor.

Él se puso en pie y se alejó. Después se detuvo y se giró de nuevo. Entonces, se sentó en la mesilla de la televisión. Kaia se incorporó y se sentó. Estaba temblando, ardiendo, disfrutando de la primera vez que lo veía de pies a cabeza desde que había salido del baño, hacía unos minutos. Se había duchado y se había puesto la ropa limpia que le había llevado Bianka. En ese momento, él ya se había sentado al borde del colchón, y le había hecho una seña para que se acercara.

Ella había pensado... había esperado que... pero no. Cuando se había sentado en la cama, él la había tumbado y le había dado de comer.

Al mirarlo, se le cortó el aliento. Tenía el pelo muy rubio, y una cara de ángel caído. Tenía los labios rojos, como si se los hubiera mordido. Muchas veces. Llevaba una camiseta negra con un letrero: *Yo Corazón William*.

—Me la regaló William —dijo él, encogiéndose de hombros.

Con solo oír el nombre de William, Kaia se echó a reír por dentro. Aquel guapísimo moreno estaba encaprichado con ella, y ella estaba impaciente de que supiera cuál era el motivo por el que lo había rechazado siempre.

De todos modos, a ella no le importaba la camiseta de Strider, sino los músculos que había debajo. Eran duros y estaban muy bien definidos. En el bajo de la camiseta se veían los bultos de sus armas. Las llevaba metidas en la cintura del pantalón.

Kaia se puso en pie.

—Ahora necesito que seas completamente sincero conmigo —le dijo.

La expresión de Strider se volvió de cautela.

—De acuerdo.

—¿Estoy guapa?

Él bajó la mirada y recorrió su cuerpo. Ella llevaba un vestido rojo que se abría por el escote, y cuya abertura le llegaba al ombligo. El bajo estaba justo por debajo de la curva de su trasero.

A Strider se le dilataron las pupilas, como de costumbre.

—Tienes que ponerte unos pantalones —dijo con la voz entrecortada. Pero no se movió hacia ella.

—Por supuesto. No iba a salir así —respondió Kaia. Miró a su alrededor, y caminó hacia la mesilla de noche. De allí, tomó las braguitas en cuestión. Eran una pizca de encaje rojo que no se le vería por debajo del vestido.

Entonces, se lo puso rápidamente, y volvió a girarse hacia su consorte.

Él se quedó boquiabierto.

—Estábamos sentados en la cama, juntos, y tú estabas bebiendo de mí, con tu boca sobre mi piel, ¿y no llevabas braguitas?

—¿Ni siquiera has mirado? —le preguntó ella con un mohín. No era de extrañar que se hubiera alejado con tanta facilidad.

—No. No me lo he permitido.

—¿Por qué?

—Demonios, Kaia —respondió él, ignorando su pregunta—. ¡No puedes ir por ahí sin bragas!

—Por eso acabo de ponérmelas. ¿No es lo que me habías pedido?

—Lo que te he dicho es que te pusieras unos pantalones.

—Bueno, con este vestido no es necesario.

—Pero... —él extendió una mano en dirección a ella, y agitó los dedos—. ¿Dónde vas a esconder las armas?

—Strider, por favor. Confía un poco más en mí y en mis chicas —dijo. Entonces, se abrió el escote, y dejó a la vista sus pechos desnudos. Tenía los pezones endurecidos y sonrosados. Y llevaba unos cuchillos pequeños y delgados en fundas a los costados, justo debajo de las axilas—. Llevamos haciendo esto desde la pubertad.

—Por los dioses —murmuró él con la voz ahogada.

Ella se colocó de nuevo el vestido, con una sonrisa disimulada. Cuanto más se resistiera Strider, más iba a hacerle aquellos pequeños shows.

—Vamos —dijo él.

Ella se acercó y entrelazó los dedos con los del guerrero, y se deleitó con el contacto.

—¿Quieres que nos besemos? —le preguntó.

—Por los dioses —repitió Strider. Tenía pequeñas gotas de sudor en la frente—. Tenemos planes, ¿o es que no te acuerdas? Grandes planes. Tenemos que ir a un sitio.

Así que darle de beber su sangre no era lo único que tenía previsto. Kaia se despidió del sexo por el momento.

—¿Adónde vamos? —preguntó ella, con cuidado de disimular su decepción.

—Ya lo averiguarás.

Después de hacer una comprobación del perímetro, él la sacó de la habitación a la noche fría. Lo primero que notó Kaia es que seguían en Wisconsin. No lo había mirado, y no lo había preguntado. La luna estaba cubierta por las nubes y había nieve.

—¿Tienes frío? —le preguntó Strider.

—No. Esto no es nada —dijo ella. Además, él irradiaba un calor que la envolvía por completo—. ¿Ha habido alguna señal de actividad de las Arpías o de los Cazadores desde que me desperté?

O durante los dos días que había permanecido dormida.

—No. Te hemos escondido muy bien.

De todos modos, ella no bajó la guardia. Recorrieron varias manzanas y, entonces, él se detuvo frente a una furgoneta y la soltó. Strider no tardó más de tres minutos en forzar la cerradura y hacerle un puente al motor. Ella no le dijo que podía hacerlo en dos. Derrota podría considerarlo un desafío.

—Buen trabajo —comentó, mientras la furgoneta se ponía en marcha y aceleraba por la carretera—. Y ahora dime adónde vamos, porque no me gustan las sorpresas. A menos que sean de hombres desnudos en mi cama —añadió, solo para provocarle.

Él apretó el volante con tanta fuerza que se le pusieron blancos los nudillos.

—He hablado con tu hermana Taliyah. Tenemos dos días para entrenarte para la siguiente competición.

Un momento.

—¿Tú vas a entrenarme?

—No, por supuesto que no —dijo él—. No soy yo el que va a entrenarte.

—Entonces, ¿quién?

Hubo una larga pausa y, después, él admitió:

—Mi demonio.

¿Qué significaba aquella pausa? ¿Acaso estaba mintiendo? No, no estaba mintiendo. Pero Kaia dudaba que su demonio fuera el único motivo.

—¿Es que temes que el hecho de entrenar conmigo le parezca un desafío?

—Sí. Ya ha ocurrido más veces.

Él le había dicho una vez que, con ella, todo era un desafío, y que aquella era una de las razones por las que no podían estar juntos. Sin embargo, Kaia había pensado que él vería pronto los beneficios de sus desafíos. Después de todo, Strider experimentaba placer cada vez que ganaba, y si ganaba varias veces al día a causa de ella...

Hasta el momento, aquella idea solo había tenido consecuencias negativas para ella. Él odiaba tanto el dolor que conllevaba la derrota, que veía a cada competidor como una amenaza. Cuanto más lo presionaba ella, más la apartaba de sí él.

«Eso tiene que cambiar». Así pues, le daría lo que él quería: paz y tranquilidad. Sería tan fácil estar con ella, que él se divertiría más viendo crecer la hierba. Tal vez entonces se la llevara a la cama.

No obstante, ¿por qué no podía gustarle tal y como era?

¿Por qué no le caía bien a nadie?

—Muy bien —dijo con un suspiro—. Me entrenaré con quien quieras.

La furgoneta siguió su camino bajo las luces de la ciudad, que se reflejaban en el parabrisas cada pocos segundos. Kaia puso los pies en el salpicadero y se echó hacia atrás tanto como se lo permitió el asiento. El vestido se le subió por los muslos, hasta que dejó a la vista el borde de las braguitas.

Él mantuvo la vista en la carretera.

—No esperaba que aceptaras mi plan.

—Mi fin en la vida es agradarte.

—Yo… —comenzó a decir Strider, pero se quedó callado y cabeceó. Ella no le presionó para que continuara la frase, siguiendo su nuevo propósito de paz, y él no lo hizo. Pasaron varios minutos en silencio. Entonces, él le preguntó—: ¿Por qué no tengo yo un apodo?

Claramente, aquello no era lo que él quería tratar, pero ella le seguiría la corriente.

—Bueno, es que no te has ganado ninguno.

—¿Y qué tengo que hacer para ganármelo?

—No lo sé. Es diferente en cada caso. Lo sabemos cuando lo vemos. De todos modos, pensaba que no te importaba lo que te llamáramos —le dijo ella.

—No me importa, no. Solo tenía curiosidad.

—Ah. De acuerdo.

—Esa actitud tan agradable me inquieta. ¿Estás más enferma de lo que yo pensaba?

Ella se puso a tirarse del vestido, intentando que aquel comentario no la afectara.

—No siempre soy una pesada, ¿sabes?

—Deja de moverte la ropa —le gruñó él.

Ella se quedó inmóvil. Ni siquiera se atrevía a respirar. Él no la miraba, así que, ¿cómo sabía lo que estaba haciendo? ¿Acaso era tan consciente de ella?

—De acuerdo. Considéralo hecho.

Aquella suavidad de trato ya estaba dando frutos. Kaia se acomodó en el asiento y bajó los pies al suelo, intentando contener la sonrisa.

Cuando se habían alejado de la civilización durante una hora, salieron de la autopista y entraron al aparcamiento de un antro medio en ruinas llamado El loco de Abel. Había algunos coches más y dos tipos enormes que salieron tambaleándose por la puerta delantera.

—¿Un bar? —preguntó ella, intentando no quejarse—. ¿Un bar humano?

—Vas a pasarlo bien antes de trabajar.

¿De verdad? Kaia dejó de fruncir los labios y se puso muy contenta.

—Tenías que habérmelo dicho. Me habría puesto un vestido provocativo.

Él recorrió su figura con los ojos entrecerrados, deteniéndose un segundo en su escote. Aparcó, casi haciéndole un raspón al coche de al lado, y ella salió rápidamente del vehículo y estaba a medio camino de la entrada del bar antes de que él hubiera podido abrir la puerta. Kaia pasó junto a los humanos e hizo un gesto de desagrado al percibir su olor a cerveza barata y tabaco. Ellos silbaron y cambiaron de dirección para seguirla.

—¿Cuánto? —le preguntó uno de ellos.

Oh, no. Eso sí que no. Ella se giró, con las manos en las caderas y un gesto de ira.

—¿Qué has dicho?

—Te pagaremos lo que sea, de verdad —dijo el otro—. Después.

Los dos se echaron a reír, y entonces, el primero le dio una palmadita en la espalda al otro, como si acabara de hacer la mejor negociación de su vida.

Antes de que ella pudiera responder, Strider se acercó por detrás de los hombres y les dio un golpe en la cabeza al mismo tiempo. Ellos se tambalearon hacia delante, pero él los agarró del pelo antes de que se cayeran, y con las rodillas, empujó la parte trasera de las de ellos, de manera que los forzó a arrodillarse ante Kaia.

—Disculpaos —les ordenó. En su voz había tanta oscuridad que ella casi pudo oler el fuego y el azufre—. Ahora mismo.

A Kaia se le aceleró el corazón. Los hombres obedecieron entre balbuceos y lloros. Strider levantó a uno y lo lanzó por el aire. Aterrizó sobre un coche cuya alarma se activó ruidosamente. El segundo hombre lo siguió un momento más tarde.

—Gracias —dijo ella, que estaba a punto de derretirse a sus pies.

—Ha sido un placer.

Entraron al bar uno al lado del otro lado.

Aquella mujer lo iba a matar con su cuerpo despampanante, hecho de curvas deliciosas envueltas en una banda de tela que podría ser considerada un traje de baño en muchos países. Su piel era luminosa, pero no tenía su brillo multicolor. Kaia debía de haberse cubierto con un maquillaje corporal de pies a cabeza. De todos modos, él no tenía queja.

Cualquier cosa que sirviera para evitar que la desearan otros hombres tenía su aprobación.

¿A quién quería engañar? ¿Que los hombres no iban a desearla? Eso no iba a suceder nunca. No importaba cómo disimulara el brillo de su piel, ni la ropa que llevara. Los hombres iban a desearla siempre. Pensarlo le enfadaba, pero también le llenaba de orgullo.

Kaia consideraba que él era su consorte, y nadie más.

Cada vez era más y más difícil resistirse a ella.

—Eh, ¿quiénes han venido…? ¿Anya? ¿Gideon? ¿Amun? Y otros mil… —gritó Kaia, para hacerse oír por encima de la música, mientras lo miraba con los ojos dorados muy abiertos, llenos de una emoción que él no sabía identificar—. ¿Cómo has conseguido que vinieran todos?

Cualquier hombre podría perderse en la profundidad de aquellos ojos.

—Se lo pedí, y Lucien los transportó —respondió él—. Pero solo van a estar aquí esta noche.

—¡Magnífico! Una noche los adoro. Dos noches, y estoy deseando matarlos.

—Pero, por favor —le dijo Strider—, no menciones el primer premio.

Si se enteraban, todos sus amigos le echarían en cara lo que había hecho con la Capa de la Invisibilidad. Pondrían en cuestión sus razones y su inteligencia. Querrían quedarse allí, querrían buscar la Vara Cortadora y robarla.

Sabin y él ya habían hablado de ello. Los demás tenían que custodiar los dos artefactos que ya estaban en su poder. Tenían que proteger la fortaleza de Budapest. Tenían que permanecer en alerta por si los Cazadores atacaban. Si ellos dos no conseguían robar la Vara antes de que terminaran los Juegos de las Arpías, llamarían para pedir refuerzos.

Aquella noche, cuando Kaia estuviera distraída con su entrenamiento, ellos iban a perseguir a las Eagleshield. De hecho, eso era lo que estaba haciendo Sabin en aquel momento. Vigilando desde los cielos, encontrando lo que parecía imposible de encontrar. Su jefe aparecería allí en cualquier momento para llevárselo.

—No mencionaré nada, te lo prometo. ¡Y gracias! —respondió Kaia con una enorme sonrisa. Se puso de puntillas y le dio un beso abrasador en la mejilla antes de salir corriendo. Sus labios le quemaron la piel, tal vez le dejaran una marca imborrable en todas las células.

Durante aquellos últimos días, Strider solo había podido pensar en ella. Estaba tan pálida, tan quieta, tan débil... Él se había sentido desesperado por ayudarla, pero solo había podido darle su sangre... y desearla. Oh, ¡cuánto la deseaba!

Sin embargo, se había dado cuenta de que tendría que esperar a que terminaran los juegos para acostarse con ella. Por el momento debía permanecer fuerte. No podía arriesgarse a quedar incapacitado por perder un desafío. Cualquier desafío. Incluso en la cama.

Cuando el bienestar de Kaia ya no dependiera de él, sin embargo, no habría nada que pudiera mantenerlo alejado de ella. Tenía que poseerla. Tenía que saborearla, tenía que oírla gritar su nombre. Demonios, pensaba darse un festín con aquella mujer, fueran cuales fueran las consecuencias. Y no solo una vez, tal y como había pensado, sino una y otra vez.

La observó mientras ella se lanzaba a los brazos de Amun. El guerrero tenía aspecto de cansado, y unas ojeras muy profundas, pero pareció que se ponía contento de verdad al ver a Kaia, y giró con ella en brazos. Gideon, el guardián de la Mentira, la abrazó con fuerza. Ella echó hacia atrás la cabeza y se rio antes de revolverle el pelo y tirarle suavemente del piercing de la ceja. Qué libre era, y qué desinhibida.

«Y es mía», pensó él. Entonces, se obligó a añadir algo más: «Al menos, por el momento».

—Kye —dijo Gideon—, no me gustaría nada presentarte a mi horrible marido, Scar —dijo, y señaló a una belleza de cabello negro que había a su lado. Como Gideon no podía decir una sola palabra de verdad, porque de lo contrario experimentaba un dolor espantoso, había mentido en todo lo que había dicho.

—En realidad me llamo Scarlet —dijo su esposa. Era la guardiana de las Pesadillas, y cuando mataba a un hombre en sueños, el hombre moría en la realidad. Era alta, esbelta y bellísima—. Por si te lo estabas preguntando, soy una mujer.

—Hola, yo soy Kaia. O más bien, «Maldita sea, Kaia», como le gusta llamarme a Strider.

—No es cierto —refunfuñó él. Él se dirigía a ella con expresiones de cariño. ¿Y dónde demonios estaba Sabin? Necesitaba que llegara pronto.

Kaia lo ignoró.

—¿No estabas hace poco encerrada en las mazmorras de la fortaleza de los Señores? —le preguntó a Scarlet—. ¿No se suponía que eras demasiado peligrosa como para poder vagar a tu antojo, que no se podía confiar en ti, que eras extremadamente violenta y bla, bla, bla...

–Sí. Afortunadamente, parece que es lo que más le gusta a este –dijo Scarlet, señalando a Gideon con un movimiento de la cabeza.

Gideon movió las cejas con picardía, y Kaia se echó a reír, con una carcajada cálida y ronca y... demonios. El cuerpo de Strider respondió sin previo aviso.

Kaia estaba en buenas manos, pensó, sobre todo porque las de Gideon eran nuevas. Los Cazadores le habían cortado las antiguas y él había tenido que pasar por la experiencia de que le crecieran unas nuevas. En aquel momento, Strider se había quedado espantado por el dolor que había tenido que soportar su amigo. Sin embargo, ahora le producía risa todo el asunto. De todos modos, no tenía que preocuparse por Kaia, ni desearla más, cosa que seguiría haciendo si se quedaba a su lado y la miraba, así que se acercó a la barra. Entonces, vio a la rubia con mechones rosas y los brazos tatuados. Haidee. Demonios, seguramente no era buena idea que Kaia y ella estuvieran en el mismo sitio.

Ella se giró con una cerveza en cada mano, y cuando lo vio, asintió para saludarlo. Seguía brillando, y no era por un embarazo, tal y como él había pensado al principio. Ella no bebería alcohol si estuviera embarazada. Sencillamente, brillaba de amor, tal y como él había pensado en segundo lugar.

–No deberías estar aquí –le dijo, después de pedirle al camarero que le sirviera una cerveza a él.

Hubo un reflejo de dolor en los ojos de Haidee, pero ella lo disimuló rápidamente.

–No tengo intención de molestarte –explicó Strider–. Solo quiero protegerte.

Ella sonrió dulcemente y negó con la cabeza.

–No te preocupes por eso. Amun acaba de volver de los cielos, y no voy a separarme de él para nada. Sobre todo, teniendo en cuenta que tal vez tenga que volver a marcharse mañana.

–¿Por qué mañana?

–No quiero hablar de eso –respondió Haidee, y la sonrisa se le borró de los labios.

Qué triste se había quedado. Strider asintió, y no la presionó para que respondiera a su pregunta.

–A propósito –le dijo–, sé por qué Cronus llamó a Amun el otro día.

–¿De veras? –preguntó ella, un poco más animada–. Yo ya no estoy poseída por el demonio del Odio, pero todavía me gusta atormentarte de vez en cuando. Además, sabía que alguno de tus amigos te contaría los detalles.

«Ganar».

Estupendo. Una chica que le llevaba la contraria. Ahora tendría que ganar la batalla de voluntades con ella, porque su demonio reaccionaba ante cualquier oportunidad de obtener una victoria, por muy pequeña que fuera. Como había sido tan dócil durante el trayecto con Kaia hasta el bar, la bestia necesitaba alimentarse.

–¿Y qué averiguó Amun? Quieras o no, vas a tener que contármelo. Te seguiré durante toda la noche si hace falta.

Si aquella amenaza no la empujaba a contárselo, Strider no sabía qué otra cosa lo lograría.

–Nada –respondió ella con un suspiro–. Amun no la encontró. No encontró a la muchacha que está poseída, ahora, por el demonio de la Desconfianza. Cronus quiere que vuelva a los cielos mañana para continuar con la búsqueda. Ahora ya tienes ambas respuestas. ¿Satisfecho?

–Un poco –dijo él. Había ganado, y sintió un cosquilleo de placer en el pecho–. Dile a Amun que me llame cuando haya terminado el trabajo de Cronus y haya descansado un poco –añadió. Acababa de pensar en que si alguien podía averiguar dónde había escondido Juliette la Vara Cortadora, ese era Amun. A él debería habérsele ocurrido antes–. Necesito que me haga un favor.

Haidee apuró su cerveza.

–Tú, y todo el mundo –le dijo.

—Demonios, chica. Aprende a compartir.

Ella puso los ojos en blanco.

—Eso es gracioso viniendo de ti.

—No, es irónico. A ver si aprendes la diferencia. Pero, de veras, yo soy una causa perdida. Tengo unas costumbres demasiado arraigadas. Sin embargo, tú todavía puedes cambiar.

Ella se echó a reír y respondió algo, pero al fondo del bar se oyó un graznido agudo que ahogó sus palabras. Oh, mierda. Strider conocía íntimamente aquel graznido.

Se dio la vuelta justo cuando un borrón rojo pasaba por delante de él, directo hacia Haidee.

Capítulo 16

El viento le revolvió el pelo a Strider mientras alargaba los brazos para agarrar a Kaia por la cintura. Fue rápido, pero no lo suficiente, y cuando consiguió ponérsela sobre el hombro, al estilo de un bombero, Haidee ya tenía las mejillas arañadas y sangrando.

Parecía que Haidee se había quedado demasiado anonadada como para reaccionar, y mucho menos para defenderse, cosa que no era normal en ella. Nadie tenía un instinto de conservación tan desarrollado como Haidee. Tal vez, el hecho de haberse liberado de Odio había ralentizado sus movimientos.

—¡No lo toques! ¡No hables con él! ¡Nunca más! —gruñó Kaia. Detrás de su voz se oían los gritos de otro ser, su propia furia, plumas y oscuridad.

—Maldita sea, Kaia —dijo Strider.

Ella no se dio cuenta. Intentó retorcerse, y accidentalmente, le dio un rodillazo en el estómago. A él se le escapó el aire por la boca, y se inclinó hacia delante. Estuvo a punto de perderla. La agarró con más fuerza por la parte trasera de las piernas y por la espalda, y se dio cuenta de que su cuerpo ardía. Literalmente. Irradiaba un calor que le estaba quemando.

—Kaia —le dijo—. Si no te tranquilizas, me vas a hacer daño.

Para su sorpresa, aquello funcionó. Penetró por la niebla de su furia. En un instante, ella se tranquilizó y permaneció abrazada a él, respirando sobre su camisa, quemando la tela con sus jadeos, acariciándolo con algo delicioso y abrasador.

Gracias a todos los dioses que ella ocultaba, con el cuerpo, su erección a la vista de todos los demás.

Había varios humanos en el bar, observándolos. Él sonrió con timidez.

—Mujeres.

Todos asintieron comprensivamente.

Amun llegó corriendo junto a Haidee. Haidee le dijo:

—No es nada, cariño. Te lo prometo.

Sin embargo, él le tomó las mejillas en las palmas de la mano y frunció el ceño. Después, miró con cara de pocos amigos a Strider.

Amun era el guardián de los Secretos, y podía leerles el pensamiento a todos los que le rodeaban. Así pues, Strider abrió sus puertas mentales y permitió entrar a su amigo.

«Ni se te ocurra vengarte de ella. Podría haber sido mucho peor, y lo sabes. Kaia solo la ha arañado un poco, nada más».

«Tú proteges lo que es tuyo, y yo protejo lo que es mío», respondió Amun, en el lenguaje de signos, con enfado.

Kaia. Suya. Strider no quería analizar la emoción que le produjeron aquellas palabras. Tampoco era necesario. Ella era suya. Por poco tiempo, pero era suya.

Haidee agarró a Amun por el brazo, y le dejó una mancha de sangre en la piel de color moca.

—No pasa nada. Estoy bien.

Kaia le dibujó algo con el dedo en la espalda a Strider, y lo distrajo. Le pareció que era un corazón, y tuvo ganas de sonreír.

Amun siguió haciendo gestos furiosos.

«¿Te parece que esto es divertido?».

—Sí. Me lo parece. Y ahora, si nos disculpáis, tengo que resolver un pequeño asunto.

Strider se llevó a Kaia hacia la pista de baile.

Sabin todavía no había llegado, lo que significaba que no había ningún motivo para resistirse. Dejó que se deslizara por su cuerpo al bajarla al suelo, pero ella, en vez de posar los pies sobre el suelo, le rodeó la cintura con las piernas y presionó con el centro del cuerpo sobre su erección.

Él tuvo que contener un gruñido. Por lo menos, su temperatura había disminuido, y no tenía que preocuparse de arder. La miró a los ojos, y el mundo desapareció. Solo quedó Kaia, el deseo y la necesidad de calmar el mal humor que le había provocado sin querer.

—Suéltame —le dijo ella—. Voy a matar a esa zorra.

—No, nena.

—Sí —insistió ella. Sin embargo, el negro había desaparecido de sus ojos, que habían recuperado el color dorado que él tanto amaba.

¿Amaba? No, no. Solo le gustaba el color, eso era todo.

—¿Dónde está la señorita Agradable? ¿La chica que ha venido conmigo hasta aquí?

—La señorita Agradable ha muerto. La has matado tú, al flirtear con otra mujer.

—Por si no lo sabías, morir no significa irse para siempre. Podría levantarse de la tumba.

Ella jadeó con indignación.

—Sabía que te gustaría así —dijo, y le dio un puñetazo en el hombro—. ¡Lo sabía!

Él se echó a reír sin poder evitarlo.

—¿Qué es lo que te parece tan divertido?

—Tú —respondió él. Le gustaba cuando era ilógica y adorable, y cuando estaba celosa. De Haidee, o incluso de sí misma—. Quiero comerte.

Ella se quedó boquiabierta.

—¿Cómo?

Una vez que había conseguido su atención… Puso las manos bajo sus muslos y la elevó para apoyarla sobre el extremo de su erección.

—¿Me vas a decir lo que acaba de ocurrir con Haidee? —le preguntó.

La expresión de Kaia volvió a oscurecerse, y miró hacia atrás mientras se mordía el labio. Él arqueó las caderas hacia delante y se frotó contra ella.

—No. No quiero.

—Hazlo de todos modos.

Él se frotó de nuevo. Ella se mordió con más fuerza. Demasiado, pensó él. Demasiado para aquella habitación tan abarrotada. Entonces, la mantuvo inmóvil.

—Dímelo.

Hubo una pausa. Después Kaia dijo, con un mohín:

—Ella te gusta más que yo.

—No, nena. No es verdad.

—Sí. Tú mismo me lo has dicho.

—Eso era cuando no sabía lo que decía. Fui un idiota, y lo siento mucho. La que me gustas eres tú. Y mucho —respondió él con sinceridad.

Ella alzó la barbilla.

—Pero me acosté con Paris, y tú nunca podrás olvidarlo.

—Noticia de última hora —respondió él—, más de la mitad de la gente que hay en este bar se ha acostado con Paris.

—Pero tú nunca podrás superarlo. Conmigo no.

—Está bien. Vamos a aclarar esto de una vez por todas. ¿Estoy celoso? Sí. ¿Vas a hacerlo otra vez? No, demonios. No, si quieres que él siga respirando. ¿Estoy preocupado por nuestra primera vez por su culpa? Sí. ¿Qué pasará si no soy tan bueno como él? Pero, ¿puedo condenar lo que pasó? No. Estás hablando con un hombre muy promiscuo, Kaia. Como si yo pudiera juzgarte.

—¿Estás celoso? —preguntó ella, y de repente, el brillo de su piel traspasó su maquillaje, y su temperatura corporal volvió a aumentar.

A él se le aceleró el corazón.

—Sí. Y te diré otra cosa más: Soy muy posesivo, y eso no va a cambiar.

–No quiero que cambie. Me gusta eso de ti.

–Bien.

–Y yo… –dijo ella, pero se interrumpió. De repente, frunció el ceño, y el brillo se apagó, como se había apagado su esperanza–. Me estás diciendo todo esto porque quieres que gane la Vara Cortadora para ti.

–¿Es que la Vara tiene una melena tan sexy como la tuya, y un cuerpo que envuelve el mío a la perfección?

Kaia frunció los labios.

–No.

Él tuvo ganas de besarla…

–Entonces, estoy seguro de que me gustas por ti misma. ¿Es que hay algo que no pudiera gustarme?

–Eso es cierto –dijo ella, aunque no se relajó contra su cuerpo–. Soy bastante increíble.

–Más que «bastante».

–Ya lo sé. Y nadie podrá convencerme de lo contrario, por mucho que lo intente.

Aquello era una indirecta para recordarle todas las veces que él había herido su orgullo, que había intentado no desearla.

Aunque no le había funcionado.

–Siento haber dicho esas cosas –añadió él sinceramente–. Está claro que no estaba en mis cabales.

–Eso me parecía a mí –dijo ella. Suavizó la expresión de la cara, pero no dio por terminada la conversación–: Entonces, ¿qué es lo que te gusta de mí, aparte de mi pelo increíble y mi cuerpo? Porque, la última vez que hablamos de esto, dijiste que yo daba muchos problemas. Dijiste que te suponía un desafío para todo, y que no querías tener que vértelas con algo tan difícil.

–¿Vas a restregarme todo lo que te he dicho cada vez que discutamos?

–Por supuesto.

–Está bien. Solo quería saberlo.

–¿Y bien?

—Es cierto. Eres un desafío en todo. No puedo negarlo —le dijo Strider, y ella se puso tensa—. Pero me he dado cuenta de que no me importa.

—¿Que no te importa? Vaya, qué afortunada soy. Si alguna de tus novias te ha dicho alguna vez que tienes el don de la palabra, te mintió.

Kaia dejó caer las piernas, pero él no la soltó. Volvió a subirla a su cuerpo y la obligó a permanecer así. La estrechó contra sí, la frotó contra él sin demasiada estimulación.

—Mira —le dijo—, tú me diviertes mucho. Me excitas. Y poco a poco me he dado cuenta de que lo que pensaba que no me iba a gustar de ti es mi parte favorita. Además, sé que yo tampoco soy fácil.

Ella comenzó a ablandarse. Por lo menos un poco, porque sonrió ligeramente.

—Te estás cavando tu propia tumba, bobo.

—Vamos, nena —dijo él—. Es la primera vez que soy consorte de alguien. Soy nuevo en esto. Dame un respiro.

—¿Acabas de admitir que eres mío?

¿Lo había hecho?

—Sí —dijo él—. Durante estas próximas semanas voy a ser el mejor consorte que hayas conocido. Después de eso, no puedo prometerte nada. Nunca he tenido una relación larga. Tendremos que analizar cómo nos sentimos.

De repente, Strider tuvo un pensamiento angustioso. ¿Y si ella no podía perdonarle que robara la Vara Cortadora? Entonces, no podrían analizar nada, porque ella no querría estar con él. Habrían terminado.

Se sintió agobiado. Tenía que conseguir que ella lo aceptara por completo, en aquel mismo momento. Así, después le resultaría más difícil echarlo de su vida.

—Dame una oportunidad, por favor —le rogó.

«¿Ganar?», dijo Derrota.

«Vuelve a tu rincón».

En el fondo de su mente, se dio cuenta de que la música del bar había cambiado, de que el ritmo era más fuerte y más duro, pero no quiso acelerar los lentos movimientos de su cuerpo contra el de Kaia. A ella se le hundieron los hombros.

—Eso no es suficiente. Ojalá lo fuera, pero…

—Por ahora, es todo lo que puedo ofrecerte. Sé que detesto pensar en que pudieras estar con otro hombre. Y sé que eres la única mujer a la que deseo.

Ella comenzó a morderse el labio de nuevo, y él estuvo a punto de sustituir aquellos dientes blanquísimos por los suyos. Pero todavía no. No hasta que ella hubiera accedido.

—¿Y por qué has cambiado de opinión? —le preguntó Kaia—. Estoy segura de que no han sido mi asombrosa habilidad para la lucha, ya que perdí en la primera prueba.

A él se le encogió el estómago al recordarla ensangrentada e inconsciente, con la cara hinchada y llena de heridas. Se juró que nunca volvería a suceder algo así. Él la protegería.

«¿Ganar?».

En aquella ocasión, Strider no intentó echar a Derrota a un rincón. En aquella ocasión, iba a aceptar cualquier reto.

Antes de que pudiera responder a la pregunta de Kaia, ella miró hacia abajo y añadió:

—Una vez, perdí una pelea por ti, ¿te acuerdas? Fue la noche de los Cazadores. Te desafié a que mataras más Cazadores que yo, y podría haberte ganado, pero ti di a todos los que había capturado.

Él sintió una punzada de emoción en el pecho.

—Me acuerdo, nena, y sé que nunca llegué a darte las gracias. Lo siento mucho.

—Bueno, pues aunque me hayas dado las gracias, no pienso volver a hacerlo. No voy a volver a perder una lucha por ti.

—Me alegro.

Strider se puso orgulloso. Ella también odiaba perder, y aunque no experimentara dolor físico, sí sufría angustia mental cuando no ganaba en algo.

Su propia gente la llamaba «Kaia la Decepción», por todos los dioses. Strider se dio cuenta, en aquel momento, de que aquel era el motivo por el que ella siempre luchaba por demostrar lo que valía. Sabía que era la razón por la que le había desafiado a él: demostrarle que era lo suficientemente buena para estar a su lado. Y el hecho de que hubiera perdido deliberadamente le demostraba que lo deseaba por encima de todo.

Como si ella tuviera algo que demostrar.

Sin embargo, ¿cómo iba a compensarla? La había rechazado una y otra vez, y sintió vergüenza al acordarse. No volvería a suceder. Siempre que estuvieran juntos, la trataría con el cuidado y el afecto que ella se merecía.

—¿Estás contento? —le preguntó ella, mirándolo con asombro—. Porque si te gano en algo, vas a sufrir.

—Pero tú me besarás para que me sienta mejor, ¿no?

Ella le clavó las uñas en la tela de la camisa y después en la piel.

—Yo... yo... no sé qué decir.

—Di que no me vas a desafiar a propósito para que haga algo que nunca podré ganar.

Pasó un momento en silencio mientras ella reflexionaba sobre sus palabras.

—Intentaré no hacerlo, pero no puedo prometértelo. A veces sacas lo peor que hay en mí.

¡Ja! Él sacaba lo mejor de ella. Strider estaba seguro de que aquello era la verdad.

—De todos modos, lo resolveremos.

—Sí, lo resolveremos... —ella entrecerró lentamente los ojos y le hundió más las uñas en la piel—. Vaya, vaya. Por fin has sacado a relucir a la señorita Agradable. ¿Me estás engatusando para que no le haga daño a Haidee?

Qué desconfiada. Sin embargo, aquella era la naturaleza de la bestia. Él era igual en ese sentido.

—Puedes atacarla si todavía quieres hacerlo, pero entonces Amun se enfadará y me atacará a mí. Y yo tendré que hacerle daño a él.

—Está bien —dijo ella con un suspiro—. Me cae bien Amun, así que no le haré nada a Haidee.

—Gracias —respondió Strider.

Entonces, ella retiró las uñas y se pasó el pelo hacia la espalda por encima del hombro.

—Dime, ¿qué es lo que te gusta de mí? Nunca me lo has dicho. Puedes ser muy descriptivo y tal vez poético.

—Bueno, veamos… —comenzó él, con la voz ronca—, me gusta tu boca cuando eres una listilla. Me gusta tu boca cuando haces mohines. Me gusta tu boca cuando te quejas. Me gusta tu boca cuando gritas. Me gusta…

—Mi boca —dijo ella irónicamente, poniendo los ojos en blanco. Unos ojos que brillaban de excitación. Se movió contra su erección, del modo exacto que a él le gustaba—. Dime por qué.

—No. Te voy a demostrar por qué.

Entonces, él le agarró la nuca con una mano y la estrechó contra sí. Sus labios se encontraron y se abrieron, y sus lenguas comenzaron a bailar. Ella tenía un sabor a menta y a cerezas, y él decidió que aquel era su nuevo sabor favorito.

Kaia enredó los dedos en su pelo y le clavó las uñas en el cuero cabelludo. El deseo comenzó a bombear por las venas de Strider, y lo cegó a todo lo demás. A la gente que había a su alrededor, a las circunstancias, a las consecuencias. Sabía que tenía fuego entre los brazos, y quería quemarse.

«Mía, es mía». Demonios, ¡cuánto lo excitaba! Sus lenguas siguieron danzando de una forma deliciosa. Él sintió los pezones endurecidos de Kaia contra el pecho, y tuvo ganas de pellizcárselos. Quería acariciarla entre las piernas, entrar en su cuerpo.

—Strider —jadeó ella.

—Nena…

—No pares.

«Hemos ganado», dijo Derrota, y lanzó otra oleada de placer por su organismo, algo que aumentó su deseo por ella.

Strider la llevó hasta la mesa más cercana y la sentó allí, y derribó con un brazo todas las botellas de cerveza al suelo, y mientras oía romperse los cristales, tendió a Kaia sobre la madera.

—¡Vaya! ¡Sí, ánimo! —gritó Anya, la diosa de la Anarquía, y él oyó sus vítores por encima de la neblina del deseo—. ¡Rásgale la ropa, Kaia! ¡Enséñanos lo que tiene!

Strider se irguió con un gruñido de rabia. Sólo pensaba en destruir a la multitud, en volver a besar a Kaia. Se dio cuenta de que todos los que estaban en el bar los miraban, y el calor de su interior se apagó. Algunos los observaban con sonrisas, otros con exasperación, otros... con lujuria.

El calor volvió, pero por otro motivo. Furia. No quería que nadie viera así a Kaia, perdida, ansiosa por él. No podía permitirlo.

La tomó del brazo y la puso en pie, y le colocó el vestido. Sus movimientos eran rígidos. ¿Cómo podía haber olvidado que tenían público? Alguien podría haberlos atacado, y podría haberlo vencido. ¿Y cómo había podido olvidar lo que podía ocurrirle si no era él quien le daba el mejor beso a Kaia? Quedaría debilitado por el dolor, y no podría ayudarla durante las siguientes competiciones de los juegos.

Aunque... no estaba de rodillas, abrumado de dolor, así que claramente, aquel había sido su mejor beso. Otra vez. Se le infló el pecho de orgullo.

Sin embargo, tenía mejores cosas que hacer que regodearse por lo magnífico que era. Miró con un gesto ceñudo a sus amigos.

—Bueno, ya está bien de mirar —les dijo. Después miró a Kaia con severidad—. Reúne a los chicos y ve a la parte de atrás. Haz lo que hay que hacer.

Ella abrió mucho los ojos. Se había quedado sorprendida.

—¿Tú no vas a venir conmigo?

—No —dijo él, y le dio un pequeño empujón—. Y ahora, vete.

Capítulo 17

Para consternación de Strider, no llegaron a salir. Mientras sus amigos apuraban las copas a toda velocidad, la puerta del bar se abrió y por ella entró una belleza morena que recorrió el espacio con sus ojos de color lavanda… y clavó la mirada en Kaia. Entonces, frunció los labios rojos con una sonrisa de satisfacción.

Strider se puso tenso. Aquello sí era mala suerte. La misión con Sabin se había convertido en algo superfluo. No habría caza ni robo aquella noche. Las Eagleshield habían llegado.

Kaia soltó una maldición en voz baja.

—Qué suerte tengo. Juliette la Erradicadora ya está aquí.

El consorte de la Arpía iba tras ella. Strider no lo había visto durante la primera prueba de los juegos, y había pensado que el tipo estaba en algún lugar, custodiando la Vara Cortadora. Al verlo entrar en el bar, con una expresión petulante y de superioridad, se sorprendió. Iba rodeado de varias Arpías armadas. ¿Eran sus guardias?

Durante la presentación de los juegos, aquel enorme gigante llevaba cadenas. Strider se fijó que en aquel momento llevaba tatuajes. Le habían grabado cadenas en la piel, alrededor del cuello y de las muñecas. Y seguramente, si le quitaran las botas, verían que también las llevaba tatuadas en los tobillos.

Los tatuajes estaban hinchados y enrojecidos, por lo que Strider estaba seguro de que se los habían hecho aquella misma mañana.

¿Por qué tener cerca a un tipo tan peligroso? Kaia le había dicho que las Arpías podían perdonarle a sus consortes casi cualquier cosa, pero... Aquel hombre había matado a otras Arpías. Eso tenía que ser mucho peor que, por ejemplo, robar un artefacto valiosísimo a un enemigo.

En pocos segundos, los amigos de Strider se habían alineado junto a él, y habían formado una muralla amenazante. No tenían ni idea de lo que estaba sucediendo, salvo quizá Amun, pero conocían bien a Strider, y sabían que se estaba preparando para luchar. Demonios, reconocían a un enemigo cuando lo veían.

«¡Ganar!».

Todavía no se había pronunciado ninguna palabra belicosa, pero Derrota ya notaba la amenaza.

«Considéralo hecho». Y con placer.

El hombre, o lo que fuera, vio a Kaia. Sus ojos de obsidiana comenzaron a girar de un modo hipnótico. Llevaba el pecho desnudo, y sus pectorales se contrajeron. ¿Acaso se estaba imaginando que Kaia lo acariciaba?

Strider se puso muy tenso.

«Es mía. Y no la comparto».

—Vamos a secuestrar a las seguidoras de Juliette y amenazarla con soltarlas si no hace lo que queremos —le susurró Kaia.

—¿Cómo? ¿Amenazarla con soltarlas?

—Son tan horribles que recuperarlas sería todo un castigo.

Él contuvo una sonrisa.

Ella carraspeó e irguió los hombros.

—Vaya, vaya —dijo en un tono de despreocupación—. ¿Es hoy mi cumpleaños?

—No —replicó Juliette—. Es el mío.

Hablando de todo un poco, Strider no sabía cuándo era el cumpleaños de Kaia.

—¿Cuándo es tu cumpleaños? —le preguntó.

Sus amigos pensarían que lo hacía para irritar a los recién llegados, para demostrarles lo poco que importaban. Y eso era cierto, en parte. Pero Strider quería saberlo de verdad.

Ella le clavó sus ojos dorados.

—¿Es que no lo sabes?

—No.

Ella hizo un mohín y e hizo girar uno de los mechones de su pelo alrededor del dedo índice.

—¿Cómo es posible que no lo sepas?

—¿Acaso sabes tú cuándo es el mío?

—Claro que sí. Es el día en que me conociste.

Tan buen día como otro cualquiera.

—No, no es cierto, porque era una pregunta con truco, muñeca. En realidad, yo no tengo ningún cumpleaños, porque ese día debería coincidir con el día de mi nacimiento, y yo no nací, sino que me crearon, me dieron forma.

Era cierto.

—Eres tan bobo… —dijo ella con exasperación—. No discutas conmigo sobre esto. Siempre tendré razón, en serio. Tú estabas muerto hasta que me conociste, y los dos lo sabemos. Lo cual significa que yo te di la vida. Así que, feliz cumpleaños con retraso.

Amun se echó a reír, lo cual fue sorprendente. Aquel guerrero era muy serio, y nunca se reía. Anya asintió como si nunca hubiera oído un argumento más convincente, y Gideon soltó una risita que disimuló tapándose la boca con la mano. Scarlet le dio una palmada suave en la cabeza.

—Tienes razón —dijo Strider, que también tenía ganas de reírse—. Entonces, ¿cuándo es el tuyo?

—Callaos —gruñó de repente Juliette—. Creía que íbamos a insultarnos.

Strider se volvió hacia ella, como si estuviera sorprendido de que todavía siguiera allí. Ella enrojeció de ira y apretó los labios. Excelente. Las emociones la harían más estúpida.

Sin embargo, su consorte parecía divertido. E impresionado, e incluso un poco melancólico.

«Intenta hacerle algo a Kaia, tío. Te reto», le proyectó Strider.

Y, como si notara un nuevo peligro, el hombre miró a Strider. Siguieron mirándose con antagonismo durante varios segundos. Strider no estaba dispuesto a apartar antes los ojos, y el tipo debió de darse cuenta, porque después de enseñarle los dientes con un gesto agresivo, volvió a concentrar su atención en Kaia y se relamió.

«Eso lo vas a pagar caro», pensó Strider. Y se preguntó por qué Derrota no intervenía con uno de sus «Ganar».

—¿Y cómo la has encontrado? —le preguntó Strider a Juliette.

—Por favor. Como si fuera difícil seguirte el rastro —respondió Juliette, que solo se dignó a dirigirse a Kaia.

Kaia sonrió lentamente.

—Y como si yo no supiera que me estabas siguiendo. Como si no hubiera dejado un rastro de migas de pan para que me encontraras. Y mira quién se ha comido esas migas de pan como un ratón y ha caído en la trampa.

Bingo. Juliette movió el peso de su cuerpo de un pie a otro con incomodidad. Después, miró a todos y cada uno de los guardianes de demonios que tenía frente a sí y palideció.

Derrota se rio, y sorprendió todavía más a Strider. El demonio había tenido una reacción parecida durante la primera de las pruebas de los juegos, cuando Kaia estaba dándoles una lección a sus contrincantes. En aquel momento, Strider pensó que había oído mal, que el sonido provenía de los espectadores. Pero ahora…

¿Qué significaba?

«Ya lo analizarás luego», se dijo. La diversión de su demonio no iba a cortarle la yugular, pero si no tenía cuidado, tal vez Juliette sí lo hiciera. Tenía que permanecer concentrado.

—Así que, ¿prefieres decirme por qué me estabais siguiendo antes o después de que limpie el suelo con vuestras caras y vuestra sangre?

–Mientras lo decides –añadió Strider–, voy a presentarte a los amigos de Kaia. El tipo que tiene el hacha es Gideon, guardián del demonio de las Mentiras. La chica que está a su lado, lanzando dagas al aire y recogiéndolas, es Scarlet. Está poseída por el demonio de las Pesadillas. La rubia es la diosa de la Anarquía.

Anya saludó con la mano.

–Hola a todos. Bienvenidos a la fiesta. Os diré unas cuantas cosas sobre mí antes de que muráis. Me encanta dar largos paseos por la playa, acurrucarme junto a mi hombre y matar a los que me ofenden –explicó con una voz muy dulce.

Strider abrió la boca para continuar, pero Juliette se lo impidió diciendo:

–No me importa quiénes sois. No he venido aquí a luchar. No hay ningún motivo. Para eso están los juegos.

¿De veras? Strider hubiera apostado una buena cantidad de dinero a que no era cierto.

–¿Estás segura? –preguntó Kaia–. No me importa hacer una excepción. Incluso te dejaré dar el primer golpe sin vengarme. Aunque no puedo prometerte que mis amigos demonios se comporten bien.

Juliette no dijo nada. Giró sobre el tacón de una de sus botas y se dirigió hacia la barra. Su consorte y su clan la siguieron.

«Hemos ganado», dijo Derrota con un suspiro de felicidad.

Strider le dio una palmadita mental y se deleitó con el cosquilleo de placer que sintió por el cuerpo. El único problema era que Kaia no podía empezar a entrenarse en aquel momento. No podía marcharse, tampoco, porque eso sería una muestra de cobardía. Así que estaban atrapados, y su sesión de manoseo también tendría que esperar.

La puerta del bar se abrió de nuevo.

—¡Kaia! —gritó Bianka con excitación. Entró corriendo, con su melena oscura flotando tras ella, seguida por Lysander. Otro ángel guerrero entró después. Aquel tenía el pelo negro, los ojos de un verde penetrante y unos rasgos completamente desprovistos de emoción.

Era Zacharel. Strider lo había conocido hacía unas semanas, cuando el ángel estaba en la fortaleza encargado de impedir que Amun escapara. Y lo había pasado mal cada vez que había visto al tipo, porque su cuerpo reaccionaba cada vez que se acercaban el uno al otro.

A Strider nunca le habían gustado los hombres, pero no podía culparse de nada. No había ningún ser más perfecto, físicamente, que Zacharel. Bueno, quizá Kaia. En aquella ocasión, sin embargo, no hubo ninguna reacción. Seguramente era porque reaccionaba con tanta fuerza ante Kaia, que nada podía comparársele.

Sabin y Gwen entraron después, y se situaron junto a los ángeles. Aunque Strider no había avisado a su líder de que las Eagleshield estaban allí, el guerrero no se sorprendió al verlas. Debía de estar vigilándolas desde el Cielo, tal y como habían planeado.

¿Habría tenido suerte y habría localizado la Vara Cortadora?

—Bianka —dijo Kaia, y abrazó a su hermana con una carcajada. Las mellizas bailaron y rieron como si llevaran años sin verse.

—Habría venido antes, pero Lysander me tenía prisionera en nuestra nube —dijo Bianka con una sonrisa—. No cedió hasta que Sabin dijo que podíamos salir. Cosa que todavía no entiendo, y que continuaré intentando sonsacarle hasta que lo consiga.

Entonces, las tres hermanas comenzaron a hablar entre ellas, y pocos segundos después comenzaron a mirar a Juliette con desagrado. Juliette fingió que no se daba cuenta. Su consorte no, sin embargo. Sonrió a las mellizas como si fueran el regalo de Navidad que siempre había deseado.

Strider habría estallado como una bomba de hidrógeno de no ser porque alguien le había sujetado con fuerza por el hombro.

—Yo no lo haría —le advirtió Lysander.

—Tú no, pero yo sí —replicó Strider, sin apartar la vista del hombre.

Otra mano lo sujetó con idéntica fuerza del otro hombro.

—Tal vez debas pensar mejor tu estrategia —dijo Zacharel con su tono de voz frío y monótono.

Tal vez los humanos no estuvieran de acuerdo con Strider en lo de la perfección física de Zacharel, porque seguían bebiendo sin prestarles ni la más mínima atención a los ángeles. Y, demonios, tenían alas y llevaban una túnica de chica. Otros dos motivos para quedarse mirándolos.

—No pueden vernos ni a Lysander ni a mí —le explicó Zacharel—. Pero tienes razón, si pudieran, estarían mirándonos embobados.

Strider apretó la mandíbula.

—No os metáis en mi cabeza.

—Deja de proyectar tus pensamientos.

No le importaba que Amun le leyera la mente, ¿pero Zacharel? ¿Un ángel? Eso era muy irritante.

—¿Qué es su consorte?

—Se llama Lazarus —respondió Lysander—, y es el hijo único de Typhon.

Oh, vaya. Entonces, él tenía razón; aquel tipo estaba muy lejos de ser humano. Cuando era guardia de elite de Zeus, Strider había luchado con muchos monstruos, pero ninguno podía comparársele a Typhon. Era un gigante con cabeza de dragón y cuerpo de serpiente. Sus alas tenían la envergadura de un campo de fútbol y sus ojos eran un abismo sin fondo.

Typhon había desafiado a Zeus, y habría ganado la batalla de no ser porque Strider y sus amigos habían aparecido a tiempo y habían hecho huir al gigante. Sin embargo, Zeus les había culpado de distraerlo y había declarado que podía haber vencido sin ellos. Strider no había vuelto a oír decir nada de Typhon desde entonces, y se preguntó qué le habría ocurrido.

—¿Quién es su madre? —preguntó Strider.

—No sé cómo se llama, pero es una Gorgona.

—Esto va cada vez mejor —murmuró Strider con ironía.

Las Gorgonas podían convertir a cualquiera en piedra con solo mirarlo. En vez de cabello tenían serpientes venenosas. Medusa era la más famosa de ellas, tan legendaria, que incluso los humanos contaban historias sobre su maldad.

Mortales. Qué crédulos eran. Si supieran que Medusa era un corderito comparada con otras de su raza...

—Claramente, quiere un pedazo de Kaia.

—¿Y quién no? —preguntó Zacharel—. Ella es una mujer bella, y yo he visto ahora lo feliz que una Arpía puede hacer a un ángel.

Strider tenía la nariz apretada contra la del ángel un segundo después, y estaba respirando como un toro.

—Será mejor que no te acerques a ella.

«Ganar».

«No hay problema».

—Lo haré. No me acercaré a ella, quiero decir.

Strider pestañeó con confusión y dio un paso atrás.

—Pero si acabas de decir que...

—Acabo de decir que estoy de acuerdo contigo. Sí. Todos los hombres solteros de este bar quieren un pedazo de ella.

Strider volvió a encararse con él un segundo después.

—¿Y tú?

—Yo solo estaba asegurándome de que la deseas a ella, y no a... otra persona.

A otra persona, como por ejemplo, un ángel. De nuevo, Strider dio un paso atrás. En aquella ocasión lo hizo más rápidamente y con las mejillas muy ruborizadas por la mortificación. Así que Zacharel se había dado cuenta de su fascinación.

–Pareces muy inocente y todo eso, pero en realidad eres un demonio disfrazado, ¿no?

Zacharel se encogió de hombros sin cambiar de expresión.

«¿Ganar?».

«Sí. Hemos ganado este asalto».

El ángel no había hecho ningún ademán hacia Kaia, y eso era lo importante.

Tal vez Derrota estuviera de acuerdo, pero Strider no sintió ningún cosquilleo de placer. Tampoco sintió dolor.

–¿Y qué estáis haciendo aquí? –refunfuñó.

–Bianka compite en la siguiente prueba. Lysander quiere que yo...

–Lysander sabe hablar solo –le interrumpió el ángel–. Deseo tener un brazo que me sujete, o que me ayude, si decido castigar a las oponentes de Bianka.

Ah. Amor verdadero. Qué sensiblería.

Tanto Lysander como Zacharel podían crear espadas de fuego de la nada. Seguramente, caerían unas cuantas cabezas de Arpía antes de que terminara la segunda prueba si alguien le hacía daño a Bianka.

–Sabes que avergonzarás a tu mujer si...

–¿Con quién estás hablando, Strider?

Aunque Haidee se había acercado a él, hizo la pregunta desde detrás de la botella de cerveza, sin atreverse a mirar en dirección a él. Strider sabía que no temía a Kaia, aunque debiera, sino que se comportaba así solo para no provocar otro ataque mientras el enemigo estaba cerca.

Y, maldita sea, los ángeles se lo habían advertido. Nadie más podía verlos. Bueno, Sabin y Gwen sí, claro, porque estaban conteniendo la risa detrás de sus botellines.

–Con nadie –murmuró. «Con nadie importante», pensó. Se concentró de nuevo en Kaia y en Bianka, las mellizas revoltosas.

–... no hay mejor momento –estaba diciendo Bianka.

–Entonces, vamos –dijo Kaia, con una sonrisa maligna

igual que la de su hermana–. Juliette ni siquiera sabrá qué es lo que le ha caído encima.

Demonios, ¿qué iban a hacer? Las observó con miedo, listo para intervenir. Sus peores temores se confirmaron cuando las vio subir al estrado.

Al karaoke.

Capítulo 18

Paris se ocultó en un rincón oscuro de aquel harén celestial. Se oían charlas y chapoteos de agua. El aire estaba perfumado de sándalo y jazmín. Él intentó no inhalarlo, porque también había ambrosía en el ambiente, un olor a coco que atraía y seducía, y él no podía permitírselo todavía, por mucho que le temblara el cuerpo debido a la abstinencia.

Después de su pelea en el callejón, había tomado a la primera mujer con la que se había encontrado. Sexo se había asegurado de que ella estuviera bien dispuesta, pese al mal aspecto de Paris, y después, él se había curado rápidamente.

Por desgracia, aquel encuentro vital le había hecho llegar una hora tarde a su cita con Mina, la diosa del armamento, y él había tenido que hacer un pago más alto por las dagas de cristal. Acarició las empuñaduras mientras analizaba su entorno. Odiaba las bandas de tela color cobalto que colgaban del techo y envolvían toda el área. Odiaba los cojines de abalorios que serían como divanes, y odiaba los cuerpos desnudos y brillantes que pululaban de un lado a otro.

Era hora de cumplir con su segundo objetivo. Arca, la diosa mensajera. Ella tenía que saber dónde estaba prisionera Sienna, porque una de sus muchas conquistas se lo había dicho. Charlas entre actos sexuales: eran sus mejores amigas y las peores enemigas de todos los demás.

Si no la encontraba allí, no sabía dónde podía ir a buscarla. Ni qué podía hacer.

«No pienses eso».

Nadie había sentido su presencia todavía, pero eso iba a cambiar rápidamente. Sexo estaba ansioso por obtener su dosis diaria. Paris ya emitía olor a chocolate y a champán. Muy pronto, tanto los mortales como los inmortales que estaban allí, trabajando al servicio de Cronus, se sentirían consumidos por el deseo.

El dios rey tenía muchas amantes. Paris contó treinta y tres. Las otras veintisiete personas que estaban haciendo guardia alrededor de la piscina eran guardaespaldas, no conquistas sexuales.

Paris dudaba que Cronus se hubiera acostado con todo el mundo que había allí, pero el dios haría cualquier cosa por molestar a Rhea, su esposa traidora, y no había nada que hiriera tanto el orgullo de una mujer como la infidelidad. Paris lo sabía muy bien.

Él nunca había podido ser fiel, porque sus conquistas sexuales eran el alimento de su demonio, y no podía permitir que fueran nada más.

Él solo deseaba a Sienna.

Si pudiera encontrarla, si pudiera acariciarla, si ella ya no lo despreciara… ¿se entregaría a él?

Demasiadas preguntas.

Había estado allí varias veces desde la desaparición de Sienna, recopilando información. Obteniendo información a base de acostarse con todo aquel que estuviera cerca de Cronos.

Era irónico. Había ido allí en busca de una mujer, pero había tenido que acostarse con otra. Y con otra. Y con otra.

«No lo pienses». Si se dejaba llevar, acabaría ansioso por tomar ambrosía.

Demonios, tal vez debiera darse un respiro.

O tal vez debiera marcharse. Cronus iba a ponerse furioso cuando averiguara su paradero. Iba a castigarlo. Porque… para ocultar sus actividades, Paris tenía que llevar un collar que le había dado el propio rey de los dioses. Sin embargo, se suponía que solo debía llevar aquel collar para esconderse de Rhea. Usarlo para esconderse de Cronus era un pequeño crimen, lo que, unido a las intenciones que tenía...

«Estás cerca. Estás más cerca que nunca».

Pasara lo que pasara, no iba a rendirse. Así pues, ni ambrosía, ni fuga.

—Estoy ardiendo —dijo una de las mujeres. Estaba sobre un diván rojo, arqueó la espalda y se acarició con un dedo por entre los pechos—. Siento mucho deseo...

—Yo también —dijo otra, y se humedeció los labios mientras buscaba algún compañero.

Oh, sí. Habían sentido a Paris.

Sus amigos estaban acostumbrados a él y a la necesidad que podía provocar, y eran casi inmunes. Además, él alimentaba de sobra a Sexo, así que el demonio rara vez se desataba de aquella manera. Paris no estaba acostumbrado.

—Nunca me había sentido tan excitada —dijo otra de las mujeres.

Entonces empezó todo. Sonaron gemidos de placer, y dio comienzo una orgía. Los cuerpos se retorcieron, las manos acariciaron, las piernas se separaron... Aquella visión no consiguió excitar a Paris, sin embargo. Había estado en una situación como aquella muchas veces, y estaba harto.

Por lo menos, ellas estaban distraídas. Las observó y buscó con la mirada a una mujer con el pelo largo y blanco, recogido en una trenza. Esa era Arca. Y otro detalle que había averiguado: ella era la responsable del cuento de niños *Rapunzel*. Una vez, ella había tenido que llevarle un mensaje de los dioses a un rey humano que se había quedado cautivado por su belleza, y había decidido quedársela. Y había estado a punto de conseguirlo. No solo porque sabía usar la magia negra, sino porque fue el momento más oportuno que pudo elegir: los Griegos habían conseguido hacerse con el control de los cielos y habían encerrado a los Titanes. Arca había sido olvidada.

Paris no sabía si el resto de la historia era cierta, pero parecía que un príncipe mortal había rescatado a la diosa. Aquel príncipe había sido asesinado delante de ella cuando, por fin, los Griegos la habían recordado. A Arca se la habían llevado a rastras de vuelta al Cielo y la habían encerrado en otra prisión mucho más vigilada.

Paris podía usar todo aquello en su provecho. Lo más seguro era que ella sintiera desprecio por el rey y quisiera vengarse de él.

Sin embargo, no estaba en aquella parte del palacio. Ojalá estuviera en otra.

Paris se movió sin separarse de la pared. Podría haberse desnudado y haberse hecho pasar por un esclavo, o por una nueva adquisición para el harén, pero no quería separarse de sus armas nuevas. Sin duda, iba a necesitarlas.

Llegó a una esquina, se detuvo, escuchó con atención y miró. No oyó pasos ni vio sombras que se movieran por el suelo de mármol. Siguió hacia delante y salió de la zona de baño. Atravesó arco tras arco, cortina tras cortina, y finalmente se cruzó con un esclavo que salía de una habitación situada al final de un pasillo, con una bandeja de plata en las manos. Vio a Paris, pero no dio la alarma. No. Su cuerpo bronceado y desnudo reaccionó al instante. Dejó la bandeja en el suelo y se acercó rápidamente, como si estuviera en trance.

Y, seguramente, lo estaba. Paris llevaba veintitrés horas sin alimentar a su demonio. No empezaría a debilitarse hasta una hora después, pero las feromonas que emitía Sexo seguirían fortaleciéndose hasta que tuviera relaciones sexuales.

Algunas veces, Paris se había abandonado hasta que estaba tan débil que ni siquiera podía moverse. Sin embargo, aquellas feromonas se habían extendido con tanta potencia que los humanos habían caído sobre él enloquecidos de lujuria. Y otras veces, antes de llegar a la debilidad total, había sido él quien había perdido el control y había caído sobre los humanos.

El esclavo llegó hasta él.

—¿Quién eres, guapo? —le preguntó, y comenzó a acariciarle el pecho con unas manos encallecidas de trabajar.

Tal vez no estuviera tan cerca de encontrar a Sienna como él creía. La primera vez que se había acercado a ella, su demonio había empezado a repeler a los demás. Sin embargo, aquel esclavo no estaba pensando precisamente en alejarse. Pero no podía cambiar el curso de acción, pensó Paris. No podía. Si ella no estaba allí, él no sabía dónde podía ir a buscarla.

—¿Sabes dónde está Arca? —le preguntó al esclavo, ignorando la pregunta que le habían hecho a él.

El esclavo se humedeció los labios.

—Sí.

Paris sintió un gran alivio.

—Dímelo, por favor.

Aquellas manos seguían explorándolo… cada vez más hacia abajo…

—Por ti, cualquier cosa.

Paris esperó, pero no obtuvo ninguna respuesta.

—Dímelo —repitió.

—Sí, sí, claro, pero primero tengo que…

El esclavo pronunció aquellas palabras en voz cada vez más baja, más ronca, más llena de deseo.

«Está perdido», pensó Paris. El esclavo ya había perdido la cabeza a las necesidades de su cuerpo. Paris no conseguiría ninguna respuesta hasta que aquella necesidad se saciara. Se apoyó contra la pared y miró hacia el techo abovedado.

—Ponte de rodillas —le ordenó, y se apartó de la cabeza el rostro delicado, el pelo oscuro y la adorable piel pecosa de Sienna.

William estaba recorriendo los confines de su celda. Después de que aquella rubia le hubiera dado la noticia sobre Kane, había estallado. Se había puesto a gritar y a luchar para conseguir la libertad. Ella se había dado cuenta de que no iba a poder controlarlo y le había enviado allí, con camilla y todo.

Hacía una hora que él se había recuperado lo suficiente como para romper las ataduras de metal. Sin embargo, la jaula no. Eran cuatro paredes de barrotes, y no podía doblar ni manipular ninguna de ellas.

Aquella prisión estaba especialmente diseñada para inmortales.

Tenía que salir de allí. Tenía que ir con Kane. Tenía que impedir que el guerrero llegara al infierno. Los jinetes. El peligro...

—Bueno, veo que se ha calmado.

La rubia. William sintió furia al oír su voz. Se giró hacia ella y la vio. La cola de caballo, las gafas, los rasgos delicados, la bata de laboratorio.

—¿Quiere hablar ahora?

«No te enfurezcas de nuevo». Por mucho que quisiera cortarle el cuello, la necesitaba.

Sin embargo, estaba en desventaja. Tenía la piel quemada, los pantalones, que era la única prenda que continuaba sobre su cuerpo, manchados de sangre, y el pelo de punta.

Aunque seguro que todavía era increíblemente atractivo.

Sonrió de una forma seductora.

—Por supuesto que quiero. ¿Cómo te llamas, nena?

Ella arqueó una ceja.

—Creía que no le importaba mi nombre.

—Te prometo que eso solo era por el dolor.

—De acuerdo. Fingiré que me lo creo. Me llamo Skye.

—La llamaré doctora Amor.

—Y yo haré que lo castren —dijo ella, aunque sin levantar la voz.

—Vaya, qué genio. Así que trabajas para Galen, ¿no?

Por todos los dioses, cómo odiaba a aquel desgraciado. No solo por los Señores del Inframundo, sino porque no podía soportar a la gente que engañaba a los demás acerca de su maldad. Le recordaban demasiado a su hermano. Y Galen era un tipo que se hacía pasar por un ángel para poder manipular a un grupo de humanos ingenuos para que hicieran lo que él quería.

Skye, si aquel era su nombre de verdad, se echó a reír.

—Más o menos, pero no.

Aquella era la respuesta más inconcreta que hubiera podido darle.

—¿Querrías explicarte un poco mejor, bonita?

—No, pero lo intentaré. Yo no soy una Cazadora. Ni soy doctora. No llegué a terminar la carrera de Medicina.

—Entonces, ¿por qué me lanzaste una bomba que estuvo a punto de matarme, y después me curaste y me encerraste como si me despreciaras? Y además, has enviado a mi amigo al infierno.

Eso era algo que los humanos no habrían sabido hacer, lo cual significaba que había algún dios, o alguna diosa, involucrados en todo aquello. Y la única presencia divina que estaba ayudando a los mortales en aquel momento era Rhea, la diosa celestial.

—Además, ¿cómo sabes quiénes son Galen y los Cazadores si no estás con ellos?

La mujer se ruborizó.

—En primer lugar, yo no le he lanzado ninguna granada. Lo hicieron los Cazadores, sí. Mi marido es Cazador, y por eso yo sé tantas cosas, pero yo estoy intentando sacarle de esto. En cuanto a lo demás, solo lo he encerrado a usted porque era un peligro para sí mismo y para todos los que le rodeaban.

Él se puso una mano sobre el corazón, como si ella le hubiera herido mortalmente.

—Yo nunca te haría daño —dijo.

—Ya.

¿Qué haría falta para engatusar a aquella mujer?

—Vamos a recapitular un poco. Los Cazadores decidieron liquidarme, tu marido entre ellos, y has pensado que vas a intentar salvarme, aunque no seas médico y además, eso podría enfadar mucho a tu marido. Me siento conmovido, de veras.

Ella jugueteó con algo de plástico que tenía en el bolsillo.

—Ellos lo trajeron aquí y me pidieron que ayudara.

—Y, aunque tú quieres que tu hombre deje el grupo de los Cazadores, decidiste ayudarlos —dijo William. Se acercó lentamente a ella, tan lentamente, que la mujer no iba a darse cuenta de que estaba tan cerca como para agarrarla por entre los barrotes hasta que fuera demasiado tarde.

—He decidido ayudarlo a usted.

Otro centímetro.

—Pero no estás trabajando para ellos.

—No.

—Entonces, ¿te cuento mis secretos?

—No. Guárdese sus secretos. No me interesan —respondió ella. Se sacó un caramelo del bolsillo, lo desenvolvió y se lo metió en la boca.

William sí estaba interesado en los secretos de ella.

—Si no trabajas para los Cazadores, ¿para quién trabajas? ¿Por qué sabías cómo tenías que salvarme? ¿Y por qué no me dejas libre ahora? Como puedes ver, ya no soy un peligro para nadie.

—En primer lugar, estoy en paro en este momento. Y con respecto a lo de saber curarlo, ha sido prueba y error. Algunas razas pueden regenerar miembros, otras no. Algunas tienen alas, pero la mayoría no. Algunas responden positivamente a la medicina humana y otras negativamente. Y con respecto a los Cazadores y a su liberación, tengo que decirle que volverá con ellos en cuanto yo decida que está lo suficientemente recuperado.

Otro centímetro más. Casi estaba ahí…

—Y, sin embargo, dices que no trabajas para ellos.

La mujer se encogió de hombros.

—Mi marido hizo un trato con ellos. Decide él.

–¿Y tú no te vas a negar? ¿No vas a intentar que cambie de opinión? –le preguntó él, con su tono de voz más íntimo.

–No –respondió ella–. No puedo. Ojalá pudiera, pero no puedo.

Por fin, William llegó hasta ella. Sonrió.

–Es una pena.

Sacó el brazo por los barrotes y cerró los dedos alrededor de su frágil cuello.

Capítulo 19

A la mañana siguiente, a Strider le sangraban los oídos, y tenía la mente embotada. Y no ayudaba nada el hecho de que Bianka y Kaia siguieran cantando. Mal. Cantaban muy mal. Aunque él nunca admitiría aquello en voz alta. Kaia estaba tan feliz desafinando como una loca que él no quería estropear una actividad que le proporcionaba tanto placer. Pero, en serio, Strider pensaba que los maullidos de un gato eran más agradables que aquello.

Una vez que las chicas habían empezado, no habían parado. Aunque habían transcurrido horas, trágicamente, ninguna de las dos había sufrido laringitis.

Aparte de los humanos, que se habían ido después del cierre del bar, los muy afortunados, nadie más se había atrevido a salir de allí. Ni los Señores, ni las Skyhawk, ni los ángeles, ni las Eagleshield.

Para las Arpías, aquel era otro tipo de competición, simple y llanamente. ¿Quién podía durar más que el otro? Por una vez, Strider estaba dispuesto a perder. Él se habría marchado y habría sufrido un dolor inhumano durante días, pero demonios, tenía que proteger a su pequeña Arpía.

En algunas ocasiones, algunas de las Eagleshield habían intentado subir al escenario, hacerse con el micrófono y acabar con el sufrimiento de todo el mundo. Strider se había levantado para pasar a la acción, pero Lysander y Zacharel, que eran invisibles para todo el mundo salvo para Strider y Sabin, habían formado inmediatamente un muro impenetrable de músculos que no podía atravesar nadie.

Y las Arpías habían intentado hacerlo, golpeando, dando patadas y zarpazos, hasta que se habían rendido de frustración. Por supuesto, habían culpado a Kaia y a Bianka, y él había oído murmullos de asombro y maravilla. ¿Qué extraños poderes tenían las mellizas?

Bien. Que se lo preguntaran.

Sabiendo que los ángeles protegían a Kaia, Strider había podido estudiar a Juliette y a su consorte, Lazarus, que estaban concentrados en Kaia. A él no le gustaba eso. No le gustaba en absoluto. Y no iba a consentirlo.

«Compórtate como es debido», le dijo a Derrota, «y yo haré bien las cosas. Yo me ocuparé de esto».

Pese al ruido, que había dejado a Derrota gimoteando y rogándole que escapara, el demonio soltó un resoplido.

Así que no iba a colaborar. Sin embargo, eso no iba a detenerlo. Se levantó, acercó una silla a la mesa de Juliette y se sentó. Inmediatamente, notó que la tensión aumentaba en el bar, y no tuvo que mirar atrás para saber que Amun y Sabin se habían colocado tras él para cubrirle las espaldas.

Finalmente, Juliette se dignó a mirarlo.

—Recibo lo que deseo. Deseaba que te acercaras a mí, y lo has hecho. Pero debo admitir que esperaba que lo hicieras antes.

—¿Por qué? —preguntó él, con una genuina curiosidad.

—Yo tengo algo que tú deseas, ¿no?

—¿El qué?

—La Vara Cortadora. Sí —añadió Juliette, al ver que él se sorprendía—. Lo sé todo acerca de vosotros, los Señores del Inframundo, y de vuestra búsqueda de la caja de Pandora. Sé que necesitáis cuatro artefactos para encontrarla, y que la Vara es uno de ellos. ¿Por qué piensas que la he ofrecido como premio?

En vez de responder, él hizo una pregunta.

—¿Cómo la conseguiste?

Juliette sonrió con petulancia.

—Yo nunca cuento mis secretos.

Ah, bueno. Strider miró hacia atrás, a Amun. El guerrero, grande y oscuro, tenía el ceño fruncido y los rasgos tensos. Cuando su mirada se cruzó con la de Strider, hizo un gesto negativo con la cabeza. ¿Eh? ¿Acaso no podía leerle la mente a la Arpía?

Eso era extraño.

Strider se volvió hacia Juliette de nuevo, sin dejar de observar a Lazarus de reojo. Él ni siquiera había mirado a Strider, porque no le quitaba los ojos de encima a Kaia.

—Bueno, por retroceder un poco, el ganador tendrá algo que yo quiero —mintió. Él sería quien tendría el artefacto antes de que terminaran los juegos. No iba a permitir que ocurriera otra cosa.

—Da lo mismo —dijo ella, encogiéndose de hombros—, porque Kaia no va a ganar nada.

Derrota gruñó.

«Buen chico».

—Cuando Kaia pierda —prosiguió Juliette—, tú vendrás a mí. Y tal vez, después de que me lo ruegues, te permita que me complazcas. Y tal vez, después de que me complazcas, si puedes, te dejaré que uses mi Vara Cortadora.

Su Vara Cortadora.

—No creo que eso vaya a ocurrir.

—¿No? Yo sí. Como soy mucho más bella que esa zorra pelirroja, me suplicarás mis favores.

¿Ira? No, esa era una palabra demasiado suave para lo que sintió. Incluso Derrota rugió.

—Pues no, no lo eres. Nadie es más bella que Kaia. Además, ella no es ninguna zorra. Es mía. Y yo no voy a rogarte nada, salvo que te marches.

—¿De veras? Bueno, permíteme que te haga una pregunta, Strider, guardián del demonio de la Derrota. Tú eres uno de los fabulosos Señores del Inframundo, y te he investigado meticulosamente. Para ti, la victoria es más importante que cualquier otra cosa. Entonces, ¿por qué has elegido ser el consorte de Kaia la Decepción?

Eso iba a cambiar. Su Arpía iba a conseguir un apodo nuevo, y rápidamente.

—Kaia significa muchas cosas para mí, y ninguna de ellas es decepcionante. Y ahora, respóndeme tú a esto: ¿Eligió tu consorte estar a tu lado? —le preguntó Strider, señalando con la cabeza las cadenas tatuadas del gigante—. Porque estoy seguro de que te cortaría el cuello sin dudarlo.

Por fin, Lazarus atendió a lo que estaba sucediendo en la mesa.

—Tienes razón —dijo y, en ese momento, el odio que Strider sentía por él disminuyó.

—Cierra la boca —le ordenó Juliette a su consorte.

Lazarus obedeció, aunque miró a Juliette con odio y rabia.

Juliette entornó los ojos y los clavó en Strider.

—Él se siente honrado por estar conmigo.

—¿De veras? No lo creo.

Las uñas de la Arpía ya se habían convertido en garras, y sus ojos se habían vuelto negros. Oh, por todos los dioses. Su animal estaba a punto de salir a jugar.

Strider siguió golpeando, mientras todavía podía hacerlo.

—Bueno, yo sí que me siento honrado de estar con Kaia, y si vuelves a intentar algo como lo que hiciste en la primera prueba, ordenando que todo el mundo la atacara a la vez, yo me lo tomaré como un desafío personal. ¿Descubriste en tu investigación lo que les ocurre a los que me desafían?

A Juliette se le pusieron los ojos completamente negros. Hasta que Lazarus le dio una palmadita en la mano. Con aquella única palmadita, el negro fue desapareciendo y sus garras volvieron a ser uñas.

Strider había visto muchas veces a Sabin calmar a Gwen, pero por primera vez entendió el poder que tenía un consorte sobre su Arpía, y lo mucho que una Arpía necesitaba a su consorte.

Sin embargo, claramente, Lazarus era un esclavo que estaba allí a la fuerza. ¿Por qué había calmado a la mujer que lo tenía esclavizado? ¿No debería disfrutar si ella se disgustaba? ¿Y cómo lo había capturado Juliette, no una, sino dos veces? Aquel hombre se había abierto paso por un campamento lleno de Arpías y había conseguido salir victorioso. Era hijo de Typhon y de una Gorgona, lo cual significaba que tenía poderes difíciles de imaginar.

¿Acaso había permitido él que lo capturara? Aquella le parecía la única explicación posible, pero, ¿por qué habría hecho algo así?

Strider tenía muchas preguntas, pero no podía responder ninguna. Llamaría a Torin y le pediría al guardián de la Enfermedad que investigara por Internet. Sin duda, allí había algo oculto.

—No puedes hacerme nada, guerrero —dijo Juliette, que había recuperado el control sobre sí misma. Sonrió con su acostumbrada petulancia y prosiguió—, si no quieres que Kaia parezca sospechosa, y todo el mundo piense que es una perdedora y una débil. Otra vez.

Exactamente, lo que le había contado Kaia. Él la había creído, pero no le había dado importancia a sus sentimientos, puesto que estaba muy ocupado en conseguir sus propios objetivos. Y todavía lo estaba, puesto que era una cuestión de vida o muerte, y no de emociones. Sin embargo, en aquel momento estaba muy enfadado.

«Ganar», gruñó Derrota.

Strider sabía lo que quería su demonio, y estaba de acuerdo. Le haría algo a Juliette sin que pareciera que era culpa de Kaia. Desafío hecho, desafío aceptado.

—Ya veremos —le dijo a Juliette con una sonrisa.

Su lista de desafíos aceptados iba aumentando. Proteger a Kaia de las otras Arpías, conseguir la Vara Cortadora y, a partir de aquel momento, destruir a Juliette.

—Sí, ya veremos —replicó Juliette—. Y otra cosa, guerrero. Hay una cosa que debes saber: Si alguien me roba la Vara Cortadora, o sufro algún percance antes de los juegos, Kaia morirá. Mi clan está muy ansioso por actuar.

Estaba intentando atarle las manos, y estaba haciendo un buen trabajo. ¿Cómo iba a mantener a Kaia a salvo contra todo un ejército de Arpías? Al pensarlo, él comenzó a sudar.

Por fin, los cánticos cesaron.

De repente reinó un silencio absoluto, como si todo el mundo temiera que, con tan solo respirar, iban a provocar que comenzara otra ronda de canciones. Pero no. Sonaron unos pasos y, al segundo, Kaia estaba acercando una silla a la mesa.

—Strider —dijo con tirantez.

—Nena —dijo él, con la esperanza de no dejar traslucir su miedo.

—Gracias a todos los dioses —dijo Juliette—. Cantas horriblemente mal. Mis oídos necesitaban un descanso.

Strider le posó la mano en la nuca a Kaia, y dijo:

—A mí me parece que canta muy bien.

Kaia alzó la barbilla.

—En serio, nena. Podría escucharte durante horas.

«Pero, por favor, no me obligues a hacerlo».

Derrota gimoteó.

—Eso es porque eres un hombre de buen gusto —dijo ella.

Se inclinó hacia él y le dio un beso en la mejilla, un beso que le proporcionó a Strider una deliciosa sensación de calor en la piel. Cuando comenzó a apartarse, él la agarró con más fuerza, y no se lo permitió. Le gustaba tenerla cerca. Juliette observó aquel intercambio de ternura con una expresión de rabia.

—Yo estoy de acuerdo. Escucharte cantar es un placer —dijo Lazarus, hablando por segunda vez, con una voz hipnótica, casi sexual—. Kaia la… Más Fuerte, ¿no?

Strider posó la mano en una de sus dagas al oír el tono

burlón del consorte de Juliette. Sin embargo, Lazarus dijo despreocupadamente:

–Bueno, creo que es hora de marcharse.

–No eres tú quien puede decidir eso –le espetó Juliette en un tono amenazante, y hubiera continuado de no ser porque Kaia la interrumpió.

–Quería hablar contigo sobre algo importante, Julie –le dijo.

–Juliette –corrigió la Arpía, con los ojos oscurecidos–. Me llamo Juliette la Erradicadora. Dirígete a mí con el debido respeto.

–Como quieras. Es una pena que no puedas luchar en los juegos. Casi parece que aceptaste ser la directora porque temías la competición.

Hubo un jadeo de indignación. El negro se apoderó de los ojos de Juliette.

–Acepté la dirección de los juegos para poder, por fin…

–No –dijo Lazarus, con tanta fuerza, que las paredes del bar vibraron–. Ya es suficiente.

Acababan de ver una pequeña muestra de su poder. Oh, sí. Claramente, allí había gato encerrado.

Juliette palideció y carraspeó.

–Lo que quiero decir es que podemos organizar una pelea entre tú y yo. Si quieres pelear conmigo, lo haremos. Pero, en realidad, terminaremos haciéndolo aunque no quieras. Me desafiaste hace muchos siglos, y a mí nunca se me ha permitido responder.

–¿Porque eras demasiado cobarde?

–Primero teníamos que recuperarnos de todo el daño que tú provocaste.

–¿Yo? ¿Y qué pasa con él? –preguntó Kaia, señalando a Lazarus con el dedo pulgar.

–Ya sabes cuál es la respuesta a eso. Él actuó así por tus acciones. Ahora, cierra la boca y escucha. En segundo lugar, teníamos que volver a recuperar la población, así que matar a otra Arpía fuera de los juegos quedó prohibido. En tercer lugar, tu madre habría declarado la guerra a mi clan –dijo Juliette, y la ira se vio reemplazada por la superioridad y la arrogancia–. Ahora, ya no existe ninguno de esos obstáculos.

Kaia se estremeció al recordar el repudio de su madre.

Juliette se sacó el colgante del cuello de la camisa y acarició el medallón de madera con un dedo.

–Es bonito, ¿verdad?

Kaia no pudo disimular el temblor de su barbilla al verlo.

–Los he visto mejores.

«Así se hace», pensó Strider. Estaba claro que ver aquel colgante le hacía daño, y que Juliette sabía por qué. Y ahora, él también quería saber el motivo. Sin embargo, Kaia era su nena, y siempre debía tener la última palabra, pasara lo que pasara. Él no podía culparla por ello; en realidad, se sentía orgulloso de ella. Y excitado.

Antes de que Juliette respondiera, todas las Arpías del establecimiento, incluso Kaia, se quedaron inmóviles y fruncieron el ceño.

–¿Qué ocurre? –preguntó Strider con preocupación.

No hubo respuesta. Todas las Arpías sacaron sus teléfonos móviles a la vez. Kaia leyó el mensaje que apareció en la pantalla, y se puso tensa.

–Se ha hecho público el lugar donde se celebrará la siguiente prueba –dijo–. Tenemos veinticuatro horas para llegar.

Juliette se rio. Aunque era la directora, ella también había mirado el teléfono. ¿No debería saber ya adónde debían dirigirse?

–La pobre Kaia tiene que tomar una decisión muy difícil, ¿verdad? –murmuró. Después dijo–: Vamos, equipo, debemos marcharnos.

Por fin, las Eagleshield y sus consortes, Lazarus incluido, salieron del bar. Juliette se quedó rezagada en la puerta y se volvió hacia Kaia con una sonrisa.

–Es una pena que esta vez no puedas esconderte detrás de tu hombre, ¿eh?

Y, con aquellas palabras, se marchó.

—¿Qué ocurre? —le preguntó Strider.

—Tenemos que marcharnos —dijo ella con angustia.

«Tenemos». Bien.

—Recogeré mis cosas.

—No —dijo ella, agitando la cabeza—. Mis hermanas y yo tenemos que marcharnos. Juliette tenía razón. Tus amigos y tú no podéis venir.

Y un cuerno.

—¿Por qué? ¿Adónde tenemos que ir?

Ella suspiró.

—A Odynia, el Jardín de los Adioses. Se llama así porque Hera solía deshacerse de sus enemigos sin tan siquiera tener que levantar la mano contra ellos. Ahora es Rhea quien está a cargo del jardín, por supuesto, y supongo que ella será nuestra anfitriona.

Rhea, la reina de los dioses Titanes, y la verdadera dirigente de los Cazadores. Mucho más peligrosa y más poderosa de lo que nunca sería Galen. Si Strider asistía a aquella parte de los juegos, caería directamente en una trampa. Si no iba, Kaia podía resultar herida, y él no podría ayudarla ni curarla.

«Ni hablar», pensó.

Capítulo 20

¡Aquel tozudo no dejaba de seguirla!

Escaparse de Strider había sido fácil. Dejar que su demonio ganara, no. Después de darle la noticia de Rhea, Kaia le había pedido que hablaran un momento en privado. Y le había permitido que él pensara que iban a besarse como locos.

Habían salido del bar, al frío de la noche, y antes de que Strider pudiera decir una palabra, le había dado un beso en aquellos magníficos labios. Aunque, por desgracia, no había conseguido distraerlo del todo, y lo había desafiado a que estuviera allí durante una hora más. Y a que mantuviera a Sabin y a Lysander a su lado.

Él irradiaba furia mientras ella avisaba a Bianka y a Gwen, y todas se alejaban. Había tenido que luchar ferozmente con Sabin y con Lysander cuando ellos intentaron seguir a sus esposas...

Kaia no lo olvidaría nunca. Se había dado la vuelta unas mil veces, porque lo único que deseaba era pedirle perdón por haber usado a su demonio en su contra, y rogarle que fuera con ella. Sin embargo, al pensar en Rhea, y en la maldad de aquella diosa, se había contenido. Kaia sabía que no iba a poder concentrarse en el premio si tenía que proteger a Strider al mismo tiempo. Era muy posible que los Cazadores estuvieran en el Odynia, esperando la mejor ocasión para cortarle la cabeza.

Costara lo que costara, tenía que proteger a Strider. Lo necesitaba más de lo que necesitaba el aire para respirar. Y él cada vez estaba más cerca de ella, y cada vez quería más cosas de ella. La había besado delante de todo el mundo, la había besado como si estuvieran a punto de hacer el amor. La había besado como si ella fuera una droga que se le había negado durante mucho tiempo. Después la había llamado «nena», y la había acariciado como si fuera su compañera.

Y al final, ella lo había echado todo a perder al desafiarlo, en vez de hablar con él, y con solo pensarlo, se le formaba un nudo de angustia en el estómago. Sin embargo, no tenía tiempo de darle explicaciones, ni de intentar convencerlo de que su plan era bueno. El Equipo Kaia solo tenía veinticuatro horas, diecinueve en aquel momento, para llegar al jardín de Rhea, en los cielos, y tenían que llegar al portal que había abierto la diosa.

Taliyah y Neeka se habían adelantado, y Kaia y el resto del equipo estaban siguiendo el camino que ellas marcaban por los parajes helados de Alaska. Alaska, la tierra de las Skyhawk, lugar en el que se había situado el portal en honor a las ganadoras de la primera prueba.

Su destino eran unas tierras olvidadas entre dos montañas. Ellas no dejaron huellas, disimularon su olor y se mantuvieron ocultas durante todo el camino, por si acaso alguno de los otros equipos trataba de entorpecer su marcha.

Sin embargo, no hubo manera de que aquellos hombres tercos perdieran su rastro.

—Vamos a tener que sabotearles de alguna manera —dijo Gwen, cuyo aliento formó nubes de vapor ante su cara, mientras saltaba por las ramas nevadas de los árboles.

—No —respondió Kaia, que avanzaba a su lado. Eso sería una derrota para Strider, y ella no podía soportar que él sufriera durante días y quedara debilitado. Entonces, sería un blanco muy fácil para Juliette—. El portal se cerrará a las ocho y un minuto, mañana por la mañana. Si lo atravesamos justo antes de que se cierre, ellos ya no podrán seguirnos.

—Eso es peligroso —explicó Bianka, que iba detrás de sus hermanas—. Nos arriesgaríamos a quedar fuera, y no podemos permitirnos una descalificación en una de las pruebas. Entonces ya no tendríamos ninguna posibilidad de ganar el primer premio.

Maldición. Se suponía que los consortes debían facilitarles la vida, no complicársela. Kaia se detuvo un momento, se pasó la mano por la cara helada y, de repente, sintió tanto cansancio que tuvo ganas de desmayarse. Llevaba días sin dormir bien. Primero estaba demasiado ocupada curándose, y después, demasiado preocupada por los posibles ataques sorpresa.

—¿No se os ocurre ninguna manera de arreglar esto sin hacerles daño a nuestros hombres?

Hubo un silbido por el aire. No era un sonido natural, y Kaia lo reconoció muy bien. Sintió miedo.

Estaban a punto de caer en una emboscada.

—¡Agachaos! —gritó, y tiró de Bianka hacia abajo, con ella.

La rama se agitó violentamente, pero consiguieron esquivar la flecha que pasó por encima de sus cabezas y se clavó en el tronco del árbol. Percibió un olor a aguacate y a sal, y se encogió.

—¡Me he roto una uña! —gritó Gwen con furia.

Kaia olisqueó el aire y descubrió rastros de sudor y de miedo. No eran Arpías quienes habían disparado aquella flecha, sino humanos, aunque ella estaba segura de que sí eran las Arpías quienes habían pagado a los humanos para que lo hicieran. De otro modo, a los humanos no se les habría ocurrido utilizar flechas con puntas talladas en huesos de aguacate y hundidos en sal, en vez de usar balas. No habrían sabido que aquellas dos sustancias, combinadas, debilitaban el corazón de una Arpía durante semanas.

De no haber sido las Arpías quienes los habían contratado, habría sido la misma Rhea, porque Kaia y su equipo eran amigas de los Señores del Inframundo. Mientras uno de los humanos tensaba la cuerda del arco para disparar de nuevo, Kaia vio que tenía una figura tatuada en el interior de la muñeca. Era el símbolo de lo Infinito. El símbolo de los Cazadores.

Strider, Sabin y Lysander estaban cerca. Ella no quería que Strider se acercara a aquellos desgraciados. Tal vez aquel fuera el motivo por el que habían enviado a los Cazadores: para liquidar a los chicos, o para liquidar a las chicas que salían con ellos.

Aunque no iban a conseguirlo.

—Estaban esperándonos, y ya sabes cuánto odio a la gente que tiende emboscadas —dijo Bianka, mientras dejaba en el suelo su bolsa de ropa y provisiones—. Voy a castigarles un poco.

—Sí.

Seis flechas más se clavaron en el trono del árbol, en una rápida sucesión. Bianka sacó dos de sus dagas y buscó el blanco. Las arrojó, una tras otra, y oyó un gruñido de dolor y un grito.

—Déjame alguno, ¿quieres? —le dijo Kaia, dejando la bolsa junto a la de su melliza.

—Está bien, te dejaré uno. Aunque me gustaría decirte que hay más que suficientes para las dos.

Kaia se agachó y estudió rápidamente el entorno. Contó cincuenta y tres Cazadores. La mayoría estaban en el suelo, con los arcos preparados para disparar. Las flechas siguieron clavándose en los árboles, demasiado cerca de ellas. La Arpía de Kaia graznó para que la liberara. Kaia ni siquiera intentó contenerla. Sus hermanas sabían cómo protegerse de aquel peligro. Al instante, su visión se hizo negra, y sintió calor.

Se le hizo la boca agua al pensar en la sangre.

Aquellos hombres matarían a Strider si tuvieran la oportunidad, así que tenían que morir de un modo doloroso. Sonrió mientras se ponía en pie.

—¡Allí! —gritó alguien.

—¡Sí, ya la veo!

Un segundo después, hubo una lluvia de flechas dirigida a ella. Kaia las observó y contó seis, que se movían lentamente. Las agarró, una por una, las observó y las tiró al suelo. No eran juguetes divertidos.

—¿Habéis visto eso? ¡Es imposible!

Kaia se puso en acción. En un abrir y cerrar de ojos, estaba entre los humanos. Danzó entre ellos, lanzando zarpazos con las garras, dando dentelladas con los colmillos. Notó el sabor dulce de la sangre en la garganta, y pronto comenzó a oír gritos de dolor y súplicas de piedad a su alrededor.

¿Piedad? ¿Qué era la piedad? No conocía aquella palabra. La única palabra que conocía era «más». Necesitaba más. Más gritos y más sangre. Siguió luchando con entusiasmo, divirtiéndose. Los huesos hacían un ruido precioso cuando se rompían y la piel cuando se rasgaba. Gritos, súplicas. Era como una canción.

Sin embargo, en poco tiempo los cuerpos dejaron de levantarse. Los gritos y las súplicas cesaron. No hubo más huesos que romper, ni más piel que rasgar. Ninguna otra canción. Kaia se quedó inmóvil y frunció el ceño. Quería más. ¿Por qué no podía tener más?

Inspiró profundamente, y percibió un olor a canela. La canela era Strider.

Strider.

Su Strider.

Su consorte sexy e irreverente, que la llamaba «nena».

La Arpía graznó al sentirse saciada, y calmada por Strider, y se retiró al fondo de su mente.

Kaia pestañeó para recuperar la visión. Se dio cuenta de que estaba jadeando y sudando. No, no era sudor. Era sangre. Sangre y... otras cosas.

—Me alegro de que hayas vuelto, hermana —dijo Bianka, dándole una palmadita en el hombro para felicitarla por un trabajo bien hecho—. Tal y como te prometí, he apartado a uno con vida para ti.

Kaia se dio la vuelta y vio que la nieve estaba de color rojo y llena de cadáveres. El único humano que todavía vivía estaba clavado con flechas al tronco de un árbol. Gimió cuando Kaia se acercó a él. Cada paso que dio le causó dolor, y se detuvo a medio camino para observarse. No vio nada fuera de lo corriente, salvo por la sangre, y se quitó el abrigo. Tenía cortes en los brazos, en el estómago y en las piernas, y por uno de sus costados asomaba la punta de una flecha. Mierda.

—Mierda —exclamó Bianka también al verlo—. Vamos a extraértela antes de que te haga más daño.

Su hermana tomó su bolsa y sacó un par de pinzas. Entonces hizo que Kaia se sentara y comenzó a trabajar para extraerle hasta la última de las astillas del cuerpo.

El dolor... Kaia quería gritar, y quería apartarle las manos a su hermana, pero no lo hizo. Se obligó a concentrarse en otra cosa. En su equipo. Observó a Gwen, que estaba muy pálida, pero ilesa. Había otras dos Arpías a su lado: Juno y Tedra. La primera solo tenía algunos rasguños, pero la otra estaba llena de heridas punzantes, y se tambaleaba. No podría luchar en la próxima prueba. ¡Maldición!

¿Y no había olido ella canela un poco antes? ¿No era así como se había calmado? Entonces, ¿dónde estaba Strider?

—Ya he terminado —dijo Bianka mientras se erguía. Su tono de voz era de preocupación. Las dos sabían que Kaia necesitaba la sangre de Strider. Si no la tomaba, después no estaría en buena forma.

—Gracias —dijo Kaia.

Entonces se puso en pie y se dirigió hacia el Cazador. Era mucho más alto y más fornido que ella, pero emitía olor a miedo, un olor acre y potente. Después de todo, había sido uno de los espectadores de aquel espectáculo.

—Por favor... no me mates... —gimió—. Así no. Como a ellos no.

—No te voy a matar —dijo ella con una sonrisa fría—. Y, a cambio, tú me vas a hacer un favor, ¿de acuerdo?

—Sí —dijo el hombre, llorando de alivio—. Por favor. Sí.

—Bien. Muy bien. Escúchame con atención, porque no te lo voy a repetir.

Entonces, Kaia desenfundó la daga que llevaba en el tobillo y cortó una banda de tela de su abrigo.

—¿Qué vas a hacer? Has dicho que no me ibas a matar.

—No, no voy a hacerlo —dijo ella, y moviéndose con rapidez, le vendó las heridas del cuello al Cazador—. ¿Me estás escuchando? Bien, esto es lo que vas a hacer…

Strider olfateó la sangre mucho antes de verla.

Llevaba horas siguiéndole el rastro a Kaia. Derrota se había vuelto loco dentro de su cabeza. «Ganar, ganar, ganar». Si él oía aquella palabra una vez más, iba a matar a alguien. A sí mismo, por ejemplo. O a Kaia. Parecía imposible, pero iba a encontrar la manera de hacerlo. Estaba decidido, y ella tenía la culpa de aquel desastre.

Sin embargo, al percibir el olor a sangre, se olvidó de todo. Solo podía pensar en Kaia y en su seguridad.

Sabin y él se miraron con preocupación y comenzaron a moverse rápidamente, apartando ramas cargadas de nieve para abrirse camino. Strider llevaba su pistola en una mano y la daga en la otra. Iba listo para cualquier cosa, salvo para ver herida a Kaia.

«Ganar, ganar, ganar».

¿Encontrarla? Sí, iba a encontrarla. ¿Salvarla? Sí, también. Lysander y Zacharel iban sobrevolando el terreno, y también debían de haber percibido el olor a sangre, porque comenzaron el descenso aleteando poderosamente.

Los cuatro hombres llegaron al mismo tiempo a la escena.

Había cadáveres de hombres por todas partes, y la nieve estaba empapada en sangre. Lysander caminó por entre los cuerpos, olfateando y tocando.

—Algunas de las Arpías resultaron heridas.

—¿Kaia? —preguntó Strider con un nudo en la garganta.

—Sí, pero se marchó. Todas se marcharon.

«Gracias a los dioses». Strider recuperó el aliento.

—Estos humanos estaban contaminados por el demonio de la Lucha —añadió Lysander.

Rhea estaba poseída por el demonio de la Lucha. Y Rhea había abierto el Jardín de los Adioses a todas las Arpías. ¿Quería destruir a las mujeres de sus enemigos?

—¿No por el demonio de la Esperanza?

—No. Esto ha sido obra de Lucha, sin duda.

Entonces, el trabajo de Strider, proteger a Kaia, se había vuelto mil veces más difícil. Aunque no le importaba. Estaba dispuesto a hacer lo que fuera necesario, incluso en contra de la reina de los dioses.

—¿Por qué estás tan seguro?

—Cada demonio tiene un olor diferente —dijo el ángel con disgusto—. Y estos hombres apestan a discordia.

—Entonces, nuestras mujeres están en peligro —gruñó Sabin.

—Ya lo sabemos —dijo Strider, pasándose una mano por la cara.

—Llamaré a mis ángeles para que limpien esto —dijo Zacharel.

¿A sus ángeles?

—No, todavía no.

Entre los muertos, Strider también percibía un ligero olor. Era el de Kaia, para ser exactos. Era el olor de su sangre. Se agachó y tomó la punta de una flecha que estaba entre la nieve; se la llevó a la nariz y la olfateó. Era la sangre de Kaia. Tal y como había dicho Lysander, estaba herida.

Al tener en la mano la prueba, Strider se enfureció. Sin darse cuenta, rompió la flecha apretándola con el puño.

«Necesito abrazarla. Necesito asegurarme de que está bien. Y necesito herir a quien la ha herido».

—Está bien —le dijo Sabin—. Se ha marchado de aquí. El ángel no puede mentir.

Oyó un gemido ahogado, y todos los músculos del cuerpo se le tensaron. Alguien había sobrevivido. Sabin y él se separaron y rodearon el enorme tronco de un árbol. Había un hombre allí, un humano, un Cazador, que estaba clavado al tronco con unas flechas. Tenía los brazos extendidos y una de las muñecas giradas para exhibir su tatuaje, y llevaba un lazo al cuello, hecho con un pedazo de tela de piel. Era del abrigo de Kaia.

Entonces, era un regalo.

Cuando el Cazador vio a los guerreros, comenzó a llorar.

Strider se acercó a él, lo agarró por la barbilla y le puso la hoja de la daga en la mejilla.

—Estás vivo por alguna razón. ¿Cuál es? —le preguntó. Sabía que su pequeña Arpía había tramado algo. Quería que él se quedara atrás.

—Tú… ¿Tú eres el guerrero llamado Strider?

Strider asintió.

—Se supo-pone que tengo que decirte que no te preocupes —dijo el hombre entre jadeos—. Las chicas lo tienen todo controlado.

Sabin se acercó a Strider.

—¿Y eso es todo?

El humano se estremeció.

—No. Si las seguís, dejarán que las descalifiquen.

—Ya. Gracias por darnos el mensaje —le dijo al Cazador, y después lo mató.

Esperaba que los ángeles se lo recriminaran, pero Lysander y Zacharel permanecieron en silencio mientras la cabeza del humano caía sin vida hacia delante.

Algunas veces, Strider dejaba escapar a su enemigo, con la esperanza de que hubiera aprendido una lección sobre los grados que había entre el mal y el bien. En aquella ocasión no lo hizo. Aquel hombre había atacado a Kaia y, al hacerlo, había sellado su destino.

La victoria fue muy ligera, y Derrota apenas reaccionó.

—Vamos —dijo Strider mientras se limpiaba la hoja de la

daga en la pernera del pantalón. Cuando la hubo enfundado de nuevo, añadió–: No nos llevan demasiada ventaja.

Zacharel ladeó la cabeza.

–¿Estás dispuesto a arriesgar…?

Strider lo acalló con una sola mirada.

–Vamos a ir. Nos aseguraremos de que no nos vean.

Capítulo 21

El portal de entrada a los cielos estaba exactamente donde decía el mensaje de texto. Era una bolsa de aire brillante entre dos montañas iluminadas por la luna. El Equipo Kaia estaba escondido sobre una gran peña, esperando, observando. Temiendo lo que pudiera ocurrir.

Kaia estaba sobre un saliente resbaladizo, y sentía el frío hasta los huesos. Normalmente no la afectaban las bajas temperaturas, pero en aquella ocasión estaba temblando. Tal vez se le hubiera infectado la herida, porque parecía que tenía algo de fiebre, pero al menos no sentía dolor. El frío le había entumecido la herida.

Para curarse aquel tipo de lesión necesitaba la sangre de Strider.

En realidad, necesitaba a Strider. No estaba segura de cómo había podido vivir sin él. Sin embargo, no iba a ir en su busca en un futuro cercano, y tal vez, nunca. Esperaba que él hubiera recibido su mensaje y se hubiera vuelto a Budapest. El bienestar de su consorte estaba por delante de la comprensible necesidad que ella sentía por él. ¡Pero solo un poco!

Observó la zona circundante con los prismáticos. Solo veía blanco, blanco y más blanco, y hasta el momento no había divisado a otras Arpías. Sin embargo, se esperaba algún truco sucio, por lo menos hasta que estuvieran en la falda de la montaña. En cuanto su equipo atravesara el portal, estarían en territorio neutral. Nadie podría atacarlas.

El problema, sin embargo, era llegar hasta aquella entrada.

—Creo que ya es la hora de ponerse en camino —dijo Taliyah, confiscándole los prismáticos y observando los picos más altos—. No podemos esperar más. Tedra y tú necesitáis una cura, y aquí no podemos hacerla.

Bianka le arrebató los prismáticos a Taliyah y miró hacia las llanuras.

—Si Lysander estuviera aquí, podría volar y...

—¿Otra vez con eso? —preguntó Kaia. Le quitó los prismáticos a su hermana y los tiró hacia atrás por encima de su hombro. Durante la hora anterior, Bianka no había dejado de recitar todos los motivos por los que estaban mejor con sus hombres. Como si Kaia no lo supiera ya, demonios.

—¡Eh! —exclamó Neeka—. Eso ha dolido.

Kaia se giró y sonrió. La muchacha estaba frunciendo el ceño y frotándose una inflamación que se le estaba formando bajo el ojo izquierdo.

—Te diría que lo siento, pero ha sido culpa de Bianka porque...

—¡Shh!

Bianka le puso una mano sobre la boca y la acalló. Después, señaló hacia el portal con la mano libre.

—Mira.

Kaia miró. Las Falconway y las Songbird acababan de llegar a la cima de la colina más lejana y estaban corriendo hacia el portal, cada vez más rápidamente... hasta que solo fueron borrones. Nadie intentó detenerlas y, una por una, atravesaron aquella preciosa bolsa de aire y desaparecieron.

Si los Cazadores estaban esperando para atacar, por lo menos habrían echado un vistazo desde las sombras para ver quién se acercaba, ¿no?

—De acuerdo —dijo Kaia y asintió—. Tenemos un camino directo hacia el portal, así que esto es lo que vamos a hacer: Dos de nosotras estamos demasiado heridas como para correr, y os retrasaremos a las demás si intentáis llevarnos. Yo no quiero que nos separemos, así que vamos a deslizarnos por este saliente, sobre las mochilas, hasta abajo, como si fuéramos en trineo. Y antes de que nos demos cuenta, estaremos en el Cielo, sanas y salvas.

Hubo murmullos de aprobación.

En pocos minutos estaban en fila, preparadas para bajar. Kaia iría en primer lugar. Se sentó sobre su mochila, con una pierna a cada lado de la cornisa. Tenía el corazón acelerado. Había saltado desde aquella montaña muchas veces, jugando con Bianka a ver quién se rompía menos huesos. Normalmente ganaba ella, porque Bianka se tapaba los ojos y se dejaba caer hacia el hielo. Sin embargo, aquello no tenía importancia en aquel momento. «Concéntrate», se dijo. Temía que alguna de las chicas se hiciera daño...

−¡Allá vamos! −exclamó.

El viento le abofeteó la cara mientras descendía cada vez más rápidamente, como habían hecho los otros equipos. El exterior de su mochila se estaba deshilachando, y su abrigo sería lo próximo, y después, su piel. Casi había llegado...

Se le clavó una flecha en el muslo. Antes de que pudiera reaccionar, recibió otro flechazo. Gritó de dolor. ¿Cómo? ¿Dónde estaban? Allí. Los Cazadores habían entrado en bolsas de aire en miniatura, como si hubieran estado allí, flotando entre un reino y el otro, vigilando y esperando a que ellas aparecieran. Kaia tuvo ganas de echar a volar y pinchar aquellas bolsas, una por una, pero... atravesó el portal y ellos desaparecieron de su vista.

Un acceso de mareo. Una luz deslumbradora. Entonces, su mochila se detuvo. Se había quedado enredada en las gruesas raíces de un árbol. Pestañeó, agitó la cabeza y se agarró la flecha que sobresalía de su muslo. Gwen se chocó contra su espalda con un resoplido, y le golpeó accidentalmente la mano.

Ella gritó de nuevo, y sintió otra descarga de dolor por todo el cuerpo.

—¿Estás bien? —le preguntó su hermana, que ya se había puesto en pie y la estaba apartando del camino de los demás.

—Claro, claro —dijo ella, mirando a su alrededor en busca de las Falconway y las Songbird. Gracias a los dioses, no había ni rastro de ellas.

—¿Y tú?

—Sí, pero creo que le han dado a Bianka. La he oído gritar.

¡No! Kaia prefería recibir mil heridas a que Bianka recibiera una sola.

—Mataré a quien...

La amenaza murió en su garganta. Una de las ramas de los árboles iba moviéndose sigilosamente hacia ellas. Tenía unas hojas grandes y serradas por los bordes, que se abrían y se cerraban de una forma asombrosamente parecida a la de unos dientes.

Los árboles estaban vivos. Con los ojos fuera de las órbitas, Kaia les dio una palmada a las hojas para apartarlas y se quitó de su camino. Sintió otra punzada de dolor.

—¿Has visto? —preguntó con un jadeo.

La rama retrocedió y se alejó de ellas.

—Sí, y todavía estoy boquiabierta. Ten cuidado —dijo Gwen. Se giró hacia ambos lados, con una daga en cada mano, observando los árboles como si los estuviera retando a intentar aquello una vez más.

De repente apareció Bianka, y se detuvo bruscamente junto a ellas. Tenía flechas en el brazo, en el antebrazo y en el estómago. Estaba sangrando profusamente.

—¡Mierda! ¡Me han dado!

Al verla, Kaia tuvo que tragarse un gemido.

Rhea no quería que hubieran llegado tan lejos, pensó Kaia. Pues bien, la diosa iba a llevarse una sorpresa desagradable.

—Te ayudo dentro de un segundo, hermanita. Antes tengo que ocuparme de una cosa.

La rabia le dio fuerzas a Kaia para sacarse la flecha del muslo. Después, se acercó a su hermana cojeando y la apartó del camino de las demás, y de las ramas carnívoras de los árboles.

Gwen las ayudó también, dando patadas y lanzando cuchilladas para que las ramas se alejaran.

—¡Esos desgraciados! —jadeó Bianka. Estaba muy pálida a causa de la pérdida de sangre y del dolor.

—Ya nos ocuparemos después de los Cazadores. Creo que estos árboles son vampiros —dijo Kaia y, temblando, se arrodilló junto a su hermana y le sacó las flechas del cuerpo con todo el cuidado que pudo.

Bianka se quejó durante todo el tiempo, gritándole a Kaia, y después, a Taliyah, a Neeka y a las demás cuando llegaron. Neeka también había recibido una herida, y Taliyah la curó.

—¿Y si los chicos entran por el portal? —preguntó Kaia—. No estarán preparados.

—Si son tan tontos como para pasar, se merecen lo que les ocurra —sentenció Taliyah—. Tal vez estemos ya en terreno neutral, pero todavía nos queda una hora de caminata hasta nuestro destino. No podemos llegar lejos.

Sí. Y en una hora podían ocurrir muchas cosas.

—Lo único que ocurre es que estás celosa porque no tienes un caballero andante que venga corriendo a rescatarte.

Taliyah puso los ojos en blanco.

—Tus heridas te hacen delirar. Cuando encuentre a mi consorte, tengo pensado pegarle una puñalada en el corazón en cuanto me cause un solo momento de inquietud.

—Te entiendo. Tu consorte no puede compararse con el mío, nadie puede, así que claro, prefieres estar sin él.

—El mío es mejor que el tuyo —dijo Bianka.

—De ninguna manera.

—Claro que sí.

—Niñas —dijo Taliyah, y dio unas palmadas para ganarse su atención, igual que hacía cuando eran niñas y discutían por un juguete—. Vuestros dos consortes dan pena. Ahora, callaos y comenzad a caminar.

Bianka le sacó la lengua a Kaia.

—El mío da menos pena que el tuyo —murmuró.

—Mentira —insistió Kaia.

Sin apartar los ojos del portal, comenzaron a alejarse de él, sintiendo a la vez preocupación y alivio al ver que sus hombres no lo atravesaban.

El Equipo Kaia fue el último en cruzar el umbral del campo de batalla, por supuesto. Habían sufrido algunos golpes y se habían hecho algunos hematomas por el camino, pero no habían caído en más emboscadas, así que Kaia no iba a quejarse. Tal y como todavía estaba haciendo Bianka.

La peor de las contusiones se la había llevado ella. Uno de los árboles carnívoros había conseguido morderle la muñeca y le había hundido los dientes hasta el hueso. Mientras ella gritaba, parecía que la rama había tenido una náusea, y se había apartado estremeciéndose y tambaleándose, y entonces, aquel árbol se había secado ante sus ojos. Bianka le había cortado la rama de un solo golpe de daga.

Después de aquello, los árboles no habían vuelto a molestarlas. Tal vez su fiebre había envenenado al que la había mordido, y el resto se habían atemorizado. Sí, ella tenía fiebre, y ya no era ligera. Allí no había hielo, pero Kaia seguía temblando de frío.

«Vamos, aguanta. Esto es por Strider».

Los equipos de Arpías estaban reunidos en un claro rodeado de plantas. De plantas que no mordían. El aire era cálido, y el sol lucía con fuerza. No había consortes ni esclavos, y Kaia se preguntó por qué las demás chicas habrían dejado atrás a sus hombres. Seguramente, no sería por las mismas razones que ella.

Rhea no estaba allí. Juliette, sin embargo, se erguía sobre la rama de un árbol, supervisando a las masas, con el pelo negro flotando tras ella, mecido por una brisa ni demasiado suave, ni demasiado fuerte. Perfecta.

—Bienvenidas, compañeras. Estoy feliz de comunicaros que todos los equipos han conseguido llegar a tiempo —dijo, y fijó sus ojos azules en Kaia. Ella sabía lo que iba a ver su enemiga: ojeras, palidez y mejillas sonrojadas por la fiebre—. Afortunadamente, nadie ha sufrido ningún retraso.

Aquella zorra sabía lo de los Cazadores. ¿Cómo era posible? Solo había una explicación: que estuviera trabajando con Rhea. A Kaia se le encogió el estómago.

Juliette continuó hablando alegremente.

—Como probablemente supondréis, estáis aquí para luchar. Ha llegado el momento del segundo juego, La Caída Mortal.

Se oyeron exclamaciones generalizadas.

Juliette alzó las manos para pedir silencio.

—Primero, vamos a hablar un poco sobre el juego. Deberéis elegir cuatro miembros para que compitan. Esos cuatro deben luchar aquí, en los árboles y en el aire, todas al mismo tiempo. Vuestro único objetivo es tirar a las contrincantes al suelo. Cuando una Arpía toque el suelo, quedará descalificada. Y no hay reglas con respecto a los métodos que podéis utilizar, así que podéis jugar todo lo sucio que queráis.

Hubo vítores y gestos de entusiasmo. Kaia permaneció inmóvil, con el corazón acelerado.

—El primero de los equipos que pierda a sus cuatro competidoras, será descalificado —dijo Juliette—. Para conseguir hoy la victoria, una de vuestras competidoras deberá ser la última en tocar el suelo. Así de sencillo, y así de fácil.

Sí, claro. Con Juliette nunca había nada sencillo ni fácil.

—Ah, y antes de que lo preguntéis —prosiguió ella, con una sonrisa—, no hay límite de tiempo. Esta prueba durará lo que dure. Sin embargo, solo tenéis cinco minutos para decidir quién lucha y quién permanece en el suelo, esperando para hacerles las curas a las compañeras de su equipo.

Miró el cronómetro que tenía colgado del cuello, justo al lado del medallón de guerrera Skyhawk. Un medallón que debía de haberle dado Tabitha, y que era de Kaia. Aunque Juliette fuera de otro clan.

—Esos cinco minutos comienzan… ¡ya!

—Quiero participar en esto —dijo Kaia. Tenía muchas cosas que demostrar.

—Te quiero, Kye, lo sabes, y pienso que estás llena de fuerza bruta y de venganza, pero después de lo que te hicieron la última vez, creo que no es inteligente. ¡Además, no quiero mencionar que estás herida!

—Sí —respondió Kaia irónicamente—. Gracias por no mencionarlo. Y que conste que a ti también te han disparado.

—Pero Bee tiene razón —intervino Taliyah—. Todo el mundo va a ir por nosotras. Se aliarán contra nosotras, y necesitamos a nuestras jugadoras más rápidas en el aire.

Kaia se sintió indignada.

—No puedes estar sugiriendo lo que creo que estás sugiriendo. Yo soy rápida. Como una bala.

—Sí, pero Gwen es más rápida todavía. Y yo también. Y Neeka. Y Bianka. Juno y Tedra son más rápidas que todas nosotras juntas —añadió Taliyah, señalando a las otras competidoras—. Por eso las recluté. Además, Juno todavía no ha jugado, y Tedra ya se ha recuperado del flechazo.

Todas, salvo Kaia, asintieron. Ella apretó los dientes. Casi parecía que habían ensayado aquello. Estaba claro que no querían que luchara. No pensaban que pudiera ayudar, solo pensaban que era un lastre.

Aquello le provocó un dolor y una humillación insoportables. Tuvo ganas de acurrucarse en el regazo de Strider y echarse a llorar. Él la abrazaría con fuerza y la mecería, la reconfortaría, le diría lo increíble que era.

O no.

La última vez que habían estado juntos, él quería que sus amigos la entrenaran. Incluso Strider dudaba de sus capacidades.

Se le formó un nudo en el estómago.

Podría haberse enfrentado a sus hermanas por aquello,

podría haber despotricado y haber insistido. En vez de eso, asintió como si estuviera de acuerdo con ellas, igual que había hecho con Strider.

—De acuerdo —dijo, con un tono de seguridad forzado—. Bianka, Juno y Tedra. Si estás bien, Bee. Te dieron tres flechazos.

—Sí, estoy bien —respondió su hermana con alivio—. Llevaba una ampolla con sangre de Lysander y me bebí el contendido por el camino.

Qué lista. ¿Por qué a ella no se le había ocurrido pedirle a Strider una ampolla de su sangre? Aunque él no habría accedido a dársela, y menos después de todo lo que le había hecho. Además, para hacer eso, él tendría que quererla. Tendría que estar más preocupado por su salud que por permanecer a su lado.

—Bueno, vosotras podéis elegir a la cuarta competidora —dijo, sabiendo que de todos modos iban a hacerlo.

Aceptaron, y decidieron rápidamente que sería Gwen. La sangre de Sabin la había curado después de la primera prueba, y ella no había sufrido ninguna herida de flecha. Justo entonces, sonó un silbido agudo, y todos los grupos se quedaron silenciosos.

—¡Ha llegado el momento de empezar! —anunció Juliette—. Que todo el mundo ocupe su lugar.

Mientras las competidoras subían a la copa de los árboles, Kaia permaneció en el suelo, observándolas con el corazón encogido. Juliette le lanzó una sonrisa de satisfacción, como si quisiera decirle que ya sabía que no iban a elegirla.

Kaia intentó no ruborizarse.

—No le hagas ni caso a esa bruja —le dijo Taliyah a su hermana, dándole una palmadita en el hombro—. Tú eres mejor que ella en todos los sentidos.

—Gracias, Tal.

Neeka sacó las medicinas de sus mochilas, aunque todas esperaban no tener que usarlas, y se reunió con ellas.

Entonces, Juliette apuntó al aire con una pistola y apretó el gatillo.

¡Bang!

Con el disparo, estalló también un movimiento frenético entre las ramas. Las hojas susurraron y los cuerpos entrechocaron. Se oyeron gruñidos de esfuerzo, gemidos y gritos de dolor, rabia o satisfacción. Kaia intentó seguir a sus hermanas con la mirada, pero las chicas estaban demasiado arriba y se movían con demasiada rapidez, y desaparecían constantemente entre las hojas y las nubes. Ella se rindió muy pronto. Observó el suelo, a la espera de que cayera alguna competidora.

En pocos minutos, oyó un silbido en el aire y se puso muy tensa. Se produjo un golpe seco, y vio a una Songbird a pocos metros de distancia. Alrededor de la chica se formó un charco de sangre mientras sus compañeras se apresuraban a curarla.

Gracias a los dioses. Kaia se relajó ligeramente, aunque seguía angustiada. ¿Terminaría así Gwen? ¿Y Bianka?

Apartó la mirada de las Songbird y, en el lado opuesto del claro, percibió un atisbo de pelo negro. ¿Era una Arpía que necesitaba pasar un rato a solas? ¿O una Arpía maliciosa que quería atacar a alguien, aunque estuvieran en terreno neutral? ¿O un Cazador, a quien no le importaría otra cosa que destruir a su víctima? ¿O tal vez Rhea en persona?

Aquel pelo también podía pertenecer a Sabin, o incluso a Lazarus. Por su forma de mirarla en el bar, Kaia sabía que él no había terminado con ella.

No quería correr riesgos, así que se inclinó hacia Taliyah y le susurró:

—He visto algo raro. Voy a comprobar de qué se trata.

Su hermana mayor no apartó la mirada de la lucha.

—Ten cuidado. Avísame con un grito si me necesitas.

Kaia conocía lo suficiente a su hermana mayor como para saber que le estaba siguiendo la corriente. Si pensara que había alguna amenaza de verdad, Taliyah habría ido con ella. Aquello fue otra puñalada en el corazón de Kaia, pero lo disimuló.

Se mezcló con la vegetación. Los árboles y las plantas se alejaban de ella, como si hubiera corrido la noticia de que era venenosa, y todos la temieran. Era una pena que no pudiera decir lo mismo de sus congéneres, las Arpías.

Rodeó el claro agachada, con una daga en cada mano. Al poco rato detectó dos huellas grandes y profundas, que claramente había dejado un cuerpo grande que pesara, al menos, cien kilos.

Aquello disminuía las posibilidades. O se trataba de un Cazador, de Sabin, o de Lazarus. Pensó febrilmente para eliminar a los sospechosos. Si se tratara de un Cazador, habría más huellas. Después de todo, los Cazadores eran como cucarachas, y donde se escondía uno, se escondían otros muchos. Si era Sabin, ella percibiría el olor de Strider. Aquellos dos nunca se separaban.

Por eso, solo podía tratarse de Lazarus.

Bien, bien. Tal vez tuvieran por fin un enfrentamiento. Ella estaba dispuesta a estrangularlo.

Un peso enorme aterrizó sobre su espalda y la tiró de bruces al suelo. Aquel mismo peso la aplastó de modo que ella se quedó sin oxígeno. Había estado tan concentrada en sorprender a su víctima, que había descuidado su espalda. Maldición, ¿qué le ocurría?

Aquella era una prueba más de su debilidad. No era de extrañar que sus hermanas no la hubieran seleccionado para luchar en el aire.

Sin embargo, iba a defenderse. Sus garras se prolongaron y sus colmillos brotaron con fuerza. Sin embargo, justo cuando iba a girarse y a atacar, una voz masculina le susurró:

—No. Yo he ganado, y se acabó.

Aquel susurro desprendía satisfacción, y era de una voz que ella adoraba.

Strider. Al contrario que la satisfacción de Juliette, la suya no le resultaba nada molesta. En realidad, se deleitaba con ella. Él estaba allí. Estaba con ella, sano y salvo. También estaba en peligro, pero en aquel momento, Kaia no fue capaz de preocuparse. ¡Él estaba allí!

—¿Estás bien? —le preguntó él, con el mismo susurro. Su respiración cálida le acarició la oreja, y ella sintió un absoluto alivio. Hasta que él añadió—: Espera, no me contestes. Ese bastardo de Lazarus está ahí delante, esperándote. Te ha tendido una trampa.

—¿Qué trampa?

—Una trampa con flores, velas y una copa llena de sangre suya, seguramente sangre enferma.

Ella abrió unos ojos como platos. ¿Lazarus quería seducirla? ¿Por qué?

—No sé si será sangre enferma, pero seguramente está envenenada.

—Si tenemos suerte, morirá de desilusión cuando no te vea aparecer.

—En realidad, si él tiene suerte.

—Buena observación. Ahora tengo que decidir si lo mato ahora o si lo mato después.

—¿Opción número dos? —preguntó Kaia esperanzadamente.

—Sí, eso estaba pensando yo. En este momento tengo algo mejor que hacer.

Strider se apartó un poco y, por fin, ella pudo girarse y tenderse boca arriba. Él se sentó a horcajadas sobre su cintura, y la miró. Tenía la piel manchada de tierra, y el pelo rubio pegajoso de sangre, y pegado a la cara.

—Pero no te preocupes. Se llevará su merecido.

—¿Estás herido?

—No, estoy bien. ¿Te acuerdas de los Cazadores que te atacaron? Bueno, pues después sufrieron. De nada.

Ella sintió alivio y orgullo al mismo tiempo. Aquel era su hombre, su guerrero. No había nadie más fuerte.

—Gracias. Ahora tienes que irte —le dijo entonces Kaia, y lo empujó suavemente—. Puede que Rhea ande cerca, y tú estás...

–No. Sabin y los ángeles la están buscando, pero hasta el momento no han detectado su presencia.

–Eso no significa que…

–Cállate, Kaia. Tienes problemas, y solo te estás enzarzando más en ellos.

Entonces, Strider se levantó, la tomó de la muñeca y se la llevó en dirección contraria a Lazarus.

Las hojas y las ramas la golpearon, y algunos insectos se atrevieron a picarla.

–No puedo ir demasiado lejos –le dijo. Ya estaba jadeando a causa del esfuerzo, y le sangraban las heridas.

–Irás donde yo diga –replicó Strider, que no sabía de su dolor.

–Strider, escúchame. Mis hermanas están luchando. Tengo que…

–No me importa lo que estén haciendo. Tú y yo vamos a hablar. Y ahora, cállate mientras encuentro un lugar para nosotros dos. Si no lo haces, te amordazaré. Y Kaia, te advierto que tengo ganas de hacerlo.

Ella apretó los labios y guardó silencio mientras él seguía adentrándose en el bosque.

Capítulo 22

Strider tiró de Kaia a través de una niebla espesa y de un río, hasta que llegaron a la cueva que había descubierto mientras seguía su rastro. Tenía pensado gritarle por muchas razones. Primero por dejarlo atrás y segundo por estar a punto de caer en la trampa de la seducción de Lazarus, entre otras cosas. Sin embargo, cuando entraron en la cueva, la vio de pies a cabeza por primera vez desde que la había tirado al suelo; Kaia tenía el pelo húmedo, y le caían gotas de agua en el estómago desnudo.

El río le había lavado el maquillaje con el que siempre se cubría la piel, y brillaba como un diamante bajo el sol. Sin embargo, no con tanta fuerza como antes. Y estaba temblando. Él frunció el ceño. ¿Por qué estaba temblando? Allí hacía mucho calor.

Nada de aquello conseguía disminuir su atractivo, sin embargo. Eso no era posible. Kaia llevaba una camiseta de tirantes diminuta y unos pantalones cortos. Ambas prendas eran blancas, y ahora que estaban húmedas, se habían vuelto transparentes. Él vio su cuerpo. Vio sus pezones endurecidos y, entre las piernas largas y esbeltas, un delicioso parche de vello rojizo. Si no apartaba pronto la vista, su erección estallaría a través de la cremallera de los pantalones.

Observó el resto de su cuerpo, y se dio cuenta de que estaba herida. Los cortes que tenía en el costado y en el muslo lo enfurecieron. No era de extrañar que su piel no brillara tanto como de costumbre, y que ella no pudiera dejar de temblar.

Él se mordió la muñeca y le puso la herida en la boca.

—Bebe.

Ella gimió de éxtasis y obedeció, y entonces, Strider sintió su succión exquisita y su calor. Kaia cerró los ojos. Cuando él vio que sus músculos y su carne se cerraban, asintió con satisfacción y apartó el brazo.

Entonces, se le escapó un gruñido. Por supuesto, ahora que se había curado, su piel había recuperado su esplendor completo, y él la devoró con los ojos. La lujuria se apoderó de él.

Kaia tenía un mohín en los labios rojos, y sus ojos estaban llenos de emociones: disgusto, alivio, excitación, dolor. Él quiso borrar lo malo y multiplicar lo bueno. Y el único modo de hacerlo era poseerla. Por fin. Hasta el final, sin contener nada.

Sí, le gustaba aquella idea. Era como si pensara con claridad por primera vez en toda su vida. Necesitaba lo que ella le había ofrecido, quería reclamarla para sí y alejar a cualquier otro hombre que quisiera acercársele.

Estaba seguro de que aquello tendría consecuencias, pero no le importaba. Cuando ella lo había dejado y se había marchado por su cuenta, Strider se había vuelto loco.

Apretó su cuerpo contra el de ella, y Kaia jadeó. Fue un sonido precioso, lleno de necesidad y de desinhibición.

—Gracias —le dijo en tono seductor—. No tienes ni idea de lo mucho que necesitaba esto.

—De nada.

—¿Todavía quieres amordazarme?

—No, no es necesario. Puedo manejarte.

A ella se le cortó la respiración.

—¿De veras?

Él asintió.

—Sí, de veras. Así que vamos a aclarar lo que necesito para llevar esto a buen puerto.

–De… De acuerdo.

–Una vez me dijiste que Paris te había dado cientos de miles de orgasmos. Tú lo dijiste, no yo. ¿Cuántos son, en realidad, «cientos de miles de orgasmos»?

Se le ruborizaron las mejillas, y Kaia se puso más adorable que nunca con aquel ataque de azoramiento.

–No lo sé. No los conté. Y no quiero hablar sobre él.

–Acuérdate. Cuenta. Y vas a hablar de él solo una vez. Después de esta conversación te olvidarás de Paris para siempre.

–¿Por qué? –le preguntó ella, y posó las palmas de las manos en su pecho–. ¿Por qué quieres que lo recuerde?

–Por mi demonio. ¿Por qué otra cosa iba a ser? –Strider le acarició la línea de la mandíbula con un dedo e insistió–: Hazlo, por favor.

«Ganar».

Qué raro, pensó Strider con ironía. «Sí, lo haré». O eso esperaba, al menos.

Ella lo entendió, y su expresión se volvió de temor. Acababa de darse cuenta de que Strider tenía que provocarle más orgasmos que Paris. Que incluso el sexo era un desafío para él. ¿Estaría preguntándose si tendrían paz alguna vez? ¿Si tendrían alguna vez un momento solo para ellos, sin juegos, sin vencedores ni vencidos?

–Sabías cómo era esto antes de aceptarme como consorte –le dijo él con tirantez–. Ahora no pienses en rechazarme. Hazlo. Piensa, recuerda y dímelo.

–No quiero rechazarte, pero tampoco quiero hacerte daño –respondió Kaia. Se mordió el labio con nerviosismo y dijo–: Creo que fueron cu-cuatro.

–¿Crees, o lo sabes con seguridad?

Una pausa.

–Yo… eh… lo sé. Sí, lo sé. Fueron cuatro, seguro.

«Ganar».

«Cállate. Lo haré».

Le provocaría, como mínimo, cinco orgasmos antes de tener el suyo. Sin embargo, tendría que hacerlo mientras ella seguía vestida. En cuanto la viera desnuda, tendría que penetrar en su cuerpo, y perdería el control que necesitaba.

—Me resulta sorprendente que pensaras que cuatro orgasmos son «cientos de miles», pero cada uno es cada uno. Prepárate para cientos de millones.

Entonces, él le desabrochó los pantalones.

Ella abrió unos ojos como platos.

—¿Vamos a hacer el amor ahora?

—Sí —respondió él, y le bajó la cremallera—. Después de todos tus orgasmos. ¿Hay algún problema?

—No, no. Es solo que… ¿Te acuerdas que te he dicho que no quería que sufrieras ningún daño? Bueno, quería decir que… que no quería hacerte daño accidentalmente. Así que… bueno, necesitas una contraseña. Lo siento.

Él se quedó anonadado.

—¿Yo? ¿Yo necesito una contraseña?

Al darse cuenta de que ella no estaba preocupada porque él pudiera fallar, sino solo por si le hacía daño, Strider estuvo a punto de sonreír. Aquella era la mejor experiencia sexual de su vida, y ni siquiera habían empezado.

Kaia asintió.

—¿Te importa mucho?

Deliciosa mujer. Él bajó la mirada hacia la abertura de sus pantalones. Braguitas blancas. De encaje. Bonitas.

—¿Qué te parece una frase entera? La mía podría ser «Hay alguien ahí fuera».

Strider no esperó a que ella respondiera, sino que se puso de rodillas.

—Oh, por todos los dioses —susurró Kaia—. De acuerdo, sí, de acuerdo. Eso sirve.

Él miró la sombra rojiza que había bajo el encaje. Después se inclinó hacia delante y la acarició con la nariz, y percibió su dulce olor femenino.

—Oh, por todos los dioses —repitió ella—. Tú… vas a ser el mejor, Strider, no tienes de qué preocuparte. ¿Entiendes? Lo sé.

En aquel momento, él no estaba preocupándose de nada, porque solo podía pensar en ella, en probar su cuerpo, en oír cómo le rogaba más y más, y sentirla agarrándose a él, tal vez tirándole del pelo.

Le separó las piernas, y sin preocuparse de las braguitas, apretó con la punta de la lengua contra el corazón de su sexo, contra su calor. Y apretó con fuerza. Por los dioses, ya percibía su sabor, y nunca había probado nada mejor.

Sintió un intenso dolor en el miembro. Era casi insoportable. Sería magnífico apretar los dedos alrededor de su cuerpo y acariciarse de arriba abajo mientras enterraba la cara entre sus piernas.

Estaba haciéndolo antes de poder darse cuenta. Sin embargo, se detuvo y le agarró los muslos a Kaia. Debía concentrarse en el placer de ella y permanecer distante. Solo podía pensar en su propia satisfacción cuando hubiera superado a Paris.

Strider movió la lengua sobre su clítoris tenso, y ella jadeó.

Él no tuvo necesidad de poner en blanco la mente, porque aquel jadeo lo concentró al máximo. Solo quería satisfacerla. Sus braguitas ya estaban húmedas, pero él quería que estuvieran empapadas.

Trazó círculos con la lengua, lentamente, alrededor del centro caliente, y lo tocó desde todos los ángulos posibles. Cuando ella comenzó a arquear las caderas hacia él, él le acarició las piernas, los muslos, las pantorrillas y, después, por debajo de los pantalones. Su piel era increíblemente suave, increíblemente cálida.

Aunque quería seguir acariciándola, meter los dedos en su cuerpo, solo le insinuó aquella posibilidad, sin cesar las caricias con la lengua y, por fin, dulcemente, ella se agarró a su nuca y mantuvo su boca contra su cuerpo, firmemente. Estaba jadeando.

—Necesito... Yo... —susurró, y lo movió contra sí—. ¡Strider! —gritó al llegar al éxtasis.

Uno. Solo quedaban cuatro.

Él se puso en pie con las piernas temblorosas. Sin decir una palabra, la giró y la puso de cara a la pared. Le rozó las nalgas con el miembro, y tomó aire bruscamente. Después, pasó los dedos por dentro de sus pantalones y de sus braguitas. Contacto. Piel contra aquel sexo femenino caliente y húmedo. Era exquisita.

Ella gruñó y arqueó la espalda. Alzó los brazos y se agarró a su cabeza, mientras él frotaba su clítoris hinchado. Después, él introdujo un dedo en su cuerpo y lo movió hacia dentro y hacia fuera, e insertó el segundo dedo, moviéndolo de la misma manera, hasta que ella comenzó a retorcerse contra él con desesperación.

—Strider, necesito… necesito…

—Lo sé, nena.

Entonces, él introdujo el tercer dedo, expandiéndola. Con la mano libre, le tomó uno de los pechos y le pellizcó el pezón endurecido. Ella jadeó, y aquel sonido afectó a Strider y multiplicó su deseo.

—¿Cómo lo estoy haciendo?

—Eres el mejor. El mejor de todos. Por favor.

Él no podía evitarlo. Tenía que concentrar el contacto entre ellos. Tiró de sus caderas hacia atrás y colocó su erección contra la hendidura de sus nalgas, y, cuando ella gimió, hizo más lento el empuje de sus dedos. En pocos segundos, ella comenzó a mover las caderas con más velocidad y más fuerza, urgiéndolo a que él mantuviera el ritmo. Strider no lo hizo. Lo hizo un poco más lento.

Enseguida, ella estaba sin aliento, jadeando. Su piel se calentó un grado más; hacía daño, pero era un daño delicioso. Sobre todo, cuando hundió las uñas en su cuero cabelludo y le hizo sangre. Entonces, todos los músculos de su cuerpo se tensaron y sus huesos vibraron. De nuevo, gritó su nombre, y en aquella ocasión su voz tenía un doble tono, más áspero, casi como un ronroneo. Strider se dio cuenta de que su Arpía estaba allí con ella, disfrutando.

Dos. Faltaban tres.

–Strider, deja que te… acaricie con la lengua… tienes que estar sufriendo…

Maldición, tuvo muchas ganas de aceptar aquella oferta. Se mordió la lengua para contenerse. Sí, estaba sufriendo, pero sufriría mucho más si no hacía bien aquello.

–Todavía no.

–Por favor…

Por los dioses, iba a matarlo.

Él iba a matarla.

A Kaia le temblaban las piernas. Apenas podía sostenerse en pie. Le hervía la sangre, y se había derretido por dentro. Y, sin embargo, no tenía suficiente de Strider. Él le había provocado un orgasmo, y ya deseaba otro. Le había provocado otro, y seguía anhelando más y más.

Si ella se sentía así, ¿cómo se sentiría él? ¿Estaba ardiendo? ¿Estaba a punto de explotar? Ella quería que Strider también disfrutara del tiempo que pasaran juntos, no que sufriera.

Cuando él la giró hacia sí, Kaia se sintió mareada. Strider no le dio ocasión de hablar; la besó, la agarró por el trasero y la levantó, y ella tuvo que rodearle la cintura con las piernas para no caer. En cuanto lo hizo, él se apretó con fuerza contra ella, y su erección presionó el centro de su deseo.

Ella gimió. Él gruñó.

Él no dejó de besarla. Era un beso dulce, una tortura. Era maravilloso y erótico, y le llegaba hasta el alma, y por todos los dioses, iba a llegar al éxtasis otra vez, antes incluso de poder deslizar la mano entre sus cuerpos y acariciarlo.

–Eres muy bella cuando tienes un orgasmo –le dijo él ferozmente, con la voz ahogada–. Dos veces más, nena, ¿de acuerdo?

Strider no lo entendía. ¿Cómo podía hacer ella que lo entendiera? Con él, el número de orgasmos no importaba. Era suficiente que la tocara, que la acariciara, que la besara y le diera placer. Ninguna experiencia sería nunca mejor que aquella.

Tenía que conseguir que lo entendiera.

Kaia tenía las piernas sin fuerzas cuando las bajó al suelo. Él la empujó contra la pared de cristal y le tomó los pechos en las manos, y se los acarició. Ella le agarró las muñecas para detenerlo, y él la miró a los ojos.

Una vez que hubo conseguido su atención, lo hizo girar para invertir las posiciones, y con las garras, le rasgó los pantalones.

—¿Qué estás... —la pregunta terminó con un gemido ronco cuando ella le tocó la carne—. Kaia, no... no puedes... ¡Demonios, nena! Hazlo, por favor.

Ella ya se había puesto de rodillas, y lo tomó profundamente en la boca. Él enredó los dedos en su pelo. Tal vez quisiera apartarla, pero cuando ella empezó a succionar y a pasar la lengua por su piel, él se limitó a acariciarle la cabeza con suavidad, con ternura, como si tuviera miedo de hacerle daño.

—Nena... cariño... por favor —susurró. Estaba moviendo las caderas hacia delante y hacia atrás, intentando ser gentil, cuando su cuerpo ansiaba la intensidad.

Aunque ella estaba disfrutando del hecho de darle placer, empezó a sentir dudas. ¿Y si el número de orgasmos afectaba de verdad a su demonio? Strider sería el mejor, sin duda, pero si el número tenía importancia, y ella no tenía más de cuatro orgasmos antes de que él tuviera uno, él iba a sufrir mucho. Y si sufría, no volvería a acostarse con ella.

Recordaría el dolor, en vez del placer.

Oh... maldición... Tendría que dejar aquello para más tarde.

Se detuvo de repente, y él gruñó como si estuviera agonizando, cosa que probablemente era cierta. Dos más, pensó ella. Tenía que tener dos orgasmos más antes de que él tuviera uno. Se sentía egoísta, pero no podía correr ningún riesgo. Después le compensaría. Le provocaría tantos orgasmos que no sería capaz de andar durante una semana.

Se puso en pie, le tomó la mano y se la llevó a los pantalones, entre sus piernas, donde ella estaba más caliente y más húmeda. En cuanto hubo contacto, ella gimió.

—Kaia, por favor... tienes que... Necesito...

—Me rindo —susurró ella, y ser arqueó contra su cuerpo mientras le deslizaba los dedos en el interior de su cuerpo—. Soy tuya, y vamos a hacer esto a tu manera. Como tú quieras.

—No, quiero... Necesito...

—Lo sé, cariño, lo sé, pero sigue acariciándome así, ¿de acuerdo? Acaríciame hasta que yo te diga que pares. Y después, vas a tomarme... y nunca volveré a ser la misma... —sus palabras terminaron con un gemido. La presión estaba aumentando de nuevo... se apoderaba de ella...

—Sí —gruñó él.

—Oh, sí.

Kaia tomó el pulgar de Strider y se lo apretó contra el clítoris. Sintió el cuarto orgasmo rápidamente, y su sangre se convirtió en un infierno. Empezó a emitir vapor por los poros de la piel, y se creó una neblina a su alrededor. Ella no lo entendía, sabía que había algo raro, pero no iba a preocuparse por ello en aquel momento. Había algo mucho más importante.

—Kaia... date prisa... No voy a poder aguantarme mucho más tiempo. Me muero...

Ella no cesó de moverse con sus dedos en el cuerpo, y una vez más, la presión creció...

—Solo un poco más. Por favor, solo un poco más.

—Voy a tener un orgasmo en cuanto esté dentro de ti.

—Eso es lo que quiero.

—Por todos los dioses, Kaia. Nunca me había sentido tan excitado...

Aquello era muy bueno. Él necesitaba ser el mejor para ella, y ella quería ser la mejor para él. Quería que olvidara a todas las demás. Que fuera la única mujer para él. Para siempre.

—Eres mío —le dijo.

—Tuyo. No debería haberme resistido a ti nunca. Nunca.

Le hundió los dedos en el cuerpo, tan profundamente que, por fin, ella llegó al clímax. Gritó sin poder evitarlo, y vio estrellas plateadas detrás de los párpados.

Al instante, estaba tendida en el suelo, y él le estaba arrancando la ropa. Abrió los ojos y vio a Strider fuera de control. Él le separó las piernas y se hundió en ella hasta el final.

Rugió. Pero no llegó al orgasmo, todavía no, y ella gimió mientras se arqueaba para recibir sus acometidas. Él embistió con todas sus fuerzas; no era humano, ni inmortal. Era un animal, pensó Kaia, y a ella le encantó. Ya no debería poder responder más, pero a medida que él se hundía en ella una y otra vez, ella también se abandonó a las sensaciones y se convirtió en un animal.

Entonces, él se detuvo. Se detuvo. La miró.

—¿Nena? —dijo con la voz ronca.

—Sí, soy yo. ¡Muévete!

—No. ¿Te vas a quedar… embarazada?

—No. No soy fértil en este momento.

Al instante, él comenzó a embestir de nuevo, y ella se perdió otra vez.

Era su consorte, su hombre, y estaban unidos. Eran uno solo. Aquello le resultaba embriagador.

—Strider —gimió—. Mi Strider.

Tal vez fuera oír su nombre lo que le llevó al límite, porque él gruñó de nuevo, y el sonido reverberó por las paredes. Todo su cuerpo se tensó sobre el de ella. En su rostro se reflejó un placer absoluto, y embistió por última vez mientras alcanzaba el éxtasis y la llevaba con él.

Capítulo 23

Kaia lo había abrasado. Lo había abrasado literalmente. Strider tenía ampollas por todo el cuerpo. O al menos, las había tenido. En cuanto había llegado al orgasmo y había estallado dentro de ella, su demonio también había llegado al clímax. Kaia, una Arpía fuerte y hábil, se había rendido a ellos y les había dado todo lo que era, y el placer inmenso que le había producido aquello le había proporcionado una fuerza increíble. Las ampollas habían empezado a curársele a los pocos segundos de formarse.

Nunca había experimentado nada igual. Y ahora se sentía… invencible. Sí, aquella era la palabra. Podría conseguirlo todo. Podría vencer a un ejército, encontrar la caja de Pandora, cualquier cosa. Su demonio se sentía igual, estaba gimiendo de placer, perdido en aquellas sensaciones.

En algún momento de los que Strider y ella habían compartido, él había dejado de necesitar ser el mejor. Solo quería estar con ella. Con Kaia. Con nadie más.

Ella se había convertido en su enfermedad y su cura, y lo había llevado a alturas que él desconocía.

En aquel instante, Kaia estaba acurrucada a su lado, con la cabeza en el hueco de su cuello. Ambos estaban empapados en sudor y la temperatura corporal de ella solo había disminuido un poco. Sin embargo, lo que más le gustaba a Strider era que brillaba. Su piel resplandecía con todos los colores del arcoíris. Volvió a sentirse excitado, cuando parecía que era algo imposible. Hasta dentro de un año, por lo menos.

Ella le acarició el tatuaje de la mariposa con la yema de los dedos, y la tinta se trasladó hacia arriba para encontrarse con su piel, como si deseara sentir más y más aquel calor. Él nunca le había permitido a ninguna otra mujer que tocara el tatuaje. Aquella marca señalaba el lugar por donde Derrota había entrado en su cuerpo, y era un recordatorio constante de su estupidez. Algunas veces, al mirarla, se sentía avergonzado. Sin embargo, en aquel momento le gustaba que estuviera allí. Le gustaba que Kaia tuviera tanta atención por los detalles.

—No sientes… dolor, ¿verdad? —susurró ella.

—Lo contrario al dolor.

—¿De verdad?

—De verdad. Ni siquiera he necesitado mi frase de contraseña.

Ella se rio, pero rápidamente se puso tensa y seria.

—Entonces, ¿lo has pasado bien?

—¿Me lo estás preguntando en serio?

—Por supuesto.

—¿Es que no me has oído rugir? ¿En dos ocasiones?

—Sí —admitió ella, suavemente—. Te he oído.

—¿Y todavía me preguntas si lo he pasado bien?

—Bueno, como has dicho, no sientes dolor, así que sabes que has sido el mejor para mí. Sin embargo, yo no puedo saberlo a no ser que tú me lo digas.

Ah. Strider abrió la boca para responder, pero ella lo interrumpió.

—Además, te has resistido a mí durante mucho tiempo. No querías estar conmigo. Y te asegurabas de dejarme bien claro que lo nuestro solo era algo temporal.

Temporal. La palabra entró en su cabeza como una bomba que estuviera a punto de estallar. Pensar en que Kaia pudiera estar con otro hombre, desnuda, compartiendo lo mismo que habían compartido ellos... Todas las células de su cuerpo protestaron a gritos.

Si se comprometía con ella, Kaia esperaría que fuera para siempre.

Normalmente, las palabras «para siempre» le hacían temblar. Sin embargo, en aquel momento no le parecía un tiempo suficiente para estar con ella. Tenían demasiadas cosas de las que hablar y demasiadas cosas que hacer.

¿Significaba eso que la quería?

Aquella idea tampoco hizo que temblara. Sin embargo, quererla significaba que tenía que ponerla a ella por delante de todo lo demás, de sus necesidades, de su misión. Si hacía eso, y después la perdía... perderla a ella significaría perderlo todo. Y aparte de eso, ella lo desafiaría constantemente, aunque fuera sin querer. Exigiría su atención.

Él había pensado siempre que odiaría vivir de esa manera. De hecho, había pensado que necesitaba un descanso del desafío de ser quien era, y lo que era. Por eso se había ido de vacaciones con Paris y con William. Unas vacaciones que no habían durado demasiado. Él había empezado a aburrirse un día después, y a sentirse inquieto, y a buscar... algo.

Eso podría explicar por qué había acudido rápidamente junto a Kaia el día que ella lo había llamado desde la cárcel, y por qué había decidido ser su consorte. Sin embargo, no explicaba lo que sentía en aquel momento. Era una necesidad de posesión, de protección y de euforia muy profunda.

En resumen, necesitaba que lo desafiaran para sobrevivir, y no solo para alimentar a su demonio con las victorias, sino porque hacía que se sintiera muy vivo. Y cuando estaba con Kaia, no solo se sentía vivo, sino que ardía por dentro y por fuera.

Su satisfacción por estar a su lado era algo desconocido para él. Y también el deseo de mantenerla a su lado, de no volver a separarse de ella.

Sí. La quería.

Y no le sorprendía la revelación. Seguramente siempre lo había sabido, pero no había querido admitirlo. Había luchado contra aquel sentimiento.

Ya no iba a luchar más.

¿Debía decírselo, o no? Si se le declaraba, ¿la distraería en los juegos?

—¿Strider? —le preguntó ella en un tono de inseguridad.

Cuando uno miraba la apariencia de aquella mujer, veía a alguien atrevido, un poco arrogante e ingobernable. Sin embargo, al profundizar, era fácil percibir su vulnerabilidad. Strider se detestó por no haber visto antes aquella debilidad. ¿Cuántas veces, y de cuántas maneras, le había hecho daño?

La estrechó contra sí.

—Sabes que no te voy a mentir, ¿verdad?

—Sí.

—Entonces, allá va. Tú has sido… Vaya, ni siquiera tengo palabras para describir lo fantástica que has sido. Nunca había experimentado nada igual. He disfrutado inmensamente de cada momento.

—¿De verdad?

—Oh, sí. De verdad.

—Bueno —dijo ella y le besó el pecho—. Eso es porque yo soy increíble.

—Es verdad. Y yo adoro el sabor de lo increíble.

Kaia se rio dulcemente.

—Gracias.

—De nada. Lo digo en serio. Eres una diosa, Kaia.

Otro beso, lleno de ternura.

—No. Es solo un rumor que empezaron a extender mis antiguos novios.

Él sonrió.

—Bueno —dijo, y le acarició la espina dorsal con las yemas de los dedos—. ¿Cuándo es tu periodo fértil?

—¿Por qué? ¿Quieres tener un bebé?

—No, no. ¿Estás de broma? Ya estoy demasiado asustado

pensando en el día en que los mellizos de Maddox y Ashlyn empiecen a correr por los pasillos.

Aunque… en realidad… casi le gustaba la idea de un pequeño pelirrojo haciendo estragos en la fortaleza, volviéndolo loco, desafiándolo a cada minuto.

—Te he preguntado eso porque quiero saber cuándo tengo que empezar a comprar preservativos.

—Listillo. Las Arpías solo tenemos un periodo fértil al año, y a mí no me llegará hasta dentro de ocho meses. Y de todos modos, tienes muy pocas probabilidades de engendrar un hijo conmigo.

—¿Por qué lo dices? —preguntó él con curiosidad.

—Por mi herencia paterna —explicó ella—. Los Fénix no pueden engendrar con facilidad. Por eso están al borde de la extinción.

—Si les resulta tan difícil procrear, ¿cómo es que tu madre tuvo mellizas con un Fénix?

—Ella siempre lo consigue todo.

—Y tú también —replicó él. Sin embargo, hablando de niños…—: Cuando eras pequeña, ¿qué querías ser cuando crecieras?

—Para ser sincera, quería ser la dirigente del mundo entero. O la esposa de ese dirigente.

Él se echó a reír.

Entonces, Kaia alzó la cabeza y lo fulminó con la mirada.

—¿Qué?

—Me gustan tus metas, eso es todo. Son muy monas, como tú.

—Monas —repitió ella y puso los ojos en blanco—. No es precisamente lo que una chica quiere ser con el hombre con el que acaba de tener unas relaciones sexuales apasionadas.

—Eh, ser mono no tiene nada de malo. Yo mismo soy el más mono del mundo.

Ella volvió a poner los ojos en blanco de resignación.

—¿Te he dicho ya que eres muy humilde? Es algo conmovedor, de veras. ¿Y qué querías ser tú cuando te hicieras mayor?

—Yo nunca fui niño, así que no lo pensé.

—Ah, sí. Se me olvida siempre. Entonces, ¿por qué tienes una fecha de nacimiento en el trasero?

Él arqueó una ceja.

—¿Te has fijado?

—Soy muy observadora —respondió ella.

—No es una marca de nacimiento. Es un tatuaje. O lo que queda de un tatuaje, mejor dicho. Una mujer me desafió a que me tatuara su nombre. Yo lo hice, pero tenía a Sabin para que me tatuara algo encima si no podía borrarme aquella idiotez.

—Y mataste a la mujer, por supuesto.

Su Kaia era muy sanguinaria, pero esa era una de las cosas que adoraba de ella.

—Maté sus sueños de tener una vida feliz a mi lado.

Ella asintió.

—Y ahora sufre para toda la eternidad. Buen trabajo. Pero, Strider, tu falta de infancia es triste.

Él se encogió de hombros.

—No, en realidad no. Uno no puede echar de menos algo que no conoce.

—Bueno. Un día vamos a bañarnos juntos y voy a enseñarte a jugar con un patito de goma —dijo ella y deslizó una mano por su estómago. Le rodeó el ombligo con un dedo y después, lo tomó con la palma de la mano.

Él sintió algo exquisito.

—Creo que me va a gustar ese juego.

Rodó y se tendió sobre ella, y, automáticamente, Kaia le rodeó el cuello con los brazos. Por los dioses, él lamentó que hubiera soltado su cuerpo, pero aquello era para mejorar. Kaia separó las piernas y creó un espacio para él.

Él la tomó por la barbilla y la obligó a que lo mirara a los ojos.

—Quiero hablar contigo de una cosa.

—Sé lo que es —dijo Kaia—. Se trata de Paris, ¿verdad? Bueno, tienes que…

Strider hizo un gesto negativo con la cabeza.

—No. Hemos terminado con ese tema. Tú ya lo has borrado de tu mente.

—¡Pues claro! Pero, ¿qué pasa si me cruzo con él? Tú nos verás hablando y recordarás que no puedes perdonarme el haber…

Él volvió a negar con la cabeza y ella se quedó callada.

—No tengo nada que perdonarte, nena. Tú y yo no salíamos juntos entonces. Ni siquiera estábamos flirteando.

—Pero… pero… ese era el motivo por el que te resistías a mí. Me dijiste que no podíamos estar juntos por eso. Claro, que no es que yo piense que estamos juntos ahora —añadió apresuradamente.

—Estamos juntos —gruñó él, sin dejar lugar a dudas.

Ella se quedó boquiabierta.

—¿De veras?

—De veras.

—Juntos… ¿del todo?

—Del todo. Yo soy tu consorte, y tú eres mi mujer. Solo mía. ¿Tengo que llevar un anillo o algo por el estilo? ¿Y tú? —preguntó Strider. Entonces recordó los medallones que llevaban su madre y otras Arpías, y recordó que había querido preguntarle a Kaia lo que significaban—. ¿O tal vez un medallón?

—No —respondió ella con la voz quebrada—. Nada de anillos, ni de medallones. Los medallones son para las guerreras, y mi madre me quitó el mío después de que yo… ya sabes.

No era de extrañar que Kaia se hubiera disgustado tanto al ver que Juliette llevaba uno. Bueno, Kaia conseguiría el suyo, y sería la mejor. Como su consorte.

—Entonces, ¿ya somos oficialmente una pareja?

—Sí. Aunque sé que solo es hasta el final de los juegos.

Strider tenía que decírselo, fuera una distracción para ella o no. No podía dejar que Kaia sufriera así.

–Después de los juegos también. Y si hay alguien que necesita que lo perdonen soy yo, por haberte rechazado de una manera tan estúpida –susurró. Mientras hablaba, ella abría más y más los ojos–. Lo siento muchísimo. Créeme, lo lamentaré siempre. Porque… demonios, Kaia, te quiero.

Derrota se quedó inmóvil en su cabeza, sin atreverse a intervenir mientras escuchaba aquella conversación. Si Kaia no le decía también aquellas palabras, ¿qué haría el demonio?

«No me importa», pensó él.

–No tienes por qué decir nada –continuó Strider. Él iba a ganarse su corazón, y quería hacerlo sin la influencia del demonio. De lo contrario, Kaia nunca creería que sus sentimientos eran propios y no originados por su necesidad de victoria–. De hecho, no quiero que digas nada todavía. Hablaremos de esto después de los juegos.

Ella pestañeó, como si no hubiera oído bien lo que él acababa de decir.

–¿Que ya hablaremos después de los juegos? ¿Te parece bien eso?

Claramente, Kaia nunca iba a dejar que se saliera con la suya.

–Se te permite mostrar un poco de alegría por lo que te he dicho, ¿sabes? –refunfuñó él.

–No puedo.

–¿Que no puedes?

–Yo también te quiero, Strider. Creo. Quiero decir que… Nunca me he permitido sentir algo más profundo que la lujuria, pero nunca había deseado a alguien como te deseo a ti. ¿Y si te fallo? No te merezco, y tendré que dejar que te vayas. Tú querrás marcharte. ¿Y si…?

Él le dio un beso largo, duro, exigiéndole una respuesta. Ella se la dio, se aferró a él y le robó el aliento. El hecho de haber oído de sus labios las palabras «te quiero», aunque fuera con inseguridad… Strider se sentía eufórico.

Ella lo quería. Tal vez no lo hubiera asimilado todavía, pero lo quería, y el hecho de saberlo era maravilloso para él.

No se había dado cuenta de lo mucho que anhelaba su amor hasta aquel momento.

Se sentía como el rey del mundo.

Cuando cesó aquel beso, Kaia intentó que continuaran con lo que habían empezado, pero él pensaba que antes debían aclarar unas cuantas cosas, así que la sujetó por la cintura.

—Tú no eres Kaia la Decepción, ¿me oyes? Eso es lo que quería decirte. Eres Kaia la Poderosa. ¿Cuántas Arpías habrían podido engatusar a un maligno Señor del Inframundo? A un Señor que, casualmente, es el más fuerte, el más sexy y el más inteligente. Y por si no lo sabes, me estoy describiendo a mí mismo.

—Sí, ya lo sé —respondió ella. Tenía los ojos llenos de lágrimas, y al derramársele y caer en la piel de Strider, le dejaron pequeños rastros de calor en el pecho—. ¿Solo yo?

—Exactamente. Solo tú. Ahora, quiero que me desafíes a estar contigo.

—¡No!

—Kaia...

—No. No voy a hacer eso. No me importa lo que me digas. Tienes que quedarte por tu propia voluntad, y no porque no quieras sufrir a causa de tu demonio.

Sin embargo, él no quería que ella tuviera miedo de que pudiera marcharse en aquel momento...

—Si lo haces, te daré otro orgasmo...

Lentamente, ella se relajó.

En aquel momento, sonó su teléfono móvil, y ambos se sobresaltaron. Entonces también sonó el teléfono de Strider. Podrían haber ignorado uno de ellos, pero, ¿los dos? Había ocurrido algo.

—Estoy segura de que ha terminado la competición. Mis hermanas, por todos los dioses. ¿Cómo he podido olvidarme de ellas?

Rápidamente se acercó a su ropa y sacó el móvil del bolsillo de sus pantalones.

Él también halló su móvil, y ambos leyeron los mensajes. Ella jadeó. Él soltó un gruñido. Se miraron en silencio.

—Dime tus noticias primero —le pidió Strider.

—Han ganado —respondió Kaia, con inseguridad, pero con alegría—. Han ganado el primer premio en esta prueba. Están heridas, pero vivas y curándose. Además, consiguieron descalificar a las Skyhawk. Eso significa que estamos empatadas con mi madre.

—Eso es estupendo —dijo él. Sin embargo, entonces vio que ella comenzaba a llorar de nuevo—. ¿No?

—Sí, es estupendo —respondió ella, asintiendo—. Mi familia está a salvo y han conseguido la victoria que necesitábamos. Estoy muy feliz.

—¿Pero?

A Kaia se le hundieron los hombros.

—Pero lo hicieron sin mí. Yo no he ayudado. No me necesitan. Solo soy un lastre. Pierden cuando yo ayudo, pero ganan cuando no lo hago.

—Nena, que ganen cuando no estás no significa que seas un lastre. Significa solo que en esta ocasión iban mejor preparadas.

Ella comenzó a vestirse en silencio. Él suspiró e hizo lo mismo.

—Sabin y los ángeles han encontrado a Rhea —le dijo, aunque ella no lo hubiera preguntado—. O, más bien, encontraron el lugar donde se suponía que debía estar la diosa. Creen que ella se marchó a toda prisa hace días, puede que semanas. Su ropa estaba tirada por todas partes y había plumas blancas en el suelo y mucho polvo.

—Plumas. ¿Galen?

Él asintió.

—Sabin dice que no había huellas, así que no pudieron seguir el rastro de ninguno de los dos. Debieron teletransportarse.

—Pero… ¿por qué iba Rhea a dejar que se celebrara aquí una de las pruebas si no iba a presenciarla?

–Tal vez no sabía que no iba a estar presente. Tal vez quería estar, pero hubo algo que se lo impidió.

–¿Y los Cazadores?

–Tal vez diera las órdenes para que os mataran antes de marcharse, o tal vez los dirigía otra persona.

Kaia se irguió y miró a Strider con la cabeza ladeada mientras pensaba.

–Solo hay una persona, que yo sepa, que me odia tanto como para…

Frunció el ceño. Había dado dos pasos hacia él, pero de repente se detuvo bruscamente y se miró los pies.

–¡Estoy atascada! Strider, ¡estoy atascada!

Él intentó moverse hacia ella, pero no puedo. Sus pies, como los de Kaia, estaban pegados al suelo. Además, el suelo de la cueva estaba perdiendo su rigidez, se estaba convirtiendo en algo como la niebla.

Strider intentó desesperadamente alcanzar a Kaia, pero perdieron el contacto y cayeron a la vez, hacia abajo, hacia abajo…

Capítulo 24

Kane se despertó lentamente, aunque no dio ninguna indicación de que sus neuronas pudieran funcionar. Se había quedado dormido entre el dolor y las drogas, y por desgracia, eso le había sucedido muchas veces durante los últimos días, o las últimas semanas. Se había adiestrado a sí mismo para salir del sopor y analizar su entorno sin mover un solo músculo ni decir una sola palabra.

A cada lado de su cuerpo había un guardia fornido que lo tenía agarrado por un brazo. Lo estaban arrastrando a lo largo de una cueva serpenteante que olía a azufre y a podredumbre, a heces humanas y a miedo. Intentó contener las náuseas. Conocía bien aquellos olores, porque su demonio había cohabitado con ellos durante siglos.

También había un guardia delante de él y otros cinco detrás. Ninguno se dio cuenta de que había despertado.

Mientras planeaba su fuga, sintió furia. No tendría que hacer nada, en realidad. Al final, su demonio destruiría a aquellos humanos. Desastre vivía para momentos como aquel. Y si Kane moría en el proceso, ¿qué importaba?

Evocó la explosión, y recordó que estaba con William cuando había ocurrido. ¿Estaría vivo el inmortal? ¿Lo estarían torturando? Seguramente sí. La furia se intensificó. Aquellos hombres iban a pagarlo muy caro.

«¿Me oyes, Desastre? Tienen que pagarlo caro».

Su demonio comenzó a reír, y corrió por toda su mente, de un sitio a otro.

«Espera mi señal».

Ninguno de los guardias podía imaginar la devastación que tendría que soportar. No lo sabrían hasta que fuera demasiado tarde.

–Pesa demasiado –dijo uno de los hombres, entre jadeos–. Dejémoslo aquí mismo.

–No podemos. Son órdenes del médico. Debemos llevarlo hasta la puerta, o no volver.

–Estoy sudando como un cerdo.

–Eres un cerdo. Comes demasiado y estás gordo. Este paseo le vendrá muy bien a tu cuerpo.

–Vete a la mierda. Aquí hace un calor de espanto.

Era cierto. La temperatura era un poco incómoda y había tanta humedad que hacía falta un cuchillo para cortarla. Claramente, estaban adentrándose en las entrañas de la tierra con él, aproximándose a las puertas… ¿del infierno? Pero ¿cómo iban a saber llegar hasta allí los Cazadores? ¿Y por qué iban a hacer algo así? Aquella no era su forma de actuar, y no tenía sentido. Sin embargo, Kane no iba a tomarse la molestia de preguntar nada.

A distancia, Kane oyó que alguien amartillaba un arma, pero nadie más lo notó. Los guardias, ajenos a todo, seguían charlando. ¿Acaso alguien iba a dispararle a él? ¿O a los guardias? El demonio se paseó por su mente. Estaba listo para actuar, para destruir algo, o a alguien.

«Todavía no. Todavía no».

La risa aumentó. Desastre iba a atacar muy pronto, pese a lo que dijera o hiciera Kane.

Si alguien pensaba dispararle, iba a sobrevivir. Sin embargo, no quería dar la alarma por si eran sus amigos, que habían ido a rescatarlo.

Cuando el disparo reverberó por la cueva, el guardia de su izquierda gruñó y lo soltó. La charla cesó.

–¿Qué demonios…?

–¿Quién era...?

Otro disparo.

El guardia de su derecha lo soltó también, y él cayó sobre el suelo polvoriento. Se quedó inmóvil, y de repente, se le desplomó encima un peso que le hizo exhalar todo el aire de los pulmones. Uno de los guardias se había quedado sin conocimiento o, seguramente, había muerto.

Sí. Kane sintió un líquido caliente en la espalda.

Bang, bang, bang. Los hombres no tuvieron tiempo de prepararse, ni de esconderse. Fueron cayendo con agujeros en el pecho, sangrando. El tiroteo no duró más de un minuto.

Era un rescate, sí, pero él siguió sin moverse y sin hablar. Solo esperó. Con cautela...

–¿Lo veis? –gritó alguien. Era una voz masculina que le resultaba familiar.

¡Mierda! Perdió la esperanza. No eran sus amigos.

–¡Lo tengo! ¡Está aquí!

Le quitaron al guardia de encima.

–¿Está vivo?

Alguien le tomó el pulso del cuello.

–Sí, claro que sí. Pero tal vez no le quede mucho. Tiene el pulso débil, así que tendremos que actuar rápidamente.

–Esa doctora tiene suerte. Si hubiera muerto antes de que llegáramos... De todos modos, puede que le dé su merecido por desobedecer sus órdenes.

–No, no lo vas a hacer. Ella no es una de nosotros, y además, su marido te cortaría la cabeza. Llevémosle a este a Stefano, y que él decida lo que hay que hacer.

Stefano. La mano derecha de Galen, uno de los principales Cazadores. Era una pena que no estuviera allí. Sin embargo, Kane comenzó a comprender la situación. Los Cazadores habían atacado la casa, y se lo habían llevado a una doctora, que no era una de ellos, sino la esposa de uno de ellos, para asegurarse de que sobrevivía. Los cazadores no lo habían llevado allí; lo había hecho aquella mujer, en contra de las órdenes de su marido.

El marido debía de haberlo averiguado, y debía de haber mandado matar a sus cómplices.

—Animal —dijo el hombre que le había tomado el pulso, y al erguirse, le dio a Kane una patada en el estómago, que debió de aplastarle los órganos contra la columna vertebral.

Kane no abrió los ojos. Mientras, Desastre estaba hirviendo de furia en su cabeza. «Todavía no», le repitió él. Si ellos tenían órdenes de llevarlo ante Stefano, él tendría la oportunidad de destruirlo, y se llevaría a todos los enemigos que pudiera.

—¿Diego? —dijo alguien.

—Sí —respondió un hombre que tenía acento español.

—¿Estás listo?

—Sí, señor.

—Markov, Sanders, sujetadlo por los brazos por si se despierta antes de morir. Billy, corta profundamente, y corta rápido. No puede haber ningún error.

—No soy tonto. Hemos hecho esto mil veces.

—Sí, es cierto, pero en esta ocasión solamente tenemos una oportunidad. Si no somos cuidadosos, su demonio escapará de la cueva antes de que Diego haya podido absorberlo.

Bien, pensó Kane, entonces no podía esperar que lo llevaran ante Stefano. Iban a matarlo, y querían atrapar a Desastre en el cuerpo de uno de ellos, seguramente con afán de controlarlo y usarlo en provecho de su causa. Para destruir a sus amigos y dirigir el mundo.

«Prepárate», le dijo a su demonio.

Entonces, toda la caverna comenzó a temblar. Solo un poco. Justo para causar polvo y hacer que cayeran algunas piedras al suelo.

—¿Qué es eso?

—No importa. Vamos, date prisa. ¿Dónde está el cuchillo?

—Aquí.

De repente, unas manos fuertes agarraron a Kane y le dieron la vuelta. Quedó tumbado boca arriba. Y aquellas mismas manos lo sujetaron con fuerza. Kane no esperó un segundo más.

«¡Ahora!».

El temblor aumentó rápidamente y las piedras se convirtieron en pedruscos. Alguien gritó de dolor. Soltaron a Kane. Hubo otro grito y una sarta de maldiciones.

Por fin, Kane abrió los ojos, y lo hizo oportunamente, porque iba a caerle una gran piedra encima. Él se apartó de allí, tosiendo, con la boca llena de polvo. Aquel movimiento brusco le rasgó los puntos del costado.

Miró a su alrededor. Estaba en una cueva, tal y como había supuesto, aunque era mucho más grande de lo que hubiera pensado, y tenía muchos túneles. Los Cazadores se arrastraban por el suelo en busca de refugio. Otro grito, un gruñido. El crujido de la rotura de un hueso.

Kane se puso en pie.

«Así, amigo. Sigue así».

—¡No le dejéis escapar! —gritó alguien.

—¡Lo tengo a tiro!

Un disparo.

Kane sintió un dolor agudo en un muslo y soltó una maldición. Corrió hacia uno de los rincones más oscuros, esquivando piedras que caían del techo. Hubo más temblores. Pronto quedaría atrapado, si no lo estaba ya. Sin embargo, no había forma de detener un desastre de aquella magnitud una vez que había comenzado.

A él no le importaba mucho la idea de morir. Había estado a punto de morir mil veces, y estaba preparado para tal eventualidad. Por lo menos, se llevaría a aquellos Cazadores consigo. Aunque, por instinto de guerrero, iba a intentar salvarse.

Buscó una salida entre las sombras... y vio una pequeña rendija de luz. Sin pararse a pensar se lanzó hacia ella y movió las rocas, ignorando el dolor que le atenazaba el cuerpo.

—¡Kane!

¿William? Se quedó inmóvil, tenso. No podía matar a su amigo...

Se oyó un disparo.

—¡Humano! —gritó William con furia. Alguien debía de haberle pegado un tiro—. Eso lo vas a pagar caro.

—¡Sal de ahí! ¡Corre! —le gritó Kane.

—¡Kane, maldita sea! ¿Dónde estás? ¡No he venido hasta aquí para jugar al escondite contigo!

Kane se puso en pie y salió de la seguridad de su refugio. Entonces vio a William, que en aquel momento estaba agarrando al Cazador por el cuello. No se estaba dando cuenta de que había una enorme roca cayendo sobre él.

Y, como Kane estaba mirando a William, no se dio cuenta de que había otra enorme roca cayendo sobre él.

—Por el dulce amanecer, ha sido asombroso.

Paris se apartó de la mujer sonriente, que jadeaba, y de su cuerpo brillante de sudor, y miró al techo. Tal y como había pensado, Arca odiaba a Cronus, y no le había importado traicionar al rey de los dioses. Y tal y como había temido, le había puesto un precio: su cuerpo. Su demonio la había excitado en el mismo momento en que había entrado en su aposento.

Se había pasado la última hora dándole placer de un modo que ella no había experimentado nunca, y ella había disfrutado de todas sus atenciones, mientras él se odiaba a sí mismo y odiaba sus acciones.

«Haz lo que tienes que hacer».

No había tenido que preocuparse por las interrupciones. La espaciosa habitación estaba escondida en la parte posterior del harén. Arca no podía salir de allí; Cronus la había maldecido de modo que, si abandonaba los límites del aposento, sufriría insoportablemente. Y, después de aprender de los mortales y de sus errores, el rey se había asegurado de que no hubiera ventanas que la diosa pudiera utilizar.

Claramente, Cronus pensaba que era mejor privar a Arca de la luz del sol y del aire fresco que cortarle el pelo largo y sedoso.

Ella se apoyó sobre un codo y lo miró.

—¿Y bien?

—Sí, ha sido asombroso —dijo él automáticamente, tal y como les había dicho a otras miles de personas.

La sonrisa de Arca desapareció lentamente.

—Por lo menos, podías intentar parecer convincente.

Él suspiró y la observó con atención. Era muy bella. Cuando él había entrado en la habitación, no había gritado, ni había luchado contra él. Lo había mirado con sus enormes ojos azules, le había tomado las manos y había sonreído. Estaba tan sola, y tan desesperada por que alguien le prestara algo de atención, que él había sentido una opresión en el pecho.

Y cuando había intentado preguntarle por Sienna, ella había agitado la cabeza y le había dicho:

—Después.

Ya estaba perdida en la lujuria que creaba su demonio, y Paris había cedido sin protestar.

—Lo siento —dijo él, y volvió a mentir—: Es que me has cansado, cariño. No me quedan energías.

Ella se rió y se acurrucó contra él.

—Cronus no lo va a saber, te lo prometo. Así que, si quieres volver a mi lado...

Él permaneció en silencio. No podía volver a acostarse con ella. Su demonio no se lo permitiría. Aunque pasara horas besándola y acariciándola, su miembro permanecería flácido e inútil. Siempre le ocurría con alguien con quien ya se hubiera acostado, y en realidad, él no quería repetir. Ya se sentía lo suficientemente culpable por acostarse con alguien que no fuera Sienna.

Él había estado con Sienna, y podría estar con Sienna otra vez. Podía excitarse solo con pensar en ella. Además, todos aquellos amantes suyos... Ninguno lo deseaba de verdad. De no haber sido por su demonio, quizá no se hubieran acostado con él, lo habrían rechazado. Así pues, en cierto modo, los estaba obligando a que se acostaran con él.

Como siempre, intentó no pensar en aquello.

—¿Qué te pasa? Te has puesto muy tenso.

Él se relajó y le acarició el brazo con delicadeza.

—Antes te he mencionado a una mujer. Es una esclava que ahora está poseída por el demonio de la Ira. Su alma es invisible a los ojos. ¿Sabes de quién te estoy hablando?

—Sí. Lo recuerdo. Quieres saber dónde la tiene Cronus.

—¿Conoces la respuesta?

—No he oído nada, no.

Él cerró los ojos, intentando contener la decepción y el arrepentimiento. Había pensado… Estaba tan seguro de que…

—Pero —continuó Arca—, sé dónde tenía a los prisioneros que no podía controlar, a la gente que no quería que encontrara nadie, antes de su encarcelamiento en el Tártaro.

—Dímelo.

—Haré algo mejor que eso. Te enseñaré el lugar.

A él se le encogió el estómago. No podía rechazarla bruscamente.

—Sabes que no es posible, nena. Tienes que quedarte aquí.

—Pero… Por favor. Tengo que salir. No puedo quedarme más tiempo aquí. Me estoy volviendo loca lentamente.

Él posó las manos en sus mejillas, intentando ser gentil.

—Dime dónde puedo encontrar esa prisión secreta y, cuando termine mi misión, volveré por ti. Encontraré la forma de salvarte.

A ella se le llenaron los ojos de lágrimas.

—Podrías tardar mucho. Y podrías morir.

—Lo sé, y lo siento, pero es todo lo que puedo ofrecerte.

No podía salvarla todavía. Eso alertaría a Cronus, y el rey iría en su busca, y él perdería a Sienna para siempre.

—Yo podría ayudarte, no solo a encontrar el lugar secreto, sino también a recorrerlo.

–Lo sé, nena, pero eso no me hace cambiar de opinión.

–Por favor…

–Lo siento, pero es lo mejor que puedo ofrecerte.

Durante un largo tiempo, ella sollozó en silencio. Entonces, se calmó, irguió los hombros y alzó la barbilla.

–¿Me prometes que vas a venir a buscarme cuando la encuentres? –le preguntó a Paris.

–Sí, te lo prometo. Cuando ella esté a salvo, volveré.

En cuanto pronunció aquellas palabras, quedó obligado por ellas. Lo sabía. Sintió la fuerza del vínculo. Si no cumplía la promesa dada a un dios o a una diosa, sufriría eternamente. Si sobrevivía, claro.

Ella se enjugó las lágrimas.

–Está bien. Te diré lo que deseas saber. Si Cronus sigue con sus viejas costumbres, encontrarás a la mujer en uno de estos dos lugares. Si está en el primero, la habrás perdido para siempre. Si está en el segundo, y entras allí, no saldrás ileso.

–¿Cuál es el nombre del segundo lugar?

Ella se lo dijo, y cuando el nombre salió de sus labios, Paris se quedó helado. Perdió la respiración. Sabía que Cronus la castigaría por haber ido en busca de Paris, pero no sabía que el dios quisiera torturarla para toda la eternidad.

Se levantó de la cama y se vistió rápidamente.

–¿Vas a ir a buscarla de todos modos? –le preguntó Arca.

–Sí –respondió sin titubear.

Ahora estaba más decidido que nunca.

Capítulo 25

Kaia había pasado directamente del cielo al infierno. O más bien, a su versión del infierno. ¡Y ni siquiera había podido terminar de disfrutar de su momento con Strider!

Ante ella ardía una hoguera, y ella sentía su calor. No había llegado a enfriarse completamente después de hacer el amor con Strider, y se alegraba. Le gustaba aquel calor, sobre todo, porque era el rescoldo de la satisfacción que le había proporcionado su consorte.

Su consorte.

En aquel momento, Strider estaba explorando la zona en busca de Cazadores. Sin embargo, no hacían falta dos horas para explorar una extensión de terreno tan pequeña. Él estaba buscando la Vara Cortadora, sin duda. No iba a encontrarla allí, porque Juliette no era tan tonta como para esconderla debajo de su saco de dormir.

Kaia había deseado con todas sus fuerzas que él reconociera la unión que existía entre ellos. Quería que la acariciara y la saboreara. Que se tuvieran el uno al otro. Y, por todos los dioses, ahora estaba muy asustada. Porque…

Él la quería. Eso todavía le producía asombro. Eran una pareja de verdad. Y a partir de aquel momento, él era lo primero. Fuera molesto o fuera un dios romántico del lecho, era suyo. Tenía que protegerlo. Tenía que preocuparse de su futuro. Así pues, si él necesitaba la Vara Cortadora para sobrevivir, ella debía conseguirla. Por el momento, su equipo estaba en condiciones de conseguir el artefacto honradamente. Sin embargo, las cosas podían cambiar; y si eso ocurría, Juliette esperaría que Kaia hiciera algún movimiento al respecto, y sus posibilidades de hacerse con la Vara disminuirían mucho.

Por lo tanto, aquel era el mejor momento para atacar.

Eso, por supuesto, la descalificaría de la competición, y demostraría una vez más que no era digna de confianza, que era débil. Sin embargo, eso sería mucho mejor que perder a Strider. No podía vivir sin él, sin su sonrisa, sin su risa, sin su ingenio ni sin su fuerza.

Por lo tanto, iba a robar la Vara Cortadora, aunque no estaba dispuesta a involucrar a sus hermanas en el robo. No iba a arriesgar sus vidas. Otra vez no. Y menos ahora, que estaban heridas por la segunda prueba.

Ocurriría aquella noche. Casi todo el mundo estaría embriagado, o curándose, o sin conocimiento. Ella haría el amor con Strider, y dejaría que el calor se apoderara de ella otra vez. Aquel calor que le daba energía, una combinación de lujuria y de rabia que hervía dentro de ella, que quería salir. Consumir.

Aquella noche, se lo permitiría.

Pronto… Muy pronto… Su mirada se clavó en Juliette. Su enemiga estaba bailando alrededor del fuego, junto a la madre de Kaia. Pese a que habían perdido, estaban contentas, despreocupadas, como si supieran algo que ella no sabía.

Juliette debió de notar su escrutinio, porque también miró a Kaia, y como siempre, sonrió con petulancia. Oh, sí. Aquella misma noche.

Kaia y Strider habían caído desde el jardín de Rhea y habían aterrizado allí, en Alaska, en el lugar donde había estado el portal místico. Al abrir los ojos se habían encontrado allí, junto al resto de las Arpías y sus consortes.

Al principio había reinado la confusión. Después, la ira, por haber sido expulsados de aquella manera de los cielos.

Se habría producido una pelea de no ser porque la madre de Kaia había declarado que estaban en terreno neutral. Así pues, en vez de atacar, las Arpías habían decidido quedarse allí y hacer una fiesta.

Abundaba la cerveza robada, había música rock y los coches sustraídos del pueblo más cercano iluminaban con sus faros el valle helado. La mayoría de las combatientes todavía estaban magulladas y ensangrentadas, y algunas seguían inconscientes, pero eso no desanimó la fiesta.

Pocas horas antes, alguien le había robado el abrigo a Kaia, y ella no tenía duda de quién era la culpable. Bueno, Juliette podía comérselo si quería. De todos modos, su abrigo estaba muy sucio.

—Eh, nena —dijo alguien con una voz muy sexy.

Strider. Su Strider. Olía a canela y estaba guapísimo. Tenía las mejillas sonrosadas y el pelo despeinado.

Se sentó junto a ella y le ofreció un vaso helado.

—Esto es mío. No es tuyo. No lo toques.

Ella tomó el vaso, le dio las gracias y bebió un poco. Pese a que la bebida estuviera tan fría, su calor corporal no disminuyó.

—He hablado con Sabin y con Lysander. Han montado el campamento a un par de kilómetros de distancia, y están curando a Bianka y a Gwen.

Entonces, ¿no había estado buscando la Vara Cortadora? Maravilla de las maravillas.

—¿Y Taliyah, Neeka y las demás?

—Se han marchado sin decir una sola palabra.

—Siempre hacen lo mismo —refunfuñó ella.

—Bueno, esta vez las he seguido.

—¿De verdad? ¿Y no han sentido tu presencia?

—Yo no he dicho eso.

Ella volvió a mirarlo con atención, y se dio cuenta de que tenía cortes y heridas nuevos en las manos y en los dedos.

—¿Qué ha pasado? ¿Te han hecho daño? Porque si te han hecho daño, yo personalmente...

–Tranquila, Pelirroja –le dijo él, y sonrió–. Solo me advirtieron que las dejara en paz. Y de todos modos, al principio no sabían que yo las iba siguiendo. Se metieron en algunas de las tiendas de los otros equipos.

–¿Estaban buscando la Vara Cortadora?

–No, no creo. En el bosque se reunieron con un grupo de tipos a quienes yo no conocía. Eran guerreros inmortales. Taliyah percibió mi olor antes de que pudiera acercarme lo suficiente como para escuchar su conversación.

Taliyah. Con hombres. Interesante y poco habitual. Su hermana mayor siempre guardaba las distancias con el sexo opuesto. Nunca había querido encontrar un consorte. No odiaba a los hombres, pero le gustaba tener su espacio y hacer lo que quería. Al no tener lazos, podía marcharse a cualquier lugar en cualquier momento.

–Ocurre algo –dijo Kaia.

–Sí, pero no creo que tenga nada que ver con nosotros ni con los juegos. Aquellos hombres estaban interesados, sobre todo, en Neeka. Casi parecían posesivos hacia ella. Bueno, y hablando de la Vara Cortadora, he estado pensando una cosa. ¿Y si la que tiene Juliette no es la verdadera? ¿Y si es una falsificación?

Aquello era una posibilidad, aunque remota. Kaia recordó que había visto un gran poder emanar de aquella vara, cuando Lazarus había salido al escenario con ella. Sin embargo, de un modo u otro averiguaría la verdad.

Se oyó una risa femenina que interrumpió cualquier respuesta que ella hubiera podido dar. Mejor. Por allí había demasiada gente, y alguien podría oír su conversación.

–Hablaremos más tarde.

–No. Ahora. Pero seremos más discretos –dijo Strider. Le pasó el brazo por los hombros y la estrechó contra sí. Entonces, le susurró al oído–: Hay un par de preguntas que me tienen obsesionado. Nosotros no sabíamos dónde estaba la Vara Cortadora. ¿Por qué ella sí lo sabía? ¿Y cómo la consiguió sin que nadie se enterara? ¿Y por qué no la ha usado?

¿Por qué está dispuesta a desprenderse de ella? Bueno, son más de dos preguntas.

Kaia se excitó con solo sentir el contacto de Strider. ¿Aquello era ser más discreto? No importaba. Le seguiría la corriente.

—Supongo que puede que se la haya dado Rhea —le susurró ella al oído. Y, sin poder evitarlo, le lamió la oreja.

Él exhaló un suspiro. Ella, para evitar la tentación de comérselo vivo, miró a las Arpías que estaban bailando. Juliette y su madre habían desaparecido.

—Pero, ¿por qué? No hay ningún motivo creíble. Rhea nos odia, quiere que muramos. Ella no querría, por nada del mundo, que una posesión tan preciada cayera en nuestras manos. Se la habría dado a los Cazadores. A Galen.

Kaia se estremeció.

—Tal vez Juliette se la robara. Después de todo, Rhea ha desaparecido, y nadie sabe nada de ella. Tal vez Juliette la matara y asumiera el control de los Cazadores.

Entonces, le mordisqueó el lóbulo de la oreja, y después le mostró su perfil para que él hiciera lo mismo.

Él no la decepcionó. Le besó la mandíbula mientras le acariciaba con los dedos la parte inferior de uno de los senos.

—Si fuera así, Cronus estaría muerto. Ellos dos están unidos, y cuando uno muera, el otro también morirá. Y Cronus está muy vivo. Amun se ha estado reuniendo con él.

Ella se inclinó hacia él con todas las terminaciones nerviosas en alerta.

—Entonces, puede que Juliette la haya encerrado.

Para hallar la Vara, Kaia tendría que atrapar a su enemiga y torturarla para conseguir información. Ya lo había pensado, y había aceptado la necesidad de hacerlo. Y ahora también le preguntaría acerca de Rhea y de los Cazadores.

Strider le dibujó un par de círculos alrededor del pezón.

—Si es así, Juliette es más poderosa de lo que pensábamos.

Por todos los dioses, aquello era delicioso. Kaia apoyó la palma de la mano sobre su muslo.

—No te preocupes. Yo me encargaré de ella. Además, se lo debo. Para el futuro, debes saber que yo no me enfado. Me vengo.

—Me parece bien —respondió él y le dio un beso en los labios—. Porque así es como me gustan los dulces y las mujeres. Picantes y especiados.

Aquel comentario hizo que Kaia se echara a reír.

—Bueno, de todos modos no deberíamos seguir hablando de esto aquí.

Por mucho que ella estuviera disfrutando con aquella conversación.

Strider suspiró.

—Tienes razón.

—Por supuesto que sí.

Él le revolvió el pelo.

—Fanfarrona.

—No, solo soy sincera. Bueno, ¿qué te ha pasado en las manos? —le preguntó ella, para cambiar de tema antes de lanzarse a su regazo y hacer lo que quisiera con él, allí mismo.

—Nada.

Eso era una mentira, pero ella la dejó pasar. Aquel no era el momento de discutir con Strider. Tenían que dar imagen de unidad.

—Qué suerte —dijo una voz masculina, sexy, a sus espaldas—. Es mi Arpía favorita.

Strider se puso muy tenso, y ellos se dieron la vuelta a la vez, y se pusieron en pie. Allí estaba Lazarus, cruzado de brazos.

—Hola, Lazarus. ¿Dónde está tu ama? —le preguntó Kaia.

Los ojos de obsidiana del inmortal comenzaron a girar de una manera amenazante. ¿Acaso no le gustaba que le recordaran a Juliette?

—Tiene una reunión privada con tu madre, sobre la manera en que van a destruirte. Se supone que yo debo tenerte ocupada, algo que no me resulta duro. ¿Te gustaría ir a algún lugar íntimo conmigo? Yo podría satisfacer todas tus necesidades.

Strider gruñó como si alguien estuviera a punto de morir.

—Gracias —dijo Kaia—, pero preferiría estar en una isla desierta, que un millonario me cazara y me disecara, y me pusiera sobre su chimenea.

—¿Y tú? —intervino Strider, dirigiéndose a Lazarus—. ¿No quieres ir a un lugar íntimo conmigo?

Kaia se estremeció de miedo. «Por favor, por favor, no lo desafíes».

—Gracias —respondió Lazarus—, pero no eres mi tipo. Así que, si tú no quieres venir conmigo, dulce Kaia, ¿por qué no nos sentamos aquí y charlamos?

Aquello provocó otro gruñido de Strider.

Oh, por todos los dioses. Iban a pegarse allí mismo, y no habría manera de impedirlo. Kaia sabía que Lazarus era muy poderoso. Strider también lo era, pero tenía una desventaja: su demonio.

«Como si eso fuera a impedirle luchar».

Aquel pensamiento fue seguido, rápidamente, por otro: «Puedes sacar provecho de esto». Necesitaba saber lo que estaban planeando Juliette y su madre, y una pelea entre Strider y Lazarus sería la distracción perfecta, lo que le permitiría moverse sin que nadie se diera cuenta.

Strider debió de pensar lo mismo, porque se lanzó hacia el otro guerrero sin decir una palabra más. Los dos cayeron al suelo en un enredo de brazos y piernas. Y cuchillos. Las hojas plateadas relucieron bajo la luna.

Sí, Strider quería matar a Lazarus, pero aquel no era el motivo por el que había comenzado la pelea, y Kaia lo sabía. Le había proporcionado la coartada que necesitaba para encontrar a las mujeres en cuestión. Sin embargo, ella no quería dejarlo allí.

Mientras los guerreros gruñían de dolor, se revolcaban, se golpeaban e intentaban acuchillarse, las Arpías se percataron de lo que ocurría y se acercaron a animar a los contrincantes y a apostar.

Kaia se alejó, sin dejar de mirar a Strider hasta que ya no pudo verlo. Lazarus y él estaban rodando por la nieve, dejando un rastro de sangre. A ella se le encogió el estómago.

«No te preocupes. Sabe cuidar de sí mismo».

Siguiendo el olor de su madre, Kaia llegó a una cornisa rocosa que, seguramente, daba paso a una cueva. Comenzó a trepar sigilosamente, mientras escuchaba los ruidos del campamento. El estómago se le encogió nuevamente al oír los gritos de una de las Eagleshield:

—¡Así, vaquero! ¡Rómpele la cara!

¿Quién era el «vaquero»? ¿Strider o Lazarus?

—¡Vaya, creo que le has roto la nariz! ¡Buen puñetazo! ¡Hazlo otra vez! ¡Otra vez!

—¡Destrípalo!

«No mires», se dijo Kaia mientras seguía trepando.

No se detuvo hasta que llegó a un saliente de la cornisa. Allí se quedó inmóvil, escuchando. Percibió un murmullo, pero no supo si era una voz masculina o femenina. Ni siquiera supo cuántas personas estaban hablando.

Para averiguarlo tendría que entrar en la cueva.

Tomó aire y sacó una de sus dagas. Después se descolgó del saliente hacia la entrada, e inmediatamente, se arrepintió.

Le habían tendido una trampa, y se dio cuenta al instante.

No tuvo tiempo de actuar. De la parte inferior de los laterales de la caverna salieron unos grilletes de metal que le aprisionaron los tobillos hasta que le aplastaron los huesos. Ella tuvo que contener un grito de dolor, aunque le fallaron las rodillas.

«No puedo distraer a Strider».

Juliette y su madre no se habían reunido en privado. No se habían reunido. Habían convocado a un grupo de Cazadores. Y aquellos Cazadores la estaban mirando en aquel momento, sonriendo, como si la hubieran estado esperando todo el tiempo.

Capítulo 26

«Ganar, ganar, ganar».

Mientras luchaba contra el inmortal más fuerte que hubiera conocido, su demonio cantaba con excitación, con nerviosismo. Eso no hubiera sido tan malo, ni le hubiera distraído tanto, si además no estuviera oyendo la voz de Tabitha en su mente.

«Quieren matarla. Van a matarla».

Ya sabía que las Arpías querían matar a Kaia, pero, ¿iban a conseguirlo? No, maldición. Sin embargo, si Tabitha estaba hablando con él, no podía estar reunida con Juliette. Y si no estaba reunida con Juliette, ¿por qué había aceptado él un desafío que tal vez no pudiera ganar, solo para distraer a todo el mundo y darle a Kaia la oportunidad de espiar en aquella reunión?

«¡Ganar!».

«No me estás ayudando».

Recibió un puñetazo de los nudillos de aquel bastardo, y notó que su cerebro se golpeaba contra su cráneo. Durante un instante, vio las estrellas. Odiaba las estrellas. Notó el sabor de la sangre en la lengua y en la garganta. Lazarus se colocó sobre él y le sujetó los hombros con las rodillas. Y lo golpeó.

Se le rompieron algunos huesos.

«¡Ganar!».

«Ya lo sé, maldita sea».

Tenía que ganar aquella pelea, e iba a ganarla. En cuanto pudiera encontrar sus cuchillos entre la nieve ensangrentada. Aquel bastardo iba a perder la cabeza. Tal vez.

Ojalá.

Como mínimo, Lazarus iba a escupir las entrañas, porque era una amenaza para Kaia. Y las amenazas para Kaia no podían vivir.

«Ella morirá. Esta noche. No hay nada que puedas hacer para salvarla». Tabitha, de nuevo.

Más golpes.

Más estrellas, más dolor. Sintió una rabia tan intensa que no pudo contenerla más. Empujó a Lazarus con todas sus fuerzas y lo lanzó hacia detrás.

Strider estaba de pie un instante más tarde. Con los ojos hinchados, vio sonreír a Lazarus mientras se levantaba también. En el fondo, Strider sabía que el inmortal podía haberle hecho algo mucho peor. Podía haberlo acuchillado. Sin embargo, el hijo de un dios y una pesadilla monstruosa prefería pelear a puñetazos. ¿Qué ocurría?

Mientras las Arpías vitoreaban, los hombres se movieron en círculos, uno frente al otro.

—Qué predecible eres —dijo Lazarus con un chasquido de la lengua. Extraño. Hablaba en el lenguaje de los dioses, un idioma que se había usado mucho tiempo antes, y que seguramente, las Arpías no entendían.

Strider respondió con el mismo idioma, que casi había olvidado.

—Y qué patético eres tú. Lazarus, el perro faldero de Juliette.

Adiós sonrisa. Un punto a favor de Strider. Derrota se echó a reír.

—¿Y crees que tú vas a ser distinto? Juliette te esclavizará de la misma manera que me ha esclavizado a mí. ¿Por qué te crees que se está celebrando esta estúpida competición? No por los juegos a los que les gusta jugar a las mujeres. Es para castigar a la pelirroja.

–Por lo que hiciste tú.

Lazarus se encogió de hombros.

–Ella me liberó. La culpa es suya.

–Era una niña.

–Y yo estaba furioso por mis circunstancias. No puedo controlarme cuando la furia me domina.

Eso significaba que, en aquel momento, no estaba furioso. O, si lo estaba, las cadenas que tenía tatuadas en la piel le impedían hacer algo al respecto.

–¡Seguid luchando! –les dijo una Arpía.

–¡Sí! ¡Esto se ha vuelto aburrido!

Aquella última le lanzó una botella contra el estómago.

«¡Ganar!».

Estúpido Derrota.

«Tú hablas. Ella muere». Tabitha, de nuevo.

Strider apretó los dientes. Sabía que aquella zorra solo quería provocarlo y distraerlo para que perdiera la pelea.

–Si Juliette es tan poderosa, ¿por qué no ha intentado esclavizarme todavía? –preguntó Strider.

–¿Es que no has aprendido nada? A las Arpías les encanta el drama y el teatro. Les gustan más que a ninguna otra raza.

Eso no podía negarlo.

–¿Y cómo lo va a hacer? ¿Cómo te esclavizó a ti?

Lazarus sonrió.

–Lo único que puedo decirte es que tengas cuidado con el primer premio.

¿Con la Vara Cortadora? ¿Juliette había esclavizado a Lazarus con la Vara Cortadora?

–Entonces, ¿es real?

–No puedo decírtelo.

–No quieres decírmelo.

–No. No puedo. Ya estoy al borde de transgredir mi obediencia diciéndote esto.

–¿Y qué pasa cuando desobedeces?

–Dolor. Muerte. Lo habitual. Y ahora, siento decirte que tengo que seguir distrayéndote.

Strider arqueó una ceja.

–¿Lo sientes?

Lazarus asintió.

–Tú no eres mal tipo, y la pelirroja me gusta de verdad. Es muy guerrera.

–Es mía.

–Primero tienes que sobrevivir.

Aquella fue la única advertencia que recibió Strider.

Lazarus se arrojó contra él, y el impacto le causó una avalancha de dolor. Se giró al recibir el golpe, y dejó de respirar mientras intentaba protegerse la cara.

Strider miró a su alrededor, buscando armas en la nieve o en los cuerpos de las Arpías. Por fin, vio que una de ellas llevaba dos espadas a la espalda, y las sacó de las fundas con un rápido movimiento.

–¡Eh! –gritó ella, al darse cuenta.

Él se alejó antes de que ella pudiera reaccionar y clavarle las garras. Sin detenerse, se agachó e hizo un movimiento envolvente con las hojas de las espadas. Lazarus saltó, pero no lo suficientemente rápido. El metal le cortó los tobillos, y el inmortal cayó en la nieve.

Derrota comenzó a gritar de euforia dentro de la cabeza de Strider, mientras él inmovilizaba a su enemigo exactamente como su enemigo lo había inmovilizado a él, poniéndole las rodillas en los hombros. Lazarus no se resistió.

–Eso ha dolido.

–Lo siento –dijo Strider, clavando las puntas de las espadas junto a las sienes de Lazarus–. Y gracias –le dijo.

Lazarus lo miró con sorpresa.

–¿Es que piensas que no me he dado cuenta de que te has dejado ganar?

Entonces, la oleada de placer de la victoria se apoderó de él. No pudo contenerla, y se estremeció y gimió con Derrota.

El éxtasis le recorrió las venas y le dio calor. No tanto como cuando hacía el amor con Kaia, pero si tanto como para excitarse al instante.

Lazarus se quedó sorprendido, y después, su expresión se volvió de diversión. Arqueó una ceja.

—No es por ti —dijo Strider azoradamente.

—Gracias a todos los dioses.

—Bueno, ¿te curas con rapidez?

—Sí.

—Siento esto, pero necesito cinco minutos a solas, y no puedo permitir que me sigas.

Tomó las espadas y atravesó los hombros de Lazarus para mantenerlo clavado al suelo.

—Hazme el favor de estar ahí quieto.

Lazarus se quedó muy rígido, y se oyeron abucheos a su alrededor.

Strider se puso en pie y se apartó de Lazarus mientras miraba a su alrededor. Las Arpías lo estaban mirando con la boca abierta, y retrocedían. Algunas de las más valientes sonreían seductoramente, invitándolo a que se acostara con ellas.

Vio a Sabin. Lysander estaba a su lado. Pese al frío, ambos estaban sudando. Debían de haber oído el ruido, y habían acudido rápidamente.

Él les hizo una seña hacia la montaña que tenían a su izquierda, y ellos asintieron. Mientras Lazarus le estaba golpeando la cara, él había estado mirando a Kaia. Ella había trepado por la montaña y se había metido en una cueva.

Los tres subieron por el mismo camino, y empezaron a percibir el olor del fuego y de la carne quemada. De repente, Strider sintió pánico y vio que salía humo de la cueva. No tenían tiempo para subir caminando.

—¡Súbeme! —le dijo a Lysander.

El ángel entendió su urgencia. Agarró a Strider y extendió las alas. Ascendieron por el aire, y Lysander lo depositó en el saliente de la entrada de la cueva antes de descender en busca de Sabin.

—¡Kaia! —gritó Strider mientras entraba por la boca de la cueva.

En el interior, el humo era tan espeso que no podía ver

nada. Poco a poco, se dio cuenta de que estaba en medio de una destrucción total; allí había unos veinticinco cuerpos quemándose, y las llamas todavía iluminaban el espacio. No podía saberse si eran hombres o mujeres, porque estaban calcinados. El pánico le atenazó el pecho. Kaia no podía ser una de ellas. No podía.

—¡Kaia! —gritó de nuevo—. ¡Kaia! Nena, ¿dónde estás, mi amor?

—¿Qué demonios…? —preguntó Sabin, que había entrado tras él.

—Por la Gran Deidad —susurró Lysander.

Strider los ignoró y comenzó a observar los cuerpos que había a su alrededor. No reconocía los restos de ropa, ni sus armas. Eso era bueno, porque significaba que ninguno de aquellos cuerpos era el de Kaia.

A pocos metros oyó el gemido lleno de dolor de una mujer. Corrió hacia él, y al verla, se detuvo en seco.

La habían clavado a la pared.

Strider sintió un inmenso alivio al verla con vida, pero al mismo tiempo, tuvo ganas de morirse. Le habían atravesado los hombros con espadas que estaban hundidas en la pared rocosa. Tenía el cuerpo desnudo y ensangrentado. Si la habían violado…

Se acercó rápidamente a ella, pero Kaia desprendía un calor que le quemó la ropa y le abrasó la piel. Se detuvo y se dio unas palmadas en el cuerpo. Eso no sirvió de nada, así que se sacó la camisa por la cabeza. Solo así consiguió sofocar el fuego.

—¿Qué ha ocurrido…?

—¡Salid de aquí! —gruñó Strider, y Sabin cerró la boca—. Salid ahora mismo.

No quería que nadie la viera así.

Silencio. Pasos reticentes. Strider no dejó de mirar a Kaia. Ella tenía los ojos negros, pero en aquel lienzo oscuro había llamas, las mismas llamas que lo habían abrasado a él. Crepitaban furiosamente.

–Kaia –le dijo con suavidad.

Ella luchó contra las espadas, y gimió de nuevo.

–Estate quieta, nena, ¿de acuerdo?

Se atrevió a dar otro paso hacia ella, pero fue un error. Fueron sus vaqueros los que comenzaron a arder, y de nuevo, tuvo que detenerse. En aquella ocasión, cortó rápidamente la tela de los pantalones y la arrojó al suelo. Quedó únicamente con las botas y la ropa interior.

–Nena, escúchame. Quiero ayudarte. Voy a ayudarte, quieras o no. Por favor, no me mates hasta que no te haya sacado de aquí. Allá voy, nena.

Entonces, tomó aire profundamente y… siguió caminando hacia delante. Su piel siguió calentándose, pero no se abrasó. Por fin pudo llegar a ella. Con sumo cuidado le tomó las mejillas y le acarició la piel sedosa con los pulgares. Se sorprendió al notar que sus propias garras habían surgido de sus dedos. Eran las garras del demonio. Sin embargo, no la cortó.

–Oh, nena –gritó, con un dolor insoportable en el pecho–. Lo siento muchísimo…

De aquellos ojos negros comenzaron a brotar lágrimas, y él supo que estaba llegando a la mujer que había dentro. No la había protegido de aquello, y no estaba seguro de por qué no sufría por haber fracasado. ¿Porque ella iba a curarse? ¿Porque aquel daño no se lo habían causado las Arpías? Entonces, ¿quiénes habían sido? ¿Los Cazadores de nuevo?

–Voy a quitar las espadas, ¿de acuerdo?

Agarró las armas por las empuñaduras. Estaban muy calientes, y sintió un dolor intenso en las palmas de las manos, que ya tenía llenas de ampollas. Sin embargo, su dolor no le importaba. Solo le importaba el dolor de Kaia. Se dio cuenta de que aquellos pequeños movimientos eran un tormento para ella, porque las lágrimas comenzaron a caer con más rapidez.

Para no prolongar la agonía, Strider tiró con fuerza, y ella se desplomó hacia delante sin emitir un solo sonido. Él soltó las espadas y depositó a Kaia, con sumo cuidado, en el suelo. También tenía heridas en los tobillos, pero estaban libres, así que no les prestó atención.

Rápidamente, se rasgó el cuello y puso la herida en su boca.

–Bebe, nena. Te sentirás mejor. Y entonces, podrás contarme lo que ha pasado y yo castigaré a todos los que hayan participado en esto. Te lo juro.

Al principio, ella no respondió. Entonces, lamió un poco, y él sintió su lengua como una llama. Pese al dolor, no se apartó. Kaia comenzó a succionar, y a succionar, y él descubrió que era placentero.

–Así –le dijo–. Buena chica. Toma lo que necesites. Tómalo todo.

Ella bebió hasta que quedó saciada. Cuando terminó, él estaba mareado, pero no le importaba. Se irguió y la miró.

Kaia tenía los ojos cerrados y la respiración entrecortada. Se había enfriado un poco, y ya no estaba tan pálida. Eso significaba que se estaba curando, ¿no?

Tenía que sacarla de aquella cueva llena de humo. Tomó lo que quedaba de su camisa y envolvió el cuerpo de Kaia. Después la tomó en brazos con toda la ternura de la que fue capaz, y se puso en pie. Aunque se tambaleó, consiguió salir.

En la boca de la cueva, llamó a Lysander. El ángel apareció un segundo más tarde, deslizándose graciosamente por el aire con las alas abiertas.

–Llévanos a nuestra tienda –dijo Strider.

No podía permitirse perder a su mujer.

Capítulo 27

–Vamos, nena. Ya has dormido lo suficiente. Eres una perezosa.

Era la voz de Strider. Kaia sintió que todo su cuerpo despertaba a la vida. Él estaba allí, a su lado. Su voz era dulce, y sus dedos le apartaron el pelo de la frente. Ella conocía aquella caricia. Adoraba aquella caricia, y se inclinó hacia ella.

–Vamos. Así.

Abrió los ojos, y se dio cuenta de que estaba jadeando y sudando. Intentó incorporarse, pero unas manos fuertes se lo impidieron.

–No. Todavía te estás curando, y no quiero que te muevas.

De repente, la maravillosa cara de Strider apareció sobre ella. Tenía los ojos febriles, y estaba pálido. Además, tenía verdugos enrojecidos y ampollas en la piel.

Estaba desnudo. Al verlo, algo chisporroteó dentro de ella. Conocimiento, poder, conexión. Sí, una conexión más fuerte, incluso, que la que sentía con Bianka. Era como si los entrelazara hasta que Kaia ya no podía saber quién era quién. Eran uno, sencillamente.

–¿Estás bien? –preguntó.

Incluso hablar le dolía. Tenía la garganta en carne viva.

–Estoy bien, así que no te preocupes por mí. Preocúpate por ti misma. Has estado inconsciente durante tres días.

—¿Tres días? ¿Y la tercera prueba…?

—Empieza dentro de dos días. Bianka me ha mantenido informado.

Gracias a todos los dioses. Sin embargo, tres días…

—Debo de estar horrible —murmuró.

—Estás viva, y para mí eso es pura belleza —replicó él.

Era encantador. A Kaia se le aceleró el corazón.

—Además —prosiguió él—, los dos estamos limpios. Lysander me dio túnicas de ángel, y cada vez que nos ponemos una nueva, es como si nos diéramos un baño. Todo, desde tu pelo hasta las plantas de los pies, está lavado. Y deja que te diga que me ha parecido muy extraño…

Kaia asintió. Se miró el cuerpo para catalogar los daños. Estaba desnuda, y tenía los hombros descoloridos y llenos de cicatrices. El estómago, bien. Las piernas, bien. Los tobillos, magullados. No estaban demasiado mal.

Estaba tendida sobre una alfombra de piel que debía de haberles llevado su hermana, dentro de una tienda blanca, y hacía calor, aunque el aire que entraba por la solapa de la puerta casi estaba cristalizado por el frío.

Strider se apoyó en un codo, y se acercó a ella con cuidado de no rozarla con su erección. Sí, estaba excitado. Al instante, ella notó calor entre las piernas. Anhelaba sus caricias y su boca. Quería explorar aquella nueva conexión. Se humedeció los labios.

—Vas muy deprisa —le dijo con una sonrisa.

—Demonios, Kaia. Deja de pensar en el sexo y habla conmigo. Llevo días esperando pacientemente.

Al oír su tono de voz, Kaia sintió de nuevo el peso de la preocupación, y recordó el motivo por el que estaba allí, la situación en la que se encontraba, y lo peligrosa que se había vuelto para aquel hombre. No tuvo que contener su deseo sexual. Se desvaneció solo.

—Está bien. ¿De qué quieres que hablemos?

—Primero, si tenías alguna duda de que soy tu consorte, puedes olvidarte de ella. Has dormido junto a mí.

No era un tema tan horrible como ella hubiera esperado, y se relajó contra la piel.

—Lo siento, cariño, pero lo de dormir junto al consorte no funciona así.

—Entonces, ¿cómo funciona?

—Los sueños no cuentan si la Arpía se queda dormida a causa de unas heridas. Tengo que dormir a tu lado cuando esté sana, y eso todavía no ha ocurrido.

—Ocurrirá —dijo él con determinación, y ella se dio cuenta de que lo consideraba un desafío. Un desafío que, claramente, aceptaba.

Sin embargo, eso no molestó a Kaia. Quería dormir a su lado, acurrucada contra él, algo que nunca le había sucedido con otro hombre.

—Y ahora, cuéntame lo que ha ocurrido —continuó él—. ¿Esos hombres te… violaron? —le preguntó con la voz ronca.

—No —respondió ella, y se estremeció—. Los habría matado en el acto si lo hubieran hecho.

El alivio reemplazó a la furia que había sentido Strider.

—Entonces, no tengo que ir a orinar sobre los restos calcinados de esos idiotas. ¿Cómo los mataste? Sé que están quemados, pero, ¿cómo lo conseguiste? Tuviste que hacerlo después de que te clavaran en la pared. De lo contrario, tendrías cortes y heridas.

Muy listo.

—Yo… —murmuró Kaia. Al recordar lo que había ocurrido, apartó la mirada—. No quiero decírtelo.

—Hazlo de todos modos. Ahora. Y empieza por el principio. Quiero saberlo todo.

Un guerrero autoritario y sexy. Ella no quería decírselo, pero iba a hacerlo. Haría cualquier cosa, incluso aquello, para evitar que él sufriera un solo momento de dolor.

—Cuando entré en la cueva, los Cazadores me estaban esperando. Se abalanzaron sobre mí, y luchamos. Yo los hubiera vencido, pero ellos sabían que tenían que ir por mis alas —dijo. Seguramente, aquello era por cortesía de Juliette, aunque hablar de las debilidades de las Arpías estaba prohibido, y era susceptible de ser castigado con la muerte–. Cuando me las rompieron, les resultó fácil clavarme a la pared con las espadas.

A cada palabra, Strider se puso más tenso.

–No te oí gritar.

Ella ya lo sabía. Había contenido los gritos de dolor para no distraerlo durante su pelea con Lazarus. La cual debía de haber ganado, puesto que estaba allí y, obviamente, no estaba sufriendo.

No había oído sus gritos, pero, ¿por qué no había oído los de los Cazadores? Aquello era interesante.

–Sigue.

–Estaba tan furiosa, tan desesperada, que... el calor de mi interior se desbordó.

–Conozco ese calor –respondió él con la voz ronca.

Ella frunció las cejas.

–¿De veras?

–Sí. Cuando hacemos el amor, me quemas mucho.

–¿Cómo? Por los dioses, Strider. Lo siento muchísimo.

–Yo no. Me gusta.

Eso no tranquilizó a Kaia. Podría haberlo matado. No quiso pensarlo, y se apresuró a continuar con la historia.

–Mi cuerpo comenzó a arder, pero a mí no me dolía. No entendía lo que estaba ocurriendo; solo podía observar mientras ardían los hombres que estaban a mi alrededor. Y cuando los demás intentaron salir corriendo de la cueva, los miré también, y antes de que me diera cuenta, estaban retorciéndose entre llamas. Mi Arpía se reía –dijo. Y, sinceramente, ella también se había reído–. Entonces, creo que me desmayé.

–No lo entiendo. ¿Cómo pudiste arder y estar bien tan solo unos minutos más tarde?

La respuesta era el motivo por el que Kaia no había tenido ganas de hablar de ello.

–Debería haberlo entendido antes, pero pensé que eran

imaginaciones mías. Tal vez porque estaba demasiado distraída cortejando a mi consorte.

A él se le escapó una carcajada.

—¿Qué es lo que no entendiste? ¿Y dices que me cortejaste? Nena, si las pasadas semanas son tu idea de un cortejo, tenemos que trabajar mucho para mejorar tu idea de una cita.

—Cállate. Te pesqué, ¿no?

—Sí —respondió él con ternura—. Me pescaste.

Aquello la calmó, y la derritió.

—Como iba diciendo, mi padre es un Fénix. Debo de haber heredado algunas de sus habilidades.

¡Y no le gustaba! Por supuesto, valoraba la capacidad de poder freír a sus enemigos, cosa que acababa de descubrir, pero los Fénix eran una raza exclusiva y desagradable, y cualquiera que demostrara la más mínima habilidad para crear el fuego era capturado y mantenido, a la fuerza, dentro de su territorio.

Aquel era el motivo por el que su padre las había secuestrado a Bianka y a ella hacía siglos. Quería asegurarse de que no mostraban ninguna afinidad con el fuego. Cuando lo había comprobado, las había dejado en libertad. Les había dicho que no volvieran por allí.

Ella no debería mostrar aquella afinidad ahora. Los Fénix podían soportar el calor intenso y controlar el fuego desde su nacimiento. Ella no había sido capaz de hacer tal cosa hasta aquel momento, así que, ¿cómo había ocurrido? ¿Y por qué? ¿Tal vez era una habilidad latente? ¿Y por qué no la había desarrollado con la pubertad?

Solo podía pensar en una cosa que había cambiado últimamente en su vida: había empezado a sentir un deseo ardiente, una necesidad abrasadora, por Strider.

Si su padre averiguaba todo aquello, ¿iría en su busca y le exigiría que viviera con su gente? Sí. Lo haría. Y ella se negaría. ¿La obligaría él, entonces? ¿Amenazaría a Strider para conseguir que obedeciera?

—Me alegro de que heredaras eso de tu padre. Estás viva, y eso es lo más importante —dijo Strider—. Hiciste un gran trabajo.

—¿De verdad?

—Si tu objetivo era matarme de angustia, entonces sí. Nunca más vas a volver a salir sola. Vivirás encadenada a mi lado, y te gustará. ¿Entendido?

Ella no se dignó a responder a algo tan absurdo.

—Para que lo sepas, tú también hiciste un buen trabajo.

—Bueno, pues tú no hiciste un buen trabajo, y esa es la verdad. ¡Estuviste a punto de morir! No gritaste, y sé por qué. No querías distraerme. ¿Pero sabes una cosa? ¡Hubiera preferido que me distrajeras! Podría haber ido a rescatarte, y te hubiera ayudado a matar a esos idiotas.

También habría podido abrasarse vivo, con el resto de los Cazadores.

—Bueno, pues... ¡Tú tampoco hiciste un buen trabajo!

—No. Ya has dicho que sí lo hice.

—Y después he dicho que no.

—Lo siento, pero no se puede retirar lo que se dice. No vuelvas a hacer nada parecido. No vuelvas a dejar que te atrapen. ¿Te das cuenta de lo que podían haberte hecho?

Sí. Lo sabía. Kaia se dio cuenta de que no podía culparlo por aquella discusión. Si ella estuviera en su lugar, habría hecho lo mismo.

—Está bien. No volverá a suceder.

Strider exhaló un largo suspiro y se relajó un poco.

—¿Y por qué no querías contarme lo que les sucedió a los Cazadores?

—Porque si te contaba lo de mi nuevo poder, tendría que contarte algo peor. No podemos volver a tener relaciones sexuales.

—¡Y un cuerno! —rugió él.

—Strider, no podemos. Te quemaré.

Lo quemaría gravemente. Tal vez llegara a matarlo.

Entonces él respondió, con un tono suave:

–La última vez no me quemaste.

Entonces, por fin, se colocó sobre ella y la presionó con su miembro entre las piernas, justo en el lugar donde más lo necesitaba.

Su deseo explotó y ella tuvo que agarrarse a la piel sobre la que estaban tendidos para no abrazarlo. El calor… notaba que estaba aumentando de nuevo, y que ardía bajo su piel.

–Mentiroso. Has dicho que te hice ampollas.

–También he dicho que me gustó.

–No importa. La última vez todavía no había incendiado nada. Ahora que ya lo he hecho, el peligro es más grande, y cuando estoy contigo, parece que pierdo por completo el sentido común. No podré controlarme.

–Si eso es cierto, tampoco podrás participar en las últimas dos pruebas. Tu ira se encenderá y quemarás a todos los que estén cerca de ti.

–Sí, pero a mis contrincantes quiero matarlas –replicó ella. No era cierto, pero no quería admitir que él tenía razón.

–Eso pondrá en peligro a tu familia.

¡Maldito Strider!

–Enfurrúñate lo que quieras, nenita, pero esto va a ocurrir. Si estás a la altura, claro. Tus heridas…

Aquel comentario hirió su orgullo, y Kaia alzó la barbilla.

–Yo siempre estoy a la altura.

–Bueno. Llevo demasiados días preocupado por ti y te necesito. Además, me merezco una recompensa por haber cuidado de ti, ¿no te parece?

Ella siguió preocupada por su seguridad. Strider era lo más importante de su vida.

–Es tu demonio el que está hablando. Lo sé. Si lo pensaras bien, tú…

–Nenita, no he podido pensar bien desde que te conocí. Vamos a hacer el amor. A ti te va a gustar, a mí me va a gustar, y los dos vamos a salir vivos de esto. ¿Entendido?

Ella miró al techo de la tienda con resignación, pero la

despreocupación de Strider consiguió aliviar mucho su angustia.

Sin embargo, él todavía no había terminado.

—A mi demonio le gusta dominarte, y estar contigo sexualmente es más satisfactorio que ninguna otra cosa para él, porque también te tiene miedo, así que conseguir que te rindas le resulta lo más placentero del mundo. Pero todavía no ha aceptado un desafío. Esto es solo entre tú y yo. Te necesito, nena.

Ella se mordió el labio.

—No quiero que Derrota me tenga miedo. Quiero gustarle siempre.

Él sonrió lentamente.

—Me alegro, porque el muy desgraciado acaba de ronronear para demostrar su aprobación.

—¿De veras?

Por fin, ella le rodeó el cuello con los brazos. Él comenzó a mover el miembro contra su cuerpo y le arrancó un gruñido de placer. Pero el calor se intensificó, y él comenzó a sudar. Eso asustó a Kaia.

—Strider.

—Soy tu consorte. No puedes hacerme daño.

—Pero... hablas así porque estás muy excitado.

—No. Hablo así por mi confianza en ti, y por tu fuerza.

—Dijiste que había hecho un mal trabajo.

—No es cierto.

—Sí lo es.

—Deja ya de vacilar, Kaia. Si quieres, míralo de esta manera: Tu Arpía es una chica mala y me adora. No va a hacerme daño. Acéptalo, y sigamos adelante.

—Ella solo te tolera —replicó Kaia. Pero era mentira.

—Es evidente que necesita una lección de vocabulario. Ella me adora. Y es más fuerte que tu faceta de Fénix. Tiene que serlo. De lo contrario, no habrías pasado tanto tiempo sin prenderle fuego a la gente. Pero... si eso hace que te sientas mejor...

Entonces, Strider se levantó, la tomó en brazos y se la llevó a la salida de la tienda. Ella sintió la bajada de temperatura en cuanto salieron. Estaba nevando con fuerza.

—Aquí estamos solos —le explicó Strider—. Todos los demás se fueron ayer, y Lysander dejó guardias al otro lado de las montañas. Nadie se va a acercar a nosotros.

—Tú te vas a congelar —le advirtió ella.

Cuando Strider la depositó en la nieve, a Kaia se le puso la piel de gallina.

—Decídete. O me quemo o me congelo. ¿Qué va a ser? —preguntó él, mientras le separaba las piernas todo lo posible y se agachaba frente a ella—. Eres tan preciosa... —murmuró, y pasó un dedo por su hendidura húmeda.

Ella arqueó la espalda.

—Es delicioso...

—Tú eres mía —dijo Strider. Acercó los dedos a su clítoris y multiplicó su deseo, acariciándola por todas partes, salvo allí—. Dilo.

—Soy tuya —susurró ella. Siempre lo sería.

Entonces, él depositó un beso en el centro de su deseo, y lo lamió, y ella gimió. Él volvió a erguirse sobre ella. La nieve caía a su alrededor y lo hacía todo sobrenaturalmente bello. Strider no entró en su cuerpo todavía, sino que siguió acariciándola y jugueteando. Ella gimió de nuevo.

—Strider. Por favor.

—Por todos los dioses, tu sabor es delicioso. Necesito más.

Él volvió a agacharse, a lamerla, a succionar su cuerpo.

El placer la invadió, y sin darse cuenta, Kaia enterró los dedos en la rubia cabeza de Strider. El calor volvió a brotar, pese al viento helado, y se extendió por sus venas. Aunque el placer era como una neblina para su mirada, ella lo vigiló, porque estaba decidida a detenerlo a la menor señal de peligro. Él había comenzado a sudar, pero no había quemaduras.

Él no dejó de acariciarla con la lengua, hundiéndola en su cuerpo, hasta que finalmente, la deslizó por su clítoris.

Con aquella última caricia, Kaia llegó al orgasmo, y la satisfacción se extendió por todo su cuerpo. Las llamas estallaron detrás de sus párpados, pero no salieron de ella.

Y comenzó a creer que nunca podría hacerle daño a aquel hombre. Ni intencionadamente, ni sin querer. Él era su corazón. Calmaba a su Arpía y parecía que había domesticado a su Fénix.

—Abre los ojos, nena.

Ella obedeció. Él estaba situado sobre ella, sudoroso. El extremo de su pene estaba rozando su abertura, y ella tuvo que morderse el labio al notar otra explosión de deseo.

—Es la hora de la confesión —dijo él, y la rozó de nuevo—. Quemaste las túnicas de ángel. De nosotros dos. Por eso estábamos desnudos. Y me quemaste a mí. Una vez. Pero me recuperé.

No esperó a que ella respondiera, sino que penetró en su cuerpo de una acometida, y se hundió en ella todo lo profundamente que pudo.

Automáticamente, Kaia se arqueó para recibirlo, para tomarlo, para acogerlo.

—Tú... desgraciado —consiguió decir entre jadeos. Él era tan grande que expandía su cuerpo, pero ella estaba tan húmeda, que el deslizamiento era fácil—. Podría matarte haciendo esto.

Se había sentido feliz y segura, después de aquel clímax, de que no podía hacerle daño. Y, ahora, al averiguar que era mentira...

—Fue un accidente —gimió él, mientras la embestía sin cesar.

—No pienso ponerte en peligro —dijo ella—. Strider...

—No me vas a poner en peligro. Y te lo demostraré.

Capítulo 28

Strider llevó a su mujer al clímax una y otra vez, sin piedad, colocando su cuerpo en todas las posiciones imaginables. Le succionó los pezones, le pasó la lengua desde la cabeza a los pies, le acarició el sexo y le hizo el amor lentamente, rápidamente, con movimientos ligeros, y también profundos, que la atravesaron.

Cuando ella estaba tendida boca arriba, sin poder recuperar el aliento, él se colocó sus piernas en los hombros. Cuando llegó otra vez al orgasmo, él se colocó sus piernas en la cintura. Cuando ella llegó de nuevo al éxtasis, él le dio la vuelta y la tomó desde la parte de atrás. Y durante todo el tiempo, ella no dejó de moverse, de gemir y de rogar más y más.

Más. Sí, él podía darle más. Pensaba que podría amarla así para siempre, y más todavía, pese a su propia necesidad de alcanzar el clímax. Su deseo era cada vez más grande, tanto que lo estaba consumiendo, pero nunca se había sentido tan decidido a dejar su marca en otro ser. Y lo haría. Seguiría hasta que todas las células del cuerpo de Kaia lo reconocieran y fueran incapaces de negarlo de ningún modo.

Así, nunca olvidaría que ella le pertenecía, y nunca olvidaría lo que iba a hacerle si volvía a asustarlo. Aunque eso no iba a ser precisamente una forma de disuasión. Demonios, le estaba dando motivos para que lo provocara todos los días. Estaba a punto de morir, y conseguía el mejor sexo de su vida.

Strider no quería que aquello terminara. Lo necesitaba. La necesitaba a ella.

No podía mantenerse alejado de Kaia. Sí, sabía cómo iba a reaccionar cuando le confesara que lo había quemado. Y se lo había confesado solo cuando ella no podía rechazarlo. Era listo. Pero era cierto que solo había sido un accidente. Sin embargo, Strider no le había dicho que en realidad, aquel accidente lo había provocado él.

Ella se estaba muriendo. Iba a dar su último aliento; Strider había visto morir a las suficientes personas como para saberlo. Y sabía que Lucien acudiría pronto a la llamada. Lucien tendría que llevársela, porque era el guardián de la Muerte, y no iba a importar lo mucho que él protestara. Strider se había vuelto loco y había decidido hacer lo mismo que Gideon.

Se había casado con aquella mujer.

Recordó que Gideon le había contado con embeleso que Scarlet y él se habían hecho un corte en la piel y habían mezclado su sangre. Una unión de la vieja escuela. Aquella acción había unido su vida y sus almas, y Scarlet se había convertido en la fuerza de Gideon. Así pues, Strider lo había hecho. Se había cortado a sí mismo, y después, a Kaia. En cuanto la cuchilla había abierto la carne sensible de entre los pechos de Kaia, ella había estallado, y el fuego se había desatado de nuevo.

A él se le había derretido un poco de piel; la de la mitad superior del cuerpo. Sin embargo, eso era un precio muy barato a cambio de la vida de Kaia. Él ya era su consorte, y lo único que había hecho era añadir un poco de sabor a su relación. Los había convertido en iguales, en compañeros.

Kaia era suya. Era su esposa, para siempre.

Con cada clímax que alcanzaba Kaia, Derrota se sentía más y más seguro, confiaba más en que podía dominarla. Y también sentía más posesión por ella. Como Strider, el demonio se había dado cuenta de que ella nunca les haría daño deliberadamente, y de que ganarla, algo que nunca había conseguido ningún otro hombre, era una de las mayores victorias de su existencia.

En aquellos momentos, Derrota también estaba vertiendo placer en las venas de Strider, y aquello era más de lo que él podía soportar.

—Strider —dijo Kaia, gimiendo, moviéndose mientras él, una vez más, ralentizaba sus acometidas—. Por favor.

Continuaba nevando. Había una tormenta exquisita, que él veía, pero no podía sentir. Su mujer estaba demasiado caliente. Desprendía un calor que él adoraba y anhelaba. Para él, el calor representaba ahora a Kaia, al placer y a la satisfacción. Una combinación potente. Seguramente, iba a tener una erección continua durante todo el verano.

—¿Has aprendido la lección? —le preguntó él con la voz ahogada por el deseo.

—Sí.

Él se inclinó hacia delante y pegó el pecho contra su espalda ardiente, y creó una fricción deliciosa entre los dos cuerpos. Ella emitió un murmullo de aprobación. Sin embargo, por mucho que él se deleitara con aquel contacto nuevo y más profundo, no permaneció así. La rodeó con los brazos y los elevó a los dos hasta que estuvieron de rodillas; las de ella, dentro de las de él.

Su miembro dolorido no salió nunca de su cuerpo, y ella llegó a su raíz. Su cabeza cayó sobre el hombro de Strider, y su cabellera sedosa les acarició el cuerpo a ambos. Él tomó uno de sus pechos y pellizcó su pezón rosado, y dirigió la mano libre a su sexo húmedo.

—¡Muévete más deprisa! —le ordenó ella, que ya no podía coordinar sus propios movimientos—. Más deprisa.

—No. Antes, dime lo que has aprendido —exigió él, y se quedó inmóvil. No le tocó el clítoris, sino que provocó a aquel botón hinchado tan solo con su cercanía.

Ella gruñó.

–Que no voy a hacerte daño si pierdo el control durante las relaciones sexuales. Para tu información, me di cuenta hace cinco orgasmos, bobo.

–No sabía que aprendías tan rápido.

–Entonces, ¿por qué no te mueves? ¡Te haré daño si no terminas esto! –exclamó Kaia. Aquel gruñido fue más marcado que los anteriores, y le clavó las uñas en el muslo–. Te juro que terminaré sola y te dejaré pudriéndote.

Él se rió. Su mujer era muy impaciente. «Gracias a todos los dioses por ello».

–Te quiero –le dijo Strider.

Antes de que ella pudiera responder, él inclinó la cabeza y la besó, y sus lenguas danzaron juntas mientras la agarraba por las caderas y comenzaba a acometer con fuerza, deslizándose dentro y fuera de su cuerpo.

Y cuando aquello no fue suficiente, él apretó el pulgar contra el punto más dulce del mundo. Ella era tan pequeña, y tan ceñida, que él sabía que era demasiado grande para su cuerpo. Tal vez hubiera debido ser más cuidadoso, pero ella era fuerte, y podía aceptar cualquier cosa que él le impusiera, así que le impuso mucho, y embistió con fuerza, con rapidez. El beso no terminó nunca, nunca se ralentizó, y Strider se deleitó sabiendo que estaban probando la pasión del otro.

Ella alzó una de las manos y le arañó el cuero cabelludo.

–Strider –dijo con un jadeo, apartándose de sus labios–. Sí. Sí…

Qué dulce bendición. A él le temblaban los músculos debido a la intensidad de su deseo. Le dolían los huesos. Tenía que… necesitaba… Había contenido aquella liberación durante tanto tiempo que casi no podía derribar el muro de contención que había erigido.

Siguió embistiendo, moviendo las caderas, y al ver que eso no funcionaba, se dejó caer hacia un lado llevándola consigo, y le separó las piernas con las suyas todo lo que pudo.

Se movió cada vez con más fuerza, pero el orgasmo continuaba eludiéndolo. Se estaba desesperando, y sudaba tanto que estaba derritiendo el hielo que había a su alrededor. Kaia gimió, gruñó y gimoteó. Gritó «Te quiero», al llegar al clímax, y sus músculos ciñeron a Strider con fuerza, y él se dio cuenta de que aquello era exactamente lo que había estado esperando. Su declaración.

Él también llegó al éxtasis y su cuerpo liberó toda su simiente. Vio luces brillantes por detrás de los párpados, y su rugido resonó en la noche.

Momentos después, se desplomó a su lado. Ella estaba temblando, no del frío, sino del agotamiento. Él se sentía demasiado débil como para sonreír y darse puñetazos de orgullo en el pecho. Su mujer, su esposa, estaba satisfecha.

—¿Lo has dicho en serio? —le preguntó con la voz entrecortada.

—Sí —susurró ella con una voz delicada.

—Ya era hora.

—Oh, cállate y disfruta de esto conmigo.

Vaya, parecía que no estaba tan débil como para no sonreír.

—¿Vas a dormir? ¿De verdad?

—Intenta impedírmelo —dijo ella. Bostezó y apoyó la cabeza en el hueco de su hombro.

—¿Confías en mí para que te proteja?

Pasaron varios minutos en silencio.

—¿Kaia?

—¿Qué? —murmuró ella con voz somnolienta.

—Que si confías en mí para que te proteja.

—Por supuesto —respondió ella. Cerró los ojos y, en cuestión de segundos, estaba dormida en sus brazos.

«Por supuesto», había dicho. Como si no le hubiera hecho sudar por la respuesta. Él reunió fuerzas para llevarla de nuevo a la tienda, y allí la abrazó durante toda la noche, jurándoles a los dioses que nunca se alejaría de ella.

Dos días después, cuando se reunieron con sus hermanas, Kaia todavía estaba tambaleándose por la absoluta posesión de su cuerpo por parte de Strider. Ellas tenían las cabezas inclinadas sobre sus armas; estaban afilando las puntas y preparándolas para la tercera competición.

Strider y ella no habían vuelto a hacer el amor, ni a hablar de sus sentimientos. Ella sabía que era una cortesía por su parte. Tenía que permanecer concentrada en conseguir el premio. Por desgracia, no había podido atrapar ni torturar a Juliette para conseguir información sobre la Vara Cortadora. Strider le había dicho que el artefacto sí era real, y no una falsificación, tal y como esperaban.

Además, no tenía tiempo para planificar el secuestro, debido al viaje desde Alaska a Roma. Aunque Juliette ahora sí estaba a mano, la prueba iba a dar comienzo dentro de media hora.

Bianka vio a Kaia cuando alzó la vista para buscar su piedra de afilar.

—¡Kye! —exclamó. Se puso en pie sonriendo y su arma cayó al suelo junto a su cubo de agua. Entonces, abrazó a su hermana—. Estuve a punto de matar a Strider, porque no me dejó verte, pero sabía que no lo aprobarías —le dijo con un suspiro—. Afortunadamente, me ha enviado mensajes diariamente, así que sabía que estabas curándote. Pero verte...

A Kaia se le llenaron los ojos de lágrimas.

—Sí, lo sé. Yo también necesitaba verte.

Sabía que Strider no les había contado a sus hermanas lo del fuego, ni tampoco sus consortes, que habían visto las consecuencias. Strider había dejado que lo decidiera ella.

¿Contarlo o no contarlo? Si lo contaba, sus hermanas no querrían que luchara, y su reticencia podía impedir una catástrofe. Si ella se enfadaba con las Arpías durante la prueba, estallaría en llamas, y todas ellas morirían, como los Cazadores. Eso no era un problema; incluso podía esperarse algo así. Durante aquel tipo de competiciones se animaba a las participantes a utilizar sus habilidades, a aprovechar sus ventajas.

Sin embargo, si perdía el control, ¿le haría daño también

a su familia? Ojalá tuviera tiempo para practicar, para probar los límites de su faceta de Fénix.

Había otro motivo por el que debería permanecer fuera de la prueba. Si ella estallaba en llamas o le prendía fuego a otra persona, se correría la noticia de su nueva habilidad, y al final, su padre se enteraría. Iría a buscarla.

—Demonios, Kaia. ¿Tienes fiebre? —le preguntó Bianka cuando se separaron. Aunque su hermana mantuvo un brazo alrededor de su cintura.

—No —mintió Kaia—. Estoy un poco acalorada. Y ya lo sé, no tienes que decirlo. Strider es un hombre afortunado.

—Sí, es cierto.

Tuvo que aguantarse una punzada de culpabilidad, porque odiaba mentirle a su hermana. Miró a su alrededor, y recibió el saludo de Taliyah y de Gwen. Neeka le lanzó una sonrisa tímida y las demás saludaron con la mano.

—Ponedme al día —les pidió.

Bianka la empujó hacia delante. Mientras su melliza y ella se sentaban en el suelo de la tienda del Equipo Kaia, ella vio a Sabin, a Lysander, y a Strider reunirse en una esquina y comenzar a charlar en voz baja.

Ella intentó escucharlos, pero no pudo. Intentó leerles los labios, pero estaban en ángulos que no le permitieron ver nada. Estaba a punto de levantarse e ir a preguntarle a Strider qué era lo que sucedía, pero se dijo: «Confías en él. Sabes que nunca te haría daño». Eso era evidente; de lo contrario, nunca habría dormido junto a él. En toda su vida se había sentido tan contenta como despertando a su lado.

—Bueno, ¿y qué piensas? ¿Te parece bien? —le preguntó Bianka.

Vaya. No había oído absolutamente nada de lo que le había dicho su hermana.

—¿En qué? Cuéntamelo otra vez, porque tus explicaciones me han confundido.

Bianka la conocía bien, y puso los ojos en blanco.

—Qué mal mientes.

—No, esa eres tú. Continúa.

—Te estaba diciendo que estamos en Roma, en el Coliseo. Pero en el Coliseo antiguo, tal y como era antes. Solo que muy diferente.

—Bee, cariño. Eres deliciosa, pero, ¿sabes lo contradictorio que es lo que estás diciendo?

—¿De qué estás hablando? Todo lo que digo tiene sentido. El Coliseo está oculto a los ojos de los mortales. Estamos escondidos en un reino al que no tenemos que entrar por ningún portal. Estamos aquí, pero no estamos aquí.

—¿Y cómo lo hemos conseguido?

—Lo ha conseguido Juliette, de alguna manera.

Solo con oír aquel nombre, Kaia apretó la mandíbula. Juliette le había tendido una trampa para que unos mortales la mataran. Aquella zorra iba a pagarlo caro, y muy pronto.

—¿Y qué?

—Y vamos a luchar como gladiadoras. Eso es lo que quería decirte. Que, como tú eres muy buena con las manos, el equipo te necesita. ¿Te parece bien? En Alaska te golpearon mucho.

¿Que la necesitaban? Pero si habían conseguido su primera victoria sin ella. Miró a su hermana con atención, intentando encontrar alguna señal de engaño en su rostro, pero solo halló inocencia y seguridad en sus preciosos ojos.

Entonces, no tenía ninguna recriminación que hacerle sobre las pasadas derrotas. Bianka creía en ella.

¿Podía creer ella en sí misma?

Tal vez su nueva habilidad les hiciera daño a sus hermanas, pero ayudaría a conseguir la segunda victoria del equipo, y Strider necesitaba aquella victoria para sobrevivir.

Lo miró. Él todavía seguía en el círculo de sus amigos, con el pelo revuelto y las mejillas sonrojadas. Siempre estaba sonrojado cuando estaba cerca de ella, como si estuviera constantemente excitado. A Kaia le gustaba eso. Quería besarlo, quería estar con él otra vez.

Claramente, se había vuelto adicta a su marido.

Sí, sabía que él los había casado. Y al enterarse, se había quedado asombrada. Él pensaba que seguía siendo su pequeño secreto, pero ella se había enterado. No sabía por qué no se lo había contado, ni siquiera por qué lo había hecho, pero ella era obstinada, y esperaría su confesión. Y era lo suficientemente malvada como para tomarle el pelo sin piedad hasta que él le dijera la verdad.

Después de todo, le gustaban sus métodos.

Desde que se había despertado entre sus brazos, sabía que había algo diferente entre ellos, y había pasado muchas, muchas horas devanándose la cabeza para averiguar qué podía ser. Entonces había tenido pequeños *flashes* de memoria, y había visto el brillo de la hoja de un cuchillo, la sangre. Había sentido la presión de la piel de Strider, y el calor de su respiración. Había oído las palabras. «Tú eres mía, yo soy tuyo. Somos uno. Desde este momento somos uno».

Oh, sí. Estaban casados, y Kaia nunca se había sentido más feliz. Le debía mucho a aquel hombre.

Él debió de sentir su mirada, porque la miró también, y le guiñó un ojo. Ella sintió una opresión en el pecho. Tenía que mantenerlo a salvo. Haría lo que fuera necesario.

Tenía que conseguir la Vara Cortadora.

Se concentró de nuevo en su hermana, y alzó la barbilla.

–Lucharé –dijo.

Capítulo 29

Una vez más, Strider se sentó en las gradas para ver competir a su mujer. Sin embargo, el Coliseo romano era muy distinto a las gradas de la pista de baloncesto de Brew City, Wisconsin. Él había estado allí un par de veces. Recordaba el travertino, el ladrillo y el mármol, pero nunca hubiera pensado que volvería a ver aquellas cosas. Por lo menos, no en tan buenas condiciones. Era como si no hubiera pasado el tiempo, como si el mundo antiguo se hubiera fundido con el presente.

Había cuatro pisos. Los tres primeros tenían arcos de entrada para los patricios, y el cuarto, el más lejano al ruedo, tenía puertas rectangulares para la plebe. Había redes que se elevaban desde la arena para proteger a los espectadores.

Strider también recordaba el ruedo. Tenía un pavimento de madera teñido con la sangre de mil luchadores. Era un suelo que podía quitarse para que el recinto se inundara con agua y así poder recrear batallas navales. Los romanos adoraban sus juegos.

Y las Arpías también. Las combatientes ocupaban las cámaras subterráneas, y estaban esperando a ser llamadas. Mientras, Juliette hablaba y hablaba sobre lo que iba a ocurrir. A él le dolían más los oídos que cuando había tenido que escuchar cantar a las mellizas.

—… la prueba más dura hasta el momento —estaba diciendo Juliette—. Y, al ser la tercera, puede resultar decisoria.

«Ya lo sabemos».

Los equipos lucharían todos a la vez, con cualquier arma que quisieran elegir. Cada participante solo podía tener un arma. Sin embargo, podían apoderarse de las que fueran descartadas a medida que progresara la lucha.

Habría diez combatientes de cada equipo. Eso estaba bien, salvo por el detalle de que en el Equipo Kaia solo había diez integrantes. Eso significaba que, si querían vencer, tenían que salir todas. Y que de todos modos, estarían en desventaja.

Kaia había estado a punto de morir hacía pocos días, y aunque se había recuperado, todavía no estaba en plena forma. Sin embargo, sí estaba dispuesta a luchar para hacerse con la Vara Cortadora.

«Ganar».

«Sí, sí».

Derrota estaba muy nervioso. Kaia se había convertido en parte de ellos. Era suya, y Strider suponía que sus victorias se habían convertido en algo tan importante para el demonio como las de su anfitrión. No sabía si iba a sufrir un dolor agonizante si ella perdía. La última vez no le había sucedido, pero en esa ocasión todavía no estaban casados. Pidió a los cielos que aquel día no le deparara nada distinto. En realidad, sabía que ella no iba a perder. Pese a su debilidad, pese a que todas las demás iban a atacarla primero a ella, Kaia tenía aquello en el saco.

Pocos minutos antes, él la tenía entre sus brazos, y la estaba estrechando con fuerza.

—¿Algún consejo para ganar? —le preguntó ella.

—Sí. Haz lo que tengas que hacer para sobrevivir.

—¿Y eso es todo? Vaya. Eres lamentable dando charlas de motivación.

Él la agarró por los hombros y la miró fijamente.

—Bien, a ver qué te parece esto: Estás tan implicada emocionalmente en esto, que vas a dejar que esas emociones impregnen todos tus movimientos. En circunstancias normales, diría que eso es una tontería, pero me gustaría conservar los testículos. Por eso, solo te diré que, ya que no puedes dominar tus emociones, úsalas en tu favor.

—¿Cómo?

—Bueno, una parte de ti ama a las mujeres con las que tienes que enfrentarte, por muy mal que te hayan tratado, y no puedes negarlo.

Ella ni siquiera lo intentó.

Él continuó:

—Tienes que acordarte de que, pese al amor que sientes, ellas se van a volver contra ti.

—De acuerdo.

—Por otra parte, te distraes fácilmente, y…

—¿Todavía hay más?

—Escucha. Mientras estés ahí fuera, no pienses en mí. No pienses en lo que estoy haciendo, ni en si estoy bien.

—Tú estarás buscando la Vara Cortadora. ¿Cómo no voy a…?

—No pienses en lo que estoy haciendo, ¿de acuerdo? Eso también incluye este momento.

Ella asintió.

—Además, si tú no las derrotas, Kaia, yo voy a matarlas con mucha más crueldad de la que habrías usado tú. Derrota hizo un desafío para protegerte de las otras Arpías antes de que yo llegara aquí, pero este es mío.

Ella se quedó boquiabierta.

—Ahí tienes la motivación necesaria para hacer lo que necesites hacer. Ve a patear traseros.

A su lado, Sabin y Lysander se movieron con inquietud, y lo sacaron de su ensimismamiento. Zacharel todavía no había hecho su aparición.

—Odio esta mierda de los gladiadores —dijo Sabin.

—Sí, bueno, ¿dónde crees que aprendieron los romanos a comportarse? —preguntó el ángel.

—¿Quieres decir que las Arpías fueron las responsables de esto? ¿Que los romanos lo aprendieron de ellas?

–Debo intentarlo solo si te falta inteligencia.

Sabin abrió la boca para responder, pero sonó una trompeta que anunciaba el comienzo de la tercera prueba, y la multitud guardó silencio. Un segundo después se abrieron varios de los portones de hierro y las combatientes salieron a la arena.

Strider se irguió. Por algunas de las puertas salieron también leones, tigres y osos. Todos estaban agitados y soltaban espumarajos por la boca.

Buscó con la mirada… hasta que vio una melena pelirroja recogida en una cola de caballo. Kaia iba vestida de rojo, como el resto de su equipo. Sin embargo, al contrario que las demás, no llevaba arma. Strider frunció el ceño.

Las mujeres llegaron por fin al centro del ruedo y, sin pausa, comenzaron a pelearse. Al instante se oyeron gruñidos y gritos. Hubo sangre.

«Maldita sea, Kaia», pensó él, al darse cuenta de que ella iba a usar su fuego, y no quería que nadie la acusara de llevar dos armas.

Si quemaba a alguna Arpía y le causaba la muerte, después se odiaría a sí misma. O, peor todavía, tal vez no consiguiera crear el fuego, y las demás la matarían. Sin embargo, había decidido arriesgarse para poder conseguir la Vara Cortadora. Se había arriesgado por él. ¡Maldición!

Él creía que la había motivado para que ganara. Sin embargo, lo único que había conseguido era estimular su temeridad.

–¿Qué hace sin armas? –preguntó Sabin–. Incluso Gwen lleva una.

Él no pudo responder, porque tenía un nudo de miedo en la garganta. Los demás equipos se volvieron contra ella, como era de esperar. Lo que Strider no había imaginado era que los animales también se lanzarían por ella. Entendió el motivo: alguien los había puesto frenéticos utilizando el olor de Kaia.

Que seguramente, había obtenido de su abrigo robado.

Strider se puso en pie y se abrió paso entre la multitud. Hasta que algo fuerte le golpeó en el pecho y lo derribó. Se golpeó la cabeza contra el suelo y sintió un estallido de dolor. Se le nubló la visión.

Consiguió ponerse en pie de nuevo y, sin preocuparse de quién le había golpeado, corrió hacia el ruedo. Tenía que salvar a Kaia.

La vio desde la barrera. Ella estaba corriendo por el ruedo, enfrentándose a los animales. Las bestias estaban felices de destrozar los juguetes nuevos con los que se cruzaban mientras la seguían.

Aquel peso pesado volvió a golpearlo por segunda vez y lo arrojó de espaldas al suelo como si fuera un muñeco. Strider soltó un rugido y se dio la vuelta.

—Tu mujer será descalificada si la ayudas —le dijo Lazarus, que se apartó de él y se puso en pie. No llevaba armas, no llevaba camisa y tenía los pantalones desabrochados. Era evidente que se había vestido a toda prisa.

Strider se levantó también.

—Prefiero que la descalifiquen a que la maten. Tú y yo tenemos que ocuparnos de un asunto antes de que me marche.

Lazarus arqueó una ceja.

—Buena suerte con eso.

«Ganar».

«De acuerdo».

Strider comenzó a caminar con los ojos entornados, pero se detuvo cuando vio a Sabin y a Lysander corriendo hacia él y gritando su nombre. Lo estaban mirando, pero no lo veían. De hecho, pasaron a través de él antes de que pudiera apartarse.

Él se miró con asombro.

—No puede vernos nadie —le dijo Lazarus—. Ni siquiera los ángeles.

—¿Qué me has hecho?

Se oyeron abucheos de la multitud, y Strider miró hacia abajo. Había muchas menos combatientes, pero el Equipo Kaia estaba completo. Incluida Kaia.

Ella estaba ensangrentada, y él no sabía si la sangre era suya o de las demás. Sin embargo, sus movimientos no se habían debilitado. Seguía dando puñetazos y patadas y lanzándole Arpías a… no, no a los animales, sino a Bianka, que las liquidaba con una espada larga y curva. Los animales ya estaban bien alimentados y satisfechos, y permanecían sentados por el ruedo, observando el resto de la batalla con ojos somnolientos.

El pánico de Strider disminuyó. Kaia no había recurrido al fuego. O tal vez no supiera cómo crearlo. De todos modos, estaba luchando bien, y los equipos ya no podían atacarla en masa. Era demasiado rápida.

—Solo tengo unos minutos —le dijo Lazarus, que se había colocado a su lado—. Si Juliette se da cuenta de que me he ido…

«Ganar».

Derrota le recordó el desafío que había sido aceptado, y Strider dijo:

—Lo siento, pero tengo que hacer esto.

Entonces le dio un puñetazo al guerrero, y le rompió la nariz. Lazarus comenzó a sangrar.

Derrota suspiró de satisfacción y derramó placer en las venas de Strider.

Lazarus se irguió y se limpió la sangre con el dorso de la mano.

—Dudo que sea la primera persona que te dice que eres muy molesto.

—Tal vez seas la número mil —respondió Strider. Caminó hasta la barandilla y se quedó allí. El guerrero lo siguió—. Bueno, ¿y cómo es que estamos aquí, pero no estamos aquí?

—Juliette se ha visto obligada a concederme más y más poderes para que estos juegos resultaran según sus deseos.

—¿Ella puede darte poderes? ¿Así, tan fácilmente?

—Sí.

—¿Cuáles, por ejemplo?

—La capacidad de proyectar ilusiones que nadie puede distinguir de la realidad.

Lazarus asintió, y lo que les rodeaba cambió al instante.

Strider pestañeó, y vio las gradas como eran en realidad: viejas, erosionadas por el tiempo y los elementos. Por no mencionar que estaban llenas de humanos que recorrían las secciones designadas para el turismo, haciendo fotografías sin parar. Entonces, en otro abrir y cerrar de ojos, el Coliseo volvió a ser nuevo otra vez.

—¿Además de la habilidad para esconder nuestro mundo inmortal del mundo mortal? —preguntó Strider.

—Sí. Eso también.

—¿Y por qué me cuentas esto?

—Porque soy un esclavo, y no deseo seguir siéndolo.

Strider podría creerlo, pero…

—No confío en ti. Y no voy a confiar en ti —dijo.

Vio a Bianka y a Kaia darse la mano. Bianka hizo girar a su hermana, y con el impulso, Kaia derribó a tres atacantes a la vez. Cuando su melliza la soltó, salió volando como una bola y derribó a otras cuantas.

Qué mujer.

Tenía un regalo para ella, algo que le estaba quemando en el bolsillo. ¿Por qué no se lo había dado todavía? No lo sabía. No estaba seguro de que a ella le gustara. Era muy feo, y demostraba que él se había vuelto un blandengue desde que la había conocido.

Sin embargo, solo por ese motivo a Kaia iba a encantarle, pensó con una sonrisa.

—¿Qué ocurre? —preguntó Lazarus.

—Kaia —dijo él.

—Sí, es fuerte. También es honorable, a su manera. No sabes cómo te envidio.

—Siempre y cuando solo hagas eso, estarás bien. Tal vez.

—Eso nos lleva de nuevo a la razón por la que estamos aquí. No necesito que confíes en mí —dijo Lazarus, cada vez con más urgencia—. Solo necesito que me escuches. ¿Sabes lo que puede hacer la Vara Cortadora?

Aquello captó su atención por completo. Se agarró con

tanta fuerza a la barandilla que los nudillos se le pusieron blancos.

—Dímelo.

—La Vara roba de los vivos. Les roba el alma, las habilidades, la fuerza vital, lo que sea. Despoja a un cuerpo de todo, y atrapa en su interior lo que roba.

—Lo corta y lo deja convertido en una vaina —dijo Strider, al entender el significado del nombre del artefacto. Eso tenía sentido. Y daba terror.

—Sí, pero cuando tú tienes la Vara, no puedes utilizar sus poderes. Tienes que dárselos a otro. Si los quieres para ti mismo, tienes que entregarle la Vara a otra persona y conseguir que esa persona te conceda a ti los poderes.

—Y Juliette ha hecho eso contigo. Te ha concedido los poderes.

—Sí —dijo el guerrero—. Ninguno de ellos es importante, ninguno puede servirme para hacerle daño. Solo me ha concedido pequeñas cosas que tengo que usar para impresionar a sus hermanas.

—¿Y cómo puedes impresionarlas con esos poderes?

—¿Es que tienes que preguntarlo? Nunca se habían celebrado unos juegos en lugares tan exóticos.

—No lo sabía. Nunca había estado en unos juegos.

—Bien —dijo Lazarus—. Entonces, tu ignorancia queda perdonada.

—Gracias —respondió Strider irónicamente—. Me siento mucho mejor.

—Como ya te he dicho, eres muy molesto.

—Bueno, ¿y cómo consiguió Juliette la Vara Cortadora?

—Como el resto de su raza, es una mercenaria. Hará cualquier cosa si le pagan lo que quiere, y la mujer de Cronus aprovechó esa información. Sabía que Juliette llevaba muchos siglos buscándome. Y por otra parte, ella llevaba muchos siglos buscando la Vara Cortadora para sí y para los Cazadores. Por eso, hace pocos meses, la reina le prometió a Juliette que me entregaría a ella si ella le robaba la Vara Cortadora a mi madre, la Gorgona que debía proteger el artefacto. Juliette aceptó el trato. Pero es una bruja avariciosa. Cuando se enteró de lo que podía hacer la Vara Cortadora, decidió que quería el artefacto y me quería a mí. Así que mató a mi madre y pensó en mandar hacer una réplica de la Vara, y cambiarla por mí. Sin embargo, Rhea y la mayoría de su ejército desaparecieron justo antes de la reunión. Juliette solo tuvo que sacarme de mi celda sin hacer ningún cambio. No hubo resistencia.

–¿Y por qué estabas encerrado?

Hubo un reflejo de tristeza en los ojos de Lazarus.

–A Hera, la antigua reina de los dioses, le encantaba tener una colección de hombres. Yo me enteré de que mi padre, que fue creado para dormir el sueño de los muertos, era uno de sus prisioneros, así que permití que me capturaran con la esperanza de poder rescatarlo. Sin embargo, no pude encontrarlo, y después no pude escapar.

El sueño de los muertos. Eso significaba que Typhon estaba vivo, pero que no podía levantarse de su lecho. Así que aquella era la historia de la criatura.

–Lo siento –dijo Strider. Él también tenía historias tristes, pero nada comparado con el sufrimiento de Lazarus.

Strider sabía que la Vara Cortadora podía ser destructiva en las manos equivocadas, pero no sabía que pudiera ser tan peligrosa. Y también había averiguado por qué los Cazadores habían atacado a Kaia y a sus hermanas. Con la desaparición de Rhea, Juliette se había hecho con la Vara Cortadora y con el control de los Cazadores.

–¿Qué ha pasado con Galen, la mano derecha de Rhea? –le preguntó.

–¿Galen es el guardián de la Esperanza? –preguntó Lazarus. Strider asintió, y el inmortal le dijo–: Ese guerrero se marchó antes de que llegara Juliette. No sé cuál era su destino.

Así pues, Galen estaba por ahí, en algún lugar.

–¿Y dónde está ahora la Vara Cortadora?

–La tengo yo.

–¿Dónde? –le preguntó con urgencia.

—Ahora tengo la habilidad de esconder objetos a mi alrededor. Está aquí. Aquí.

Strider miró a su alrededor con los ojos muy abiertos, y después palpó el aire que había sobre los hombros del guerrero. Solo sintió su calor corporal, pero supo que el artefacto estaba allí. El corazón se le aceleró y le golpeó las costillas.

—Dámela —le dijo.

Entonces, recordó lo que le había dicho Kaia, y se contuvo. Si robaba la Vara Cortadora, ella sería humillada delante de su gente. Él debería marcharse de allí y confiar en que Kaia pudiera ganar el trofeo, pero no podía. Había muchas vidas en juego. Encontraría la forma de compensarla. Lo haría.

Lazarus negó con la cabeza.

—No… no puedo.

—¿Por qué?

—Una parte de mi alma está atrapada en la Vara. Físicamente, no puedo hacer nada que me haya prohibido hacer Juliette. No puedo, por mucho que lo intente. Y créeme, lo he intentado. Esa es la única razón por la que me ha confiado la Vara. Moriré si permito que me la arrebaten.

Strider se sacó una daga de la funda del tobillo.

—No quiero luchar contigo.

—Y yo no quiero luchar contigo. He pensado esto tantas veces que ya he perdido la cuenta, pero siempre llego a la misma conclusión. Juliette controla la Vara Cortadora, y por lo tanto me controla a mí. Ella nunca se separará voluntariamente de ninguna de las dos cosas. Soy su consorte, y estoy seguro de que sabes que una Arpía hará cualquier cosa con tal de mantener a su lado a su consorte. Aunque ocurriera lo imposible, y yo consiguiera escapar por segunda vez, ella nunca dejaría de buscarme. Y yo he decidido que prefiero morir antes que ayudarla más. Prefiero morir antes que hacerla feliz. Es una decisión que tú deberías apoyar, puesto que ella quiere que seduzca a tu mujer, y le haga daño.

—Espera. ¿Estás diciendo que...?

—Estoy diciendo que me han usado de esclavo sexual, y no quiero que eso vuelva a suceder. Estoy diciendo que tu mujer me liberó una vez, y yo le hice daño por eso. No volveré a hacerle daño. Estoy diciendo que Juliette mató a mi madre. Ahora yo mataré sus sueños.

—Tú...

—Quiero que acabes con mi vida. No puedo seguir viviendo como esclavo. Me he pasado demasiados siglos en una celda, ¿y se supone que ahora tengo que pasarme el resto de la eternidad con una mujer a la que desprecio? ¡No! Anhelo la libertad, aunque solo pueda encontrarla en la muerte —dijo Lazarus. Se puso de rodillas y ladeó la cabeza, de modo que su cuello quedó vulnerable ante Strider—. Vamos, hazlo antes de que cambie de opinión.

En aquel momento, Strider se dio cuenta de que nunca había admirado tanto a nadie. El sacrificio nunca había formado parte de su vida, pero allí estaba Lazarus, entregándolo todo, no por amor, sino por venganza, y aquel motivo era mucho mejor.

Si había alguien que se mereciera una segunda oportunidad para vivir una vida larga y feliz, era aquel hombre.

Strider había hecho muchas cosas despreciables en nombre de la victoria, pero aquello, poner fin a la vida de un buen hombre, era lo peor. En otra vida, tal vez hubieran sido amigos.

—La muerte no tiene por qué ser el final.

—Para mí lo será. Al igual que vosotros, los Señores del Inframundo, estáis incompletos sin vuestros demonios, yo estoy incompleto sin la parte de mi alma que está atrapada dentro de la Vara Cortadora. Cuando muera, espero que esa parte se marchite y muera también. Tengo entendido que es imposible esperar que las dos partes de mi alma se reúnan y viajen juntas al Cielo.

—Entonces, ¿quieres decir que no sabes lo que te va a ocurrir?

Lazarus pestañeó con asombro.

—¿Es eso lo que necesitas para hacerlo? ¿Poder pensar que tengo la oportunidad de ser feliz en la vida del más allá? Porque debo admitir que me confunde tu reticencia a poner fin a mi vida. Esperaba más de un temible Señor del Inframundo. No me obligues a desafiarte para esto, Señor de la Derrota. Hazlo. Libérame.

Strider alzó la daga, pero vaciló. Su muñeca permaneció exactamente donde estaba. Lazarus se dio cuenta de que su determinación flaqueaba.

—Si vivo, encontraré la forma de acostarme con tu mujer. Si Juliette vive, matará a tu mujer cuando yo haya terminado con ella. Y eso, si se siente generosa, cosa que no sucede nunca. Su plan es esperar a que terminen los juegos y humillar a tu mujer con sus muchos fracasos. Después, cuando se canse del ridículo, Juliette se apropiará de la libre voluntad de Kaia, como ha hecho conmigo. Kaia no podrá evitar unirse a los Cazadores, bajo el mando de Juliette. Y Juliette la obligará a destruirte a ti, y a destruir todo aquello que amas. ¿Entiendes lo que significa eso? Estarás en guerra con tu mujer.

Al oír aquello, la decisión de actuar se fortaleció. No porque Kaia pudiera volverse contra él, sino porque la felicidad de Kaia lo era todo para Strider, y ella también se merecía una segunda oportunidad.

Él no iba a permitir que Juliette la humillara, que jugara con su mente y con sus emociones. Tampoco iba a permitir que Juliette siguiera esclavizando a Lazarus, un tipo que ya había sufrido bastante.

—Gracias por tu sacrificio —le dijo—. No será en vano. Juliette será castigada. Tienes mi palabra.

—Gracias… amigo.

Strider golpeó.

Capítulo 30

Tal vez su equipo hubiera empezado con desventaja, pensó Kaia entre jadeos debidos al esfuerzo, pero las chicas y ella habían revertido la situación rápidamente. En aquel momento solo quedaban en pie algunas participantes de los equipos Eagleshield y Skyhawk.

Al principio la habían insultado, pero por una vez, no habían conseguido distraerla. Tal vez porque tenía el único objetivo de salvar a Strider del dolor.

El hombre que odiaba que lo desafiaran se había desafiado a sí mismo. Por ella. Si Kaia había tenido alguna duda acerca de su amor, tan solo con eso se habría disipado.

Por Strider, tenía que ganar. Él le había amenazado con matar a toda aquella contrincante a quien ella no venciera, pero Kaia sabía que no iba a cumplir su amenaza. La quería demasiado como para hacerle daño a algún miembro de su raza. Así pues, si ella fracasaba, y él no administraba el castigo, ¿sufriría dos veces el dolor de la derrota?

«Ganar, ganar, ganar».

Oh, sí. ¿Su estrategia? Golpear y correr. No se había enzarzado en peleas con una sola persona. Había golpeado y se había movido, y había vuelto a golpear, sin permitir que la rodearan. Cuando dos Arpías convergían hacia ella, se limitaba a apartarse de su camino y dejaba que chocaran. Eso provocaba una pelea entre ellas, y la liberaba a ella de su trabajo.

Su determinación por acabar con ella, y solo con ella, iba a ser su perdición. Supuso que les estaba bien empleado, y se giró para enfrentarse a otra oponente. Al ver de quién se trataba, su impaciencia se desvaneció.

Su madre.

A Kaia se le formó un nudo en la garganta. Por primera vez en aquella prueba, sintió chispas de calor por dentro. Debía tener mucho cuidado.

Tabitha dejó caer el cuerpo inmóvil que tenía agarrado del pelo y se enfrentó a su hija. A su alrededor, la batalla continuaba. Bianka se dio cuenta de lo que estaba ocurriendo y avisó a las demás. Pronto, el Equipo Kaia estaba apartando a todas las demás Arpías para dejar sitio a Kaia y a Tabitha.

—Hace mucho tiempo, pasé una mañana entera alabando a mi hija, diciéndoles a mis competidoras que en un futuro, ella sería más fuerte incluso que yo. Y después supe que nos habías destruido a todas —dijo Tabitha—. Por fin vas a recibir tu castigo. Te pondré en tu lugar por la humillación que nos causaste.

¿Su madre se había pasado toda una mañana alabándola? ¿Había dicho que sería más fuerte que ella? «No te ablandes. Eso es lo que ella quiere».

—¿Y cuál es mi lugar? —preguntó Kaia. Tenía que ser fría. Aquella lucha era necesaria, y llevaba siglos fraguándose.

—A mis pies, por supuesto.

—Puedes intentarlo.

—Oh, haré algo más que eso.

Charla, charla, charla. Kaia mostró su puño.

—¿Vamos a hablar, o vamos a empezar?

Tabitha permaneció inmóvil, y arqueó una ceja.

—Te concedo cinco segundos para huir, algo que nunca he hecho con nadie. Si no aceptas la oferta, te cortaré la cabeza —le dijo a Kaia, y lanzó una daga al aire. Una daga que ya estaba manchada de sangre.

—Uno —dijo Kaia.

Si no se equivocaba, y tenía que estar equivocada, su madre tenía una mirada de orgullo.

—No tienes armas. ¿De verdad esperas ganar?

—Dos.

—¿Es que estás intentando impresionar a tu hombre? Es una pena que no esté aquí. Desapareció hace varios minutos.

«No reacciones». No iba a dejarse debilitar por tales tácticas. No se distraería de su propósito.

—Tres.

Tabitha sonrió.

—¿Recuerdas cuando eras una niña, y me pasaba horas entrenando contigo? Te derribaba todas las veces.

«No reacciones».

—Cuatro.

—De acuerdo. Se acabó la conversación —dijo Tabitha, y miró a los que las rodeaban—. No quiero que nadie nos interrumpa, ¿entendido? —se colocó en posición de ataque y añadió—: Ahora solo estamos tú y yo, hija.

A Kaia se le aceleró el corazón.

—Cinco.

Se lanzaron la una contra la otra.

Tabitha no se había ganado el apodo de «la Cruel» por nada, y le lanzó una cuchillada a Kaia en cuanto estuvo a su alcance. Estaban demasiado cerca como para evitar el golpe, y Kaia lo sabía. Se maldijo por haber pensado que su madre intentaría primero tirarla al suelo. Así que hizo lo único que podía hacer: levantó los brazos para que la cuchilla le cortara los antebrazos y no el cuello o el pecho. Sintió un dolor agudo cuando se le abrió la piel, y su madre volvió a golpear con la rapidez de un rayo, en aquella ocasión, atacando su estómago.

Kaia contraatacó. Le agarró la muñeca a Tabitha y le retorció el brazo aprovechando el impulso. Entonces le empujó la mano a su madre e hizo que soltara la daga al tiempo que le daba un puñetazo en la sien con la mano libre. Tabitha se tambaleó debido al golpe, y cayó de rodillas. Sin embargo, se recuperó en los pocos segundos que Kaia tardó en acercarse de nuevo a ella. Antes de que pudiera golpearla de nuevo, Tabitha se giró y evitó el contacto. Entonces, en un abrir y cerrar de ojos, Kaia recibió un golpe por la espalda, en la cabeza. Se tambaleó hacia delante. Conociendo a su madre, sabía que iba a volar hacia ella para intentar tirarla al suelo y cortarle el cuello mientras le aplastaba las alas con su peso. Solo había una manera de defenderse de aquella táctica. Kaia aprovechó sus pasos vacilantes para impulsarse hacia arriba y hacer una voltereta.

Vio la cabeza morena de Tabitha debajo de ella durante un segundo, y se dio cuenta de que había acertado. Tabitha se detuvo en seco, y debió de darse cuenta de que no iba a ser tan fácil ganar a su hija. Entonces, Kaia aterrizó y lanzó una patada al riñón de su madre. Y acertó.

Tabitha cayó al suelo de rodillas, gruñendo de dolor. Kaia volvió a patearla sin piedad, dirigiendo el pie hacia las alas. El cuerpo de su madre salió disparado hacia delante, y el cartílago del ala derecha se le rompió. Aquella acción ocurrió tan rápidamente que habría pasado inadvertida para cualquiera que hubiera pestañeado.

Aquello debería haber aflojado el ataque de su madre, pero Tabitha había luchado muchas veces con un ala rota. No dio señal de estar sufriendo. Rodó por el suelo, se puso en pie y se volvió hacia ella.

—¿Eso es todo lo que tienes? —le preguntó con una sonrisa manchada de sangre.

Fría. Implacable.

—Vamos a averiguarlo.

De nuevo, se lanzaron la una a la otra y chocaron en mitad del camino. Hubo golpes y empujones. Tabitha intentaba clavarle su daga a Kaia en la yugular. Aunque consiguió pincharla en algunas ocasiones, la cuchilla nunca se hundió lo suficiente como para hacerle daño. ¡Y eso no era porque su madre no golpeara en serio! Kaia pensó que debía de tener habilidades que no conocía.

En aquel momento, Tabitha llevaba la voz cantante, y Kaia retrocedía. Sin embargo, resistió con frialdad, conteniendo los chisporroteos de calor que sentía. Hasta que tropezó hacia atrás con una Arpía inconsciente. En cuanto cayó, Tabitha estaba encima de ella.

Cuando la daga se abatió sobre ella, supo que solo había una manera de salvar el cuello y la vida. Aquella daga necesitaba un blanco, así que puso la palma de la mano ante sí y permitió que la hoja se la atravesara. Sintió un terrible dolor, pero mereció la pena, porque la daga se quedó encajada entre sus huesos, y Tabitha perdió su arma.

Eso no le impidió seguir. Golpeó a Kaia con tanta rapidez que la dejó prácticamente inconsciente. Sin embargo, ella consiguió mantenerse fría y finalmente reunió fuerzas suficientes como para impulsarse hacia atrás apoyándose en los omóplatos. Empujó a su madre y la hizo botar en su estómago, y pudo alzar las piernas.

Cruzó los tobillos alrededor del cuello de Tabitha y tiró hacia abajo. La mujer cayó hacia atrás con un gran jadeo. Kaia le aplastó la garganta con los tacones de las botas y le aplastó la tráquea. Después se puso en pie; tenía la visión nublada a causa de la sangre que le caía en los ojos hinchados. «Termina con esto». Con todas sus fuerzas, se sacó la daga de la palma de la mano, y arrojó el arma fuera del círculo. Las dos habían quedado desarmadas.

Caminó hacia delante con la esperanza de poder abalanzarse sobre ella antes de que Tabitha tuviera ocasión de recuperarse y plantearse una rápida estrategia. Sin embargo, no le sirvió de nada. Tabitha se había levantado en un instante, y por tercera vez, quedaron enfrentadas, moviéndose en círculos.

—Bravo —le dijo Tabitha con la voz ronca—. Esperaba que te hubieras rendido hace mucho.

—Eso es porque piensas que eres mejor que todos los que te rodean.

—Y con buen motivo.

«Haré que sienta algo», pensó Kaia. Se humedeció los labios y percibió el sabor metálico de la sangre.

—Yo no te daría el premio a la mejor madre del mundo. Pero no te preocupes, a mi padre tampoco.

Tabitha se quedó inmóvil, con una mirada de angustia.

—Yo soy una buena madre.

¿Cómo? ¿Había conseguido afectarla con eso?

—Si con «buena» te refieres a que eres la peor del mundo, entonces sí, ocupas el primer lugar de la lista.

Tabitha entrecerró los ojos, y su angustia desapareció.

—Cuando estés muerta, otra Arpía tomará posesión de tu hombre. Lo sabes, ¿verdad? Y como yo seré la que venza, tendré prioridad.

Vaya. También iba directamente a la yugular con las palabras para intentar conseguir una respuesta emocional. Tal y como Strider le había dicho, ella estaba a merced de sus emociones. Sintió el fuego desatándosele por dentro, ardiendo, ardiendo cada vez más...

Podría liberar las llamas y terminar de una vez por todas con aquello. Habían luchado, y nadie podría decir que ella era una cobarde o había jugado sucio. Kaia había resistido lo suficiente, pero, aunque no había amor entre la madre y la hija, no quería quemarla.

No obstante, lo que ella quisiera no tenía importancia. En aquel momento no. Strider le había dicho que hiciera lo necesario para sobrevivir.

Era el momento.

Abrió su mente al calor, dejó que creciera despacio, que se extendiera, que consumiera.

Cada vez sentía más calor, y no sabía qué esperar. La última vez, el cambio se había producido en ella tan rápidamente, que no había tenido un segundo para pensar en lo que estaba sucediendo. ¿Y si las llamas se negaban a estallar?

Su madre se quedó estupefacta. Kaia oyó un rugido y sintió cada vez más y más calor, y después solo pudo ver una niebla cerúlea. En menos de un segundo, las llamas habían salido por los poros de su piel y la habían convertido en una bola de fuego. Incluso su ropa se quemó.

–Lo siento, madre –dijo.

Saltó y cayó sobre Tabitha. Ambas se desplomaron al suelo. Las llamas envolvieron también a la otra Arpía, y Kaia esperó.

¿Por qué su madre no gritaba?

–¿De veras crees que me habría acostado con un Fénix si no estuviera protegida contra el fuego? De todos modos, estoy impresionada. Me has engañado. No sabía que fueras capaz de hacer esto.

–Yo… yo… –Kaia no podía responder. Estaba anonadada.

Tabitha continuó:

–Yo no puedo crear las llamas, pero puedo soportarlas. Así pues, sigue luchando.

De nuevo, Tabitha doblegó a Kaia, la tendió boca arriba y comenzó a golpearla sin pausa. Al principio, Kaia estaba tan asombrada que no pudo reaccionar. Sin embargo, cuando volvió a concentrarse, dejó de intentar proteger su cara y su cuello con las manos. Solo había una manera de terminar con aquello. Una fría determinación sustituyó a las llamas.

Kaia se arqueó hacia arriba sin dejar de recibir golpes. Su madre no sospechó nada, porque pensaba que Kaia iba a quedarse sin conocimiento de un momento a otro. Entonces, Kaia alargó los brazos hacia la espalda de su madre y tiró con fuerza. Tabitha gritó con fuerza, y ella notó la sangre caliente en las manos. Los puños dejaron de golpearla, y el peso que había sobre sus hombros se aflojó.

Kaia se llevó las manos a la boca y lamió la sangre. Tenía que hacer cualquier cosa para sobrevivir. La sangre era la medicina que necesitaba. La fuerza vital de su madre bajó por su garganta destrozada y le llegó al estómago. El efecto no fue tan poderoso como cuando bebía la sangre de Strider, pero su visión se aclaró un poco, y pudo incorporarse y sentarse.

Su madre estaba a poca distancia, inconsciente y desnuda a causa del fuego, que le había quemado la ropa. Tal vez podía soportar la rotura de un ala, pero no podía soportar la pérdida de las dos. Tenía la espalda destrozada, y ella había conseguido arrancarle las dos alas. Kaia sintió una opresión en el pecho. Por un lado, sentía tristeza porque su enemistad hubiera llegado a aquel punto, pero por otro lado, se sentía orgullosa de sí misma.

Observó su entorno. El resto de la batalla también había terminado. Para su decepción, las Eagleshield habían vencido a sus hermanas, que por su parte, habían vencido a las Skyhawk. Aunque muchas Arpías la estaban mirando con incredulidad y asombro, a ella solo le importaba su equipo.

Afortunadamente, todas sus compañeras y hermanas estaban vivas. Todas las miraron con una disculpa en los ojos, pero a ella no le importaba que hubieran perdido. Solo quería que estuvieran bien.

Tendrían la ocasión de vencer en la última competición. Y tal vez, ella se hubiera ganado ya el respeto de todo el mundo. No importaba lo que pasara después; en aquel momento, solo quedaban tres equipos que podían luchar por la victoria. Y quien ganara, lo ganaría todo: el derecho a fanfarronear sin tregua y la Vara Cortadora.

¿Se habría dado cuenta Strider de lo cerca que estaban del triunfo definitivo?

Strider. Tal vez sus hermanas estuvieran vivas, pero ella había perdido. Al vencer a su equipo, las Eagleshield la habían ganado. Strider había perdido su propio desafío.

No, pensó Kaia. Él solo había jurado que mataría a quien la hubiera vencido a ella. Lo buscó con la mirada entre la multitud, pero no lo vio. Allí estaban Sabin y Lysander, que habían desaparecido también durante unos instantes, pero que habían regresado. Ambos estaban tensos y pálidos. Claramente, querían recoger a sus mujeres y marcharse.

¿Estaba bien Strider? ¿Adónde había ido?

¿Estaba sufriendo en aquel momento?

Ella podría haber desafiado a las Eagleshield y haber continuado la lucha. Sin embargo, no podría vencerlas a todas a la vez, y ellas podrían hacerle daño a alguien de su equipo. Así pues, tenía que decidir: salvarlas a ellas, o salvar a Strider de un gran sufrimiento.

Rezó para que él lo entendiera y se arrodilló, aceptando la derrota.

Al instante sucedieron tres cosas. Su entorno cambió. El Coliseo ya no era nuevo y grandioso, sino antiguo, viejo y ruinoso, y estaba lleno de turistas que de repente se habían materializado entre las Arpías. El grito de rabia e incredulidad de Juliette reverberó por los muros del estadio. Y, lo peor de todo, el grito agonizante de Strider le atravesó el alma.

Capítulo 31

Strider estaba rodeado por el caos más absoluto.

Sin aliento, abatido por un dolor que lo había debilitado, se agarró con fuerza a la Vara Cortadora. Había Arpías, consortes y esclavos corriendo en todas direcciones, intentando escapar antes de que llegara la policía. Y llegarían, igual que también llegarían los periodistas. Allí se habían quebrantado innumerables leyes, y se había profanado un tesoro nacional. El suelo estaba empapado en sangre.

¿Qué debía hacer? ¿Y por qué su demonio estaba tan enfermo, gimiendo y retorciéndose dentro de su mente? Habían ganado, ¿no?

En cuando Lazarus perdió la cabeza, apareció el artefacto. Algo brillante surgió de su cuerpo y fue succionado por la punta de la Vara Cortadora, como si lo hubiera absorbido una aspiradora. Seguramente era el alma del guerrero, que se había unido con la porción que estaba en el interior del artefacto.

La ilusión se había desvanecido y el mundo había recuperado la normalidad. Strider no había pensado en aquella pequeña complicación, y por lo tanto, no estaba preparado para ella. Solo había pensado en conseguir la Vara Cortadora. Ahora que la tenía, debía esconderla.

Juliette sabía que su hombre estaba muerto, pues de lo contrario no la habría desobedecido. Aquel grito… La Arpía estaría buscando su cadáver, e iba a averiguar quién era el responsable de su muerte. No había manera de ocultar la verdad, porque mucha gente había visto a Strider arrodillado junto al cuerpo sin vida con una espada llena de sangre en la mano. Aunque él tampoco habría intentado ocultar la verdad. Había cometido aquel crimen, y tenía que enfrentarse a las consecuencias.

Sin embargo, con sus actos también había acercado el mal a Kaia. Juliette ya no se conformaría con humillarla, sino que querría castigarla, destruirla.

Al darse cuenta de todo aquello, tuvo ganas de vomitar. ¿Qué había hecho?

Se puso en pie temblorosamente. La cabeza le daba vueltas. Su dolor se intensificaba por segundos. Agarró con fuerza la Vara Cortadora; tenía que salvaguardarla, y tenía que encontrar a Kaia. Seguramente, Sabin y Lysander estaban buscando a sus mujeres, así que ellos no podrían ayudarlo.

Strider se sacó el teléfono móvil del bolsillo para llamar al guardián de la Muerte, a Lucien. Sin embargo, alguien se chocó contra él, y el teléfono se le cayó de la mano. Cuando se agachó para intentar recuperarlo, múltiples pares de botas le pisotearon la mano, y le aplastaron los huesos. Aquellos mismos pies se hundieron en su espalda y en sus pulmones. Después, le restregaron la cara contra el suelo.

Aquello era una estampida, pensó débilmente, y metió la Vara Cortadora bajo su cuerpo con la esperanza de poder protegerla. No creía que pudiera romperse, pese a su aspecto frágil. Tenía un reloj de arena en cada extremo, y la vara en sí misma era de madera fina. Sin embargo, había sido fabricada por los dioses, y él mismo era la prueba de que los dioses no fabricaban nada de mala calidad. Sin embargo, sí podían robarle la Vara Cortadora, y eso no iba a permitirlo.

Apenas podía creer que tuviera entre las manos el cuarto artefacto. Después de todo aquel tiempo, había conseguido la última pieza del rompecabezas. Había tenido que pagar un precio terrible, sí, pero la tenía.

Por fin, la gente dejó de pisotearlo y se alejó, y Strider se puso en pie con dificultad. Se tambaleó. Algunas Arpías se chocaron con él al pasar corriendo a su lado, pero no consiguieron derribarlo. Tal vez porque ni siquiera querían hacerlo. Solo querían huir.

Oyó un grito femenino, un grito cercano y lleno de furia y rabia.

—¡Te voy a matar! —gritó Juliette, y cada palabra que salió de su boca supuraba odio.

Aunque él no podía ver nada, se giró y dejó que el impulso de la gente que avanzaba lo llevara. Unas cuantas veces, estuvo a punto de caer porque le fallaron las rodillas, pero usó la Vara Cortadora como bastón y consiguió evitarlo.

¿Estaba muy cerca Juliette?

«¡Kaia!», gritó mentalmente. Nunca habían hablado por telepatía, pero él nunca había estado tan desesperado por llegar a su lado. Esperaba que su matrimonio hubiera fortalecido aquel tipo de conexión. «¿Dónde estás?».

—Estoy aquí —dijo ella. Entonces, Strider percibió una fragancia familiar, y notó un brazo caliente que le rodeó la cintura y tiró de él hacia la izquierda—. ¿Es eso lo que creo que es?

Gracias a todos los dioses. Ella estaba viva, y estaba allí, y podían hablar por telepatía. Una ventaja que iba a explorar más tarde, cuando estuvieran a salvo. En aquel momento, Strider sentía los latidos del corazón de su mujer contra el costado, y eso era suficiente para él.

—Sí. Lo siento, nena. Tuve que tomarla. No podía dejar pasar la oportunidad. Y no la toques, ¿de acuerdo? —le dijo. No sabía cómo funcionaba la Vara, y no quería arriesgarse a que le robara la vida o las habilidades a su mujer—. ¿Estás bien?

—¿No lo ves por ti mismo?

—No. Tengo destrozadas las córneas.

—Ah. Eso explicaría por qué estabas a punto de chocar contra una pared —dijo ella irónicamente—. ¿Y por qué me dices que no la toque? ¿Acaso piensas que te la voy a robar? Escucha, siento haber perdido, y siento que estés sufriendo. Podía haber ganado, podría haber matado a todo el mundo, pero mis hermanas habrían muerto también, y yo no podía...

—No tienes por qué darme explicaciones. Me alegro de que estés aquí. Y no, no creo que me vayas a robar la Vara Cortadora, pero es peligrosa y no sé cómo funciona.

Ella tiró de él hacia la derecha.

—Muy bien. Entonces, te perdono por haberme hablado así. Pero tenemos que hablar de otra cosa. Tú odias perder. Sinceramente, creo que podrías matar a tu propia madre por ganar una pelea. Si tuvieras madre, claro. Y tú confiaste en mis habilidades, pero yo...

—Kaia —dijo él, interrumpiéndola—. Eres demasiado terca para tu propio bien. Te juro que a mí solo me importa que estés viva. Y para ser sincero, ni siquiera eres tú la que tiene que disculparse. Me dijiste que no robara el artefacto, pero yo lo he hecho de todos modos.

—Había cambiado de opinión con respecto a eso.

Un tirón hacia la izquierda.

—Ya lo sé. Pero eso no cambia el hecho de que yo...

—¿Lo sabías? ¿Cómo? Bueno, no importa. Ya hablaremos de eso más tarde. ¿Y quién es el terco?

Pese al dolor que sentía, Strider sonrió.

—Maldita sea —dijo ella de repente—. Juliette nos está siguiendo, y no consigo perderla.

Strider perdió el buen humor.

Kaia le hizo bajar por un tramo de escaleras y dar la vuelta a una esquina.

—Está cada vez más cerca, y si no hago algo, nos va a alcanzar —le dijo. Después lo empujó sin miramientos hacia una pared fría y dura—. Quédate aquí.

Él no tuvo tiempo para cuestionarla. Ella lo soltó y, un segundo después, Strider sintió una ola de calor. Se dio cuenta de que Kaia acababa de liberar su fuego.

Se oyeron gritos femeninos.

–¡Vas a pagar muy caro…! –comenzó a decir Juliette. Sin embargo, su frase quedó interrumpida por un gruñido de agonía.

Ojalá él pudiera ver lo que estaba ocurriendo.

El sudor le empapó el cuerpo. Su dolor no se había mitigado, y sin Kaia allí para distraerlo, para conseguir que se moviera, lo experimentó al máximo. Se inclinó hacia delante y vomitó. Debería estar luchando junto a Kaia, pero ella tenía que hacerlo todo sola. Él no era más que un lastre. De no ser por su culpa, ella ya podría haber escapado sin problemas.

–Así, esa zorra se quedará quietecita durante un rato –dijo ella con satisfacción, y de nuevo, le pasó el brazo por la cintura y se lo llevó hacia delante. Aunque no estaba ardiendo en aquel instante, su temperatura corporal había aumentado mucho.

–Estás mejorando mucho en esto –dijo Strider, apretando los dientes para poder soportar su ardor.

–Tal vez porque esa idiota me mantiene constantemente en un estado de furia.

Strider percibió el olor a algodón quemado. Se dio cuenta de que era su camisa. Y entonces se dio cuenta de otra cosa más. Ella se había convertido en una bola de fuego, así que su ropa también se habría quemado.

–Estás desnuda, ¿verdad?

A Strider le molestaba que cualquiera pudiera verla así, pero también le divertía imaginarse la imagen que debían de dar entre los dos.

–Sí –dijo ella sin el menor atisbo de vergüenza–. Llevo un buen rato desnuda. ¿Y cómo has conseguido tú la Vara?

Él sintió una punzada de culpabilidad al explicarle lo que había ocurrido con Lazarus. También le habló de lo que pretendía Juliette, y del poder que tenía la Vara. Durante todo el tiempo, Kaia lo guió hacia la salida del Coliseo.

–Entonces, ¿Lazarus ha muerto?

Él sintió una brisa fresca que le alivió un poco.

–Sí. No era tan mal tipo. Ojalá las cosas hubieran sido distintas.

Y tal vez lo fueran. Lazarus no estaba seguro de lo que podía ocurrir con él cuando muriera, y Strider pensaba que podría sobrevivir a lo que él le había hecho. Al menos, su alma. En aquel momento, podía estar atrapada en la Vara Cortadora.

–Sí, yo también le estaba tomando afecto. Tal vez. Demonios, ya hablaremos de esto más tarde –dijo ella, y lo soltó–. Tengo que recoger mis cosas y vestirme. Espera aquí.

Así que estaban en la tienda que habían ocupado antes, pensó él. Prestó atención para escuchar a sus hermanas, pero sólo oyó los sonidos que producía Kaia. Después, ella volvió a agarrarlo y se lo llevó por el laberinto. Podía imaginarse dónde estaban, y sabía que había una valla frente a ellos.

–Trepa –dijo Kaia, y le confirmó el esquema que él se había hecho en la mente.

Su cuerpo dolorido protestó durante todo el proceso, pero Strider lo consiguió, y continuó hacia delante.

–Ahora, salta.

Otra valla, aunque aquella era mucho más baja. Él aterrizó con un gruñido de dolor.

–Una piedra –le dijo ella, y lo llevó hacia un lado.

En cuanto la rodearon, echaron a correr. Tan solo correr. Con sus respiraciones jadeantes, él percibió la fragancia de los pinos y de la tierra, y olió el humo de los coches. Sus botas pasaron por encima de piedras y hierba, y después pisaron asfalto. Unas cuantas veces, oyó murmullos de sorpresa, y tal vez de horror, de los humanos.

Kaia ralentizó el paso y finalmente se detuvo. Después se alejó de él.

–Espérame aquí –le dijo.

Pasaron varios minutos. Él no quería estar allí indefenso, con la Vara Cortadora.

–He ido a buscar dinero –murmuró Kaia al volver a su lado.

–Chica lista.

Vio una neblina dorada entre la oscuridad de su visión, y pestañeó. Volvió a pestañear. No hubo ningún cambio. Solo había sido aquella lucecita débil, pero era suficiente. Ya se estaba curando.

Una eternidad después, Kaia reservó una habitación en un motel, y se encerraron dentro. Lo ayudó a llegar hasta la cama, y él se desplomó sobre el colchón sin soltar la Vara Cortadora.

—Para tu información, tienes un aspecto horrible, cariño —le dijo ella. Se tendió a su lado y le apartó el pelo de la frente con ternura.

—Gracias, Pelirroja. Tengo que decir que me he sentido mejor en otras ocasiones.

—¿Puedo hacer algo por ti?

—No. Lo único que necesito es tiempo.

—Bueno, ¿y qué hace esa cosa? Me has contado lo de las almas, pero estoy confundida.

—¿Tienes un teléfono móvil? —le preguntó él, en vez de responder. Lo primero era lo primero. Tenía que sacar el artefacto de Roma, y alejarlo de Juliette.

—Sí. Lo tomé cuando me vestía.

—Llama a Lucien y pídele que venga.

Mientras ella obedecía, la luz que él podía ver se expandió, y su visión se aclaró un poco más. Comenzó a notar algunos detalles. El techo era una mezcla de amarillo y blanco. Las paredes eran blancas. Había una ventana con un cortinaje rojo. Junto a él había una mesilla de noche con arañazos, y sobre ella, una lámpara azul. Miró a Kaia, que caminaba mientras hablaba por teléfono. La llamada terminó, y ella quedó en silencio. Después comenzó a teclear con agitación.

Pasaron otro par de minutos hasta que él pudo verla con claridad. Tenía morado el ojo izquierdo, y un gran hematoma en la mandíbula. Tenía los labios cortados e hinchados y el pelo enmarañado por los hombros. Aunque llevaba una camiseta blanca y limpia, y unos pantalones vaqueros, estaba descalza. Tenía los dedos de los pies sucios de tierra, y cada paso que daba dejaba una huella en el suelo de azulejo.

No se había quejado ni una sola vez. Era una guerrera de pies a cabeza, y Strider se sintió orgulloso de ella. Ni siquiera se había enfadado porque él hubiera robado la Vara Cortadora. No, le había felicitado por ello. Aunque él no le hubiera causado más que problemas.

Su Kaia era única.

Ella se merecía lo mejor. Por lo tanto, él iba a ser mejor hombre, por ella.

Kaia se guardó el teléfono en el bolsillo trasero del pantalón. Tenía el ceño fruncido.

—Lucien ha dicho que estaría aquí dentro de poco. También les he enviado un mensaje a mis hermanas y les he dicho que estamos aquí. Taliyah y Neeka están cerca, y llegarán en pocos minutos. No he tenido respuesta de nadie más.

Antes de que ella terminara de hablar, alguien llamó a la puerta. Taliyah no esperó a que Kaia respondiera. Entró seguida de Neeka. Las hermanas se abrazaron.

—Siento haber perdido —dijo Taliyah, dándole unos golpecitos en la cabeza.

Kaia se encogió de hombros.

—Como si yo no hubiera provocado unas cuantas derrotas últimamente.

—Entonces, eres un Fénix —dijo Neeka.

—Sí, es cierto. Yo también me quedé sorprendida.

Taliyah agitó la cabeza.

—Neeka y yo no nos hemos sorprendido.

Kaia arqueó las cejas.

—¿Por qué no?

—Llevas varias semanas dando señales. Además, te prendiste en llamas el día en que naciste. Mamá quería protegerte de tu padre, así que te dio algo para asegurarse de que no volviera a ocurrirte durante siglos, y para que ni siquiera reaccionaras a la toxina de los Fénix si te arañaban o te mordían.

Yo sabía que solo era cuestión de tiempo que tu habilidad volviera a surgir.

Strider podía oír los pensamientos de Kaia. Eran tan fuertes que recorrieron los canales de comunicación que había entre ellos.

«Qué increíble. Mi madre, haciendo de madre de verdad y ayudándome. Quiero abrazarla, y también quiero zarandearla. Sin embargo, no puedo ablandarme. Esto es la guerra».

—¡Podías habérmelo dicho! —exclamó con enfado.

—Pues sí —dijo Strider.

Se hubiera incorporado y hubiera fulminado a Taliyah con la mirada, pero su dolor seguía intensificándose. Derrota no hacía más que gemir y gruñir.

Taliyah no le prestó atención.

—¿Y causarte una preocupación inútil? No. Ahora que ya ha ocurrido, tampoco tienes nada de lo que preocuparte, en realidad. Tu padre no va a venir a secuestrarte, te lo prometo.

—¿De verdad lo crees? —preguntó ella con vulnerabilidad.

—Lo sé con certeza —respondió Taliyah—. Está muerto. Yo misma lo maté. Su gente te habría reclamado en cuanto hubieran sabido que puedes soportar su fuego. No hay muchas féminas que puedan.

—¿Me habrían reclamado? —preguntó ella sin entenderlo.

Taliyah asintió con tirantez, como si su sorpresa la ofendiera.

—Seguro que Strider te ha contado que Neeka y yo nos hemos reunido con un grupo de hombres. Neeka me debe un favor muy grande y ha accedido a casarse con un guerrero Fénix en tu lugar.

Debía de ser un favor enorme, verdaderamente, para que la compensación adecuada fuera casarse con un extraño. ¿Y qué demonios quería decir todo aquello?

—¿En su lugar? —preguntó Strider, gritando sin querer—. ¿Es que creen que va a casarse con alguien aparte de conmigo? ¡Ya pueden ir despidiéndose de eso! ¡Es mía!

–No lo entiendo –dijo Kaia suavemente–. Y él tiene razón. Soy suya.

Al oír su confesión, Strider se calmó.

–Habrían venido a buscarte y habrían matado a Strider –dijo Taliyah–. Sabía que eso sería horrible para ti, así que hice otro arreglo.

¿Así, tan fácil?

–Ahora intentarán llevárselas a las dos –dijo Strider.

–No –le aseguró Taliyah–. No voy a explicarte los detalles del acuerdo, porque es Neeka quien debe hacerlo si quiere. Pero no vendrán en busca de Kaia.

–Neeka –dijo él, mirando a la magnífica muchacha.

Ella estaba observando a las hermanas con una expresión un poco triste, y no se dio cuenta de que él le había hablado. Kaia la miró también, y la Arpía asintió.

–¿Por qué? –le preguntó Kaia.

–Yo le salvé la vida –dijo Taliyah–. Me debía un favor.

–¿Y ella puede soportar su fuego? –preguntó Strider.

–Todavía no –respondió Neeka.

Él volvió a mirarla, y se dio cuenta de que la chica lo estaba mirando en aquel momento.

–Entonces, lo que vas a hacer es…

–Lo haré. Algún día, lo haré. Pero por el momento, tengo algo que ellos valoran tanto como eso.

–Ahora tenemos que irnos –dijo Taliyah, y tiró de su amiga hacia la puerta antes de que Neeka pudiera dar más explicaciones. Aunque seguramente no iba a hacerlo. Había apretado los labios–. Vamos a seguir a Tabitha para asegurarnos de que su gente la lleva a un lugar seguro. Le has hecho mucho daño, Kaia. Me dejaste impresionada.

–Gracias –dijo ella, con una tremenda culpabilidad.

Taliyah sonrió.

–En cuanto sepa que está bien atendida, volveré.

La puerta se cerró detrás de las chicas.

Strider observó los rasgos pálidos de Kaia.

–¿Sientes remordimientos por lo de tu madre?

—Sí —dijo ella—. Ojalá nuestra relación no hubiera llegado a un punto tan horrible, pero…

Lucien eligió aquel preciso instante para materializarse, y Kaia se quedó callada. El gran guerrero les echó un vistazo y soltó una maldición.

—¿Qué demonios os ha pasado?

Strider se concentró en su amigo. Tenía el pelo negro y los ojos de distinto color, uno marrón y el otro azul, y una cara con tantas cicatrices como la mesilla de noche.

—Lo que nos ha ocurrido no importa. Solo importa el resultado —le dijo, y le tendió la Vara Cortadora con un gesto de dolor—. Esto es el cuarto artefacto.

Lucien abrió unos ojos como platos mientras lo tomaba entre las manos.

—¿Me estás tomando el pelo? —preguntó.

—No. Por ahí hay una Arpía muy enfadada que quiere recuperarlo, y está dispuesta a hacer cualquier cosa.

—¿Y cómo la conseguiste tú?

—Esa es una historia para otro día —dijo Strider. Estaba perdiendo totalmente las fuerzas, y tuvo que obligarse a continuar—: Por lo menos, ahora sabemos para qué sirve el artefacto. Puede atrapar almas y habilidades sobrenaturales. Y por su extremo, puede concedérselas a otros.

Lucien asimiló la noticia en silencio.

Entonces, sonó un pitido.

—Un mensaje —dijo Kaia, y leyó la pantalla de su móvil. Después, suspiró de alivio—. Gwen y Sabin están bien. Vienen hacia aquí.

Strider también sintió alivio, y continuó rápidamente para terminar de explicárselo todo a Lucien antes de perder el conocimiento.

—No sé cómo se usa la Vara Cortadora. Solo sé que quien la tiene no puede obtener lo que hay dentro. Solo puede darles esos poderes a los demás.

Otro pitido.

—Lysander no encuentra a Bianka —dijo Kaia en un tono

de pánico–. Está preocupado, y me pregunta si alguien la ha visto.

–Seguro que está... –empezó a decir Lucien.

Otro pitido.

Una pausa.

–Oh, no... –dijo Kaia–. ¡No, no!

Strider encontró la fuerza necesaria para incorporarse.

–¿Qué pasa, nena?

Ella le mostró la pantalla del teléfono con la mano temblorosa.

¿Quieres volver a ver con vida a tu hermana? Hagamos un intercambio.

A él se le formó un nudo en la garganta al ver el símbolo de un mensaje adjunto.

–¿Qué es el adjunto?

–¿El adjunto? No me había dado cuenta –dijo Kaia, y su temblor aumentó al mirar el teléfono. Apretó unos cuantos botones y dejó escapar un grito ahogado–. Es un vídeo de Bianka. Está atada y sangra mucho.

Después de unos segundos, Bianka reaccionaba.

–¡Dile que se vaya a la mierda, Kye!

Entonces, Juliette apareció en la pantalla.

–Tráeme la Vara Cortadora en menos de una hora, o le cortaré la cabeza a tu hermana igual que el bastardo de tu consorte se la cortó a Lazarus. Y no te atrevas a utilizar tu fuego...

Hubo un grito de rabia.

–¿Sabes una cosa? Trae a tu consorte. Él morirá, o morirá tu hermana. Tú eliges. Tu hermana sufrirá por cada minuto que llegues tarde. Ah, Kaia, y espero que llegues tarde. Buena suerte para encontrarnos.

Capítulo 32

Juliette se había equivocado de chica.

Kaia utilizó la hora de plazo que tenía para reunir a todos sus seres queridos, a sus amigos. Ninguno dudó a la hora de acudir en su ayuda, y ella siempre se lo agradecería. Y durante todo aquel tiempo, Strider, que obviamente estaba sufriendo, la calmó asegurándole que todo iba a salir bien.

Era un hombre bueno y encantador. Estaba detrás de ella, y su olor a canela la envolvía. Estaban más conectados que nunca, y él seguía dándole su apoyo y animándola.

Kaia había vencido a su propia madre, y estaba convencida de que también podría conseguir aquello.

Encontrar a Juliette no les resultó difícil, porque Lucien siguió su rastro espiritual hasta que dio con ella. Comprobó que Bianka estaba bien, y le dijo a Kaia dónde tenía que ir. Después volvió para proteger a Bee, en forma invisible, y nadie se enteró.

La presencia silenciosa de Lucien era el único motivo por el que Kaia todavía no había descargado toda su furia sobre Juliette. Y lo mismo podía decirse de Lysander. Bueno, eso, y que Zacharel lo estaba sujetando con mano firme.

Si se producía algún cambio, Lucien se lo diría, y ellos alterarían sus planes. Era un plan para asegurarse de que las Eagleshield no volvieran a hacer nada parecido.

Taliyah y Gwen iban a su lado, y Kaia marchó con la cabeza bien alta. Strider y sus hermanos iban detrás. Lysander y su ejército de ángeles guerreros estaban en el aire, vigilando la zona, volando con sus alas blancas y doradas. Aunque eran necesarios en el Cielo, donde se estaba fraguando una guerra angélica, o algo por el estilo, Lysander se los había llevado a todos allí.

Su mujer era lo más importante para él.

Así que, en realidad, Juliette se había equivocado de familia. Porque eso era la gente que la estaba rodeando en aquel momento, pensó Kaia. Su familia. Ni uno solo de ellos descansaría hasta que Bianka estuviera a salvo.

Kaia irguió los hombros y observó su entorno. Juliette había elegido un precioso lugar. La playa, a la luz de la luna, era una vista engañosamente tranquila. Había ruinas romanas que se erguían hacia el cielo nocturno, y peñas plateadas que relucían suavemente. El agua chapoteaba contra la orilla.

Por desgracia, iban a oírse gritos de dolor, e iba a correr la sangre.

—Juliette —gritó Kaia. No iba a esperar más. Quería que todo aquello terminara.

Juliette salió de su escondite manchada de hollín, llena de furia, y su clan formó una línea amenazante detrás de ella.

Kaia se detuvo a pocos metros, y su grupo la siguió.

Juliette se dirigió a ella con rabia:

—Me sorprende que hayas conseguido encontrarme, pero me alegro. Vamos a terminar esto ahora mismo. ¿Dónde está la Vara Cortadora?

En vez de responder a su pregunta, Kaia dijo:

—Siento lo de tu consorte, de veras, y ojalá las cosas hubieran sido distintas, pero no puedo cambiar el pasado. Solo puedo aceptar el futuro. Así que voy a darte una oportunidad, solo una, de salir de esto. Suelta a mi hermana, y me marcharé. Será el final.

—Oh, no. Tú no te vas a marchar de aquí sana y salva —replicó Juliette al instante. Después chasqueó los dedos y dos

Eagleshield llevaron a Bianka, ensangrentada, hacia la fila–. Creo que tenías que elegir, Kaia la Decepción. Tu hermana o tu hombre.

Lysander gritó desde el cielo. Juliette tuvo suerte de que Zacharel estuviera presente e impidiera que el ángel desatara toda su furia.

Después de que Bianka le hiciera un gesto con los pulgares hacia arriba a su marido, miró a Kaia y sonrió con picardía. Kaia estuvo a punto de desmayarse de alivio. Oír a su hermana en el vídeo estaba bien, pero no era lo mismo que verla viva, en persona.

–Te lo dije –musitó una voz ronca a su espalda. Y unos dedos temblorosos le acariciaron la espina dorsal. Strider. Pese a su dolor, seguía mostrándole su apoyo.

Y, de repente, Kaia vio el humor de aquella situación. Bianka usaría la experiencia durante toda la eternidad para obligarla a hacer lo que ella quisiera.

«¿Te acuerdas de cuando tu enemiga me secuestró?», le diría su melliza. «Yo también. Por eso tienes que hacerme este pequeño favor».

–En realidad –dijo, sonriendo también a Juliette–, tú eres la que tienes que elegir. Entre rendirte, o morir. Lysander –gritó–. Es tu turno.

Los ángeles bajaron en picado desde el cielo. En menos de un segundo, las Eagleshield estaban de rodillas, con las cabezas agachadas, y los ángeles sujetaban espadas de fuego junto a sus nucas.

–Vaya, ha sido muy fácil –dijo Kaia.

Lysander tomó a Bianka en brazos y la arrulló, y le preguntó qué era lo que le habían hecho.

Bianka besó a su hombre, y después fulminó a Juliette con la mirada.

–¡Te dije que eras una idiota por meterte con la mujer de un ángel!

–Pero... pero...

–Sí –dijo Kaia–. Os habéis rendido muy rápido. Y ahora

que todo está resuelto, tenemos que hablar de un asunto. Lysander, ¿te importaría decirle a tu soldado que aparte la espada de fuego de la morena, y solo de la morena, por favor?

Hubo una pausa. Entonces, Lysander asintió con tirantez, y el ángel que estaba vigilando a Juliette retrocedió e hizo desaparecer la espada.

Juliette se levantó, pero no trató de huir. Inteligente por su parte. Kaia la habría perseguido, y el resultado no habría sido bonito.

—Solo quedan tres clanes que pueden hacerse con el primer premio —dijo Kaia—. Las Skyhawk, el tuyo y el mío.

—No es cierto —dijo una mujer, con un tono débil.

La madre de Kaia apareció cojeando de entre las sombras, y se colocó junto a los ángeles.

Kaia miró a Tabitha, intentando no dejarse vencer por el pánico. Tabitha todavía no se había recuperado. Tenía unas ojeras muy profundas, los hombros hundidos y las piernas temblorosas, como si se fuera a caer.

—¿Qué estás haciendo aquí? ¿Vas a protestar por mi lugar en la prueba final? —preguntó Kaia, alzando la barbilla con orgullo—. Pues puedes...

—No —dijo Tabitha, interrumpiéndola—. Taliyah me dijo lo que estaba ocurriendo. Por eso he venido. He decidido retirar a mi equipo de la competición.

—¿Cómo? —preguntaron Juliette y Kaia al unísono.

Tabitha asintió débilmente.

—Sólo quería que tuvieras la oportunidad de demostrar a los clanes tu valía, sin que yo te ayudara. Y lo has hecho. Yo ya no soy necesaria. Y como puedes ver, en este momento no soy ninguna amenaza.

Kaia se quedó sin habla.

—Si eso es cierto, ¿por qué me has estado provocando? —le preguntó Strider. Se sentía furioso, y sus palabras tuvieron un tono duro.

—¿Ella te ha provocado? —inquirió Kaia con rabia—. ¿Cuándo?

«Comenzó durante la presentación de los juegos», le dijo él telepáticamente. «Antes de la primera prueba».

¿Él podía hablar dentro de su mente? Había conocido parejas que podían hacerlo, pero nunca hubiera creído que ella tendría tanta suerte. ¡Bien!

—Yo no te provoqué, estúpido —respondió Tabitha—. Te advertí de las intenciones de sus enemigas. Y de nada, a propósito. No me has dado nada más que tristeza a cambio de mi generosidad.

—No le llames «estúpido» —le espetó Kaia a su madre. Eh… ¿su madre había intentado ayudarla?—. ¿Y por qué debería creerte él? Tú me odias.

—Eres mi hija, Kaia la Destructora de Alas. Por eso debería haberme creído.

Kaia la Destructora de Alas. El nombre reverberó por su cabeza. Era un sueño hecho realidad, un nombre mucho mejor del que nunca hubiera podido imaginar.

—Yo…

—Para que lo sepas, no te odio. Hace muchos siglos me enfadé contigo de verdad, porque me desobedeciste. Tus actos fueron una decepción para mí. Se suponía que tenías que redimirte, pero no lo hiciste nunca, y yo me cansé de esperar. Al darme cuenta de que habías encontrado a tu consorte, supe que había dos posibilidades: que te hubieras perdido completamente, por fin, o que hubieras descubierto a la guerrera que debías haber sido siempre. Y, sí, eso significa que yo he estado vigilándote durante todo este tiempo. También significa que ayudé a tenderte una emboscada, pero por tu bien. Me sentí orgullosa cuando conseguiste vencer a los Cazadores e hiciste tu propio plan.

Aquello no era exactamente una confesión de amor, pero se trataba de Tabitha. Era una mujer brusca y dura, que no iba a cambiar, pero no era una mentirosa. Su madre siempre había dicho lo que pensaba. Al saberlo, Kaia sintió una emoción que ya no podía disimular. ¡Su madre no la odiaba!

Eso tampoco significaba que fueran a reunirse para pasar

juntas la Navidad, pero era más de lo que había tenido durante muchos años, y estaba dispuesta a aceptarlo. ¡Su madre no la odiaba! Nunca se cansaría de pensarlo.

—No puedo decir que te agradezca tu forma de protegerme —replicó Kaia—, pero soy feliz con mi vida.

La satisfacción que irradió Strider la envolvió como una capa.

—Ahora eres lo suficientemente fuerte como para conservar lo que es tuyo. Claro que eres feliz —dijo Tabitha. Se acercó cojeando a ella, y extendió un brazo—. Toma.

Kaia frunció el ceño, pero tomó lo que le entregaba su madre. Era el medallón de los guerreros. Un medallón nuevo, más bonito que el de Juliette. Abrió mucho los ojos, y se lo puso al cuello. El colgante de madera era ligero y estaba frío, y, sin embargo, la quemó en lo más profundo.

—Visítame pronto, y... hablaremos —dijo Tabitha. Después se giró hacia Juliette—. He disfrutado de tu compañía, y tú has disfrutado de la mía. Sabía que algún día, Kaia y tú os enfrentaríais, porque ella intentó quitarte a tu consorte. Mi única esperanza era que estuviera preparada para tu ataque. Ahora lo está. Sin embargo, tú deberías haber golpeado a su consorte, no a Bianka. Después de todos los años que he pasado entrenándote, creía que habrías aprendido que un castigo debe corresponderse con el crimen. Por lo tanto, debido a tus actos, te dejo para que te enfrentes al destino que tú misma te has buscado: una buena paliza de mi hija.

Después de decir aquellas palabras, Tabitha se marchó, tambaleándose.

«Ella no me odia», pensó Kaia, intentando no echarse a llorar de alegría. Su madre no la había defendido, exactamente, pero de todos modos, ¡no la odiaba!

«Y ahora, debo proteger lo que es mío».

—Parece que ahora solo estamos tú y yo —le dijo a Juliette—. Vamos a pelear para resolver esto.

—Oh, ¿de veras? ¿No vas a dejar que tus esclavos te salven?

–Los ángeles y los Señores no son mis esclavos, sino mis amigos, aunque entiendo que ese concepto te es completamente ajeno. ¿Y por qué iba a permitir que ellos me salvaran? Voy a empapar el suelo con tu sangre.

Juliette miró a Strider con los ojos entornados.

–La ganadora se marcha con tu consorte.

–Ni lo sueñes…

–Acepta, nena –dijo Strider, y le dio un beso en la mejilla–. No tengo ninguna duda de que vas a ganar.

Le había fallado la última vez, pero él seguía confiando en ella. Kaia lo sentía. Decidió que Juliette iba a sufrir el doble por haber hecho aquella exigencia.

–Sin interferencias –rugió Juliette, a quien enfureció aquel desprecio por su capacidad de lucha.

–De acuerdo –dijo Kaia–. ¿Qué armas? Te dejo elegir.

–Las manos. Y sin fuego, zorra.

–¿Es que no puedes aguantar un poco de calor? Muy bien. Pero tengo entendido que hace mucho que no practicas la lucha. ¿No era esa la verdadera razón por la que no has participado en los juegos?

–Ahora lo vas a averiguar. Cuando haya terminado contigo no quedará nada –dijo Juliette, mientras iba dejando en el suelo sus múltiples dagas y un arma.

–Deliras tanto que me das pena –dijo Kaia, y se despojó también de su propio arsenal.

Los ángeles obligaron a las Eagleshield a alejarse para que no pudieran ayudar de ningún modo a Juliette. Los señores fueron con ellos. Strider le acarició la espalda a Kaia por última vez, antes de alejarse cojeando.

Entonces, Juliette y Kaia se enfrentaron y comenzaron a moverse en círculo, mirándose con odio. Aquello iba en serio, y ninguna de las dos iba a tener piedad.

–Crees que eres invencible, ahora que has vencido a tu madre –dijo Juliette–. Pero está claro que ella no luchó con todo su potencial.

–Lo que tú digas.

«Espera…».

—Te he observado durante las pruebas —prosiguió Juliette con petulancia—, ¿y sabes lo que he visto?

«Espera… Espera…».

—Que eres inferior, y que no tienes control.

Qué irónico. En aquel momento, Juliette se estaba dejando llevar por sus emociones. Creía que estaba distrayendo a Kaia, pero Kaia solo estaba preparándose.

Se oyó un graznido, y Juliette se puso muy tensa y se lanzó hacia ella…

«¡Ahora!».

Justo antes de que la otra Arpía la alcanzara, Kaia saltó hacia arriba, aleteando furiosamente, y de una voltereta, se colocó detrás de Juliette. Sin embargo, después de lo que Kaia había hecho con Tabitha, Juliette había sospechado cuál iba a ser su movimiento, y se dio la vuelta con rapidez. A su vez, Kaia había sospechado aquello y dio otra voltereta. De nuevo, quedó detrás de Juliette.

Antes de que la otra Arpía se diera cuenta de que Kaia había cambiado de posición, Kaia le agarró las alas y se las rasgó con las garras, privándola de toda su fuerza, exactamente igual que había hecho con su madre.

Strider la vitoreó.

—¡Bien! ¡Esa es mi chica!

Juliette gruñó y cayó de bruces en la arena. Intentó ponerse de rodillas, pero no tenía fuerzas para hacerlo, y se desplomó. A su alrededor se formó un charco de sangre, cuyo color rojo casi resultaba obsceno en contraste con la blancura de la playa.

Las Eagleshield se quedaron en silencio durante varios segundos. Estaban horrorizadas. Entonces, se oyeron jadeos.

Kaia se agachó sonriendo junto a su enemiga. Juliette la miró con los ojos llenos de dolor.

—Las dos nos hemos hecho daño. Creo que ya es suficiente. Incluso voy a decir que siento que las cosas hayan llegado a esto. Pero óyeme bien: si atacas a alguien a quien yo quiera, te destrozaré. Y sabes que puedo hacerlo. Ahora tengo la Vara Cortadora y me quedaré con tu alma sin remordimientos. Además, tengo a los ángeles de mi parte. No deberías haberlos enfadado.

No esperó a la respuesta. Tal vez Juliette se burlara de ella diciéndole que no sabía utilizar la Vara Cortadora, o la empujara a hacer algo que no quería hacer, por ejemplo, cortarle la cabeza. Así que se puso de pie y caminó hacia Strider.

Él la abrazó, sonriendo.

Kaia se pasó el resto del día haciendo el amor con su hombre, en su habitación, precisamente. El hecho de estar en su propia casa, en Alaska, le parecía irreal. De todos modos, él había conseguido una inyección de fuerza con la victoria sobre Juliette. Una inyección que él había usado muy bien.

En aquel momento, estaba feliz entre sus brazos. Le debía mucho a su hombre. Su estado de felicidad, sí, pero también la seguridad en sí misma. Era fuerte, pero él la había hecho más fuerte aún, porque confiaba en ella, porque había sabido ver más allá de las apariencias, porque no le había importado lo que dijeran de ella otras personas, porque no le había dado relevancia a sus errores. Y no tenía miedo de amarla tal y como era, aunque ella fuera un desafío para él.

—Te quiero —le dijo.

—Eso es porque eres lista. Y otra prueba de ello: mira con quién has terminado. Conmigo, y no con ese tonto de Paris.

Ella se echó a reír. Le gustaba oír que hablaba de su amigo de buen humor, y no con resentimiento ni celos.

—¿Tenías algo más que decirme? —le preguntó.

—Sí —dijo él con un suspiro—. Hablando de Paris, tengo que ir a los cielos a ayudarlo a encontrar a su novia. Se lo prometí. Ya te lo había dicho, ¿no?

—Sí.

—Bien. Quiero que vengas conmigo.

—De acuerdo.

—Gracias. Y yo también te quiero. No solo me haces feliz a mí, sino también a mi demonio. Lo alimentas de una manera que lo fortalece. Yo ni siquiera sabía que lo necesitara. Por eso voy a desafiarme a mí mismo para asegurarme de que tienes felicidad para el resto de tus días.

Ella gruñó.

—Tienes que dejar de hacer eso —le dijo. No quería que sufriera nunca, y menos por culpa…

—No te preocupes. Te dejaré que me convenzas de las ventajas de no desafiarme, nena.

—¿Y cómo vas a dejar que te convenza, eh?

—No seas tonta. Con tu cuerpo, por supuesto.

Ella le cubrió la cara de besos.

—Y lo haré. Pero, ¿no tenías nada más que decirme?

—Sí, pero, ¿cómo lo sabes?

Ella se dio un golpecito con un dedo en la sien.

—Soy lista, ¿no te acuerdas?

Él se sentó y rebuscó en el bolsillo de su pantalón vaquero, que estaba en el suelo.

Cuando se irguió, le tendió la mano. De sus dedos colgaba una cadena.

—Toma.

—¿Qué es? —le preguntó, sentándose a su lado mientras tomaba la cadenita. De sus eslabones colgaba un delgado círculo de madera, y en el centro del círculo había una mariposa azul igual que la que él tenía tatuada en la cadera y el estómago.

Strider se ruborizó.

—Es un collar. Bueno, un medallón. No es como el de tu madre, pero…

—Los cortes que tenías en las manos —dijo ella con un jadeo—. Lo has tallado tú.

Él asintió.

A ella se le llenaron los ojos de lágrimas. Se quitó el medallón que le había dado Tabitha, lo dejó sobre la mesilla de noche y se puso el nuevo.

—Este es mejor que el de mi madre —le dijo, mientras lo abrazaba—. Te quiero, Strider. Antes solo estaba bromeando, pero ahora lo digo en serio.

Él se echó a reír.

—Yo también te quiero, Pelirroja. Más de lo que te imaginas.

—Lo único que hizo Sabin después de casarse con Gwen fue tatuarse el nombre de mi hermana en varias partes del cuerpo, el muy bobo —dijo ella, mientras acariciaba con el dedo la superficie del medallón—. Soy muy afortunada.

Él se puso tenso.

—Eh… hablando de casarse…

—Por fin —dijo ella con una carcajada—. Pero si tienes algo que confesarme, hay un momento mejor. Por ejemplo, cuando estés dentro de mí.

—Sabes que estamos unidos —le dijo él, mirándola intensamente, y Kaia asintió. Él se relajó—. ¿Cómo lo sabes?

—Hay algunos tipos que no son capaces de guardar un secreto, y que harían mejor en soltárselo todo a sus esposas.

—Kaia.

—Está bien. Siento la conexión.

—Porque tenemos telepatía, seguro. Debería haberme dado cuenta. ¿Y no te importa?

—¿Importarme? Quiero ser tu esposa. Pero, quizá deberías tener mi nombre tatuado en el cuerpo. Adoro el medallón, pero la tinta será la guinda del pastel, y demostrará que somos mejor pareja que Sabin y Gwen.

—Considéralo hecho.

Mientras ella se sentaba sobre su cintura, él le acarició la barbilla.

—Bueno, no es que dude de ti, entiéndelo, pero voy a necesitar que tú también me des una prueba de amor. Te acuerdas de que me lo prometiste, ¿verdad?

—Sí. Solo tienes que decirme cómo —susurró ella—. Te

quiero por tu inteligencia y tu personalidad, sí, así que supongo que podría pasarme horas aquí sentada, diciéndote cómo adoro todas tus ideas geniales. Y después podría…

—Solo por hoy, vamos a fingir que me quieres solo por mi cuerpo —dijo él, y se tendió en el colchón, llevándola consigo—. Así que puedes empezar por arriba, e ir bajando poco a poco. También puedes demostrarme lo agradecida que estás por mi brillantez. Quiero decir que… tu hermana está a salvo por mí. Es lo menos que puedes hacer.

Ella apenas pudo contener la risa.

—¿No tienes miedo a que te desafíe?

A Strider le brillaron los ojos.

—Nena, me defraudarías si no lo hicieras.

Epílogo

Kane se despertó en un instante y se irguió bruscamente. Sintió pánico, y el pánico se acrecentó al ver que estaba entre barrotes de hierro.

¿Estaba en una maldita jaula? ¿Qué…? ¿Por qué…? Antes de que pudiera formarse una pregunta completa en su mente, vio a William, que estaba inconsciente y ensangrentado, fuera de la jaula. Se lo estaban llevando.

Kane sintió miedo. Alargó una mano temblorosa e intentó gritar para llamar a su amigo. Sin embargo, no pudo pronunciar ni una palabra.

Tragó saliva. Tenía la garganta seca, y un martilleo constante en las sienes. Cerró los ojos y respiró rítmicamente para intentar controlar el miedo. El aire estaba muy caliente y muy húmedo. Olía a podredumbre y a azufre.

Podredumbre. Azufre. Eso solo podía significar que estaba en el infierno. Lo estaban llevando hacia el infierno.

Su demonio rugió.

Kane abrió los ojos y miró de nuevo a su alrededor, con más atención. Vio a unos monstruos con alas y cuernos junto a la jaula. Tenían escamas en vez de piel, y los ojos rojos.

Eran demonios. Sirvientes del infierno.

Los rugidos de su cabeza se convirtieron en carcajadas. Su demonio se estaba riendo. Aquello no era buena señal.

Él debió de gruñir también. Una de las criaturas lo miró y

frunció el ceño, mostrándole unos dientes largos y afilados. Un segundo después metió la garra por entre los barrotes y le arrancó la piel de la mejilla de un zarpazo.

Kane volvió a quedarse inconsciente.

Quedaba una sola cosa en su lista, y después podría ir en busca de Sienna. Paris solo tenía que encontrar a Viola, la diosa de la Vida del Más Allá, y descubrir cómo podía él ver las almas de los muertos.

Se decía que ella frecuentaba un bar de los cielos, y él estaba en camino de aquel bar. Mientras caminaba por la calle, sacó el móvil y le envió un mensaje de texto a Strider. *Te libero de tu promesa.*

Se guardó de nuevo el teléfono en el bolsillo y miró hacia delante. Después de lo que había sabido, por Arca, sobre los peligros que le esperaban en los dos reinos a los que tenía que entrar, no quería que su amigo arriesgara la vida, y menos después de saber que Strider acababa de casarse con su Arpía. Sí, Strider le había enviado un mensaje para darle la noticia.

«Yo nunca tendré eso», pensó con un dolor en el pecho. Sin embargo, en vez de regodearse en su dolor, se abrió a la oscuridad que cada vez crecía más y más en su interior. Era como una niebla que lo estaba invadiendo y lo estaba convirtiendo en un canalla frío y duro.

«Herir... Matar...».

Bien. En aquel momento, más que nunca, necesitaba aquella frialdad.

Iba a salvar a Sienna fuera como fuera. Aunque le costara la vida.

Aeron: Antiguo guardián de la Ira.

Amun: Guardián de los Secretos.

Ángeles guerreros: Asesinos de demonios del Cielo.

Anya: Diosa de la Anarquía.

Arca: Mensajera de los dioses.

Ashlyn Darrow: Humana con un poder sobrenatural.

Átropos: Una de las tres Tejedoras del Destino. Corta los hilos.

Baden: Guardián de la Desconfianza. Muerto.

Bianka Skyhawk: Arpía, hermana de Kaia.

Cameo: Guardiana de la Tristeza.

Capa de la Invisibilidad: Artefacto de los dioses que tiene el poder de proteger a quien la lleva de los ojos de los demás.

Cazadores: Enemigos mortales de los Señores del Inframundo.

Cebo: Humanas cómplices de los Cazadores.

Clotos: Una de las tres Tejedoras del Destino. Teje los hilos.

Cronus: Dios de los Titanes, guardián de la Avaricia.

Danika Ford: Humana: Es El Ojo Que Todo Lo Ve.

Dean Stefano: Cazador. Mano derecha de Galen.

dimOuniak: La caja de Pandora.

El Odynia: El Jardín de los Adioses, posesión de Rhea.

El Ojo Que Todo Lo Ve: Artefacto de los dioses, que tiene el poder de ver en los cielos y en el infierno.

Fénix: Un inmortal que tiene el poder de crear el fuego, y la capacidad de despertar a los muertos de sus cenizas.

Galen: Guardián de la Esperanza.

Gideon: Guardián de las Mentiras.

Gilly: Humana.

Gorgona: Inmortal que tiene serpientes por cabello y puede convertir a un hombre en piedra con solo mirarlo.

Griegos: Antiguos reyes del Olimpo, que están encarcelados en el Tártaro.

Gwen Skyhawk: Medio Arpía, medio ángel. Hija de Galen.

Hades: Uno de los reyes del infierno.

Haidee: Inmortal. Antigua Cazadora.

Hera: Reina de los Griegos.

Jaula de la Coacción: Artefacto de los dioses que tiene el poder de esclavizar a quien está dentro de ella.

Juliette Eagleshield: Arpía. Enemiga de Kaia.

Juno: Arpía. Aliada de Kaia.

Kaia Skyhawk: Arpía. Hermana de Bianka, Taliyah y Gwen.

Kane: Guardián del Desastre.

Láquesis: Una de las tres Tejedoras del Destino. Hila las hebras.

La Vara Cortadora: Un artefacto de los dioses, que contiene almas y concede habilidades.

Lazarus: Inmortal prisionero y consorte de Juliette. Hijo de Typhon.

Legion: Sirviente demonio. Amiga de Aeron.

Los Innombrables: Dioses rechazados. Prisioneros de Cronus.

Lucien: Guardián de la Muerte y líder de los guerreros de Budapest.

Lucifer: Príncipe de la oscuridad, rey del infierno.

Lysander: Ángel, guerrero de elite y consorte de Bianka Skyhawk.

Maddox: Guardián de la Violencia.

Medusa: La más famosa de las Gorgonas.

Mina: Diosa del Armamento.

Moirai: Las tres Tejedoras del Destino. Tres mujeres inmortales que tejen el destino.

Neeka la No Deseada: Arpía, aliada de Kaia.

Olivia: Un ángel.

Odio: Un semidiós y guardián del demonio del Odio.

Pandora: Guerrera inmortal, que antiguamente custodiaba *dimOuniak*. Muerta.

Paris: Guardián de la Promiscuidad.

Reyes: Guardián del Dolor.

Rhea: Reina de los Titanes, esposa de Cronus, guardiana de la Lucha.

Sabin: Guardián de la duda. Líder de los guerreros griegos.

Scarlet: Guardiana de las Pesadillas.

Señores del Inframundo: Guerreros exiliados de los dioses griegos, que ahora albergan demonios en su interior.

Sienna Blackstone: Cazadora muerta. Nueva guardiana de la Ira.

Skye: Una falsa doctora. Esposa de un Cazador.

Strider: Guardián de la Derrota.

Tabitha Skyhawk: Arpía, madre de Taliyah, Bianka, Kaia y Gwen.

Taliyah Skyhawk: Arpía, hermana mayor de Bianka, Kaia y Gwen.

Tártaro: Dios griego del Confinamiento. También la prisión para inmortales del Olimpo.

Tedra: Arpía, aliada de Kaia.

Tierra de las Cenizas: Tierra natal de los Fénix.

Titanes: Dirigentes actuales del Olimpo.

Torin: Guardián de la Enfermedad.

Typhon: Padre de Lazarus. Inmortal con la cabeza de un dragón y el cuerpo de una serpiente.

Viola: Diosa de la Vida del Más Allá.

Una, Verdadera Deidad: Líder de los ángeles.

William: Guerrero Inmortal.

Zacharel: Ángel guerrero.

Zeus: Rey de los Griegos.